作者简介

潘海天

潘海天，福建人，科幻作家，毕业于清华大学建筑系。自1994年开始写作以来，曾五次获得中国科幻银河奖。潘海天九州作品包括《铁浮图》《白雀神龟》《死者夜谈》《地火环城》等。

画师简介

ESC，插画家/漫画家，GGAC全球游戏美术概念大赛专家团荣誉专家，作品《沉醉东风》入选首届全国动漫美术作品展。作品有"古代名剑拟人系列"《杀鱼集》《菜刀集》；古诗词系列《江城子》《沉醉东风》等；参与编写《涂鸦王国13周年画集》。

九州

死者夜谈

九州系列长篇巨作

潘海天 著

——珍藏版——

NIGHT TALK OF THE DEAD

重庆出版集团 重庆出版社

图书在版编目(CIP)数据

九州·死者夜谈:珍藏版/潘海天著. —重庆:重庆出版社,2023.5
ISBN 978-7-229-17235-0

Ⅰ.①九… Ⅱ.①潘… Ⅲ.①幻想小说—中国—当代 Ⅳ.①I247.5

中国版本图书馆CIP数据核字(2022)第199122号

九州·死者夜谈 珍藏版
JIUZHOU·SIZHE YETAN　ZHENCANGBAN
潘海天　著

责任编辑:魏　雯　许　宁
装帧设计:谢颖设计工作室
封面插图:ESC
责任校对:刘小燕

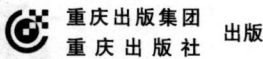
重庆出版集团
重庆出版社 出版

重庆市南岸区南滨路162号1幢　邮政编码:400061　http://www.cqph.com
重庆出版社艺术设计有限公司 制版
重庆豪森印务有限公司 印刷
重庆出版集团图书发行有限公司 发行
E-MAIL:fxchu@cqph.com　邮购电话:023-61520646
全国新华书店经销

开本:890mm×1230mm　1/32　印张:10.5　字数:250千
2023年5月第1版　2023年5月第1次印刷
ISBN 978-7-229-17235-0
定价:84.00元

如有印装质量问题,请向本集团图书发行有限公司调换:023-61520678

版权所有　侵权必究

目录

- 〇〇一　引子　四勿谷的聚会
- 〇〇六　第一个故事　永恒之城
- 〇一九　第二个故事　宝剑炉
- 〇五五　第三个故事　向北向北向北
- 一一五　第四个故事　厌火
- 一五六　第五个故事　我们逃向南方
- 二二二　第六个故事　鸦巢决战
- 三二一　最后一个故事　他们自己

引子　四勿谷的聚会

夜雾弥漫。

在黑暗中能听到海潮撞击在岸崖上的轰鸣，带咸味的细小水珠随着海潮一阵阵的呼吸声散落开来。

随后，有几个人的低语和蹄铁撞击在石头上的声音悄悄出现，雾气涌来涌去，终于有一小行人影在灰色的雾气缝隙中冒出，他们在月影下是一条相互牵连的黑色剪影，看不清面容。偶尔穿破浓雾的月光会在他们的皮制胸甲和头盔上打滑，他们腰上悬挂着长刀，年轻些的那位背着把短弩，背上的箭壶里参参差差地露出些尾翎，领头的那名高大些的佣兵腰里则插着把手斧。剪影的末端是两匹不安的骡子，其中一匹健骡的背上有个隐约的人影。

走出一棵高大的樟子松的阴影时，他们仿佛听到前面有一匹马儿嘶鸣的声音，于是停住脚步。

"谁在那儿？"领首的老佣兵握住自己的刀，喝道。他的话中有一股犹豫不决的味道。要是认真看，会发现他的年龄实际上已经很大了，没牙的嘴仿佛黑色的沼泽，把一切行经的岁月都吸入其中。

真是令人奇怪，这样的人还能够提着刀子经历这样的长途跋涉。

一个骑者慢慢地从雾中走了出来。那匹马看上去瘦弱不堪，走路的姿势尤其古怪，仿佛瘸得厉害，马鞍的背后还驮着一个巨大的盒子，看不出什么材质。

那人手上横着一根长长的棍棒，老佣兵看得清楚，那不是武器，而是根长笛。

"不用担心我会吃了你们，"骑者桀桀而笑，他的斗篷随风招展，仿佛蝙蝠的翅膀，他拍了拍马背上的盒子，"我只是带一名老朋友到这儿来。"

到了此刻，即便缺乏经验的那位年轻人也发现了这名骑者其实是个瞎子，而座下的马眼眶里翻动着灰白色的巨大瞳孔，居然也是一匹瞎马。

他惊讶地吸了一口气，想要问这一绝佳组合怎么会在半夜里溜到这危险万状的悬崖边上来，但他们却同时听到了悬崖下面传来一声压过了海浪的重重呻吟。一个黑黝黝的庞然大物，张开着可怕的风帆，突然压榨开重重的雾气，直撞在他们脚下那些突兀的礁石上，发出可怕的折断和爆裂声。只一会儿工夫，这个庞大的黑影就消失了，水面上只剩下一个巨大的漩涡。

岸上的人方才惊魂未定，就听到悬崖下面传来细碎的摩擦声，仿佛银匠铺里叮叮当当的敲打声：一个人，一个水手，全身精湿地顺着悬崖的乱石爬了上来。

叮叮当当的敲打声却一直没有停顿，他们终于听清楚了，它从另一个方向传过来。他们一个接一个地把头转过去，就连刚刚上岸的水手也没有例外。他们看到一个矮小的身影，正在快步向他们这个方向走来。那小个子的背弯得很厉害，仿佛已快被重负压垮。雾气笼罩着陌生人的全身，把他上下都染成了灰色，那叮叮当当的细碎声音，不停地从他的背上摇曳出来。

随着他的越行越近，老佣兵只觉一股可怕的杀气逼迫而来，自己握着刀柄的手不自觉地抖动。他心酸地叹了口气，想起了许多年前，千军万马中飞骑夺旗的日子，但是最终他发觉对面而来的只是一名与世无争的河络。他的手发抖，是因为刀剑与铸造者之间的呼应，而与杀戮无关。

那瞎子这时候喊道："到这来坐吧。伙计，应该休息了。把你背上的重负放下吧。"

老河络放下背上的包裹，抽了抽鼻子，朝他们这边看过来："还有谁和你们在一起？"

"这边有个瞎子，还有一位水手，他的船刚刚沉没了，我们也不知道他从什么地方来。"那名佣兵回答。

老佣兵也问："这是什么地方，为什么这儿的雾这么大？"

"这不算雾，"瞎子回答说，"至少你还能看到我。这儿是四勿谷，只有每年的七月十五，月亮才会把这儿的浓雾驱散一时，今天正是那传说中的美妙月夜——据说在平时，真正的浓雾起来的时候，你会连自己的鼻子都看不到。"

"这么说，我们走错路了。"老佣兵带着点疑惑说，"我没想过要来这里，可似乎也忘记了自己要去何方。"

夜色越来越黑了，仿佛浓墨灌入眼睛。骡子上的人跳下鞍来，他全身都裹在厚厚的斗篷里，灰蒙蒙的，毫不起眼，却仿佛带着王者的气息。周围的人禁不住都后退了一步。

"呵，"这个黑斗篷旅者说，"你们听到了什么，你们闻到了什么，你们看到了什么吗？"

众人全都摇了摇头。

他说："我也没有。"

是啊，这不对。虽然雾气很大，遮蔽了他们的视线，但总该有些其他的声音、其他的气味。比如潮水永恒的声音，比如礁石的气息，比如海水的星点反光。日常生活里，人们从来不关注它们，甚至觉得它们让人烦躁不安，但突然间这些东西全都消失，他们又会惊惶不安，怅然若失。河络的嗅觉天生灵敏，但他什么也没闻到；羽人的视力是最好的，但在四勿谷里，他还比不上一名瞎子。

"不用疑惑了，"瞎子说，"这里就是四勿谷。"

四勿谷，正是勿听、勿视、勿闻、勿行的意思，而他们到底来了，这个夜晚他们知道自己将在这里看到或者听到一些东西。

虽然这是那个奇妙的传说中月夜。据说被颠覆的王能在这儿看到大臣们心中翻动江海的贪婪和对权势的渴望，被出卖的将领能在这儿看到手下兵丁心中漫无目的的妒忌和仇恨，被抛弃的情人能够看到背叛者蠢蠢欲动的色心和肉欲。

雾气依然厚重如铁。他们什么也看不见。

"既然来了，就在这等天亮了再走吧。"老佣兵敲了敲火镰，刺啦一声，点起了火。

篝火点了起来，一股淡淡的青烟融入雾里。

他们环绕火堆而坐，相互而视。突然间有股奇怪的熟悉感觉萦绕在每个人的心头。

老佣兵环顾左右，把这火边的人挨个看了过去：风霜满脸，把空洞的眼窝探向远方的瞎子；全身都沾染着海水气味的羽人，没有人知道他的心思是在大海还是在陆地上；沉默如夜暗的黑斗篷旅者，他把自己的过去掩藏在一袭比沉默还要宽大的罩袍里；那名年老的河络，他走过了太多的路而把自己的渴望磨成了单薄的鞋底；那个奇怪地摆在地上的铜盒子刻满精致繁复的花纹，一声不发但是却仿佛在述说无穷无尽的故事；最后，还有那名背着短弩的，对展现在面前的无穷可能满不在乎的年轻武士,而他自己,则是一个老得快要死去的冒险者。

这是个伟大的盛宴。冥冥之中,自有一股力量让他们坐到了一起。夜暗如同一披巨大的不可捉摸的斗篷,呼啦啦地从他们身下静悄悄地滑过。

瞎子终于开了口——他们等这一时刻仿佛已经很久了。

"这个夜晚会比我所能看到的东西还要浑噩,我们不如来聊点故事吧。"他此刻的表情突然变得极严肃,仿佛一个高高在上的法官,说的话变成了命令,而不是请求。

"让我先说吧。"老佣兵请求说,他突然间发觉自己胸臆里似乎有许多块垒要往外吐出来。

"我已经老了,老得提不动自己手里的剑了,"老佣兵叹着气说,"可就在几年前,我还总觉得自己的生命还很漫长,漫长到可以不用为年轻时的决定后悔。

"我的生活并不轻松自在,它充满了死亡、绝望、杀戮和鲜血,但它依然生机勃勃,在最艰难的困境前也充满各种各样可能的结局。我那时候太年轻了,为了这些可能性,甚至可以放弃长生不老的机会和永恒的爱情……"

第一个故事　永恒之城

者空山上遍布着怪石头。

它们有着浑圆的外表和相似的个头，被风磨光了棱角，月光照在上面也打滑。如同一副副白花花的骨架半埋在山土中，大大小小的。看上去它们各就各位，从底盘开始，浑圆溜细，没有孔洞，一块圆突兀在另一个圆上头。像飞鸟纺锤形的身躯，像走兽浑圆的轮廓，像盛水瓶罐的大肚腹……可以罗列出来的形状是无穷尽的。

可能只是空山的寂寞，让你从那些石头边走过时，觉得看见了什么，以为它们在摇头，在点头，或者对着风呢喃着含义不明的低语。一切都是不明显不确定的。这种感觉不能深究，你站住脚步，瞧分明了，其实就是凝固了的呆滞怪石。

天气很怪，一会儿月光满怀，一会儿又细雨蒙蒙。我领着苏苏从乱石堆里穿过，脚下的石缝里是刚形成的小溪在流淌。

细雨如同碎花一样从树上落下，或者说，碎花如同细雨一样从天空飘落。

一匹强壮的黑马背负着突然在云缝里闪现的月光子子而来。

"什么人？"我鼓起战败者的余勇大声喝问。那一声呼喊在空旷的谷中穿过，好像一支箭划过长空。

马上的黑影却岿然不动。等马儿缓缓地走到跟前，我们才看清鞍上坐着的是个死去的士兵，看情形已经死了两天以上了。

他的脸掩盖在铁盔的阴影里，在胸前随着马步摇来晃去，马嚼子上的流苏在湿润的空气里摇荡，飘向左边，又飘向右边。套在盔甲里的躯体虽然死了，外层精良的铁壳却不会倒下。盾牌上的徽记表明了他是我们金吾卫的人。

我抓住他冰冷的脚踝，将他拖下马来。

不论是我拖人还是挖坑的时候，苏苏都站在一边悄然无声。只有在我将死尸翻了个身，预备将它推入坑里，月光斜着照耀在那个年轻人的脸上时，苏苏才开口说："死人啊，你为什么要出现在这里，你跑了这么多的路，就是为了死在这个陌生的地方吗？你是特意来告知我命运的无奈和死亡的永恒吗？现在你将变成林间的清风，变成滋润大地的青草，你变成这世界的一部分，世间的动荡都与你无关——如果这就是每个人的命运，真希望我有足够的勇气去坦然面对啊。"

我把土推在那张死灰般的脸上，在心里说："死人啊，你没有逃脱敌人的魔掌，却给我们送来了坐骑，如果我们逃脱了性命，我一定要好好谢谢你。只是你又需要什么谢仪呢？现在你可以不必再担心背后射来的冷箭，虽然臭气萦绕，你的躯体上将爬满虫子，却不用再害怕任何滋扰了。死人啊，你可以安宁地死去，但我还要继续我的追求。我的路还很漫长，我不能虚度这短暂的光阴。我还有足够的勇气去寻求功名，在战场上取得胜利，而且我要把得到的荣誉，献到美丽女人的脚下——不论你有什么样的遭遇，那并不能改变我。"

林子里的树都很高，它们的枝丫隐藏在黑色的夜空里，所以那些花仿佛从天上落下。它们有两种颜色，淡红和灰蓝。

苏苏伸手接住了其中的一朵。她凝视着花的清冽的侧脸在雨水里冻得发青，她那长长的黑色睫毛垂覆在苍白的脸颊上，我能听到她那柔软的呼吸声。

她威武的父王已经死了，她美丽的王国已经崩塌了，她忠诚的子民全都成了叛徒，但她的容颜依旧如此美丽。

仅仅是这个女子的美貌就足以让铁骨猴王派出十万人马来搜求。这儿离狼岭关已经很远了，远远超出了铁骨猴王的势力范围，但只要苏苏还活着，还能吐出拂动花蕊的气息，铁骨猴王的追兵就不会放过这个已灭亡侯国的残存血脉。

我不会让她落到铁骨猴王的手里。我想要寻找一个让她永远安全的方法，一个能和她永远在一起的办法。我是如此爱她。这种爱如同阴燃的火焰，慢慢地吞食着我的心和血肉，这种爱是感受她饿了时轻触我手肘的动作，这种爱是看她疲倦地蜷缩在湿漉漉的树叶上，这种爱是等候在小树林外听里面传出的淅沥的撒尿声。

我压抑住心里这狂风暴雨般的爱，闷不吭声地扶她上马，只是用妒忌的目光看了看被她压在腿下的花瓣。

在细密的雨脚中，我们继续前行，随后就看到了那些传说中的不死智者。

他们突然地出现在林间空地上，起初看上去只是些混沌的影像。

苏苏紧紧抓住我破碎的衣甲，用害怕和敬畏的目光看着他们。

"蒙将军，这就是那些不死智者的住处吗？他们看上去如此腌臢潦倒，真的能帮我们摆脱紧追在后的死亡吗？"

他们一动不动，模样看上去确实不像是充满智慧的学者。他们破烂的衣裳上长出了石楠和地衣，野杜鹃在他们的膝盖上开着花；他们的皮肤上布满了暗色的青苔，眼皮上则全是白色的鸟粪；他们的脚仿佛深入地下的烂泥，在那里扎了根。

那边有两人似乎在松树下对弈，只是棋盘上已被蘑菇和绿萝所覆盖，看不清棋子的位置，他们不为所动，依旧低头沉思；另有一位智者则似乎在盘膝弹琴，只是我们无法听清曲调。事实上，在踏入这片空地时，我们就听到了一声孤零零的拨弦金属声，那声波慢悠悠地穿过林下幽暗的空间，如一条曲折的波浪线，随后在一棵歪脖子树上撞成两段，各自飘向左右。我们等了很久，也没有听到第二声琴响。也许第一声到达世界尽头，另一声才会慢悠悠地追赶上去。

这些人确实活着，只是他们的动作慢得无法忍受。

我难以理解，他们的智慧足以让自己飞向天空，与星星恬静地交谈，使自己的生命在九州历史长河上盛开，如同最璀璨的礼花，但他们只是在雨中挨着淋，如同潦倒的石像。

我从东边走到西头，我高喊着因为急躁而越来越粗鲁的语言，但没有一个人上前理会我。

我醒悟过来，我们的动作对他们来讲也许太快，如同一团转瞬即逝的幻影。

这真让人绝望，我们经历了千辛万苦才来到此地，却无法与他们交流，甚至得不到他们的正眼一看。

幸亏在放弃之前，我牵着苏苏的马继续朝林深处走了一会。

我发现了另一些沉默的人，他们散布在林间，仿佛在缓缓舞动、旋转身躯，他们呆呆地仰着头，眼睛虽然睁开，却仿佛什么也看不见。但相较先前的那些智者，动作毕竟更流畅、更利索些。我甚至能看到其中一名花白胡子的老者，眼珠子在朝我转动。

我张开口:"你们在做什么?"

他蹙起眉头,如同听到刺耳的鸟叫。

我不得不再次放慢速度,再问:"你 们 在 做 什 么?"

"我们正在体察包括荒墟在内的万物的宏大和细微。"

"可你们只是坐着不动,这怎么可能呢?"

他皱起木乃伊一样层层堆叠的脸皮,不屑地说:"如我们的神通,以勾弋山的高广,也可容纳于一尘粒中,且尘粒不会受丝毫影响;以四大海水之宽渺,也可置于细微的心里,且心的大小并没有增减,你看,那边一位灰衣人正在仰着脖子,吞下那些黏稠的云雾,他不是在吞下云雾,而是在吞下整个宁州——看到那边胡子拖到地上的老者了吗?他正在吞下浩瀚洋。"

我吓了一跳:"我不怀疑你们的神通,正因为此,我们才来求助。就请告诉我们,怎么样才能活下去?"

可那时候他的眼珠已经转向了别处,只是竖起了一根瘦得只剩骨头的手指指向空地上一块白石头:"看……"

那时候雨已经停了,风正从树叶下跳过,把水滴吹落。月光开始明亮起来,穿过林间照耀在空地上,但我什么也看不见。

苏苏还在专注地向空地上凝视着,而我脖子发僵,于是厌烦起来,又问:"我们在看什么?"

不死的智者长叹了一声:"不把你的注意力集中到一点上,你又怎么领会到答案呢?生命在于静止。只有完全静下来,才能感受到天地的呼吸和节拍,你要把自己化身其中,与日月星辰山川都融为一体,这时候,你就明白荒墟的真谛了。"

苏苏是个耐得住寂寞的姑娘,她专注地盯着石头,好像看到点了什么,但又不能确定。而我的脚发麻,眼皮子酸痛,从脚跟子底向上冒着凉气。

我忍不住又问:"前面的那些人,他们为什么一动不动?"

那名智者仿佛在看自己的鼻尖,过了很久很久,一个空洞洞的声音才从乱蓬蓬的胡须下飘出来:"那是我们里面达到了最高境界者,他们根本就不用动弹,不用呼吸,不用吃喝,运动对他们而言没有任何意义,他们就是荒和墟本身。"

苏苏也问:"那你为什么可以和我们说话呢?是因为你的修为不够吗?"

智者有点生气,说:"这里每月总有一人清醒,就是为了引导你们这些迷途的世人。你们运气好,一来就遇上我了。"

苏苏拉了拉我的衣角,轻声地说:"我饿了。"

我也觉得疲惫万分,肚中雷鸣般地吼叫。"对不起,我们太累了,没法很快领会你们的境界,能给我们找点吃的吗?"

"吃的?"老者微笑起来,他轻轻地一挥手,"这里的食物只有两种,一种是智慧之果。而另一种是生命之花。吃下智慧之果,你会具备大智慧眼,明了尘世间的一切;吃下生命之花,那你将加入我们不死者的行列。"

不死者!变成九州上最高智慧的拥有者竟然如此简单。这诱惑来得如此突然如此强大不可抵抗。这不就是我们要寻找的答案吗?我这么想。

他一翻左手,上面是两朵灰蓝色的花。竟然就是一路上不停落到我们肩膀上、胳膊上的花。我们看仔细了,看到花瓣下藏着极细小的果实。这就是智慧之果?

苏苏的脸如镜子一样照射出我脸上的白来,但她毫不犹豫地伸出手去,接过灰蓝色的果子,将它一口吞入肚中,我赶忙也拿起另一只果子,吞入肚中。

又一声琴弦拨动的清音响彻林间。

时间好像停顿了，露水从树梢滑落，仿佛在空中停留了许久才落到草地上。

"注意，不要靠得太近。"老者用一种揭露秘密的快乐又自得的声音说，"它们就在你的脚下。"

世界突然间毫纤毕现。我看到了过去一直存在却从没被人看到的细节。

苏苏的脸我曾经无数次地凝视，对我而言熟悉无比，但此刻它在我面前从未有过地清晰，如此多的细节突然展现，让它如一张陌生的面具。

我看到了女孩脸上浮动着的淡白色毛发如同沾染了秋华的蒿草地，她的眼睛里是装满惊异的半透明瞳孔和锥形晶状体，她嘴角的皱纹因为惊讶和快乐轻轻地翕张。那张脸如此地生动，充满了我们所没注意过的表情，谁说她是冰冷如万年寒冰的公主呢。我看了她好一会儿，才顺着她专注的目光向下望去。

我清晰地看到了沙人的城市。

他们就在我脚下的大石头上，动作飞快，修建着非常渺小的建筑，那些带尖顶和漂亮院子的房子大约还没有一粒微尘大。它们被搭起，拆除，再被搭起，每一次都比前次更宽大更挺拔更漂亮。

他们的个头连最小的微尘还不如，他们的生命也如此短暂，甚至穿不过滴答一声。但他们忙碌不休。农田和葡萄园一点点地向外扩张，细细的道路蔓延，沟渠纵横，房子和建筑则如同细小的棋盘，他们修筑起巨大的宫殿和花园，还有好像针尖一样的高塔，他们在露水的残痕上修建大桥，他们骑乘在沙马上，和那些螨虫作战，勇敢地杀死它们。无数细小的刀光，汇集在黑色的旗帜下，没错，那是他们的军队和卫兵。他们也有自己的责任和荣誉。

其他更多的沙人还在不停地修建，随后快速死去。但他们的后代正源源不断地从屋子里和城市里涌出,比原来更多。

有时候他们的扩张也会失败,每一滴露水就是一场可怕的洪灾,百步之外一只松鼠的跳跃会引发可怕的地震,甚至月光的过分明亮都会引起旱灾,但他们毫不气馁,把这些都熬过去了。

只是在极微小的时间里,他们就建立起非常渺小但又宏伟无比的城市。那是一座我所见过的最大规模的城市,它在月光下升腾着细小的烟雾,容纳着上百万的沙人。它展现出来的富丽繁华,甚至一眼望不到头。

他们也不仅仅总是在工作,同时不忘记享受生命的乐趣。他们用各色绚丽的霉菌地藓装饰院落,那些霉菌和地藓每一秒钟都在变换色彩,比我们正常维度里的花园要鲜亮百倍。

他们也有集市,市场上覆盖满最繁复的色彩,最绚丽的商品,货物流淌得如同一条色彩斑斓的小河,有许多其他城市的商人来参加他们的集会,港口上帆船如云,那是些能飞翔在空中的大肚子货船,小得如同浮尘一样。它们借助月光的浮力升降,来去自由。

沙人们在月光下集会,他们围着闪闪的火星微光舞蹈,如果侧过耳朵认真地听,你甚至能听到快乐的曲调,闻到浓烈的花香和酒味,看到那些漂亮的女人,以及在月光下难以克制的爱情。

我们越看越入迷,几乎要融入其中,化身为他们中的一员,可也许正是如此,我们的脸离得太近。沙人们全都骚动起来,他们惊恐地看着突然出现在天空里的巨脸。

苏苏的那张脸是如此柔弱美丽,他们将它当成了神的现身。他们度过了最初的恐慌,开始充满爱意地按照苏苏的形象塑造形体,他们在那形体边围建高墙,搭建起庙宇,修建起庞大的宫殿向她致敬。

我被他们的热情所吸引，向前俯得更近，想好好看看他们塑造的神像与苏苏本人相比哪个更漂亮，但我那粗重的鼻息对沙人来说，成了最可怕的风暴：它横扫城市而过，吹垮了发丝一样细的城墙，让宫殿倒塌，高塔崩溃。

在这场可怕的灾难中，沙人们死伤无数。我发现了自己的错误，飞快地向后退缩，藏起自己的脸。

沙人们看着劫后余生的城市，虽然伤心但是很快地将灾难抛在脑后。他们遗忘得很快。城市被不知疲倦地修复了，甚至比原来的更大更漂亮。

他们重新修建庙宇和宫殿，在苏苏的形象边塑起了另一个凶狠可怕的形体，我从上面辨认出自己的模样。

我被他们当成了凶神——我对此不太满意，但至少很快，我们又可以在月光下欣赏他们的歌声和永不停息的欢乐了。

我原以为这座城市会永远充满生机，然而没有任何理由，就像是一棵大树的生命突然到了尽头，泉水干涸了，花园里的花和霉菌枯萎了，死去的沙人们不再得到补充，他们的数量越来越少。任何神都无法拯救他们。

在我们都看出来这座城市的生命正在一点点离开的时候，他们像是集体做了一个决定。在某一时刻，所有停泊在码头的那些货船同时离开了城市。有上万的小尘土，在月光里舞动。所有的沙人都离开了，他们再也没有回来。

石块上只剩下那座空荡荡的城市和无数精致的小房子。我们轻轻地叹着气，心里头空落落的。就像不愿意失去心爱玩具的孩子，我们执拗地等待沙人们的归来，但仿佛只是过了一弹指的工夫。首先是那些比较低矮的房子，大概不是由很好的材料建造的，开始像流沙一样垮塌。而建造更精致的一些房屋，则在多一倍的时间内相继倒塌。

城市的排水系统也堵塞了，汇集在一起的露水急剧上涨，将泥土冲走，使宽大的马路和人行道变成沟壑。至少有30到40条河流冲入城市里，成群的螨虫在曾经最繁华的歌楼和宫殿里出没。

最宏伟的宫殿消失在一场大火中，那是偶尔落脚的萤火虫，它脚上微小的火花点燃了色彩斑斓的花园。

大桥坚持了比较长的时间，然后是水坝，它们在干枯的露水痕迹上支撑了很久，但我轻微挪动脚步的震动，让它也化为灰烬。

仓库和地窖持续更久，但也在半炷香里坍塌，重又变为细微的灰尘。

我们还是不死心，默默地等待着。看，那个小黑点，是他们回来了吗？

不，只是一只蚂蚁匆忙地爬过。这只迷路的昆虫如同可怕的怪兽，它一步就能跨过十几个街坊，拖在身后的草籽如同山崩一样毁坏了所有经过的地方。

也许还有其他的沙人可以重新回来，把这座记载着他们无数代梦想和荣耀的城市修复好，就像他们从我们的呼吸出的风暴中，重新拯救出城市一样。

但那时候，我的鼻子突然发痒，这种刺痒好像一枚针，难以控制，一点点地深入鼻腔，风暴在我的肺里集合，最后终于冲出嗓子，打出了一个巨大的喷嚏，整座城市飞上了天空。

空地一声响。

一切都消失了。没有了。

石头在月光下一片苍白。

苏苏和我如梦初醒。我以为过去了数千年，却发现第三声音符刚刚离开树下人的指尖，曲曲折折地向斜上方升去。

月光下那老者面如朽木,他毫无表情地又翻开了右手的手心,依旧是两朵花,只是那花是淡红色的。

苏苏拈起那朵花来,转过脸对我粲然一笑:"蒙将军,你要随我一起来吗?"

老佣兵停下他的故事,愣愣地看着大家。

"我常常在想,"他安静地叹着气说,"女人的勇气啊……苏苏吃下了整朵花,变成了者空山的石头,而我应该在她面前化成了一道轻烟……消失无踪。"

"我知道外面的世界里,还有着许多鲜活、热烈的事业要完成,有许多美貌年轻、有着柔软腰肢的女人在等待,有许多醇厚芳香、撕裂嗓子的烈酒在酿造,而对变成石头的苏苏来说,我在经历这些的时候,她的心跳甚至都来不及跳动半下。

"我逃回了外部世界,重新过上了那些滚烫的日子,我为了自己的生命搏杀,体会着每一天带给我的新奇,每一件事都率性而为。我挥金如土,今天挣到的钱财,可以在第二天就挥霍完;高官厚禄对我而言也只是过眼云烟;红粉美人只是当前的甜点。我知道自己的归宿,是回到者空山边去做一块干瘪的石头。

"转眼已经过了五十年,我的身上增添了上百条伤疤,不论是在澜州还是宛州,我为自己赢得了许多名声,虽然两手空空,一无所有。我对自己说,差不多了,再玩下去,我要把骨头扔在江湖上了。

"于是我回去寻找通往者空山的路,一年又是一年。如今我老得快要死了,但再也没找到过回去的路。"

"我真傻啊,"他自怨自艾地诉说,"是什么让我相信自己有这样的好运能与永恒二次相遇?

"要是我把那朵花吃下……"他嘿嘿地笑了起来,突然用手画了个大圆,"嗤,所有这一切都会化成幻影,像是被急流牵拉着倏地消失在时间长河的另一头,我却能去找回那个女孩。我们每隔一千年能够肌肤相亲,每隔一万年能够共享爱的欢泉……我能永远活下去……"他的话音越来越低,火堆边的人都听不见他后面喃喃的抱怨。风吹起来了。他们仿佛听到了周围传来轻轻的快乐曲调,闻到了浓烈的花香和酒味,他们看到了那些漂亮的女人,以及那些在月光下难以克制的爱情。它们,真的存在过吗?

"该来的总不会被遗漏，下一个该轮到我了吧。"那名河络抚摩着他的铜盒子开了口。他的声音喑哑低沉，仿佛一张多皱的羊皮纸。他突然间如此渴望叙述，把自己都吓了一跳。

"我已经两百岁了，在河络中，算是年纪大的。在很久很久以前，我有个名字叫'铁砧亢南'，不过我更喜欢最近五十年来，他们叫我的'冷灰亢南'这个名字。"

火边的人都点了点头。河络族中只有最优秀的工匠，才会以锻造工具当绰号。这名老河络原先定然是位巧匠。

老河络沉吟着说："……你们都知道，在我们河络的一生中，都有一次长长的游历。方向和时间的长短完全由自己决定。许多人在路上经历了美妙得不可思议的故事，许多人则遇到了他们所不能想象的可怖悲剧，许多人就倒在这漫长的旅途中，还有许多人重新发现了自己，许多人永远迷失了道路。多有庸庸碌碌者在途中苏醒为大成者，也有天生灵性者在途中消磨殆尽而一生无成——不论前方等待着他们的命运好坏，总归是这一段磨砺成就了我们河络族。"

亢南张开只有四根手指的左手，在火光下缓缓转动，他凝视着自己残缺的指根，说：

"从一出生开始，我们河络的左手小指就献给了我们的铸造之神。创造是我们的天性。一块混沌淳厚、契合我们天性的料材摆在我们面前，不用它做出什么东西来，我们就誓不罢休。"

第二个故事　宝剑炉

1

不错，我曾经是一名铸剑师，年少无知，眼高过顶，一心想要铸出一柄名动天下完美无瑕的宝剑。十六岁那年，我在北邙山的河络族手工大会上夺得了头奖，当日便告辞了苏行和家乡，离开了北邙山。

我在云中待过，总觉得那儿的弓弩太过阴鸷，残留着为情所断的困惑；我在天启城待过，总觉得那儿的大刀太过凌厉，渴盼着感受铁血的呼啸；我还去过瀚州的中都，觉得那儿的戈戟太过刚硬，抱定了宁折不弯的决心；这些都算不得上上品的兵器，入不了我的眼。

后来也不知道到底走了多少路，见过了多少人，突然有一日，我就莫名其妙地随着一队马帮翻过了勾弋山，到了青都。那儿有一座舆图山，山势峻峭得很，下有深潭百丈，我看那溪水冰凉爽烈，不带一丝人间烟火，一眼就喜欢上了，知道此处定能铸出一把好剑，于是结庐而居，架起一口炉子，苦思玄妙之法。

我也没想到，在这山边一住就是二十年，一口好剑也没有打造出来。为了谋生，只能替当地负责行刑的巾头儿打造大刀。

巾头儿就是刽子手，因为在行刑的时候，头上总蒙块黑巾，于是被人叫作巾头儿，有时候也叫斤头儿。

那正是宁州极动荡之时，外敌入侮，内乱不止，更兼王室暴变，兄弟争权，碌碌不断。今日座上客，明日便是阶下囚，越是权贵越是人人自危，每天都有几百名所谓叛乱者及其家属被砍下头颅。殊死者相枕，刑戮者相望，宁州所有的土壤都浸透了鲜血。

寻常人不知道人的牙齿和椎骨有多硬，再百炼的精钢大刀也会被碰出缺口，所以如果一次杀的人太多，到后来巾头儿用的刀子就砍不动了，只能用有缺口的刀将死囚的脖子一点一点地割断。不论是受刑者还是施刑者，都是痛苦不堪，那情景比肉铺屠宰场中所见更要可怕。

技艺高超的刽子手被人憎恨却受权者器重，他们居住的地方杀气太重，连个雀鸟也不敢落地，更无人敢与他们交往。但这些人往往爱极一把好刀，倒算与河络志趣相投。十年中此地巾头儿杀人的刀，倒有多半数都是从我这里取的。这几年来算上这么一算，从我手里流落出去的刀，怎么也斩下千八百颗人头了。

巾头儿要的好刀多，一来二去，我和他们便有了交情，也在青都混出了点名头。在第十年头上，有一天夜里，已经是二更时分，突然来了两名熟悉的巾头，要请我到青都去一趟。

"我们头儿想要见你。"他们说。

我光听说过漕有漕头，丐有丐头，没听说过刽子手也有个头的。那时候年少气盛，也没多想事情蹊跷，上马就跟他们跑了几十里地，到了一处大宅子前，只见门内歌舞欢宴，笙歌灯火，热闹非凡。宾客却是个个身高马大，面带煞气。

那大宅子的主人是位须发皆白的老人，瘦如山野之狼，精神却矍铄得紧。他见了我客气得很，上前几步致礼，用的却是左手。我很快发现别的五大三粗的汉子，总是离那只右手远远的，不由得多留意了几眼，发现那老头的右手比左手粗上一倍，虎口之上有一圈厚厚的老茧，缩在袖中，动也难得动上一动。

后来我才知道，这老头出身羽人王城的行刑人世家，权不高望却重，天高的权贵也不敢得罪他，自然也无人上门攀交。那一夜，正是他儿子成婚的大喜之日，虽然宾客成群，也都是牢狱看护，监头或是狱卒之流。那老人为人爽朗，哈哈大笑："我们都是见不得光之人，借这夜暗行好事，教外人见笑了。"我既然是制刀的，日常与杀人者结群为伍，死人见得多，也不忌讳什么，在酒席上畅然而饮。

行完礼后，酒宴未散，那老人带我到了后院，让我看他墙壁上满挂着的斧斤、长戟、弯刀和沉重的剑，我一进那屋子，只觉生花耀眼，那些兵器竟然无一不是价值连城的器物。未料到宁州之上，一个小小巾头首领，竟然收藏有如许多的精品。我遇到过一些喜好兵器的收藏家，所藏匣中刀剑，加起来只怕也比不上这面墙上的一个零头。

那老人展露一把匕首给我看。那一把匕首长只有八寸七分，青鲨鱼皮鞘却极粗笨，比寻常皮鞘厚上三分。剑锷便如一滴眼泪，柄上一抹若隐若现的红色，徒生几分妖娆。首领用左手恭恭敬敬地将匕首连鞘托到我的眼前问道："不知先生看此匕如何。"

我将它拔出数寸，一道光芒便如女人的眼泪般扎了我一下，于是说："呀，不出所料，这是'灵素'，又叫'破阵锥'，刀锋细如发丝，身厚头锐，极利直刺，就算是重甲铁胄，也当是枯皮朽革——

可惜已经用过一次了。所谓刚烈者不能持久,这匕首锐气已散,不再行锤炼,灌注金精,用起来不免就有些重滞。"

首领点了点头,又摇了摇头,长叹了一口气道:"这是三百年前蛮人妃子轻罗行刺银阆怀王的匕首。轻罗妃子虽手无缚鸡之力,却令银阆怀王身上三重铁甲尽透。那一刺如龙击长空,虎蛟倾海,顿令羽族梦想西征大业成浮华泡影,三十年基业,毁于一旦。羽人八路精锐子弟,顷刻间四分五裂,更造就了宁州二十余年内乱兵燹。此匕首收着便是,谁敢再去修它。"

首领又托出一柄剑来让我看,只见那剑长三尺六分,质地轻薄,以云母夹银丝为刃。我道:"此剑名'陌章',薄如蝉翼,劈风无声。平时束在腰里为带,用时拿在手里,剑刃摇曳不定,就如一道光华,挥起来如一匹白练,刺去时变幻不定,素为女子喜用。"

那老人轻轻地抚摩陌章的剑身,道:"一百年前,银孝文王卒,将殡于曲野,第十四子翼千离,席间暴起,用此剑杀了伯父摄政王。那一剑挥动时如暗香浮动,月影拖曳,剑上不带星点血痕,其后却有六万余人受牵连而头颅落地,三十万人涉于边远苦寒,青都百室一空,几无应门五尺之童。"

首领第三次从墙上摘下一把兵刃给我看,这次却是一把长枪,铁锈沉沉,鲁钝不堪。我将它横执在手,抖了抖杆子,试了试软硬,敲了敲枪头,听了听它的质音,道:"虽然没有徽记,我却认识它。它是青石城西效外一位老河络铸造的铁槊,可惜没有处理完。你可以用青阳魂泡它,不出七年,铅华尽去,沉如乌木,纹理极其漂亮。"

"但不知可堪何用?"

"执之无锋,也只是漂亮而已。"

"如此说来,此槊无用了?"

我沉吟着道："也不能这么说。若是有兴致，可在秋高之日，带着长弓，乘着轻舟，到湖沼中去射雁，看天高气爽，万芦齐动，来了兴致时便可横握大槊，吟诗作赋，挥洒自如，困倦了便卧在船上对影小酌，志得意满，醺醺而归，也是一番妙事。"

那巾头首领见我对这些兵刃一一点评，或贬或褒，知道遇到个识货的行家，眉宇却越发沉重起来，他右手负在背后，左手撑在柱上，似是不堪重负，那圆柱却咯咯咯地响了三声，转动半圈，一堵厚实的墙挪了开来，墙内一道石砌的小楼梯一直盘旋向下。

我一生铸剑，对机关不甚明了，但也知道这密室内的东西必然极其机密。

巾头首领带着我下到了密室中，却见室内空空荡荡，只在中心放着一只黄心柏木钉成的箱子，尘土厚积，木头外包着铁皮铜钉，看上去沉重无比，密密麻麻地上着数十把锁。他举手拂拭去那些尘土，手指微微颤抖，仿佛那些尘土重如一座大山。我惊讶地发现此时他用的却是右手。

"先生大识，"他说，"我要让你帮我看看这样东西。"

他一把一把地打开那个大木头箱子上的锁，把它们丢弃在尘土中，随后抛开盖子，让到一边。

盖子抛开的一瞬间，铜合页凄厉地尖叫了一声，与此同时，我像被刺了一下，什么东西从心里头一下泻了出去，我预感到马上就要触碰到游历生涯中最重要的东西，那就是与我此生都息息相关的命运。苏行总是说，机会对于每一名河络都是均等的，它出现在每一个人的生涯里，但是否能抓住它，我没有丝毫的把握。

密室中密不透风，我却可以听到窗外一只仓鹘一声接一声地啼叫，声音悲怆，充满欲望。我遏止住自己的激动，向箱中看去：箱底有一块长条形铁块，沉甸甸地躺在黄色缎子上。

首领在密室里走来走去，看上去焦躁无比。他开口说话的时候，仿佛一整座山压在他的眉毛上："有一年夏天——已经记不清是多少年前的事了，那时候我还没有这么老，喜欢打猎，有一次和家人追踪一只中箭的獐子，直追到一处深潭之前，獐子不见了，却有一条瀑布从一块龙牙形的绝壁上直挂下来，滑溜溜的绝壁上全是蜡红色的条条痕痕，就仿佛斑斑血痕一般。我从来没见过那样的石头，正在那惊叹，晴朗朗的天瞬时间就乌云压顶，雷电交加，裂章在天空正中显现，赤红如血，抬起头来的时候，正看见一道电光击中绝壁顶端，红光冲上天际，我仿佛看到一条龙影直崩落到深潭里，连忙叫人下水打捞。"

首领指着箱子说："我捞上来的，就是这块铁，天生却有把剑的雏形。我把它在此屋中藏了多年，每过一年我便在箱上加一把锁。"

我探手箱中，双手拿起那块铁，入手冰凉彻骨，极其沉重。它确实很久没有动过了。我吹了一口气，尘土雪崩一样从铁条上滚落在地；我用衣袖拂拭了几下，那铁现出墨黑如夜的底子来，其上密密麻麻的乱纹，如星河流动不息；我再从腰带上抽出试金刀，在铁块上轻轻一划，咆哮呼啸之声登时冲天而起，在室内回转盘绕，屋顶上的瓦片啪啪振动，呼应而鸣。窗外仓鹘的嚎叫声贯满我的耳朵，犹如大鼓擂动。我只觉得全身血液冲上头顶，眼前一黑，几乎掼倒在地。

清醒过来后，我双手颤动，把它放回箱中，嘴里却尝到一股血腥味，原来满嘴牙齿尽都松动了，头上更有一道血柱慢慢地流了下来。

首领扶柱而立，神情肃然，说："三个月来，它在匣中不停啸叫。我想，再也藏不住它了，它也到了出山之时——我要用它铸一把刀。"

我那时候只觉得两腿发软，站立不住，于是干脆跌坐在地，道："我铸不了。"

那首领满脸惊讶之色："先生说什么？"

我双手扶膝，答道："我不能把它铸成刀，这块石头，只能用来铸剑。"

首领有很久不说话，背过手去站着不动，高大的身子突然佝偻了下来，仿佛老了好几十岁。

"那就铸剑吧。"最后他轻轻地说道。

等到十年之后，我了解了羽人的习俗，才明白那老头得知他要用这块铁铸剑而不是铸刀的时候，为什么如此意味萧索了。

2

我接下这一单活来，竟然一下就又费了十年工夫。其中艰辛，也不必多说。到了我在舆图山定居的第二个十年头上，剑没有铸成，东家却先病倒了。要知道那老人虽然身体硬朗，毕竟年岁不饶人。

这十年来，他从来也没来看过我，大概也是他的缘故，再没其他巾头上门求刀。除了首领经常遣一老家仆送些柴米银钱上门外，山谷里桃花谢了又开，开了又谢，我一个人也不见，与世相隔，潜心铸剑。正是在第十年头上，这口剑初成模样，却锋芒毕露，极其桀骜不驯。

我知道它是入邪道了。

若剑太过嗜血，便能伤人也能伤己。古人云，无所应，方可君临天下。我一直看不起众多河络名家铸成的剑，就是因为那些剑太过锋芒，难堪大用，不料自己用了这块神铁铸出来的剑居然是有过之而无不及。

铸剑铁料本质若好，淬火便是关键。一把剑若淬火不好，便如同田野没有蛙鸣，荒原没有驰狼，躯壳没有灵魂。

舆图山深潭的水质极好，为大金之元精，淬剑刚强锋利，只是不知道怎么回事，铸造出来的东西总是爽烈有余而柔韧不足。依据河络秘术，本可掺入五牲之脂来淬火，但寻常刀剑如此做也就罢了。我铸造此神剑，怎么能使它沾染上腥臊之气。

这个问题我数年来苦思不得其解，不免越来越萎靡不振，整天抱着那柄铁剑坯发愣，只想着这块千年难求的铁，怕是被自己给毁了。那一日发呆，竟然将一柄用了二十多年的大锤放入炉中，待得发现，连忙往外一拉，只听得啪的一声，锤柄当中而断，而整座火炉都被拉倒了下来，刹那间火炭横飞，流火四溢。

我的脸和胡子烧得一塌糊涂，望着倒了的炉子一时呆住。倒灶河络，那是河络们用来形容最蹩脚工匠的用语，却没想到过有一天我也会倒灶。耻辱就如一串巨大的马蹄声一样敲打在我的后脑上，等我清醒过来时，才发现马蹄声是确实存在的，有匹快马正自山脚下奔来。

来者是巾头首领的儿子，十年前，我在他婚礼上与他有过一面之缘。他跳下马来，看到我形销骨立，仿佛变了个人般，不由吃了一惊。我见他眉目里含着悲凉，也是吓了一跳，听他说道："我爸不行了，只怕这几天就要去了。他吩咐我带一句话来给你——那块铁，你扔了吧。"我愣了半晌，又见那年轻人从背上解下了一个包袱，双手奉上，道："这一包金子，乃是父亲给先生的礼金。他言道，这十年来，对先生招待多有不周，还请多多包涵。"

这话一说，越发地使我愧疚得无地自容，那巾头首领空等了我十年，这十年来他供奉甚勤，却没来看过一次，催过一次，此刻他命不长久，见不到剑成，却丝毫没有责怪我的意思。首领的儿子走后，我独自面对空谷孤壁，从日落想到月升，只觉得越来越沮丧，越来越绝望。历二十年来而一剑无成，短如朝露夕花，什么英雄梦想全是空谈泡影。

我想来想去，凭着一股气，带着剑形铁坯，背上铁匠家什，大步走到那一潭深水面前，就要往下踊身而跳，以一死报那老巾头首领知遇之恩。

有二十多年的时间，我从来没有发现过，也没想这一点。我在舆图山中住，却从来没有抬头看过一眼天空，看过一眼身边。我那一跳未跳之时，突然发觉水潭蓝得没有边界，我抬起头来，就看到整个天空都是蓝色的。

在舆图山中住时，我只顾低头摆弄炉火，从来没有抬头看过一眼天空，看过一眼身边。那天晚上我站在深潭边，突然发现天空蓝得邪怪。它包融着山，包融着月，包融着这夜色如荧，空气里飘荡着一股淡淡的甜味，竟然隐约有星星点点的血腥味隐匿其中。

前天夜里刚下了一场豪雨，一条山里常出现的短暂瀑布挂在水潭上。风从瀑布上拂过，抛起点点水雾。我仰头就能看到瀑布后面一块龙牙形状的绝壁直上直下地上升，仿佛一直升入星空中，和那些闪闪发光的宝石粉末接在了一起，但那绝壁上全是火红色的斑斑痕痕，荧光点点，就如同条条块块的血迹般触目惊心。

我心头一跳，想起那老巾头的话来，那老家伙当日得此良材，正是从一块龙牙形的绝壁下取到的。这座绝壁的形状和瀑布水潭如此相符，又在水汽里显露红色斑痕，只怕那把剑坯就是在此地得到的。可怜我在这潭边住了这么久，居然没有意识到这一点。

而我淬火的水也是取自此潭，水质美中不足，只怕与这风中隐送而来的腥臊气味有关。

我好奇心起，潭也不跳了，将剑坯负在背上，寻了块地方往上便爬，要去探访源头。

那一夜也不知道是撞了什么邪，月光照下来，清冷无比，眼见前面全是荆棘乱藤，松动的落石滚滚而下。我什么也不怕，向上爬了半夜，上了约有一百来丈，无意间发现了一条秘密小径。那条小径，只是凿在石壁上的一个个浅浅的小坑，盛满青苔和雨水，虽然滑不唧溜，攀爬的速度登时快了不少。

我越往上爬，感觉越是不对。空气又燥又闷，干得劈啪作响，像刀片在刮我的脸。我脸上的毛发一根一根地竖了起来。月色渐渐变亮，我看见一只只黑色的鸟，大如车辕，它们张开双翼，剪纸一样悬停在树上一动不动。火蜥蜴群在黑暗的缝隙间窜来窜去，我看不见它们，但能听到它们啃咬玄武岩的嚓嚓声和一道道发光的尾迹。一条长有三丈的巨蛇，盘在树上吞食着一只巨大的噬人鼠，它的眼睛像是带着火光吞吐的芯子，噬人鼠的刚毛挂在它的利牙上的时候则嘣嘣有声。

再往上爬，我抬头看见悬崖上斜伸出来的黑色枝叶仿佛尽在蠕蠕而动，我借着月光看了个明白，不禁浑身发毛，原来树叶上依附了上万只蜘蛛，密密麻麻地向下爬行。明月虽然当空高高悬挂，但那光线清冷异常，阴气森森，暗月的阴影正在缓慢地升起，一点一点地将它吞噬。深黑色的石壁上，那些红色的斑痕，闪烁着越来越妖异的光。

这事儿从头到尾透着古怪，但我那天仿佛中了魔一般，仍然是咬牙不停往上攀爬。快到山顶之处，那绝壁突然内凹了一小块，原来此处却有一小块平地，就仿佛镶在山眉处的一洞神龛，再往上便是一道如刀锋般的锐角山脊，高有二十多丈，斜挑着向外伸出，便如一道铁墙。再也没路上去。

刚往前走了两步，平地里滚过一阵闷雷，狂风骤起，铁剑坏在我背上铮铮而鸣，我刚唬了一跳，突然见那空地上亮起了数百双绿如磷火的灯笼，原来却是百十匹驰狼，围成了一个圈子等在那儿，它们个个毛皮枯黄，饿得肋巴骨一根一根地突着，暴着白森森的牙齿，不时地人立而起，两只前爪上暴着锋利的刀刃碰撞得叮当作响。待到我醒过神来时，早有几匹大狼窜到身后，断了后退的路。

在山野之中独居，碰上三两只独狼，那是有的，这么大一群饿狼聚集在一起，却是从来没见到过的事。好啊，我长吁了一口气想，原来真神让我巴巴地爬上山来，是给它们送晚餐来了。

也不知怎么回事，这会儿我又不想死了，逃生的本能油然而生，却看见那些狼望着自己，踩着碎步，逡巡来去，不敢上前，只是在地上刨着爪子，把岩石划出一道道的裂缝，不停地长声嗥叫。

百炼利器，辟易不祥。我知道它们是对我背上的东西心存忌惮，于是伸出一手到背后握住剑坯的柄子，那些皮毛家伙嗥叫得更加凄厉了，几乎要把我的耳朵震聋。我乘机转头四看，发现这群狼原先包围着的是空地上一间乌沉沉的屋子。

那屋子挂在平地上一处孤零零的树杈上，没有灯火，也没有声音，在风中摇晃不止，正是羽人村落中常见的房屋搭盖方式，屋前有一道木头的活动平台，离地并不高，没有楼梯。那平台对羽人来说可以轻松跳上去，对河络来说却是天堑。

我很奇怪自己还有闲暇考虑，是跳起来去够那个平台把屁股让给它们先吃好呢，还是一剑抹掉脖子死个痛快。我还在这边左右思量，狼群却在面前让开了一条通路。

一道道闪电在天上窜动，顺着悬崖上光秃秃的树干落到草地上，仿佛针脚一样密集。它们撕开天幕，把那些野兽的毛皮照得雪亮。狼群分成了左右两列，它们低头咆哮，但是声音全都压抑在了喉咙里，它们在那跳腾着，抓挠着泥土，然后把嘴抵在地上，仪仗一般向后退开，通路的尽端现出一匹大如雄鹿的黑狼来，它皮毛光滑，带着夜色的魔力，颈子后的毛针刺一样硬直。它歪了歪头，用邪恶的黄色眼睛不慌不忙地打量着我，仿佛在评估我的个头和力量。

它很快就拿定了主意，我没看见它动腿，甚至没有看到它张嘴，突然之间我就像被崩塌的悬崖压倒在地，满眼一张又深又黑的洞口。它那匕首一样锋利的牙齿碰触到了我的咽喉，一股腥臭的味道直扑到脸上。我不由得暗想：这回真的完蛋了。

只听得啪啪啪的几声响，一支箭镞突然从那匹巨狼的咽喉下钻了出来，周围的几匹狼同时滚倒在地，与此同时，一条灰色的长抓索，从那间乌沉沉的屋子中飞出卷住了我。我还没搞明白怎么回事，就腾云驾雾般飞了起来，从窗口直掉入屋内地板上。

救命恩人原来是一名羽人男子。他提着一张鹊画弓，个头很高，腰带上悬着一壶箭，一把佩剑，看上去虽然身材纤细，但一双眸子黑如墨玉，自有一股威严直透出来，令人不可逼视。我看他衣饰华丽，看上去当是名金堂玉榭中的公子贵族，却不该是孤山旷野的茅屋中人。

我昏头昏脑地从地板上爬起来，发现屋里并非他一人，在一张简陋的木床上还躺着名妇人。那妇人肤色白皙，头发黑如夜羽。虽然屋中没有烛火，她的美丽容貌却像明珠一样照亮了我的眼睛。光看她的打扮装束，也知道她是一个无翼民。她躺在床上，肚子隆起，却是快要临盆的模样。

我一转念间，登时心下雪亮。要知道宁州羽人，鄙夷他族之心最重，有翅膀的人把无翼民当成贱民看待，纵然有极少数的无翼民能在朝廷内居到要职，但所用官服廊马、仓头奴婢形制俱有区别，以示高下。王公贵族更是绝不可能与无翼民联姻。我猜想这一对年轻恋人相互爱慕，却不容于世，只好避人耳目暂居于此。

此刻那年轻女子闭着眼睛躺在床上，皎白的脸上全是汗水，双手捂住肚子，贝壳一样的牙齿把嘴唇咬得紧紧的，虽然一声不吭，却是在忍受极大的痛苦。

窗外那些驰狼的动作极其古怪，它们依次列队排在那匹倒毙的巨狼前面，伸出长舌舔了舔死狼的狼嘴，随后把自己的长嘴埋在土中长嗥，那嗥声凄厉哀绝，渗人骨髓，与天上的雷声呼应而鸣，直教人寒毛直竖，我简直难以自禁，便要抱头哭出来。那羽人守在门口，也是面色难看。

"怎么了？"那女子在床上微微睁眼，轻声细语地问道。

羽人过去握住了她的手道："你别担心，什么事都没有，坚持到天明，风胡子就来了。"

我定了定神，上前拱手道："多谢公子，我这条命是你救的。"

男子看了我一眼，嘿嘿一笑："别客气，要不是你分了头狼的神，我也轻易杀它不得。再说，你到了这屋里，未必也就……"他看了女子一眼，住口不说下去了。

我自然知道，外面围了这么多驰狼，即便进了屋子活下去也是希望渺茫，但毕竟多了层依靠。好在屋子入口窄小，驰狼即便能蹿上平台，但只要把住了门口窗口，一时半会倒是突不进来。生死关头我也不多说，从包裹中抽出一把短斧，便挡到了窗前。

那女子叹了口气，道："要不是我身子不好……"突然皱了皱眉，抚着肚子没说下去。

羽人男子道："——现在说这些有什么用，什么时候了，你少说两句话不行吗？"他擦去她脸上的汗，这话听着虽然是责备，动作里却透露出无限温柔来，"你闭上眼睛，这里的事就都交给我和这位河络大哥便是。"

我听到他短短一句话里，用如此信赖的口气提到自己，胸口还是燃起一团火来，虽然这辈子也没有舞过刀枪，还是决心豁出性命也要保护床上这妇人。"

那女子微微一笑，果然闭上双目，紧咬嘴唇，不复多言。

此时那群狼在窗外越嗥越凄凉悠长，只见天上阴云四下里聚拢过来，转眼将双月都遮了个严实，那名羽人执弓坐在门前，听得窗外林中窸窸窣窣树枝折断声不绝于耳，脸色越来越黑。我探头往窗外一看，吓得斧头也险些掉在地上，只见外面的平地上，密密麻麻，仿佛铺了一层狼皮地毯一般上下起伏，也不知来了多少匹驰狼，无数双黄灯笼一样的眼睛眨也不眨地盯着小木头屋子这边。

一道雷从天上直劈下来，落在一棵大树上，炸起了一个大火球。火光映亮的，全都是晃动的毛皮和利齿。仿佛一道命令，和着这一声雷，树下那些拥挤着的凶残家伙人立而起，扑了上来。它们的动作快如闪电，羽人拉弓的动作更快，我只听得扑扑扑的连珠箭响，当头的几匹狼刚刚起动，蹿起了半截身子就滚落在地上，但这些狼数目实在太多，只那么一眨眼的工夫，三头大如牛犊的利齿家伙已经蹿上活动平台，舞动前爪，刀刃划破空气，霍霍有声，直扑了进来。

吭琅琅一声响，羽人长剑出鞘，我只看到一道璀璨如花的剑光一闪，大篷的血兜头洒落一地。一剑之间那三匹狼就已经头身两处，无头狼尸直掉落下去。无数低沉的嗥叫和愤怒的咆哮从四面八方传来，这些饿疯了的狼毫不畏惧地一只接一只地扑了过来。那年轻羽人剑光吞吐，像一面巨大的光圈一样，挡在了门前。

有一只狡猾家伙，顺着平台的边沿溜到窗户下，跳得高便蹿上来，趴在窗沿上伸头探脑的，被我一斧子劈在眼睛中间，把个三角形的狼头剁成个烂卷心菜的模样。要知道老子打了二十多年的铁，虽然没学过武艺，笨力气还是有两把的。

年轻羽人屹立在木屋门口一步不退，只一会儿工夫，脚下便狼尸堆积如山。羽人一族中,精于箭术者极多,却鲜有近战高手。这公子如此悍勇让我大大地松了一口气,我起先还在担忧,现在却知道那些恶狼短时间内是冲不进来了。

正在这当口,却突然觉得脚下微微摇晃,不由得吃了一惊,探头到窗边往下一看。这一看便如同一桶冰水当头浇了下来。那天晚上遇到的所有事情都是邪门,在其他地方,我可从来没见过有什么畜生这样做过——只见有数十匹驰狼簇拥在木头平台下面,团着尾巴,吐着白沫,疯了般撕咬抓挠那些支撑着树屋的木柱。

那些木柱都是柚木的,粗如碗口,但那些狼便仿佛有铜牙铁齿,前掌上的利爪更如同刀凿一般,挥舞一下便是三道深印,眼看着白苍苍的口子越来越大,木屋晃动得越来越厉害,转眼便摇摇欲坠。我不由得呻吟了一声,顷刻间汗如雨下。要是木屋支撑不住散了架,我们三人失了地利,摔到地上,这些狼四面涌上,凭你是三头六臂的英雄好汉,也是一个死字。要等那位什么风胡子过来,只怕连一堆碎骨头都剩不下。

那年轻羽人守在门口看不到脚下,但看见我神色,又感觉到脚下摇晃,心中猜到缘由,脸色也是刷白,不由自主向床上看去。这一分神,一条狼呜咽了一声,蹿起一人多高,两爪张舞,如雪利刃半空里直飞过来。

我张大了口,借着电光一闪间,看着那匹狼和羽人撞在一起,雷声轰鸣震动,羽人的长剑被掠在了外围,只得抬右胳膊一挡,利爪登时切入他的骨骼肌肉,带起了两团血雾,那狼低头咆哮,把流着涎水的大嘴直逼近羽人的咽喉。我大吃了一惊,不由得叫出声来,却见那羽人头一歪,左手张开成掌,啪的一声打在巨狼的胸前。巨大的狼头往后一仰,利齿响亮地撞在一起,却是咬了个空。羽人的右手剑圈转过来,切豆腐一样在巨狼的胸口平拉出一道大口子,泼的一声一个黑乎乎的东西从狼的胸腔里跳了出来，在地板上勃勃而动。狼血汹涌而出，兜头兜脑地喷得屋子里和羽人的脸上脖子上全是热血，就连我背上的剑坯也溅了几点血。剑坯吃了这几滴血，登时轰轰而鸣，在屋内回荡不休。

床上女子听了这奇怪的呼啸声，眼睛一动，想是忍不住要睁开看看发生了什么。

那羽人疾道："你闭上眼睛，什么也别管。"他把剑交到左手，继续道，"这屋子里血气大得很，还是不要看了，小心沾上戾气。"

我知道这是羽人的风俗，临盆前不能看到脏东西，无翼民当中肯定是没这种习俗的，但那女子还是乖乖地闭上眼睛，什么也不看。屋子却轰隆一声塌下一角，地板猛烈地摇晃起来，要不是抱住柱子，我几乎摔倒在地。

风从破开的墙缝中直扑了进来，我看得到外面一个个火球飘来飘去。势如燃眉。我抬头四顾，只见山峰的尖端突兀在屋子的头顶上，是一道光溜溜的悬壁，往外倾斜，有二十来丈高，悬在我们头上。那正是龙牙峰的最后一段，尖峭入云，黑沉沉的不见端部，便是猴子插翅也上不了那座山头，可倘若是上了那座尖峰，便能摆脱这些驰狼。

我左右一张，望见屋子左边五丈远有一棵半倒的云杉树，那树又高又直，树冠缀满黄绿色的藤萝。我跳到门口，叫道："想办法送我到那棵树上。"

羽人的长剑凝定在半空中，光华收敛，依旧嗡嗡有声。他看了看我，又看了看那棵树。我觉得此人气魄极大，他也不管我是要独自逃生还是怎地，一句话也不问，用的办法更是直截了当，一伸手，揪住了我的脖领子往外一甩。我只觉得自己耳边风生，啪的一声就双手抱在了那棵树上。

我两腿夹住那棵树，放开双手，借着电光看准方位，当当当，三斧头放倒了这棵云杉。这棵树轰然巨响，斜斜倒下，压垮了六七棵杂树，一端正落在木屋边，另一端却斜架在悬崖之上。

情形紧急，我也顾不得活计好看，斧头横飞，噼里啪啦地，在树干上凿出几个落脚的槽来，冲着平台上喊道："带上她，我们往上走。"

羽人浑身上下溅满了血，如同个血人一般，依旧站在门前舞剑酣战，一步也没后退。他看了树梯一眼，嘴角瞬起一道微笑，精神陡长，唰唰唰几剑，如冰雪风暴般，周围的几匹驰狼登时栽下树去，他倏地往门里一缩，把木门一拉，堵住了门口。

十几只驰狼一起扑上前去，锋利如刀的前爪扑在了木门上。我骑在树干上，看着木屑如雪纷飞，三指厚的门板如同破絮一般四分五裂，登时便有七八匹狼直涌了进去。我正在那儿担心，突然间屋顶石瓦横飞，那羽人公子双手横抱着那女子，破顶而出，反而跳到了我上头，稳稳当当地顺着树干蹿了上去。那女子的双目兀自紧紧闭着。

我欢声大叫，也随后盘了上去。

云杉到了尽头，离那山崖顶部还差了数丈，羽人在上面抖开铁抓索，飞身而上，然后转身把长索放下来拉我上去。

那些狼看我们往上爬，在下面一起放声哀嚎，我从来没听过那么凄厉的声音，便如同万鬼哭嚎，从地底深处直冒上来一般。

等到我们三人都上了顶峰，脚落实地。女子在羽人怀中张开眼睛，一起放眼而望，我们三个人不由得都大吃了一惊。

3

在那座怪石嶙峋的峰顶上，在我们能够看到之前，每个人都嗅到了一股刺鼻的浓烈气味。

山尖之上烟雾腾腾，虽然周遭方圆极小，阔不过十丈方圆，却让我们一眼看不到头。我在黑色的迷雾中往前踏了一步，却被羽人伸手挡住了。他双手抱着妻子站在那儿，默默无语地示意我往前望。

都说我们河络善于在暗中视物，其实在伸手不见五指的地底深处，指引我们前进的多半是我们的嗅觉。在那些黑暗的洞穴里，我们能闻出黑暗洞穴里的一块石头，一枝树根，一堵青石墙，一条岔道的特殊气味，而真正算得上视力超凡的，还得算羽人。

等我的目光适应了黑暗，在浓浓的烟雾中，我看到山顶的中心向下深深陷去。两位年轻人站在那儿，他们的目光投向了黑暗的、怪兽咽喉般的山洞，脸上是一副惊惧和警觉的表情。要不是他拦了我一下，我就会顺着陡坡滚落下去了。

这块内陷的天地之碗里，到处散落着嶙峋的巨石，摆成各种怪异的形状。石头的缝隙间，蒸汽冒出了地面，更多的孔洞中冒出了沸腾的泉水，它们潺潺不断地流了出来，水是乳白色的。飘荡过来的烟雾中含有一股邪恶的刺鼻气味。羽人小心翼翼地探着鼻子嗅了嗅，说道："小心，这儿有人，他们在烧什么东西。"

"不，不是人，"我抬头深深地吸了一口，把那些熟悉的刺鼻气味纳入鼻腔，脸上荡漾出一股只有河络才能理解的笑容，"这是大神盘瓠在烧他的铁炉啊。"

那种气味虽然夹杂着恶臭，却给我带来仿佛回家一般的熟悉感觉。我低头搬起一块石头，把它的底部翻上来给他们看，那上面密密麻麻地长满黄色的晶体，仿佛无数朵娇嫩的黄玫瑰花一样漂亮，用手指轻轻地碰一碰它们，那些精巧易碎的花瓣立刻变成了粉末。我捻着那些硫黄粉末，想起了年幼时，在那些地下火山前，看着河络工匠们挥锤如雨的情形。我，一个二十年来没有一件成功作品的头奖河络,一个头一天刚刚把自己的灶台打翻的矮子河络,把那块石头高高举起,带着点癫狂地喊道:"只有大神盘瓠的锤子才能打得出这样精美的花瓣。这是盘瓠的铁炉。这是一座火山啊。"

我们可以听到地下传来的轰隆声,不时从气孔中猛烈喷射出来的蒸汽,难闻的地底硫黄味飘荡在四周。烟雾来自地底,它总被人们误认为山上缭绕着的云气,没有人想得到这是一座活火山。

"这些气有毒。"我说,"你们还是把脸蒙起来吧,闻多了以后,会让人丧失记忆,失去方向感,即使是我们河络闻惯了,也不能不小心。"

确实,这里的毒气太浓了,它的味道并不强烈,能让人不知不觉中招。可我离开河络的领地太长时间了,已经麻痹得忘记了其中的危险。

雷电如同纷纷的亮银线,不断地扑入洞穴中。"这儿太高了,"羽人说,我看到他在微笑,"雷电总是妒忌在高处的人,我们往下走几步。"我们顺着陡坡小心翼翼地走下了几步,在那儿,我找到了瀑布的源头。洞穴中喷出的水汇集成了一个清潭,然后,它们旋转着,从潭底深处一个看不见的大洞泻了出去。

"嗯,看那里,"羽人说,他指着洞穴底部几块巨石搭在一起的地方,那儿也是最大出气孔所在地。他说,"那儿顶端有个什么东西?几株草?这种地方怎么能有草呢。"

我摇摇头:"我看不清那是什么东西。"

女子也发觉了什么。她趴在羽人的怀里,又尖又黑的眉头皱在一起,黑色的头发披散在她那白如瓷瓶一样的脸上。"要小心。" 她伸出一根手指触摸着空气,手指上附生了一圈镜子一样的波纹,它们叮地响了一声,就像真正的水纹一样向四周扩散而去——我早猜到她是一名秘术师——"这儿有什么东西不一样。"她倾听着空气纹波在雾气中散发后传回的若有若无的叮当声，说道。

羽人反手轻轻地拔出长剑。"嘘。"他说。

我们一起侧耳倾听。这儿是有点东西不太一样。除了雷声暴烈，地底下喷涌不停，水流冲刷岩石亘古不变，雨水击打在裸露石块上转瞬即逝，在这一切声响之外，还有一阵阵的，有规律的潮水一样巨大的鼻息声。

与此同时，我还在大团刺鼻的硫黄味中嗅到了一丝丝腥气，这种腥气我很熟悉，它正是我铸剑时溪水里散发出的那种若有若无的味道，只是在这儿，它的味道更浓重了一点，带着其他什么邪恶的气味——危险，死亡，黑暗，诸如此类。

"灵芝草。"羽人突然开口说道，他的面色如死了一般苍白，望向那本来绝不可能生长任何生物的岩石顶上，"那些是灵芝草。"我们都明白了他那句话的含义。我不由自主地向树梯退去，那一刻我几乎想要扔掉斧子掉头跑下山顶，回到群狼环伺的那间木屋里面去。

那是一只蛰伏的虎蛟啊。它是陆地的霸主，总是喜欢在石头的缝隙间睡觉，一睡就是无穷个年头。它呼吸的时候，云气就从嘴角边冒起。传说这些云气升上地面就变成了灵芝。

它确实在睡觉。我们透过那三块巨石的缝隙可以看到它的发亮的触角，一起一伏的肚皮。这是一只大个子的虎蛟。传说可以依据它们皮肤的颜色来划分善恶。红色的暴躁，黑色的诡异，青色的柔顺，如果碰到金色的，那就是好运当头，必定要封王封侯。可我们眼前的石头缝中睡觉的这只虎蛟，大如巨象，浑身黑里透红，蛇一样油光发亮。它的每一片鳞甲都在翕张，在不安分地抖动着，仿佛随时都要醒转过来。

我们尽可能不发出声响地后退，退向悬崖——尽管周围电闪雷鸣，嘈杂得吓人，我们还是不敢发出一点声音。可是老天爷不想要我们就这么走,一道雷自上到下,划开三千里天幕直劈下来,把一座交叠而成的巨石塔在我们眼前炸得粉碎。

女人惊叫一声躲在羽人怀里低头躲避,雨点和燧石随着那一声雷劈头盖脸地浇了下来。倒塌的石塔之下,一股弯曲的白汽呼啸喷出,蹿上数百米高的天空。那些全是毒气。石塔剩余的几块屋舍那么大的巨石被直抛起来,顺着悬崖绝壁径直滚落下山,一路上发出吓人的轰隆隆巨响。

那响声太猛烈了,纵然是石头人也会被惊醒,我们伏在地上,忍受耳膜的剧痛。等我们一回过神来,不约而同地回过头去看三块巨石交叠处,那一看令我的心脏都要冻结了。石屋之中空荡荡的,虎蛟无影无踪,只剩了一匹红光满地。

我看见年轻羽人背后的肌肉从打湿的衣服下面鼓了出来,他像弓弦一样绷紧了自己。羽人慢慢地将怀抱里的女人放下,把两腿叉开,转头四顾,寻找失踪的虎蛟足迹。那女子则闭着眼睛,嘴唇冻得青紫,仿佛死了一样。

我浑身冰冷,头大如斗。那会工夫,我也许已经受了毒气的影响,迷迷糊糊的,记不清自己都做了些什么。斧柄像块寒冰冻得我拿捏不住。我的头很晕,我不能集中注意力,我不知道自己为什么站在这个又冷又顶风的山巅上,我不知道自己身旁的这两个人是谁,他们在紧张注视着什么——那会工夫,我完全被另一个东西给吸引住了,我仿佛死了一样,紧紧盯着那东西不放:

在那三块交叠的巨石下面,火和熔岩从地底下喷出,石头地面上有一个深深的石头凹槽,那个凹槽又长又扁,正是一个剑鞘的形状。在这个裂缝的中心处冒出一条高高的纯青色的火焰,便如同一挺青色的剑锋,嘶嘶作响,直挺挺地刺上天空。一条火红色的小蛇自在地盘绕在火中,它看到我走过来的时候,昂首吐了吐芯子,滑过石头沟槽，溜走了。

这火的颜色让我心神摇曳，我掌了二十年的炉子，从来没见过这样颜色的火焰。它纯极了，漂亮得像是高天上垂下来的幕布。只有纯而不杂，静而不变的火焰，火中的君子，才能发出那种颜色。

外面仿佛有什么东西在吵吵闹闹，但我那时候已经中了毒。除了升腾的火焰，我什么也没看到，除了那团火发出的嘶嘶声，我什么也没听到。

我着了魔一样咬着牙想，这个炉子可以冶炼。

这个炉子可以冶炼。

这个炉子可以冶炼。

我记得我疯狂地摇那个羽人的肩膀，对他说：这个炉子可以冶炼。

他诧异地看了我一眼，轻轻地摆手把我推在一边。我从他的瞳孔中看到我眼里放射出的疯狂光芒。我低下头去，听到自己在哈哈大笑。除了那盆火之外，我还看到了其他一些影像。我仿佛一脚踩在梦中，我看到一切，听到一切，我全知全能，我对发生的一切都了解，每次回想这一段往事的时候，乱七八糟的景象纷来沓往，但我自己却置身事外……

比如说，在我把剑坯架到火上的时候，在这种时候，我的脑中还浮起了一个清晰的念头：狼都不叫了。那些狼确实都不叫了。它们拥挤在那儿，拥挤在我们脚下的山凹平台上，有时候我在眼角中借着电光看到，它们全都垂头丧气地呆立在地，仿佛被惊雷化成了石头。狼不叫了，我心里头很高兴，可它不关我的事。我也没去想它们为什么不叫了。

再比如说，在我挥动锤子将那剑坯上下炼锻的时候，我却能清清楚楚地感觉到那名女子的痛苦。她用手捂住自己的肚子，咬着嘴唇，竭力忍耐，可是那痛苦牵肠扯肚，如何逃避得掉。雷火交困，四周都是饿狼，丈夫又得提防更大的危险，在这种地方生孩子，真是遭罪呀。

但是这一切都不关我的事。我锤打着剑坯，看着剑锋剑刃剑格剑首一点一点地凸显出来，形状越来越漂亮，不由得满心欢喜，就像看着一个婴儿正在出生，它在火上烧得通红，真的就像个又白又胖的婴儿一样可爱。我忍不住伸手去摸它，被狠狠地烫了一下，这才清醒了一点，听到仿佛有另一点什么声音也在山顶上。它隐藏在松涛风雨之下，好像蛇吐舌的嘶嘶低语，锯齿刀铡进骨头里的崩裂声，墓穴里巨鼠牙齿相互摩擦的细微吭琅，这些声响其实根本就听不见，却又能想象得到，一丝丝一点点地渗入人的骨髓，令人不寒而栗。

我艰难地把视线离开炉子，回过头去，看见悬崖上有两团邪恶的青色火光，大如灯笼，飘荡在风雨中，紧盯着我们不放。我只觉得一阵头重脚轻，以为自己在做梦。我瞥见羽人的眼睛在黑夜中也亮如两盏明灯，甚至照亮了四周的黑雾。他脚下的女人半倚着一块石头坐着，她依然没有睁眼，脸色白得如玉一般透明。他们都把头偏向那两盏灯的方向。

它确实在看着我们。

云气缭绕来去，露出一个缺口的瞬间，我看见那只动物附足在垂直的悬崖上，不受荒的大地凝聚力影响一样。它的头高高地昂着，天鹅一样的长脖子弯曲得像夸父的船首像，头上的角足足有十八根分杈，展露出一副漂亮的对称形状。它头下脚上地站立在那儿，仿佛一个不真实的剪影，只有尾巴在轻轻地舞动，像一圈团得紧紧的鞭子，抽打着空气发出嘶嘶的细微声响。

剑在铁砧上啪啪而跳，仿佛有脉搏一样。我知道它认出它来了。

它熟悉它，它们也许是兄弟，也许是仇人，可它们血脉相连。我要把它的影子捕捉住，刻入剑中，那是它的宿命。我挥凿如雨，叮叮当当地在剑柄上描刻出这只巨兽的形象。

黑色的剪影突然动了起来，虎蛟蹿下悬崖，它行走在直上直下的绝壁上，如履平地。

驰狼群在下面发出一阵微弱的呜咽声。它们把声音都吞到了肚子里。在骤然降临到它们头上的阴影面前，它们簌簌发抖，可是不敢挪动一步。

虎蛟像一道黑色的闪电冲入驰狼群中，它拖着巨大的身躯，割草一样把那些呆若木鸡的巨狼扫倒在地，血雨纷飞，瀑布顿时变成了红色的水流，呼啸着翻滚下悬崖。

短短的两个闪电间的间隙，这条黑虎蛟自东到西，自南到北，在驰狼群中杀了一个来回，用鲜血和牺牲浇灌了它的满身怒气后，又反身蹿上山崖，盘踞在一块巨石上，居高临下地俯视着胆敢冒犯禁地的三人。

雾气散开了。我终于看清楚了噩梦巨兽的模样，看清了它那黑如地狱的皮肤，慢慢转动的头，竖起的三角形耳朵，钩子一样的牙齿，胸部和腹部上黑亮光滑的鳞甲，锯齿形的肉褶和顺着背上沟缝流淌的血水。除了瀑布一样流淌的血河，还有一些黏糊糊的血块顺它刀子一样锋利的下巴滴着。它垂下眼帘，用洞悉一切然而又疯狂无比的巨大眼睛往下俯视着我们。

这是一条疯虎蛟，邪恶虎蛟，陆地霸主，暴虐之王。它刀枪不入，除了传说中的龙，没有哪一种动物的天然力量能够超过它。它躬下前躯，在后背上展开了硕大的翅膀，我可以看到翅膀薄膜下静脉的跳动，它挑衅式地伸了伸脖子，用一种极轻蔑的方式把一颗硕大的狼头吐在我们面前。

4

那一刻我突然间心中如明灯点燃，照了个通透雪亮。那条瀑布的水源之头，正是悬崖上的虎蛟蛰伏之所，而这条虎蛟暴虐，杀戮众多，所以水质中满蕴杀伐之气，淬出的剑自然带着强横的怨气，刚烈有余而收敛不足。

它不是无敌的。我轻视它，就像我依然轻视手中的剑一样轻视它。我当的一凿子在剑柄上刻下了一个怒目圆睁的眼睛，然后又是一个。那一双眼睛在烈火中烧得通红，仿佛要喷出血来一般。

"要厚道。"我点点头，对着手里的剑也是劝导那条虎蛟说，但它没有听见。

垂死的狼在下面的哀鸣声我没有听见。我埋头在黑暗中，在暴雨滂沱中锤炼我的剑。它用新拥有的眼睛不转瞬地瞪着那条虎蛟，像愤怒的人一样不住颤抖，在火上忍受着煎熬。"要忍住，要忍住。"我劝导它说，手中的铁钳被剑烫得嗤嗤作响。大概是等不及剑被铸好了，我无奈地想，几乎要放声大哭出来。真神啊，再多给我一点时间吧，再多给我一点时间。

"都不要动。"那女子的声音轻如耳语，正好能被我们听见。

虎蛟眼里的光芒黯淡了一下，它以一种奇特的姿势蹲伏下来。我看见女人不知道什么时候咬破手指。她的脸庞在黑暗中白玉般微微发着光。一股手指一样粗细的血悄悄地流淌着，它在地上慢慢地爬行，遇到大的石块就拐一道弯，它弯弯曲曲地画了一个圈，仿佛隐含着一个什么图形，正好把我们包围在里面。虎蛟显得有些焦躁不安，它死死地盯着爬行的血圈。到处飘荡着鬼祟的球形闪电。舆图峰与低矮的天空之间，仿佛回荡着若有若无的乐声。雨水打在血圈上，没有混入其中，却像油碰到水一样分开了。

"都不要动。"女子轻轻地说，她的眼睛依旧没有睁开，脸白得像张纸。

"都不要动。"她说，羽人却摸着剑柄蠢蠢欲动，"你怎么可以这样做，"他说，语气中带着压抑的暴怒气息，"你怎么可以……"

我看见他的脸色发蓝，脖子后面有根筋一跳一跳的，把牙齿咬得格格响。他的一点低语透过风雨传入我的耳中，"你的身子……我……岂是受人保护之人……"

"你再等等。风胡子就要来了。"女子的声音越来越低。她说这话的时候，一点雨水渗进了血中，而虎蛟猛地站了起来，然后又蹲回去，它望着我们时显露出一种越来越急不可耐的眼神，喷出了越来越暴烈的鼻息。

而我的希望全都寄托在那个女人越来越微弱的气息上。我敲打着我的剑。我希望她能多支撑一会儿。半弧的剑刃内收成锋，它就要好了。

弦断的声音清清楚楚。

我们最多只坚持了半炷香的时间。往来的闪电把峰顶照得明明暗暗。一颗主星像匕首一样刺破厚厚的雨云层，它闪烁起来的一瞬间，那个女人痛苦地呻吟了一声。她跪倒在地，一摊暗红色的液体从她的下身冲了出来。它们冲入血圈之中，和鲜红的血混杂在一起，隐秘的图案登时变得淡了。

虎蛟狂喜地咆哮了一声，和着这一声怒吼。云层被撕开的口子被云气重新密闭起来，亘白隐藏进了云中，雷电交加，球形霹雳碰触到湿漉漉的怪石时就炸了开来，乱纷纷的石块被炸上天去，然后再像雪花一样落下来。

说实话，我不知道羽人和虎蛟谁更期待这一时刻。在那一瞬间里，羽人像被压紧的钢簧一样跳了起来。"你这个傻瓜。"他又疼惜又带着压抑的愤怒看了她一眼,然后转头面对巨兽。狂风夹杂着雨水泼打在他的头上身上,就像摔打在一尊石刻的雕像上。

我合上了最后一锤。它在火上漂亮地闪烁着,耀眼的光芒在剑刃上跳跃。

还差一步,我的剑就炼成了。"就剩下一步了。"我含含糊糊地对羽人说。

他没有理我。

虎蛟最后咆哮了一声,低头冲了过来。被它的巨大身躯带起的黑雾,旌旗般缭绕在背上。这只可怕的巨大怪兽,像不可抗拒的死亡一样阔步冲来。

羽人双手握住剑把,侧身对着虎蛟,他把剑柄收至右腮,贴在自己后面的肩膀上,这一靠简简单单。我以前见过这种姿势,那是必死的步兵迎战重装骑兵突击时的姿势,一剑挥出,要么劈断马的前腿,把马上的骑兵抛落在地,要么被踏为肉泥。这种必死的气势让他像穹海海口那些坚硬的石柱一样坚不可摧。

闪电像舞台上的牛油火把那样把方圆数十丈的山顶打射得清清楚楚,一切都像慢动作一样清晰。那天晚上,我看到了羽人不传的秘术,也看到了一名顶级羽人武士的真正力量。他紧紧地抓着剑柄,星星的光芒在他的剑上闪耀,一双洁白的翅膀唰的一声在他背上抖了出来,把四周的黑雾一扫而尽。那一瞬间,我甚至觉得他像诸神一样不可仰视。影武神。羽人十二武神中精神力损耗最大,力量最狂暴,最无法阻挡的武神。

洁白的双翼展开的时候,他的大喝声甚至超过了虎蛟的咆哮声。我不敢确信自己透过漫天的乌云感受到了谷玄的光芒在天上闪动,那是种淡淡的不同寻常的黑蓝色。

这是最可怕的战斗，两边都是最可怕的战士。黑虎蛟尾巴鞭子般抽击在山岩上，牙和爪撕裂空气的声音犹如裂帛，而影武神的那一剑划出道闪电般艳美绮丽的弧线，结结实实地砍在黑虎蛟的咽喉上，我还没来得及露出笑颜，就看见断剑旋转着飞上半空。天空中满是旋转着的火球。它们被大如海碗的雨水击中的时候就会炸开来。

甚至没有时间躲闪，黑虎蛟便把他撞翻在地，它的速度太快了，以至于收不住势，从羽人头上掠过，砾石般粗大的鳞片划在岩石和羽人身上时都是吱嘎作响，它的利爪狠狠地捣在他的肋骨下。羽人打了个滚，翻身站起。他的耳朵眼里喷出血来，衣服和白羽像蝴蝶般在雨中片片纷飞，我看见衣服迸裂处露出一条刺青黑龙来，那条龙盘旋在他的后背上，大张着的龙口正好包住他的脖颈，仿佛是龙把羽人的头吐出来一样。武神的力量确是不可捉摸，他手提断剑，双目如火，依然在如注暴雨中立如苍松，虎蛟利爪划过的肋部居然没有血流出来。

虎蛟掠上一块巨岩，吐出一口黄腾腾的雾气，片刻也不停留，旋身又扑了上来。

即便隔着铁钳，我也感受到了火焰和剑的热量。它太烫了，我终于拿捏不住，松手让它掉落在地上，四周的岩石立刻化为一圈红炭。风雨依旧不休，犹如醒不过来的噩梦。"火候正合适。"我得意扬扬地说着，跳到炉子边上，用包裹布吸满潭水，垫着手将铁剑的长柄缠绕住，将它提起来，用力抛了出去。

火红的剑坯像一只黑色的飞鸟没入夜空中，我没看清他是不是接住了它。虎蛟展开宽大的双翼，像一幅遮天盖地的黑幕，遮挡住整个天空。随着惊天动地的一声响盖将下来，把他整个人遮没其下。

那一刻仿佛漫长无边，我屏住呼吸，看见一条黑色的魅影弹丸一样弹上天空。一道白光在他手中炫亮夺目。羽人高高举起长剑，合着道长长的电光，苍鹰一样从高处扑击而下。满天的星星缤纷而落。黑色凋亡的死亡气息席卷而出，我不能告诉你们什么。那是谷玄的气息。它只有恐惧，只有死亡。我从梦境中猛然醒来，害怕得睁不开眼睛。仿佛一股邪恶的力量抓住了我，我摔倒在地，依然觉得地动山摇不休。从羽人的脚下直到悬崖顶部裂开了条笔直的口子，这一剑之威如果展现在人世间，汹涌的鲜血势必要淹没大地。虎蛟冲出去一百来步，才颓然倒地。它疯狂地抓挠着大地，尾巴蛇一样扭动，濒死的呼号让下面平台上木鸡一样的驰狼直打哆嗦，屎尿齐流。

它在地上折断头上十八分杈的角，咬噬自己断裂的肢体，然后在泥水中翻滚着死去。不知道为什么，看着这条虎蛟死去，那一刻我心中居然没有一点欢欣之情。望着那条矗立在雨中的黑影，我看见那张背上纹着的黑龙双目赤红，随着他的呼吸，一动一动，须眉皆张，仿佛随时要破云飞去，那种感觉压抑得我不敢呼吸，不敢靠近。

有什么比虎蛟更邪恶的东西从他身上，从他那副招展的双翼氤氲而出，让我心惊胆战。

一阵孩子的哭声突然从背后传来，惊醒了我们两个。他全身一震，收起羽翼，转过身来，白色的巨大翅膀叮当一声粉碎在风中，三道深及骨头的血痕这时候才慢慢在他肋部浮现出来。我身上体会到的那种恐惧感这才像潮水一样消退了。

我喘了一口气，回过头去看见那女子靠着块巨石半倚半坐，她的怀中多了个小小人儿舞手蹬腿地哇哇大哭。经历了今晚上的一切，那小子倒是嗓音洪亮，丝毫不受影响。

羽人在孩子身边蹲了下来，他揉了揉额头，仿佛在做梦一样看着那小家伙，伸手欲摸那孩子胖嘟嘟的脸。可是那只沾满血的手停在半空中，羽人别过头去吐了一口血。

那女子的脸上露出了一副极疲惫的神态，她叹了口气："你终究还是用了……"

那羽人摇摇晃晃地拄着剑，把血手在裤子上抹了抹，终究还是没有伸手去抱自己的儿子。"不得已，"他强作欢颜，苦笑了一下，"只怕这孩子会受谷玄的影响，今后一生都不顺利呢。"

我眼睛花了，在这孩子的胳膊上看到了一柄缠绕的黑剑，一现就隐没不见了，不由得吓了一跳。我回过头去看虎蛟巨大的尸体，它盘绕在地上，巨大的角像重重叠叠的树杈一样支在地上，就像平地多了两棵大树。

那羽人好像也看到了什么，一阵愕然，随后仰面朝天，哈哈大笑起来，笑得浑身颤抖，笑得血都从口中咯了出来。

"好，好，好，"他说，"好，好，好。我就知道他是个做大事情的人。"

那名人类女子靠着石头坐着，全身湿透，苍白的脸上现出了一点红晕。她把那孩子搂得紧紧的，仰着脸说："我不希望他做大事情，我就希望他平平安安地过这一生。"

"那我们就管不了了，"羽人说，"从来每条路，都是靠自己走出来的。他是我的儿子——可是他将来是个英雄豪杰，还是湮没于蒿蓬，就全看他自己了。"

他转过身，看了我一眼，微微一笑，把右手伸了过来："多谢你的剑。"

我从他手中接过那口剑，温度已经降了下来，剑上淋满了血，又黏又滑。

我小心翼翼地捧着它，觉得手中的剑仿佛有千斤重，我知道这二十年来的苦修终于有了结局。我要就着这天地之炉给它进行最后一次修整。剑被放入火中，血污化为青烟散去。我敲打锤子，好似汹涌的冰流冲出峡谷，再也没有什么东西可以阻隔盘瓠来享用他的盛宴。那口剑一任重锤锻打，此刻都不声不响，它乌沉沉的，不再光芒耀眼，不再夺人心魄，剑刃上偶尔放射出来的一道冷光却能令任何见多识广的河络寒毛直立。

天色微亮，雨已经停了。雾气像一层白色的帷幕，遮盖住了所有的血。它被风推动着，向下蔓延，吹过山脚下那些高高低低、墨绿色的树冠，吹过支离破碎的丘陵和沟壑，吹过我们脚下绵亘数千里的大陆和海洋。我再也拿不住锤凿，便随手把它们抛落在地。我背负着这些铁匠家什的时间已经太久了。我累了。仿佛我生命中的一部分已经消失不见了。我像木头一样立了很久很久，站得身上几乎结满了硫黄。我横持着那把剑，看到自己拿剑的手已经枯萎了。

黑色的剑身横在空中，上面仿佛缭绕着一层薄薄的雾气，却没有水珠凝结在上面。

雾气掠过剑锋，再随风吹下舆图山，掠过那些森林，那些平原，那些山河，那些大陆和海洋，我看见雾气笼罩间隙中的草木山石皆随它的呼吸一起一伏。

羽人不知道什么时候到了我身边，他用一根手指弹着那柄剑，说："怀远柔迩，如风靡草，你这口剑，算是炼成了。"

我没有答话，却看见下面的悬崖上，一条大汉正攀援而上，背上依稀还负着个人。他上了平台，略略看了看形势，放下背负者，随手折断大树，就像折断筷子一样容易。他挥舞着巨树横扫，将那些狼扫入悬崖，真是挡者辟易。早已被虎蛟搅得心胆俱寒的狼群不由大乱，登时四散逃跑，不一刻就跑了个干净。

羽人跃上半空，挽弓搭箭，向天地四方，各射了一箭。我只听到嗖嗖嗖数响，见到六道白芒，分向各方散去。我知道这是羽族人的传统习俗，在儿子出世时，要向天地四方各射一箭，以箭头落地之处来预测孩子未来的命运。

那大汉听到羽箭破空之声，在曦光中抬头向上望来。我见到他满脸疤痕。

羽人哈哈大笑，道："风胡子来晚了，就罚他去给我找回这六枚箭头吧。"他挽着弓，转头对我说，"你铸成这口剑，足以名垂后世。这剑，就送了给我吧。"

"这可不成，"我吓了一跳，道，"我不敢专美，这剑铸成，全是机缘巧合，天地为之，我又在其中做了些什么——再说，它早已经有了主人了。"

5

那条大汉顺着树梯爬上山顶，果然正是风胡子。我们在木屋中找到几件置换衣服，给羽人公子和人族女子换上。那风胡子背上山来的，原来是名产婆。羽人公子负着女人和孩子，风胡子重新负起那名吓得半死的产婆，将我也一把拉到背上。我只听得耳边嗖嗖风响，风驰电掣一般，不到一杯茶的工夫，早到了山下，却有一辆马车，几匹骏马，数名仆从相候。

我也不回山下草屋，直接带他们一行到了东家府邸，要抢在那巾头首领咽气之前，将这一口剑交给他，也算是有个交代。

谁知道那满脸病容的刽子手首领一见那年轻羽人，立刻让家人扶着他挣扎着起床跪了下去。

我吃了一惊。这才知道，这名跟我在荒郊野外血战恶兽，私会情人，还生下一个儿子的年轻羽人，竟然是青都银武弓工的长子，日后便是这整个宁州的主人。

太子摆了摆手,对那巾头首领说:"你这柄剑,还是给了我吧。它带有帝王之气。你用着不妥当。"

那巾头首领在地上抬起头来,两目圆睁,森然道:"太子别忘了,我是个什么人。假如日后命星注定,你会和这把剑再见面的话,我自然不会忘了亲手来了结这桩事的。"

我听了这话,只觉得两腿发软,便要跪倒在地。

太子听了这话面色大变,几乎便要当场发作出来。他哼了一声,一瞬不瞬地瞪着巾头首领看了良久,那目光能令虎蛟倒退,巾头首领却是神色不变地跪在原地。

"好,"羽人点了点头说,"我记着你的话。"他连杯水也不喝,便带着那女子和风胡子走了。

那巾头首领将剑收了去,送了我极丰厚的谢礼,却不言一个谢字。

后来我听说那巾头首领竟然大病得愈,本来快死的人居然又好转如初,只是右手依旧瘫痪,转动不灵。

我本来要离开宁州,却得了大病,仿佛那巾头的病落到了我身上,半步也行走不得,不由得耽搁了下来。

三个月后,我刚刚有些好转,就听得外面传言极盛,说是羽太子结交异族奸邪,营党谋叛,雇佣刺客谋反,被银武弓王拿了,已在青都被满门问斩。

我吃了一惊。连忙托人打听消息,得知东宫太子同党三百五十二口,皆在青都王宫前的芙蓉广场上行刑。刽子手们个个害怕,谁也不敢接这单活,最后还是青都的首席行刑人,也就是那巾头首领的儿子,来动手操刀。早已告老赋闲在家的老巾头首领不知道为什么也到了刑场,他坐在一把摆放在场边的交椅上,椅子后有人捧着把长剑伺候着。

犯人跪成两排，而行刑人挥舞长刀，借着冲力，将他们的头颅一一斩落在地。只有太子是站着受刑。我怎么能跪着死呢？他说。

据说他站在清冷的晨光中，看着自己的家人奴仆，清客部下，朋友知交的头颅一个个翻滚而起，腔子中的热血交替喷上天空时，嘴角露出一丝难以捉摸的微笑。

行刑人砍到他面前时，手已经软了。他看着太子的目光，提不住布满缺口的刀。他眼看就要瘫倒在地，给自己的家门带来难以磨灭的羞辱，一直坐在椅子上闭着眼睛的老巾头首领突然两目一睁，身后拿剑的人只觉得自己手上一空，一道血柱冲天而起，所有的人都听到了那声呼啸，它清越超凡，如凤鸣九天，感人垂听，在京城上空直缭绕了三天三夜才消退而去。

"是把好剑。"巾头首领叹道。他松开右手，让剑滑落在地，它插在巨大的青石板铺就的广场上，依旧在微微颤动。儿子把他扶起来的时候，他已经死了。

亢南住口不说了。火堆旁一片肃静。过了很久很久，有人才小心翼翼地开口问道："那口剑，那口剑是……"

"青牙旋。"老河络沉吟道，"我这辈子打造的最好的一柄，它花去了我十年的时间。它是这世界上最锋利最完美最无可匹敌的君王之剑。可它从出炉之日起，就不属于我了，也不属于任何人。巾头首领爱它，可又恨它。我到了后来才知道：宁州羽人将长剑奉为百兵之首，行刑人只用它斩至尊贵者的头颅。一旦动了这把剑，那就是天下大乱的时候了——可怜宁州，可怜宁州。"

"剑也有它自己的星命吗？"羽人水手问道。

老河络转向年轻人说道："任何一柄器物在河络眼里都是活的。我们锻造它们，塑造它们，给了它们性格和灵魂。它们是活的，当然拥有自己的命运。我要是不到这天地洪炉中冶炼一番,怎么会真正明白呢?"

"我的病当时已有好转,于是便到老巾头首领墓前拜谒,却见青石城老河络的那杆大櫜插在他的墓前,随着树影在风中簌簌而动。我想起那夜在巾头人府上虽然夸夸其谈,终究是不明白其中真义,登时面红耳赤,连夜逃走,浮游于江湖,再也不提铸剑二字了。"

他的故事就这么结束了,火堆旁良久无人说话。

"那么你又为什么来这里?"盲者问道。

黑暗中没有人知道他在问谁。

那个身材轻盈的水手在浓厚的雾气里却开始说话:"衡玉城的夜晚像他们述说的一样美好,比他们述说的更加短暂。最后一个夜晚过去后,我再也没有见过我爱的姑娘。十年来,我四处漂泊去寻找她的踪迹……" 他的嗓子嘶哑,带着朦胧的水汽,眼睛里的火光让篝火边另一个瘦小的身躯微微地抖动了起来,但是没有人注意到,四勿谷的雾气实在是太浓厚了呵。

"我踏遍了东陆和宁瀚二州上的所有的港口和集市,但是都没有打听到她的消息。后来我在火雷原以西的一个小港口听说瀚州极西极偏的地方有个小集市,少有商家肯带货往那里跑,但从那儿回来的人都发了财,我在那个小港口停留了三个月,才找了一条船往那儿走,许是霉运当头,就给我碰上了白潮。"

第三个故事　向北向北向北

1

所有的水手都说宁州东泂鲸湾的巨浪是最骇人的，但我那天发现，泂鲸巨浪和闵中山以西的白潮比起来，就仿佛是粥碗里的波纹。白潮的浪头是纯白色的，高不见顶，铺天盖地，在船的面前像一堵巨墙一样立起来，让你根本就看不到希望。

我上的那一条船是改装过的木兰船，比我见过的任何一条船都要坚固结实，上面装载的货物也都很奇怪，我在船舱看到许多黄铜打制的圆形盾片，每片有盘子大小，上面对称地打着毛笔粗的穿眼，有些铜片下方还有眉形的镂空洞。在另一个船舱里堆着一些长得吓人的刀，铁质很好，回火的功夫很到家，刀柄很长很扁，却带着奇怪的弯曲弧度，上有着菱形交错的花纹和一排对称的眼，它举在手里非常不对头，仿佛使用它的巨人要割自己的头似的。此外还有些脸盘大的臂环，重如磐石的铁枪头，两三个羽人小伙都搬不动，总之都是些我没见过的货物，可那边的蛮族商人就收这个，据说他们还要骑着骆驼再往西边走上半年,去那个传说中鬼知道在哪的巨人集市。船上的水手谈论这些的时候,都显得非常清楚非常有经历的样子。他们确实是些最棒的水手,爱好吹牛但不屑那些道听途说的妄言,勤快但决不做没用的多余动作,他们在颠簸的船上行走如飞,能在夜里从摇晃的桅杆尖上轻松地跳到另一根桅杆上,就连我这样在船上和码头上待了半辈子的人,也不知道再到什么地方去找齐一船经验如此丰富的水手了。

船长带着这些水手,已经在这条航线上来回穿行过多次,他非常有自信,但我们的船还是落入了大海布下的咆哮陷阱。白潮突如其来,根本没有预兆,我们的大船被海浪抓住推向不可知的西方,就像鸿毛被狂风卷着走一样。

有人说白潮是大风鸟的翅膀把海浪卷起造成的,这是它总出现得毫无规律和没有预兆的缘由,我反正是不太相信,因为大凉风起来之前,我正在桅顶上负责瞭望,老实说我没有在天空上看到一丝大鸟的影子。

不管是不是真的,被白潮抓住后,再出色的船长和水手也无法拯救他们自己了。我们把桅杆砍倒,躲入船舱,将自己的命运交给了星辰。风像鞭子一样抽打在厚厚的船板上,以惊人的速度推着船往前飞驰,足足十五天十五夜。我们躲在船舱里,突然听到了好像打雷一样的巨响,甚至盖过了风的声音。一听到那声响,船舱里头缩着的人登时个个脸色煞白,都知道大限已到。

有一些不死心的水手挤到甲板上使劲地看,他们果然在乌天黑地的云层之上,看到了隐隐露出一线嶙峋的悬崖。那些雷一样的响声,就是巨浪拍击在悬崖上的轰鸣啊。船被风推着往悬崖的方向扑去,一点抵抗的余地都没有,最终它就像一个核桃仁,被高高地举了起来摔碎在陡直乌黑的玄武岩悬崖上。我从船舱里被甩了出去,只感觉自己在不停地坠落,在失去知觉前的最后记忆,就是耳朵边无休无止的浪涛雷鸣。

2

也不知道过去了多久,我在昏迷中又听到了隐约的雷鸣声,我迷迷糊糊地想,这么说,我还躺在水底。

有一根大木杵一样的东西捣了捣我的胸。"喂。"一个沉重的声音轰隆隆地从高处传来。

我睁开眼睛吓了一跳,刺目的阳光下,有个庞大得山一样的武士,正低头用食指捣我。"喂。"他说道,声音在胸腔里带来轰隆隆的巨大回声。

他俯低身子,我发现自己面对一双血红的铜盘大眼,不由得往后畏缩了一下,后来我发现整个视野里都是红色的,原来是额头上流下来的血糊住了我的整张脸。潮水已经退下去了,太阳很大,天空中一丝风的痕迹都没有。我发现自己躺在一大片犬牙交错的礁石上,身上全是被尖利的珊瑚划破的伤口,被太阳晒得发晕,几次努力挣扎却站不起来。

他像个好奇的小动物那样蹲在地上歪着头看我,鼻息像阵风拂动着我的衣角头发。我猜想这家伙站直起来的话,大概有十八尺多高,就像一座小楼。他有一个光秃秃的头顶,五官粗犷,仿佛从石头上凿出来的一样,兽皮斜披在肩上,露出一条肌肉虬突的膀子以及深棕色的皮肤,露出来的皮肤上纹满了我不认识的猛兽和花草的图案。

"嘿。"他又捅了我一下。

我慌慌张张地向后退缩的样子大概给了巨人很大的乐趣,他抱着膝盖,身子往后一仰,放声大笑了起来。我看到他那弯起的嘴角里露出的牙齿亮闪闪的，仿佛一排白色的岩石。他歪了一下头，朝一边说道："也忽司也该，忽思骇。"我顺着他的视线，发现四周高处的石头上还站着好几个和这家伙不相上下的巨人，他们在光溜溜的岩石上前仰后合，发出轰隆隆的笑声。我猜想他们是在嘲笑我。

他们笑了很久，做鬼脸，捂肚子，捶地面，仿佛世界上没有别的事情可供他们去做了。后来又爬下来一名高大强壮的武士，稻草色的头发像海藻一样披散在裸露的肩膀上，他懂得那么一点草原人的话。

"如果这个小人儿还活着，"他用轻蔑的口气对我说，"别害怕。雷炎破发现了你，你就成为了他的客人，他得尽他的所能款待你。"

我很快就明白了这种款待是什么意思。

雷炎破解下腰带上一个庞大的皮口袋，我闻到了烈酒的甘冽香气。他把口袋举到我的嘴边，示意要给我倒酒，我刚要开口表示拒绝，那个鲁莽的巨人已经解开口袋，瞄着我的脑袋兜头泼了下来。酒泉扑打在我的脸上、眼睛和鼻孔里，几乎将我打翻在地，头上和身上的伤口火辣辣地刺疼。我在酒泉泼打下打着响鼻，恐惧地想道，我刚刚从海里逃生，却要被这酒给淹死了。

雷炎破终于认为他可以停止款待我了。我叹着气甩掉头上的酒水，他则龇牙咧嘴地笑着，显然对一切感到很满意。他摇了摇他的酒袋，发现它没少多少，于是兴高采烈地把它挂回到腰带上。我像从酒池里捞出来的狗一样，湿漉漉地在阳光下发着抖，不过烈酒还是给了我力量，我一骨碌从地上爬了起来，看清楚了我们站在一片乌沉沉的悬崖的脚下。我指给他们看悬崖底下那艘大木船的残骸，它已经只剩下几根弯曲的肋龙骨和一些破碎的帆布了，此外还有许多卡在岩缝里的木箱。

我们正在看的时候，一阵浪冲了过来，把大船最后的残骸给抢走了。他们又蹲在巨礁上大笑了起来。他们总是如此地疯狂大笑，为了一些我觉得根本就不好笑的事情。

一些木箱破了，露出了里面的铜盘子。我现在已经知道这些铜盘子只是些装饰品，因为我在他们的上臂看到了用粗大的皮绳系着的同样东西，皮绳被捆成好看的交叉模样，在眉形的镂空上还挂着些皮穗子。

我建议他们把那些铜盘子拖上岸来，但他们第一次露出了严肃的表情，拒绝了我的好意，毫无疑问这些夸父拒绝接受别人的恩惠，因为那意味着他们得想办法偿还。如果这恩惠来自死人，那显然就更麻烦了。

以前我就知道瀚州以西的地界叫做殇州，那儿生活着一些身躯高大的巨人，他们被称为夸父。有时候，在东陆的繁忙城市里，也能见到几个夸父，泉明的港口里就有那么几个高大的家伙，挺拔的骏马也只到他们的肚脐那么高，他们在那些富人的酒楼里做护院保镖，这样的酒楼通常在整个宛州都是数一数二的，而且也绝对没有哪些流氓无赖敢去尝试一下那些保镖的威力。

不过那些勇猛的保镖却怎么也无法和我面前的这些巨人相提并论。雷炎破和他的伙伴们看起来更高更强壮，就是一座座移动的小山，大象撞在他们的胸膛上大概都会被撞得粉碎。我猜想这些生活在极西的巨人武士，带着没有受过污染的纯正夸父血统，所以他们的身躯才会如此庞大。

我和那个懂得蛮族语言的夸父交谈起来，知道了他们是些在荒原上为了寻求荣誉四处游荡的武士。我向他询问怎么样才能回到有人类居住的地方去。

"火雷原？那些低矮的骑马者的老家吗？你得向着太阳升起的方向走，渡过大噶河，然后再走三天，渡过无定河，接下来是吐火罗河，哈拉图河，石勒柯河，白鸟库吉河，白鸟库吉是条大河流，旱季的时候径流一百里内都是沼泽，你得在冬天沼泽变成冻土的时候才能穿越它；然后是失儿河，始毕河，万泉河，赤河，孔雀河，穿越孔雀河后你就到达了寒风夸父的地界，你可以折向东南走，再穿过阿乍河，巴粘罕河，铁线河，虎踏河，然后才是那些小人儿的国度。"

我被那些河的名字搞糊涂了，也许这些巨人都是以河流来计算行程的。"这么说很远？"

"非常远。"浑蛮力，那名会蛮语的夸父高兴地喊着说，往自己的喉咙里灌了一大口酒，"实际上，我不知道有谁走过这条路。他们都死在半道上了。"他装酒用的牛皮袋和雷炎破的相似，都大得吓人。后来我知道他们每个人都随身带着大牛皮袋的酒，没有酒他们就会沮丧郁闷，干什么事情也提不起兴致来。

另一个巨人开始和我说话，他看上去比其他巨人表现得更沉稳一些，他的观察也比其他人更细致些。他的头发胡子是纯黑色的，眼睛的瞳孔却是纯白的。他问："你到那里去干吗？虽然你也是个小人儿，但看上去不是那些低矮的骑马者。"

"我在找一个人，"我说，比画出她的模样，"……这么高的一个女孩子。她很活泼很可爱，笑声像鹭鸶的叫声，她用的是刀子和短弩，她很笨，走路的时候会自己绊倒……"

他们又开始轰隆隆地笑。"我们不会为了一个女人愁眉苦脸的，"浑蛮力告诉我，"你一定是生病了。不过没关系，这种病会过去的。"

他们确实害怕为女人生病，因为生病会让他们软弱无力，但总体而言，他们对生病的人还是宽容以待的，在我坚持要找到这个女孩时，他们互相看着点了点头，露出理解的表情。浑蛮力不再嘲笑我，说："没错，你应该和我们一起走，这种事情只有度母可以解决，她无所不知无所不晓。我们也要去见她，但在这之前，我们得先去巨人集市上逛逛。"

我花了很长的时间才搞明白，度母就是夸父中羽人的祭司或者蛮人的合萨之类的角色，她们观测星辰，预卜将来，但是都离群索居。哈狼犀他们所要拜访的绿狮度母属于其中最重要的一位，她的祭坛位于一处极隐秘的地方，通常只有经历过重重考验的夸父才能找得到她的住处。

我暗自揣度，我并不相信他们的宗教和祭司，但寻找爱人耗费了我十年的光阴，任何一个可能我也不愿意放过，即使他们信仰的这位女祭司只能给我一些虚无缥缈的传言和痴语，那么也不过多花上几个月的时间。

"我去，"我说，"我可以和你们一起走吧？"

"这不是问题，"浑蛮力说，我的决定下得这么快似乎有点出乎他的意料，"如果跟得上我们的脚步，你就来吧。"他们开始集体转过身去，爬上那个在我看来是不可逾越的陡壁，不过实际上他们是开了个玩笑，看到我沮丧的样子他们仿佛就特别开心。

雷炎破跳了回来，一把捏起了我放在他的肩头上。"牙思忽咳力也拨拉哈。"他嘟嚷着说，山羊般飞快地爬上了高耸的悬崖。浑蛮力说他说的是"你不比一根羽毛更重"，而我看到自己面前展开了一片蛮荒的原野。

3

虽然时值盛夏，阳光刺目，但天气实际上很冷，地上这儿一堆那儿一堆都是积雪，墨绿色的矮柳丛间杂着高高低低的石楠、青绿色的苔藓和地衣。严寒笼罩这片旷野，满目看去，荒滩上遍布着黑色的砾石，就像烧过的瓦砾堆，走近了才发现那些小卵石原来都大如房屋巨象。在巨石缝隙里，有一股股的蒸汽喷出地面，它们形成经久不散的云雾，紧贴着地面飘浮。夸父们大步向前跨越，雷炎破的肩肌在我的身下有节奏地绷紧放松，他的嘴里冒出团团白汽，随即被风吹散。

我们行进的路侧有时候会突然喷出一大股沸腾的热泉水，然后又嘶嘶叫着低落了下去。他们对这些奇景早已见惯不惊。浑蛮力告诉我有一整座湖里的水都是沸腾的。我突然明白了过来，这儿是传说中的冰炎地海啊。如此说来，我沮丧地想，我们的船被飓风吹到了殇州的最西边了。

巨人集市在内陆很远的地方，而且一路上都很难走，这是那些蛮族商人不走海路的原因，但在荒凉的旷野上艰苦行军对高大的夸父来说仿佛根本不是问题。他们乐于跋涉，而且一路上用难以理解的语言大声交谈，开着玩笑，然后照例又是一阵轰隆隆的大笑。他们的笑非常夸张，有时候甚至笑得不能自持，高兴得从路上摔倒在沟里，引起一阵骚动。

就连背着我的雷炎破也丝毫不顾及他有乘客这一事实，毫不收敛，有好多次他笑得看不清路，被石头绊倒在地，滚出去好几步远。我只好时不时地看准时机从他背上一跃而下，免得被这个疯汉子压伤。

除此之外，这些高大的民族确实非常适宜行军。不用奔跑，他们一步跨出去就有我们的四五步大，而且他们体力充沛，身上挂满了盾牌、刀、剑、战斧，诸如此类的东西。后来我知道在他们中间，没有人不佩带武器，就连那些女人和老人也不例外。晚上他们也不解下盔甲和武器，是全副武装睡觉的。

"除非一个人突然长胖到套不下自己的盔甲，他才会解下护胸或者肩甲，去找函匠换一副。"浑蛮力这样跟我说。我搞不清楚他是不是在开玩笑，因为他总是一副嬉皮笑脸的模样。不过在我看来，他们对头盔仿佛极不看重，虽然它就挂在他们的腰带上，在奔跑中和那些锤子斧头什么的碰得叮当乱响，我却没看到他们有一个人戴上那些装饰着沉重犄角和长长额铁的东西。

我不习惯在他们的肩膀上颠簸，虽然浪涛里的桅杆摇晃得更厉害。离开了大海，我好像有点无所适从。此刻离它越来越远，让我难以抑制地感到一股哀伤。对此，这些快乐的夸父根本无法理解。

他们一共是六名夸父，全是属于一个部族的年轻武士。

浑蛮力是个精力无比充沛的年轻人，他能在任何事情中找到乐趣。灌木丛中窜出来一只疣猪的时候，他大呼小叫地追了上去，疣猪的尾巴拖得笔直，叫得惊天动地，来回地拐着跑。其他的人收住脚步，也不上去帮忙，只是在边上笑得发狂。胖疣猪吐着白沫，突然拐了一个急弯，眼看就要溜掉，浑蛮力从腰后抽出一柄沉重的双刃斧旋转着扔了出去。

哈狼犀，那个有着纯黑头发胡子的巨人——我从一些微妙的动作和手势里看出来那是他们的首领——微笑着说："晚上有吃的了。"他有一双仁慈和宽厚的眼睛，但不知道为什么，我每次和他对视的时候，小腿肚都会轻轻地哆嗦起来。

雷炎破像是他们的副头领，不过这个位置有时候又像是属于一个叫做浑狐牙的夸父，浑狐牙看上去更年轻也更敏捷一些，经常说一些俏皮话让周围的人开怀大笑，浑破怒还几乎是个孩子，而雷拔丁则是他们之中最高大强壮的一位。

哈狼犀确实是他们的首领，因为那天晚上宿好营，我们在一块巨石下坐下来烤肉的时候，他们把最好的后腿肉递给了他，除此之外，他们吃的和穿的东西看上去根本没有区别，这点让我尤其惊讶。

白天的时候，我看见他们挂在右肩膀上的一个金属装饰物非常显眼，那是一棵卷曲的荭草嫩叶图案围绕着的张口噬咬的虎牙豹头，外圈用粗大的牛角或者象牙装饰，大概是他们部落的徽记。此刻在火光的映照下，我发现他们的豹头纹饰是用不同的金属打制成的，比如哈狼犀的是红金，而雷炎破用的是亮闪闪的白银，浑蛮力和更多的巨人的装饰则是一种说不清什么材质的青色金属。这是我发现的仅有的区别。

假使由此可分出他们是属于不同地位和等级的武士，可他们此刻却都平起平坐地围绕着篝火坐着，轻松地交谈，互相把骨头扔来扔去。在我们羽人当中，有人不分高下地开玩笑，就会被拖出去上黥刑，但在这些野蛮的巨人间似乎百无禁忌，浑蛮力也可以开哈狼犀的玩笑。

我和他们说，在我们那儿一切要复杂得多。羽人对阶层的划分复杂，身份地位是由世袭的方式固定的。每个人的衣着、食物、使用器皿、居住的屋舍、行为举止都有严格的规定和限制。

"奇怪的小人儿。"他们这样说，"搞得那么复杂，你们自己不会糊涂吗？"

虽然一整天我都没有跑过路，但也不亚于在颠簸的马背上待着。疲惫逐渐涌上我的额头，而火的温暖让我昏昏欲睡，就在我的头慢慢地垂到胸膛上的时候，突然耳边传来猛烈的呼啸声，我往边上一滚，几乎滚进了火堆，啃光的野猪头骨砸在我刚才坐着的地方发出轰然巨响，裂成了四块。

看着我惊魂未定的样子，他们发出一阵短促的笑声，仿佛根本没看出我要是没躲过那一击就会被砸死。"要时刻保持警惕。"浑蛮力对我说，"你要知道什么时候能彻底放松什么时候不行。"他拍了拍剑柄，向我示意周围这片荒原上充满威胁。

晚宴上的胡闹终于结束了，夸父们铺开几张臭烘烘的毛皮，往上面一倒就开始鼾声大作。我躺在雷炎破给的一张皮子上，却开始翻来覆去地睡不着了。我一直想象着浑蛮力刚才指给我看的荒野上的恐惧是什么。这帮该死的疯武士，他们刚才还不允许我打盹，此刻却又全都没心没肺地呼呼大睡，而没有留人值夜。

夜深的时候，旷野中突然传来一两声可怕的吼叫，一些奇怪的沙沙声飞快地从我们栖身的岩石边窜过，我躺在皮子上坐卧不宁，一声吼叫仿佛近在咫尺，然后是一阵扑腾和打斗的嘈杂声，间杂着小动物的哀鸣。

我蹑手蹑脚地从皮子上爬起来，却发现斜靠在巨石上的一位巨人立刻停止了鼾声，睁开一只眼睛看了看我，他伸出一根指头警告性地点了点我，随后又倒头睡去。

好吧，我满腹疑虑地躺回地上，用皮子裹紧自己的头，努力想要在黑暗中不知道什么大动物心满意足的咕噜声中睡去。这帮子巨人的听力灵敏到能听见我爬起来的声音，却听不见食肉巨兽的咆哮吗？我怀疑自己直到天亮才迷迷糊糊地打了会盹，雷炎破抓住我的肩膀把我摇醒。他们把我撂到肩膀上又开始向北跋涉，对昨晚的声响不置一词，仿佛根本就不知道一场屠杀就发生在我们近旁。

我们日复一日地穿过荒野向北，碰上抓到点狐狸野猪，我们就吃肉，没有打到猎物的时候，偶尔也吃一些浆果和草根，要是两者都没有，就饿着肚子过夜。我倒是有一手抓鱼的好本领，可惜在这片荒野上没有用武之地。不论晚餐是什么，这班巨人都兴高采烈地在篝火边打打闹闹，空着肚子也不能减少他们的兴致。只是他们喝酒的频率越来越低，随着那个大牛皮袋的瘪下去，他们的脸也一点一点地变长了。

我们终于穿过了遍布漂砾的地海，草地逐渐变得肥美，地面上的积雪也越来越多。最后变成了薄薄的一层。我裹着兽皮坐在夸父的肩膀上，冷得簌簌发抖，夜晚更是难挨，风仿佛铁爪般不停在撕裂我的皮肤，那些笨头笨脑的巨人却恍若不觉，他们光着膀子直接睡在雪地上，简直跟野兽毫无区别。

我们开始爬山，然后进入了森林。森林是阴暗而浓密的，那些树都非常古老了，古铜色的树干一根根地刺向幽暗的天空，阳光只能偶尔撕开丛林的覆盖扑到地面上，在厚厚的落叶上留下一小点一小点的光斑。他们在高大的树干下穿行时突然变得沉默了，不是由于害怕遇到什么东西的袭击，他们只是低着头快走，尽量不发出任何声响。

有时候因为冻得不行，我会要求下来自己走一会。众所周知，在林地里穿行我们羽人有天生的优势，我们不会被过密的林木挡住，碰到难走的地方我们就索性从树上跳过去。这样我很快就走到了巨人们的前面，但也不会超过他们太远。

在一片极端葱郁茂密的林地前，我突然看到一个巨大的影子在茂密的树林后面缓慢地移动，那个影子的高大超出了我的理解范围，而它移动的方式看上去也似乎不是什么活物。

我停在一根树杈上，等到浑蛮力过来的时候将那个东西指给他看。

"嘘。"浑蛮力说。我从来没想过他们还能发出这么低的声音。他们低声商议了一会，实际上只是通过眼神和手势做出了决定，就开始向后退去。往后走的时候，浑蛮力没有忘记把我夹在他的胳肢窝下。

我们向后退了很大一段路，然后重新绕道前进。我不断地问浑蛮力那是什么东西，他始终语焉不详，我从他模糊的描述中推测出他们认为那个影子是山神，或是某种近似神灵的东西。

"不要打断它的美梦,它们在梦中会以某种姿态缓慢移动,它们脚步踏过的地方就会长出一棵棵的树。新的森林会就此诞生。"浑蛮力说。

"如果惊醒了它会怎么样呢?"羽人总是像鸟一样好奇,而他们则不,所以大部分时候都是我提出问题而他们拙于应付。

"不知道,"浑蛮力翻了翻眼睛说,"没有人会去惊醒它。"

"那你们为什么要这么做呢?有谁告诉你们应该这么做的吗?他又是怎么知道不能去惊醒它呢?总有个理由吧?"

"为什么要有理由?"浑蛮力飞快地回答道,"我们什么都不去想。你们这些小人儿就是想得太多了才郁郁不乐。"

我始终没有看清楚那个他们所谓的山神是什么模样,这些高大的战士,他们的神灵也要符合他们的比例,因而要有非同寻常的身高吧。

我们在看不见星辰的森林里走了整整七天,一路向北。我总觉得我们已经迷了路,将会这样无休止地走下去。但这些夸父却信心十足,而且他们在爬上一条在我看来毫无变化的山脊时,一起露出了急不可耐的喜悦样子。

我们穿过山顶,林木在瞬间就稀疏了。远处有一片淡红色的群山,在夕阳的照耀下闪闪发光。

在淡红色的群山脚下,有一小片白色的屋顶。一缕烟孤零零地飘起,卷入到淡淡的云烟中。

"看。那儿就是巨人集市。"浑蛮力咧着大嘴说。

4

巨人集市是一个小得几乎让夸父们转不过身来的市镇,只有小小的两条十字交叉路,延伸出来的模糊不清的行路通向了东西南三个方向。在南北向的街道北端尽头,是用大条石砌成的巨形方锥石台,一个个高耸的台阶陡险地伸上天空,即便是夸父们爬起来也非常费力。那是他们祭祀山岳的高台,到镇上的夸父通常要为他们每一笔生意的成功而到这里来感谢盘古大神。山岳台外的旷野堆积着许多巨大的白色墓碑。从这个镇子的大小来看,它不应该有这么巨大的墓地。

巨人集市有窄小得让巨人转不过身的街道,粗犷的砂岩外廊,和深邃不见阳光的黑暗房间。每一座房屋的入口都有略经平整的大平台,入口门廊用柱子支撑,柱子切削得很粗糙,是一种近似圆形的多边形。

在这里一年有三百五十天是没有雨的,星光永远映照在它那白色的屋顶上。这个小小的集镇,却拥挤着和它的肚容不相称的来客。

经历了那么长时间无人的旷野,突然看到这许多人,我还很有点不习惯呢。除了来自殇州各部的夸父,这里的主角是那些穿着皮袄,戴着皮帽,腮帮子刮得铁青的蛮族商人。商人们根本就不顾夸父的身体尺寸,在狭窄的街道上四处拉扯着彩色的篷布和挡雪篷,用成堆的货品把道路堵得死死的。我看到他们的摊位上摆放着成堆的铜酒壶、毛毯、茶包、麻布和武器,尺寸都出奇地大。

我在一个摊位上又看到了曾经在船舱里发现的巨大弯柄刀。

"这是干吗用的?"我问浑蛮力。

"你很快就知道了。"

"为什么?"

"你又问为什么?"浑蛮力痛苦地看了看天空,我的那些问题一定挤满了他的脑袋,"我们到集市上来,是因为接下来的路更难走,我们得给自己找几匹坐骑。"

我不明白这个答案和弯刀有什么关系,不过浑蛮力显然觉得关于这个问题没什么可说的了,他们都认为许多事情应该按照时间规定的次序去了解,超越了次序去预知什么,不是聪明人应该做的。

"像那个女人,你没找到她是因为还没有到时候。"他们嘲笑说。

"我们还要走多长时间?"

"留给我们的时间不多了。"浑蛮力回答说。

话虽如此,他们却一点都不着急,就在镇上闲荡。这些巨人的时间观念和我们完全不同。他们把一天平均分成十二份,白天六份,晚上六份。而现在正是白天短暂的时候,他们将要面对一个漫长的夜晚,所以他们甚至觉得时间长得无法消耗。

街道上那些色彩鲜艳的篷布和货摊给我带来了一些模糊的回忆。我要求说:"你们办事的时候,我能在这转一转吗?"

"这没有问题,"雷炎破开心地把我从他的肩膀上取了下来,"你可以到镇子东头去找我们。"

他们大步跨过商人的头顶,从那些摊位上跳过去,一眨眼的工夫就消失在一家酒铺里了。对他们来说,现在最重要的事是灌满他们的牛皮袋,而我则被席卷而来的绚丽色彩和喧嚣叫卖声给包围了。我在摊位间闲逛,每听到某个仿佛南方口音的声音就浑身颤抖,多少年前我们就是在这样的地方认识的。她喜欢这样的集市。我这样想着,黯然神伤。

夸父们用兽皮和金子交换蛮人带来的商品,他们也使用草原人通用的钱币。幸好身上还留了一点工钱,我很快给自己搞到了两条小的毛毯,还有一块松软暖和的豹子皮,这两天可是把我给冻坏了。估计在旷野上还要游荡很长的时间,我决定给自己搞点武器,但集市上适合羽人使用的武器很少,我可不想扛着一把比自己还重的斧子去打野猪,后来我从一名来自沙沦堡的商人护卫那里高价买了一把短弓,年轻的时候我用过弓箭,也许还可以捡回这一技艺。

羽人水手大概是第一次出现在这个集镇上。有许多夸父盯着我看，但他们是不好奇的种族，最多也就是看看。我也是第一次看到他们的女人。这些女夸父一点也不像那些男夸父那么粗笨，她们高大漂亮，身体富有弹性，在她们那个比例上来看，甚至也算得上纤细苗条；除了盔甲外她们穿得很少，身上多半披着花纹漂亮的云豹皮或白虎皮，用一种犀牛皮搓成的绳子，以复杂的方式系紧在颀长健硕的胳膊和腿上；她们的腰带是用特别厚的犀牛皮制成的，上面总是系挂着三四把锋利的短剑或刀子。很少看到她们使用斧头或者钉头锤一类粗笨的武器——虽然男性夸父对这些砍砸性武器似乎非常偏爱——挂在身上的刀剑和她们手抚武器时表露出来的自信姿态，足以说明她们是些毫不逊色的战士。

我在镇子东头找到伙伴们的时候，他们已经把自己灌得烂醉了。酒馆是靠山挖出来的巨大岩洞，有四十尺高，对着屋顶喊话能听到回声，这只是个小酒馆而已——他们什么都喜欢大。靠街道的外廊用红色的砂岩圆柱支撑着长长的石梁，店堂内也是用同样的石头拼了几张适合巨人使用的大方桌，还有用扭曲的粗树根和石头扶手做的宽大长凳。一尊比例失当的粗笨铜香炉里冉冉冒着浓厚的檀香烟。这里头挤满了来自各地的巨人，他们打呼噜和叫酒时的喊声简直盖过了最凶猛的浪涛声。

我的伙伴们占了一张桌子，他们有的人姿势放松地骑在石椅上，有的则四仰八叉地躺在桌子下。哈狼犀看到我给自己搞了张弓，我以为他会嘲笑我，但哈狼犀却点了点头说："很好。"

相处的时间越长，我发现他们之间的差别就越多。和其他的巨人比起来，哈狼犀身上有许多让人害怕的东西。他比其他的巨人更严肃，更不动声色。他的身上有着一种更接近威严的东西。

"有时间你该多练习练习。"他说。

我看到浑狐牙给自己也搞了一张弓,那张弓足有两个我那么高,配了两只粗陋的箭筒,里面装了三四十支用金冠鹏尾羽作箭翎的箭,箭杆粗如指头,菱形箭头又厚又重,射出去足可以劈裂一匹马。

浑蛮力他们几个还新买了几把短剑——我不太习惯把它们叫做短剑,因为每一柄剑如果把剑尖插在地上的话,剑柄都已经靠近我的眉毛了。这些剑的剑刃很宽,上面有着旋涡形的条纹,剑柄端头是一个实心的铜球。

"来提提它看。"浑蛮力和我打趣说,他的身边多了一位漂亮的姑娘,金黄的头发,明亮的眸子,在光洁的膝盖边倚着一面很大的黑色盾牌,看上去和他很亲热的样子。

我已经习惯了他们的玩笑方式,于是跳到桌子上装出一副竭尽全力的样子抬它,果然我只能把剑柄一端抬离地面半尺,它噔啷一声落回桌面的时候差点把我的脚趾头砸烂。所有的人都哄堂大笑,包括他身边的那位女武士,我觉得她的目光里头好奇超过了嘲弄,她对浑蛮力说:"这就是你们那位勇敢的伙伴?他看上去不怎么强壮。"我觉得她望着我的目光里似乎有其他含义。喊,这算什么问题,我们羽人本来就不以强壮著称嘛。

"它太重了。"我呻吟着说。

"不,它不重。"浑蛮力纠正我说,"你觉得它不是你能拿动的,所以你就觉得它重。"

"你开玩笑。"我说。

然后我们一起开怀畅饮。这些天来,为了抗寒,我每天都要喝一点他们皮袋里的酒,已经喜欢上这玩意儿了。他们用葡萄和野蜂蜜酿酒,经过蒸馏缩水,非常非常地烈,喝到喉咙里就如同一团火般顺着喉咙直烧下去。在店里他们用一种铜制的觚喝酒,一只觚能装两升酒。我可以把整个头埋进去喝。

我很快觉得自己变得又高又大,即便是那些夸父也不在我的话下,屋子紧接着开始旋转,而且变得又小又挤。我看了看四周,想起来什么,于是开始数数:"1、2、3、4、5。"

"怎么啦?你嘟囔什么呢?"浑蛮力开心地搂着他的姑娘说,"是不是又想问你那些愚蠢的问题。"

"是的,呃,"我说,"雷炎破在什么地方?"

"不知道,估计在哪打架吧。"浑蛮力醉眼迷离地说。他的话音未落,轰隆一声,柜台那边有一个巨人被扔了出来,砸在一排一人多高装酒的大木桶上。你可以想象一下那响动。

周围的人自动退开了几步。

"决斗。决斗。"这群醉醺醺的人群喊道,登时其他的事情都被抛到了脑后,喝醉的人支起胳膊,用手指头撑开眼皮看着。战斗的热血好像一下子冲到了这些巨人的头颅里。

"决斗!"他们喊道。

那名摔倒的夸父慢条斯理地爬了起来,擦了擦鼻血,拔出腰带上的短剑。我看到了一个圆溜溜的光头,原来那家伙正是雷炎破。他的对手是一名强壮的黑皮肤巨人,比雷炎破还高出一个头,看上去要更年轻强壮。他傲慢地走入巨人们围成的圈子里,甩掉背上挂着的乱七八糟的东西,也抽出了一把短剑。

他们的决斗不允许使用斧头,通常情况下以短剑了结,在任何情况下都是一个对一个。在正式对打前,有人把两面很小的黑铁蒙面橡木底的盾牌塞到了他们的左手上,随后两名巨人就在屋子里乒乒乓乓地打了起来。两个人都醉得够呛,脚步踉跄,我觉得他们打着打着也许就会突然倒地呼呼睡去。

他们的剑尖摆动的路线又短又小,动作幅度不大但非常有力,如果盾牌挡住了剑的攻击路线,他们就索性加大力度狠狠地撞击那面小盾牌。想象一下两座小山撞击在一起的样子吧，整座店堂似乎都在颤动。每当他们有人被逼得重重地撞在店内的柱子上时，大团的沙土就从屋顶上掉落下来，我真害怕岩洞会坍塌下来。

我的朋友们平心静气地看着自己的同伴在那儿性命相搏，没一个人有上前去帮忙的意思。鲜血一点点地从搏斗场里飞出来，血溅到围观者脸上时他们也不把它擦去。

雷炎破的力量不足对手，他那面盾牌在黑巨人的猛烈撞击下已经出现了裂纹，黑巨人暴喝了一声，挥剑又是一记重击，狠狠地砸在盾上，把盾打得散了。雷炎破却一低头，从黑巨人的腋下钻了过去，猛然反身发力，一剑剁在了黑巨人的大腿上。那家伙狂叫了一声，摔倒在一大堆桌椅瓶罐上。

雷炎破气喘吁吁地站在那儿，然后蹲下身去看看那倒霉家伙的伤口。

"不，你还死不了。"他说，然后站起来退开了。

黑暗的店堂后面随即冒出来几个黑衣黑裤、蒙着头脸的伙计，把那个倒霉的巨人拖了下去。

后来浑蛮力告诉我，如果他们发现那小子的伤很严重，雷炎破就会把那家伙的短剑塞回他手里，然后一剑割开他的咽喉。

"如果是雷炎破受了重伤呢？"

"会由他的对手或者伙伴来下手。"浑蛮力冷静地说。

"伙伴？"我的嘴唇一定变白了，"这我可下不了手。"

"你们是些古怪可怜小人儿，"他怜悯地看着我说，"在战斗中死去总比在床上死去好，那是我们的荣誉所在。"

雷炎破的鼻子流着血，歪歪倒倒地走到柜台那儿，轰隆一声倒入一个黑色头发、光彩照人的美人儿怀里，那是他的奖赏。

后来我发现这种决斗对夸父们来说如同家常便饭。那一天晚上我就目睹了四起决斗，两人挂掉，两人重伤。在没看到的角落，鬼知道还有多少起流血争斗呢。我想起了巨人集市外的那庞大墓地，难怪殇州的巨人数量会如此稀少。

后来浑蛮力告诉我，殇州有一个时期只生活着冰川夸父，他们都属于一个种族，个子比如今的任何一族夸父都要更大和更强壮，后来他们分散流落到殇州各地，才形成了现在的夸父九族。

据说冰川夸父直接接受了盘古天神的力量，所以他们高大英俊，外表如太阳一样闪闪发亮，面容如月亮一样皎洁温润；而他们的后裔虽然开拓了广大的疆土，但由于远离了神的祝福，开始慢慢地变异，变矮，变小，变了颜色，变成了现在的黑曜、双斧、白狼、寒风、青犴等各个种族。

哈狼犀他们属于双斧部落，平素游荡在冰炎地海边缘，而和雷炎破打架的那个黑巨人则是黑曜族的，远在殇州东北角的蛮古山脉下。

光是几次流血的打斗显然不足以让这些巨人收敛一些，就在我以为这场吵闹的宴会将贯彻始终时，突然间，所有的吵闹和打斗都平息了下来。所有的人掉头注目门口，我看到门口慢吞吞地走进来一个黑影。看惯了这些高大的战士，我几乎要以为那是个小矮子了。事实上，那个新来者也有十四尺高，他背对阳光站着，花白的头发在风中抖动。店里头鸦雀无声。

他已经是个很老的夸父了，脸上满是皱纹，体格粗壮，面色阴沉，还断了一条左胳膊，可这个干瘪的老头拖着破烂不堪的铠甲，叮当作响地穿过店堂走向柜台的时候，仿佛带过来一阵可怕的阴冷气息。那些强壮的烈酒上了头的武士却一个个恭敬地低下眉去，他们几乎是在向他致敬了。我躲在桌子的阴影中，发现哈狼犀望向那位老者的目光里显然有另外的含义，他的目光在黑暗中熠熠生辉，右手已经放在了剑柄上。不过他很能控制得住自己，眨了下眼睛，光芒消失了。

老者行到柜台前，从背上甩下一个空的牛皮袋，说："灌满。"

柜台边上几名醉鬼鬼鬼祟祟地从地上爬起身来，静悄悄地溜开了。我还从来没看到过夸父们这种如此明显地表达害怕的举动。

老夸父取出钱袋，拈起一枚钱币，放入柜台上的草筐。这些简单的动作不知道为什么让我觉得胆战心惊。我注意到从他走进来开始，每一脚步，每一动作，每一块肌肉的动作都非常地轻巧自在，没有多花出一分力气，也没有一丝一毫冗余的运动，这种在日常动作中表现出来的精确让人害怕。所有的旁观者都不由自主地想到如果他手里拿着刀子或者剑，也绝对会如此轻松不费多余力气地把敌人的头颅切下来。

他转头往外走的时候，右肩膀上一个非常耀眼的火焰升腾的纹图在我眼睛里闪了一下。出门前，他的眼睛扫过店堂，那里头没有锋芒，但店堂里没有人出声，我相信所有的巨人都感觉到了这股压力，因为老夸父消失的时候，我听到了巨大的风声，那是巨人们在松气呢。

浑蛮力把脚架回桌子，舒舒服服地又灌下一口酒，他含含糊糊地说："兽魂战士，最强大的武士。据说整个殇州大陆只有不超过十二个这样的人。值得尊敬。"

"什么样的人才能成为兽魂战士呢？"我问。

"它需要天生的资质和漫长的修炼，"浑蛮力意味深长地斜瞥着我，"它不是看武士的战斗技巧或者力量，需要看他是否能进入一个状态，大部分的夸父无论怎么努力，都无法达到这个境界。"

"什么境界？"我自然而然地问道——我得承认，有时候问问题会演变成一种习惯，我会抓住任何可以问的话题发问，问到浑蛮力答不出来为止。

浑蛮力对此的反应是相当激烈的，他突然抽出自己的短剑，闪电般地一挥而下，我觉得剑锋带着风声滑过我的鼻尖。我眼前的铜觚被干净利落地一切两半，那柄剑深深地剁入了桌子，震得桌上的杯盏叮当乱响。

浑蛮力放开剑柄，迟钝地朝我眨了眨眼。我觉得他彻底醉了。我把眼皮上的酒水甩掉，想着是把浑蛮力面前的酒偷过来呢还是再去要一份。

他说："你看，你会注意到我拔剑之前有个明显的意图。这是因为我先想着拔剑再去这样做。所以你要是认真防备的话，就会躲过我这一剑……"

在我看来，他纯粹是在瞎扯。这家伙突如其来的疯狂一剑，我觉得自己再怎么小心也没用。

"因为这一微小的停顿，如果是哈狼犀，他不但可以架开我这一剑，还可以顺势反攻过来，"浑蛮力继续说，"如果是那个老家伙，他不会让我有拔剑的机会——兽魂们已经做到了任何行动都不需要思考。在他们的意识和行动之间，连一片纸都难插进去，这种境界就叫做兽魂，你们也翻译成'无我'。"

"听起来跟真的似的——你是不是说他们在拔剑砍人的时候，甚至意识不到自己在做什么？你有一天也会这样吗？"我这么问着，悄悄地往后退了一步。

"我可不是这块料，"浑蛮力用力打了个哈欠，几乎把我吹落桌下，"你也不是。喂，你老想这么多干吗，要不要给你找位姑娘？"

我看了看他身上靠着的那位漂亮女孩，她的修长大腿比我的腰还粗。

"谢了。"我说，"再来一杯？"

5

第二天醒来的时候,一夜的胡闹让我觉得非常难受。我头疼如刀割,肚子像被人打了几拳,嗓子也疼,浑身不得劲。他们也是如此,浑狐牙眼睛发红,头脑沉重;浑蛮力从后面的房间里爬了出来,使劲摇晃着巨大的脑袋,迷迷瞪瞪地东张西望,仿佛不知身在何处;雷炎破则不知道把漂亮的女伴弄到哪里去了,撅着屁股独自躺在一大堆破碎的酒桶碎片里呼呼大睡。

哈狼犀连踢带打,将伙伴们从桌子底下一个个地轰了起来。"好了好了,我们要出发了。"他喊道。

我有一种感觉,他们其实不愿意离开这座酒店,这座市镇,不愿意到外面的旷野里去。哈狼犀让他们出发的时候,他们仿佛有点不太情愿,但还是坚决地出发了。

在朝阳初射的街道上,浑蛮力把他身上的青肿展示给我看:"看,我和那娘们狠狠地干了一架。"

"谁赢了?"

"哈哈。"浑蛮力放声大笑,把我一把抓到他的肩膀上,"我带你去看弯刀。"

牲畜市场在市集的西边。还没到跟前,我就已经闻到了一股浓烈的牛屎味。他们想要购买的坐骑是六角牦牛。

我第一次看到这些畜生的时候,吓得浑身直哆嗦。它们粗看上去不像牛而更像熊,而个头大如巨象,强健的肌肉在黑色的毛皮下涌动着,好像就要爆发的火山。那些牦牛眼睛血红,像猛兽一样盯着人猛看,头顶上的六柄角以动人心魄的弧度高高翘起。它们身上的臊味直冲囟门,简直无法忍受。它们大声喘着鼻息,扭着脖子,用大角把一抱粗的雪松栏木顶得咯啦咯啦地响,它们张开嘴,长长的舌头像一条厚厚的大红锦舔着发黄的肮脏门齿。

看到如此凶猛的骑兽，我简直是六神无主，觉得要是没有这些栏木拦着，它们一定会冲出来把我踩扁吃掉的。我问浑蛮力："我也要骑这样的东西吗？我会被它们吃掉的。"

浑蛮力把我的话翻译给其他夸父听，他们当成最好的笑话狂笑了一通。我对他们傻子一样的笑已经绝望了。

看守牛群的夸父牧者跳进牛栏，抓住那些牛的角，将它们一头接一头地从畜栏里揪出来，把牙口掰给我们看。"看，多好的牛，牙口嫩，角根白。光是这样的一副角就值一头牛的钱呀。"

我看到它们的角时，才突然明白过来，那些长长的弯柄长刀，不是给人使用的，而是这些牦牛的武器。他们将会把长刀固定在牦牛的角上。我疯狂地想到，被角顶上一下，就得在身上开上六道口子，这可绝对划不来。

我对浑蛮力说："或许我可以去搞匹马，再不然让我继续骑在你们谁的肩上……"

浑蛮力跑到一边去和哈狼犀交谈了几句，然后掉头跟我说道："哈狼犀说你必须骑牦牛跟我们走。"他的语气里没有任何商量的余地。

"马跟不上我们。这些牦牛不但跑得快，在必要的时候还是你的帮手。它们性格暴烈，什么都不害怕，难以杀死，不怕水，不怕严寒，是最好的坐骑。它越凶猛，就越能给你帮助——战斗的时候，没有别人可以照顾你。就这么定了。"

我万分沮丧，面色苍白地看着牧者们将牛拖出来，烙上虎牙豹头的烙印，然后在它们的角上捆扎那些弯刀。在那些凶恶的牦牛猛烈地甩头的时候，我分明听到了嗖嗖的风声，六把长刀仿佛给粗恶的牛头戴上了一个明晃晃的刀冠。

我冀图他们能做出让步，但他们以夸父的方式做出了回答。雷炎破一把拎住我的脖子，把我甩上了一匹牦牛的木头背架上。

"没有人能帮助你，"他们吼道，"拉紧缰绳，抓紧。"

我在心里头破口大骂，对夸父的愤怒在那一瞬间超过了对牦牛的恐惧，不过我已经没有机会对雷炎破表达我的愤怒了。我座下的那头牦牛疯狂地尥着蹄子，吐着白沫，狂暴地飙了出去。

我没了其他的意识，只能拼命地拉紧皮缰绳，透过木头座架前那乱蓬蓬飞舞的黑毛观察前面抖动的路。牛背上颠簸得厉害，我的屁股总是落不到背架上，要不是拉住木架前轼，我一定会像风筝一样飞到半空中。

我听到了夸父们在后面传来的轰轰笑声。

"走吧。"哈狼犀吼道。

他们一起跨上牛背，在后面紧追上来，把我的牛夹在中心并肩齐驱。那些巨人欢呼大叫，七头六角牦牛一起在铺满了薄雪的道路上向着西方跑去，交错的蹄子卷起大团的雪雾，把巨人集市淹没在其中。

我们向西跑了下去，伴随着这些无所畏惧的战士，我慢慢地将一颗心放下，开始琢磨驾驭六角牦牛的技巧。这些牛虽然疯狂奔腾，却对背上的骑者没有什么敌意，它们不像烈马那样老是试图把人甩下来。

在跑了两个时辰以后，夸父们夹着我的牛，集体转了一个大圈，转而向北，朝着那座淡红色的高山脚下奔去。

"得空就摸摸它的下巴，它会喜欢的。"浑蛮力骑在我的一侧，大声对我喊。

"我摸不着。"我苦恼地回喊，冷风呼的一声灌满了嘴巴。他们知道我的手短。

浑蛮力疯笑了一阵,幸灾乐祸地说:"那就拍它的头顶,你必须和它说话,让它了解你。否则等你下了牛,它会要你好看的。"

让我和一头牛说话?我暗自想,我宁愿和一棵树,一块木头,或者一条船交谈,那也不会显得如此傻。最后我还是战战兢兢地伸手去摩挲牛头顶心的星状白色长毛。"好牛,"我说,"好牛。"除了这个词,我再也想不出其他的了。

浑蛮力笑得几乎从牛背上翻了下去。"它听不见,"他给我出主意说,"你得爬到它的脖子上,对它的耳朵说。"

我看了看牦牛粗短的脖子,以及蹄子下面急速飞掠而过的雪原丘陵。

"得赶快,天到正午的时候,我们要下来歇息,然后翻越古颜喀拉山。你要是不想在那会儿被切成块的话,就得赶快。"浑蛮力说,拍了拍他那头牛,那牛昂起头来,像是等着看笑话似的斜睨了我一眼,然后甩蹄跑到前面去了。

这会儿我已经慢慢摸索到了一些驱牛的技巧,发现这和在疾风中拉紧帆索也没有太大的区别,而且我对这些接二连三逼迫我必须完成的事情感到无比愤怒。

"妈的,别小瞧小人儿。"我带着点疯狂地在牛背上站起来,一鼓气翻过了前轼,跳到牛脖子上,两腿把它的颈夹得紧紧的,一只手揪起满是长毛的牛耳朵,冲着里面喊道:"你他妈的是头好牛。你听见了吗?狗娘养的,给我好好跑着,别让我为了你丢人。"

那头牛以一声怒吼作为回应,它放蹄奔到前面去了。起伏的雪原在我的脚下掠过,我就如同在一艘颠簸的快船上快速前行。

向北。向北。向北。

我们疯狂飞驰,光秃秃的树干在我们两侧一掠而过。

越向北方而走,海拔越高。空气冰冷如铁,雪深得埋住了牦牛的蹄子，牦牛的速度慢了下来。我发现骑在牛脖子上也很舒服，于是消灭了爬回牛背的念头。驾驭坐骑不再是问题了，但另一个疑虑却悄悄地浮现了出来：夸父们为什么需要如此凶猛的坐骑来帮助自己呢？

哈狼犀骑在了我的身侧，他一声不吭地看了我一会儿，突然伸出手敲了敲我背上的弓："你最好趁空多练习练习，看那只兔子。"

我在前面的一堆乱石上也看到了那只溜达的灰兔子，在我们驰近的时候，它顺着路沿颠颠簸簸地跳着。

我拉开弓，回想着多年前老师教导的射箭诀窍，稳住左胳膊，右手急速拉弦至耳边，瞄准了就是一箭。可那一箭偏了有三四尺远，兔子若无其事地继续跳跳蹦蹦，跟着我们往前跑，直到我的第三箭擦中它的后腿，它方才大吃一惊，一瘸一拐地拖着箭跑了。

"这很糟糕。"浑狐牙龇着牙说，他骑着牦牛奔在我的右侧，突然一个翻身，已经从背上摘下了他的大弓，啪的一箭射了出去，我听到了空气剧烈的劈裂声，那支箭呼啸着从我的耳边飞过，居然凌空将一棵树射为两截，树冠稀里哗啦地倒入雪堆中。

浑狐牙朝我耸了耸肩膀，打着牛跑到前面去了。

6

他们在每匹牦牛的背上装了两大皮袋的酒，不但自己喝，也用来饮那些牛。我们打尖的时候，浑蛮力逼我提一小袋酒去饮自己的牛。

牛头上的六把利刃镜子般明亮，我胆怯地看着里头映出的自己的影子，犹犹豫豫地想绕到背后过去，浑蛮力喝道："正对着它走过去。"

牦牛已经闻到了酒味，不耐烦地喷着气，踹着蹄子，但看上去倒还老实,在把毛茸茸的嘴唇凑到酒袋里去的时候,它的眼睛翻起来望着我,依然通红通红的,好像烧红的火炭,但看上去不是那么可怕了。浑蛮力告诉我它们的视力很差,全靠听力和嗅觉分辨敌我。如果从背后接近它,它只要稍一摆头,就能把我切成漂亮的四个整块。

我们翻过了淡红色的古颜喀拉群山,眼前是一片舒缓开阔的荒原,四周的山岭上散布着万古不化的冰川,牦牛奔跑起来轻松自在,但我发现夸父们越往北就越紧张。

这表现在他们开始说越来越多的笑话,他们笑得越来越大声,动作也越来越没有必要地夸张。凭借强大的武力和残忍的性情,他们中的一名武士就可以对付其他大陆上的一整支军队。我不明白这些高大得如山岳一样的战士,在担忧着什么。你要是问他们,他们是不会承认的。

有一次休息,雷炎破踱到了我身边,用蹩脚的蛮族语跟我说:"有比这更可笑的事情吗?他们交换了臂环,她将成为他的妻子。"

"谁?"

"浑蛮力呗。"雷炎破灌了口酒,哈哈笑着说,"你没看出来他生病了吗?"

我只看出来雷炎破妒忌极了。他自己愚蠢到为一个娘们打了一架后又醉倒在地,我看不出来他有什么责怪别人的理由。

不过浑蛮力臂上系着的那个铜盘确实不见了,而是变成了一个精致的金环缠绕的子午花圈。如果有人盯着它看的话,那个巨人会显露出一点不好意思的表情,不过他并不故意去掩饰它。

我们翻过淡红色的古颜喀拉山后,向北走了两天,然后又是一条狭长陡峻的山,此后我们骑在牦牛背上渡过了三到四条冰河,天黑的时候,我们就找块巨大挡风的岩石来休息,照例是闹哄哄的晚餐聚会和没有警卫的露宿。不同的是如今我们可以挤在牦牛的厚毛下御寒了。

不知道为什么，白天越来越短，黑夜越来越漫长。到后来，太阳只是短短地在地平线上露个头，随即沉入白茫茫的冰原之后。夸父们绝不愿意在黑夜里多走一步。

我们再次翻过一道冰坂和裂缝的高山，然后面对着真正的雪原，雪厚得能吞到高大的六角牦牛的胸前。我们不得不轮流骑在前面，为后面的队伍踏出一条雪道。在这片艰难行进的雪原上，我们整整走了三天，直到看见了位处极北的天池山脉。

这道山脉过去只存在于那些海客和游方商人虚无缥缈的传说和流言之中，关于这道山有许多不切实际的说法。比如有的人说它高达云迹，夸父的祭司在其上种植了巨大的扶桑树，以爬上天空与星辰交流；还有人说此处气候严寒，五官或者手指只要暴露在外一刻钟时间，就会冻掉。

还有些传说中提到，天池山没有根基，它们的脚下是一片庞大的永恒不冻结的海，它就在其上漂移，关于最后这一个说法，我是真真切切地在天池山的脚下看到了一些迹象。

我看到的天池山若非被厚厚的冰覆盖住了，就是本身即为冰山。最奇怪的就是，在这滴水成冰的地方，山脚下却有一泓湛蓝的没有结冰的湖面。冰湖宁静得没有一丝波纹，仿佛沿着山脚镶嵌的一面曲折细长的平滑镜子。湖面上有一些厚冰连接成的冰桥，铺成了通往山麓的通道。冰很厚，即便是沉重的六角牦牛踏在其上也没有问题。我看见两侧的湖水深不见底，如果弯下腰去掬一捧水，它会立即在你的掌心结成厚冰。

"爬上这座山，就是原冰川了。"浑蛮力和我说。我张了张嘴，没问出来"什么叫原冰川"，这会儿我的嘴唇已经被冻成了紫色，只觉得呼吸困难,举步维艰,那些大家伙倒一副若无其事的样子。

跨越冰湖之后,在正式爬山之前,夸父们点燃了一堆火。他们恭恭敬敬地在火前依次划破手指,滴下了自己的血。我刚想嘲笑他们的这种简陋的祭祀方式,雷炎破已经像抓小鸡般一把把我按住,然后拖到火前,将我的手抻到火堆上,一刀划开手指,让血滴到熊熊的火焰里。

好吧。我愁眉苦脸地按紧手指上的伤口,告诉自己在这帮野蛮的巨人面前,是没有什么道理可讲的。

哈狼犀脸色凝重,他从怀里掏出一个小铜人儿投入火中,然后带着巨人们跪伏在雪地里——当然啦,我也被雷炎破压着跪下了,为此我们还有一段小小的争执。

"让你参加我们的仪式,是我们已经把你当成了自己的一员。"

"按我来看,这可不是好事,"我嘀咕着说,"喂,喂,别太用力好吗,这儿的雪很深……喂……"

对他们来说并不算深的雪对我而言就很成问题。雷炎破把我往下一摁之后,我就不剩什么东西在雪面之上了。

他们在那儿开始齐声颂祷:

无可思磨灭唯密主火
无可智磨灭利微妙山
无可勇磨灭观视度母
雪岭胜贤顶盘古大冰川
我七人善慧称扬祷于山脚
令我至你足下

我没有学过任何法术,对于感受星辰力量而言,我是一个相当迟钝的人，但此刻他们密密地不断重复的祷词如阵阵松涛一样压过我的耳膜，我突然心里一动，只觉得一些流莺嗖嗖地越过我的头顶。我偷偷地抬眼观看，看见他们都像泥雕木塑一样呆立在当地，只有口唇微微颤动。火焰变得苍白起来，越来越耀眼，但火苗摇摆不定，仿佛随时都会灭掉，随即砰的一声炸开了一团火花。

那个铜人滴溜溜地转着，像被一个无形的手提着般，飘浮在火焰上方。它的腰带上，显示出一行奇怪的夸父文字。

他们齐齐松了口气，轻松地笑着，停下来开始喝酒。我看到他们个个脸色苍白，仿佛耗了许多力气似的。

上山的路隐藏在那些巨冰的缝隙里，非常陡峭，而且又溜又滑。我们呈一字队形向上攀爬。哈狼犀走在最前面。

他咬紧嘴唇，腰背挺直，脸上带着日渐庄严和不可触碰的神气，我透过他握住缰绳、微微颤抖的手看出他其实很激动。

其他的夸父依旧嘻嘻哈哈地嬉闹，但都好像小心地避开哈狼犀的目光。

在夸父的传说中，天池山非常古老，几乎和天地一样古老。天池山的山势极端碎裂，厚厚的冰上全是道道深不见底的裂缝，显露出来的小路也是千头万绪，缠丝乱麻一般难辨。

我看到哈狼犀那宽厚的左手里托着那个带底座的闪闪发亮的小铜人，每到一条岔道上，铜人就会吱吱呀呀地转动它的细手臂，指向某一个方向。它仿佛熟知山里头每一条道路。夸父们催动牦牛，鱼贯而前。道路若隐若现，突而转入危险的冰沟谷，突而穿入隐藏在山腹内的巨大冰窟窿中，突而被冰雪覆盖得根本看不见，但那具小铜人始终指出了它。

那个小铜人很小很精致，握在高大如斯的夸父手里，显得非常怪异。它所拥有的这种精细秩序的亘白系魔法势必也不是普通的夸父能施出来的,难怪寻常人等无法找到度母的下落呢。我想。

夜里我们依旧露宿,就在一小块被风吹走浮雪的平台上休憩。夸父们破天荒地没有倒地就睡,自从跨上这座山以来,他们越来越显示出一种小心谨慎,和我所了解的跨越冰炎地海的夸父迥若两人。哈狼犀排定了值班的人。浑破怒和雷拔丁睁着大眼,手扶战斧的柄,经夜未眠。

"去见度母很危险吗?"我问浑蛮力。

"你想什么呢?"浑蛮力不快地说,"当然不。除非你迷了路。"

他不太想搭理我,很快睡过去了。如果他这么回答,我就不明白他们在警戒的是什么危险了。

值夜的人每天轮换,但是他们第二天白天并不休息,而是在牦牛背上精神十足地继续前进,直到到了当夜的营地才去睡觉。

天空几乎始终是黑的,即使白昼也能看见所有的星辰。太阳仿佛一枚白果,慢吞吞地在地平线上划过一道弧线,落入深渊。

哈狼犀最后和他的武士们在两道冰峰中间低垂的垭口前站住了脚。这儿两边的陡峰高有万仞,挂满了倒垂下来的冰瀑。一道深蓝色的光溜溜冰壁直垂下来,将垭口堵得个严实。冰壁又高又陡,就连最善攀爬的高冠叶猴看到这道冰壁也会啾啾哀鸣。

我正对那道蓝色的冰壁看去,觉得透明的冰壁中影影绰绰地有什么东西,注目看时,不由得大叫了一声,往后一跳。连那些夸父赶过来看的时候,也都惊讶得呆住了。

深蓝色的冰里冻着两名天神般高大魁梧的武士。他们身披铁甲,挥舞巨斧,那副挺胸凸肚的姿态如同猛虎般凶猛。

透明的冰壁把一左一右两名武士凝固的怒容反射得扭曲歪斜了,但依然看得出他们怒目圆睁,怒须如戟的模样。

他们的高大让人极度震撼,就连哈狼犀他们也难以望其项背。

我甚至在想这两个冻在冰里的铁甲武士到底是上古的夸父,还是已经超出了夸父的范畴,进入了神的行列。

他们一手挥舞大斧,另一手向前翻着掌。两人的手势各不相同,一个是将拇指中指连接成扣,另一个屈起无名、尾二指,似乎在表述什么。在他们的掌心里,都以红笔描着奇怪的文字,和我曾经看见哈狼犀的那个小铜人上的字很像。

"就是这儿。"哈狼犀说,他带着一股奇怪的口吻,那是种对流逝的无穷岁月的尊崇和哀悼。夸父们凝目矗立,他们看着冰壁里的冻住的武士,口唇颤动,似乎有种跪下去顶礼膜拜的冲动。

哈狼犀伸出一只手贴在冰面上。他的脸色微微发白,却是坚定而沉静地一个一个念出了巨人掌心上刻着的字。

"古里那,坚来悉,汪波,将悲样。"

随着他的话语,我们脚下的万古坚冰仿佛抖动了起来。到处是淅淅沥沥的碎冰掉落的响动。一群瞎眼的雪琼鸟飞出它们藏身的雪窝,石头一样坠入脚下的深渊里。我惊惶地四顾,知道有什么不寻常的事要发生了。

然后,哈狼犀掏出铜人,缓缓念出了铜人腰带上的另一行字。

"竹简,宗可玛,炯增,桑威达,索玛帝。"

我仿佛被人猛烈地推了一把,摔倒在地上。六角牦牛疯狂地嗥叫起来。脚下的冰礴里啪啦地裂开数条深不见底的缝。冰峰上面大块的冰岩摇动着,滚落下来。突然一道不知何来的白光,耀眼夺目,刺得我们睁不开眼睛。阻隔在眼前的蓝色冰壁仿佛被融化在这道白光里了,它不情愿地收缩后退,突然飞快地向后退出了一整条长长的光明通道。白光里,那两个堵住去路的武士不见了。

哈狼犀收起铜人,他的嘴唇四周发白,当先牵着他的坐骑,在白光里向前走去。浑蛮力示意我跟上,"低着头往前走,别往两边看。"他恶狠狠地对我说,话语中没带什么好气。我知道这家伙也是心绪不宁。他们都知道些什么,而唯独我什么也不明白。

我们依次牵着牦牛——它们犹犹豫豫地挪动着蹄子,不太乐意往前走——跟着哈狼犀走入了那道白光。我猜想高大的武士和铜人告诉哈狼犀的咒语,属于最诡秘的寰化系魔法的一族。寰化是一颗诡秘的星辰,它代表着游荡、偏离和旁观,代表着神祇之眼引导的精神游荡,它总是偏离于主流之外,保持着距离,默默观察世间一切。

一名夸父族的度母,需要如此严谨的魔法来守护吗?

四周里仿佛有无数的声音放出来,在我们身周盘绕飘拂,更有阴风惨淡,从我们身边嗖嗖地冲了过去。

等殿后的雷拔丁牵着的那头牦牛尾巴一越过山口,白光猛地一晃,闪了两闪,四下里收了。来路又变成了一道高高耸立不可逾越的冰壁。我心下忐忑,觉得仿佛窜进一个不该擅入的陷阱。

7

越过那道垭口,前方豁然开朗。我们发现自己在往下俯瞰着高高低低的冰川,一直向外延伸到朦朦胧胧的北方天空下,但这和我们一路上所见的冰川都有不同。

我抬头闭眼,在空气里嗅到了盐的味道。

这不是冰川,这是海啊。

这是一片冰晶剔透全透明的海,波涛翻滚,浪澜高耸,仿佛依旧保留着昔年那山崩地裂般的呼啸,但它们全都在一瞬间被冻住了。时间随之停止,任凭外面沧海桑田白云苍狗,这里始终保留着千万年前冻结的一瞬间。

哈狼犀催促我们前行。他和他的武士们显然对这片异境带有极大的警惕,我看见他们跨坐在牦牛背上,好几名武士都把短剑拔出了鞘簧。与羽族人将箭袋背在背上不同,浑狐牙把两只箭筒斜挂在牛脖子左右,看上去极为方便他左右开弓。

我们下到了冰海,在高低起伏的大块大块的冰中间寻路前进。地上的厚冰都是透明的,借着越来越微弱的日光可以隐约看到海下的深处,那下头似乎有无数的裂缝和空洞,拼构成错综复杂的细碎花纹。我们花了很大的力气才爬上了一堵冰坡,坡高有三十尺,又滑又溜,密布着狼牙一样的冰晶浪花。

在坡顶上我们看到前方又是一道三十尺的冰冻波澜,它们带着很明显的弧形,凸出来的肚子朝向我们,两侧延伸向远方。我慢慢地看出来波澜的形状是一个个的同心圆,最大的浪圈从我们下来的垭口算起,直径大约有三百里宽。

这些浪花是向外扩散的时候被冻住了,而我们就在朝圆心进发。风把汗凝结成的冰碴从我的皮肤上刮掉。我几乎不敢想象有什么样的撞击能击起这么大的波澜,什么样的寒冷能把这样大的一片海突然冻结?

牦牛在又溜又陡的冰坡上走得很慢,冰在它们的蹄子下嘎吱嘎吱地响,当我们又爬到一圈高耸的冰波峰上时,看到远方圆心的位置上,有一道影影绰绰高大的城墙,高高的灰色岩石露出冰面,四周围绕着一圈极其高耸绚烂的浪圈。夕阳的光被那一圈透明的冰浪折射出五光十色的光芒,就仿佛一朵盛开的妖异冰花。

我们走得更近了,离那座城池越近,就越冷,仿佛那座城池就是冷气的源泉。我披上所有的毛毯和那条豹子皮,还是冷得牙齿直响。

不知道为什么,那座黑色的城池给了我种不祥的感觉。它死气沉沉地躺在那儿，就如块被遗弃的黑色石头，没有一点生命的迹象。

我们跨过这些起伏的冰海耗费了比想象中更多的时间。夸父们一点都不说笑了，他们骑在牛背上，望着天空一声不吭。

太阳正在落下。黑暗如同一匹野狼，飞快地吞食着天空。

哈狼犀勒住牦牛，冷冷地问道："还有多少酒？"

雷炎破回答说："大约十二袋吧。"

"晚上不休息了，扎起火把，继续前进，天亮的时候正好能到那个地方。"哈狼犀说。

他们开始用带来的木柴和布片密密地扎成火把，然后把酒浇在布上头，在忙碌之前，他们不忘记给自己先灌上一大口。

在他们忙着的时候，我带着点敬畏地望着那座死去的城池，问浑蛮力："你们的度母就居住在这儿吗？"

"这和度母没有关系。"浑蛮力不耐烦地说，继续捆扎他的火把，他的火把用了三整根细小的松树扭在一起，看上去能烧上整整一夜。

"我们不是来寻找度母的？她不住在这儿？"

浑蛮力扔下他的松树，转头盯着我看，他的目光看得我心里发毛。

"谁跟你说我们到这是来找度母的？"

仿佛一盆冰冷的凉水从头浇下，我眨了眨眼睛，觉得冰凉彻骨。

"等一等，你等一等。"我用一只手扶住头，另一手撑住牦牛肥厚的脖子，甩甩头眨了眨眼，觉得自己没有醉。我再次问道："在冰炎地海边上，你有没有说过你们将带我去见度母？"

"这没有错，可只有经过考验的人，才能从度母那得到勇士殊荣。"浑蛮力翻着眼睛看着我说，仿佛这中间的关窍我天生就该明白，"你正在接受最能获取荣誉的可怕考验。"

"可……怕……考验？"我的脸一定绿了，把这四个字一个一个地复述了一遍,"见你的鬼,我可从来都没想过当一名勇士。"

"你不想当勇士?"浑蛮力把我的话翻译给他们听,他们都哄笑了起来。浑蛮力大笑着转过头来对我说:"这是你们小人儿的奇怪逻辑,它在我们殇州可行不通。"

一粒风干上半年的柚子也不会比我的心更加紧皱了:"你们到这儿来是干什么的?"

浑蛮力望向哈狼犀,那个首领的目光已经越来越沉重,重得在西沉的灰暗阳光里变成两个深凹的黑洞。

"只有哈狼犀有成为兽魂武士的潜质,我们是陪伴他修行的伙伴。"浑蛮力说。

我想起了在巨人集市酒店里见到的那位貌不起眼,然而却充满恐惧力量的兽魂战士。殇州大陆只培育出了不超过十二位这样的人——那么哈狼犀要经过什么样的可怕历练才能成为这样的人呢?我禁不住发抖地问:"告诉我,这儿是什么地方,浑蛮力?"

"古庐海。这儿是夸父族历代勇士亡灵的埋身之地,也是夸父永恒的战场,"浑蛮力用充满尊崇的口气说,"你看到那片城池了吗?那儿原本是冰川夸父的住处。"

"冰川夸父?我听你提到过他们。"我口齿不清地说,这儿的寒冷让我变得非常迟钝,"他们是所有的夸父部族中最古老的一支,据说是数千年前从极北的终年黑暗之地迁居而来,是吗?"

"你听到的没有错。冰川夸父就是从此地出发流落到殇州各地的。盘古的巨躯有一部分就残留在这块圣地下的火山口里,它能让我们的部族永远保持巨大强壮,但不是所有的人都有资格到这儿来接受考验,小人儿,到这里是莫大的荣耀——"

这个该死的巨人低头瞪着我,一副我应该好好珍惜这机会的神情,但他的眼神飘忽不定,总是在说话间突然抬头四望,似乎听到了什么。

我知道他们的听力远高过羽人,但也学着他的样子侧耳倾听,除了风呼啸而过的声音外,我什么也没听见。

我环目四顾,在这片冻结了千万年的荒原上,除了我们这七个小黑点慢慢移动,再没有任何其他生物。风从寂寞的冰波上一掠而过,太阳在那些突兀的浪尖上拉出越来越长的影子,更给这块地方增添了荒凉恐惧的气息。

我慢慢地,小心地问出了这个问题:"那些生活在这里的冰川夸父今何在呢?他们去了哪里?"

"他们都死了,再也没有那些伟大得接近天神的战士了。让冰川夸父灭族的,是那些风一样移动的冰鬼。它们就在这里。我们必须穿越它们的巢穴,去寻求盘古的祝福。"

我浑身不可抑制地哆嗦了起来,我听说过这些怪兽,在瀚州极北的阴羽原上居住过的蛮人偶尔会提起这个可怕的名字,在大部分情况下,他们甚至不愿意提起这个名字。

他们述说不清这种凶猛贪婪动物的模样,只知道它们生活在最阴冷最黑暗的巢穴里,他们也不知道它们是怎么样摧毁和撕裂那些牺牲者的。在古老的码头上,他们打着哆嗦,瞪大着白眼叙述冰鬼的惊恐模样始终隐藏在我的心里。"它们仇恨生命,仇恨一切会动的东西,"他们半疯地灌着酒,使劲地摇头说,"如果遇上了一只冰鬼,那么一整支军队也救不了你。"

"你们的荣耀,"我满怀希望地问他,"——我没有资格获取这种荣耀吧?"

"当然有。"浑蛮力出乎意料地回答说,"我们并不是漫无目的地去海边闲逛的,是度母告诉我们去哪儿找你——你注定要陪我们进行这次历练。"

浑蛮力冷酷地说:"在冰炎地海的峭壁上,你做出了许诺。所以此刻,你无法退出了。"

从那些万古不见阳光的冰狱里吹出的风,也不会让我觉得如此寒冷,我觉得自己的骨头缝都被纠缠的冰晶给冻结成块了。我回想起在峭壁上他们说的话,以及他们望向我时的奇怪眼神。

"我去,"我说,"我可以和你们一起走吧?"

我还以为这些大个子给我去见大度母的提议,说明这些貌似粗鲁的巨人实际上对弱者有着巨大的怜悯之心呢。我真是太天真了,我怨恨地想。"那你们的度母总和你们说过,我们能活着回去见她吧?"

"不知道。我们不会问这种傻问题的。"浑蛮力生气地抖动着缰绳,这表明他已经对这次谈话不耐烦了。预知未来,对夸父而言可不是聪明人应该做的事,他们喜欢兴高采烈,懵懵懂懂地扑向未来。

"你们两个跟上,不要脱离队伍。"哈狼犀在前面吼道,他的嗓音里有一丝不容辩疑的火气,这倒让人还容易接受些。

"喂,喂,最后一个问题,"我带着绝望问他,"如果哈狼犀失败了呢?"

"那就握紧你的武器吧。"浑蛮力说,扭头上了他的坐骑。这话在夸父当中非同小可,实际上就是让你准备好去死的意思。

那些无所畏惧的牦牛看上去很踌躇。武士们手握剑柄,挤在一起走着。我默默地行进在他们当中,想起了他们不接受从失事的船里捞出的馈赠。在他们的民族里,没有人可以随便得到而不付出代价。我接受了他们的邀请,就必须和他们一起承担责任,这在他们看来是理所当然的事情。这可真他妈的。

我知道别无他法，于是从背上摘下了弓，抽出了一支箭搭在弦上。我看到自己的手抖得厉害，太阳最后挣扎了一下，终于在灰蒙蒙的天际咽了气。黑暗不可避免地笼罩在整个古庐海上。

8

黑暗让所有的人和牛都感受到了威胁。夸父们点起了火把，但那些松树燃烧起的熊熊火光，在这冰冷如狱的鬼地方也照不出多远。我们只能看到眼前十步远的冰块在火光下熠熠生辉，再往外的一切，都被黑暗所吞噬。

我们只向前行了一刻，就听到所有的六角牦牛突然一起吼叫了起来，它们的嗥叫如同此起彼伏的号角。它们依次左右晃动巨大的头颅，让角上捆扎着的六柄刀大幅度地摇动着，映出的火光四处漫射，就如着了火的巨大树杈。

风好像曼歌的女妖，在我们四面八方穿梭飞舞。夸父们跨在焦躁的牛背上，都警觉地四下转着头。连我也察觉出来了，风里有些其他的东西。它们不发一言，阴冷，狡诈，充满嗜血的欲望，只有风一样快速溜过那些光滑反光的冰面时，才会落下一些影子。

"握好你们的武器，"哈狼犀喊道，"握好。"他勒住牛转了半个圈，他的武士们一起转身，围成了一个紧密的圆圈。所有的牛都尾巴朝内，恐怖的满是刀尖的脑袋朝向外围。

他们环顾四周，脸上紧张的神情消隐无踪，取而代之的是即将投入战斗的狂喜。哈狼犀把火把交到左手上，右手反手摘下背上的战斧。

你要是见过夸父挥舞斧头的威力，就知道短剑为什么成为不了他们最钟爱的武器。他们的长柄斧头长近两丈，施展开来就如一团可怕的旋风，方圆四丈内的一切东西都会被砸为齑粉。

浑破怒仿佛已经看到了什么东西。他大声地呼喝着，扔下火把，猛力挥舞起战斧。雷拔丁和浑蛮力随后加入了战团。风声雷动，在他们四周滚出了一团黑影重重的轮廓。我感觉他们是试图斫削下风的影子。

　　"靠紧。"哈狼犀喝道。他发出一声炸雷一样的怒吼，震得我两耳发麻。这个可怕勇武的夸父武士，双手擎起巨大的斧头，破空斫入风中。

　　如果我能看见的话，一定会看到有无数青色的风在我们四周疾舞。羽人自豪的敏锐目光在这片黑暗中是个笑话。夸父们侧耳倾听。风中开始充满了喳喳的笑声。一些影子飞快掠过火把那毕剥晃动的光芒，数不清有多少影子，只知道从那些影子上散发出了极度的寒冷。牦牛在愤怒地吼叫。我看见浑破怒突然跳下了自己的坐骑，他的那头牦牛古怪地扭曲着身子，还在昂首怒吼，我在火光下看见它的左半个身子都结上了冰壳。

　　我惊恐地想到，我终于明白这些冰鬼是怎么残害那些可怜的牺牲者的了。

　　在冰鬼呼出的怒张的寒气里，雷拔丁被彻底冻成了一块坚固的冰雕塑，他的一只手兀自高举着锋利的斧头。寒冷固定住了他怒目圆睁、愤怒呼喊的神态。

　　浑狐牙射出了他的箭，箭羽在冰冷的风中嗡嗡地抖动，它呼啸着穿入风中。我分明听到了一声尖厉叫声，那声音里掺杂着愤怒和痛楚。更多的旋风卷了起来，风声变得高亢刺耳，它们席卷地面，扑入阵中。牦牛群像被烧红的铁块烫着了屁股似的炸了营。

　　这些最耐严寒的畜生，如今被冻得如火烧着屁股的耗子，它们的眼珠子外蒙上了一层冰壳，弯角上的刀冻得又脆又硬，和边上的角刀撞击的时候，便炸裂成上千的碎片四散分迸。

没容我控制住骑下的牛，这头暴怒的畜生就猛跳起来，我就像稻草被耙甩上天空，猛烈地翻滚着，撞在一堵高大的冰冻巨浪上，然后又滑入到底下一条冰缝里。我被卡在那儿，动弹不得，随即晕了过去。

我梦见自己在一团泥沼中挣扎，然后一根温热的厚舌头伸过来舔我的脸，光线像一把锉子在锉我的眼球。原来天已经亮了，我脸朝下地在一个狭窄的两尺来深的冰沟里，被一只活下来的牦牛找到了。

我挥手轰开那头牦牛，使劲地从冰面上撕下自己被冻住的脸和胳膊，爬起身来检查自己全身上下，没发现少了什么东西。

"还有多少酒？"一个可怕而熟悉的声音在上面某个地方吼叫着。我心里一宽，至少我们的人还没有死光。哈狼犀还活着呢。

我费力地爬上冰沟，席卷而过的寒风让我吓了一跳，本能地举手护住自己，但那是真正的风。太阳射在光亮的冰面上，冰鬼们已经消隐无踪，留下了遍地的毁灭和死亡。我看到了一夜苦战后的情形，不由得吃了一惊。这些高大如山岳的骁勇武士死了三个，浑狐牙和浑破怒都像雷拔丁那样被冻成了冰柱，他们平躺在地上，手中依旧紧握断了弦的弓和短剑，雷拔丁的躯体甚至已经裂了开来。雷炎破的大腿被冻伤了，看上去明显发黑，他半躺在地上，给自己的冻伤上倒了些酒，正在使劲地摩擦着它。

六角牦牛还剩下五头，厚厚的背毛确实让它们更容易承受寒气，但它们的头面都被伤得厉害，许多角上的刀都已残缺不全了。地上有两头牦牛的尸体，像两座山一样叉着四腿横躺在冰原上，两个眼泡已经冻成了冰壳，舌头斜斜地吐出嘴角。

他们看到了我，显露出高兴的样子。浑蛮力说："我们还以为你已经死了。"他过来想要拍我的肩膀，我连忙闪了开来。虽然这是夸父间表达友谊的举动，但我并不想为此被拍成骨折。

我看了看他们的武器，上面没有沾染上一滴血，但这并不表明夸父们一无斩获。我注意到地上堆积有一些青色的碎冰块，那就是冰鬼们的尸体。

"我们赢了吗？"我急不可耐地问他们，"你们把它们都杀死了？"

"这只是些小崽子，冰鬼王还没有出现呢，"浑蛮力用脚踢了踢那一堆碎冰块，"而且冰鬼是杀不死的。如许冷的地方，要是两天不出太阳，只要冻上两个夜晚，它们又会重新凝聚成形。"

我痛苦地呻吟起来："你们还要继续往前走吗？"

任何军队在伤亡如此惨重的情况下，只有投降或者退却一途，但我不奢望这些笨大个子会掉头回去。

浑蛮力耸了耸肩膀，答案是不言而喻的，他开始处置三具同伴的尸体，摘下他们腰带上的头盔，把头盔摆放在他们的胸前——这是我看到的夸父头盔的唯一用途——其后他又除下了他们的臂环，挂在了自己的腰上。

"真替这几个家伙高兴啊，"浑蛮力抽了抽鼻子说，"他们可以在这里和那些伟大的战士亡灵一起长眠了。"我看到他的模样是一副真正替这些死人开心的样子。

哈狼犀用大斧头凿开一处冰穴，将死去的三名伙伴和他们的武器放了进去，然后用大块的碎冰把冰穴填上，只要一夜寒风，就会把这儿冻成一个永恒的纪念冰冢。

哈狼犀在冰墓前站了一会，三具冰冷的脸在冰下模糊不清。他重新提起战斧，显然已经做好了重新战斗的准备。

天气晴朗，太阳的光线斜照在冰面上，泛起了无数刺目的斑点。我们不得不眯着眼睛前进，我一路上心惊胆战地四处环顾，害怕那些遁去的冰鬼又突然出现。

"别担心,"雷炎破骑在牛背上摇摇晃晃的,用蹩脚的蛮语跟我说,"那些家伙害怕太阳。它们不会在白天出现的。"他的伤势挺严重的,已经几乎不能行走了,但我没在他脸上看到一丝痛楚的神情。

虽然一路上,夸父们都在拼命催促牦牛快跑,但直至时近正午,我们才靠近冰海中心撑载那座城池的巨石。那块巨石有上千尺方圆,高高地被石底下的冰浪托起,四周高耸的冰浪有一百尺高,形成围绕城池一圈最绚丽夺目的花冠。在冰浪和冰浪之间,有一些陡直的缝隙。

"必须把坐骑留在这里了。"哈狼犀说。他们一声不吭地跳下牛来,并且把牛背上有用的东西都解下来放在了自己的背上,武器,盾牌,毛毯,还有所有的酒。浑蛮力一把把我揪上他的肩膀。巨人们顺着冰凝成的台阶攀缘而上,他们呼哧呼哧地喘着气,就连瘸了腿的雷炎破也拼命地往上爬,这儿实在是太冷了,他们的手经常被粘在阶梯上。我看见他们一直在抬头观察太阳的位置。

我们终于进入城池的时候,太阳已经西偏了。站在高高的巨石上,俯瞰下面的冰海,可以看出它大致有个圆形的边缘,被起伏如刀尖的层层冰峰围了个严实。而我们此刻就落在波浪翻滚的冰海的正中心。这番情景实在让人无法捉摸清楚它是如何形成的。仿佛承载城市的巨石是从天而降的,它带着覆盖其上的城墙和宫殿,深深地嵌入冰海的核心。

谁都知道殇州上夸父们没有自己的城市,他们日常只是生活在临时性的石砌居所或者山洞中,然而这座城市的简洁和浩大气魄,残存建筑的巨大体量都让我吃惊不小。城墙只剩下了残破的墙垣,但还看得出当年它既高且厚,具有极强的防御功能。四围的城墙方方正正,城门的形状还能看得出来,城门两侧有着巨大的雕像残块。

在城门前，他们顿了顿脚步。两侧的城墙上都有暗红色的某种文字，因为年代久远而发黑。风从城门里呼啸着冲了出来，大河一样咆哮。

整座城市虽然很小，但街坊的划分非常规则。建筑都拥有简洁的几何造型，建构它们的石块每一块都有一整艘木兰船那么大，虽然看上去很粗陋，未经琢磨，但足以说明夸父族的过去所拥有的高超技艺和文明。我看看走在前面的夸父们，他们也是满脸的茫然和受到震撼的神情。

我们在这座废墟里向西而行，太阳在我们身后那些大石板铺砌的街道上拖下长长的影子。这里的气温仿佛比下面还要低，建筑物上四处垂挂下粗大的冰柱，汗很快冻成冰碴挂在他们已经青紫的皮肤上。

我很快发现在破落的建筑群中有一道明显的中轴线，两侧整齐的柱廊沿纵深方向排向城市中心。哈狼犀他们看上去显然没有来过此地，但他们却脚步坚决地一直向前走去。

我看到他们的目标在轴线的终点上，是一座我所见过的最雄伟阔大的厅堂。它有着高大的院基和厚实的墙，那座墙一定有天启城的城墙那么高。门早就不见了，剩下一个黑洞洞的大口，让我们看见里面有两列残存的武士雕像手持武器，在高高的台基上排向厅堂深处。

墙上的巨石刻画满了粗重的金属利刃撞击的痕迹，我又看到了那些暗红色的字迹，这些文字和我所看到的铜人以及看守垭口的两名上古夸父武士手掌上写的文字是一样的，都是直笔画，没有曲笔，大约是便于刀斧在石头或者木头上凿刻。我揣测这儿就是那些历经屈辱和磨难的巨人最终的战斗堡垒。

"没错。"哈狼犀说，白汽从他的嘴里呼了出来，萦绕在他的耳边。他立定脚步,拄着斧子,抬着头看那些高大的列柱,充满敬畏地说:"和她说的一样,这儿就是盘古神殿。"

我们依次爬上高大的台阶,进入大厅,这里面的石柱粗大密集得出乎我的意料,夸父们似乎要用它们撑起天空。它们升向高高的天际,屋顶已经垮塌了,太阳投射进来的光线被石柱分割成一道一道的,地上结满了寒冰。

石雕的武士和真正的夸父一样高大,它们大部分缺失了头颅,甚至还有一些完全垮塌在了地上,但无论是哪一尊雕像,它们的手里依旧抓着盾牌和巨剑,像是依然在守卫什么东西。

我们在这座幽暗庄严的大厅里顺着武士通道往里走去,越走越深,终于在通道的尽端,我们看到了一块光滑的黑巨石制的祭台。我惊讶地发觉祭台周围有一大片地面是熔岩凝固而成,崎岖不平,高高低低。我突然意识到,这儿就是火山口,它被填平了然后修建成这座城市,我们此刻正站在它上面。

祭台上有个沉重的骊龙纹镂空石头罩子,黑乎乎的看着很不起眼,然而它如同风暴的中心,紧紧咬合着这座城市的所有视线和焦点。

哈狼犀大步迈向石祭坛,他的背影如同一大块冰冷的石壁把我的视线遮断。我看到他在冰面上跪了下来,蹲伏在自己的脚后跟上,随后专心致志地闭上眼睛,低头沉思。

雷炎破和浑蛮力也没有理会我,他们敬畏地追随着自己的首领走向前去,在他的两侧,他们垂下战斧,把斧端搁在地上,挂着斧尾,凝固在那儿好似两尊雕像。

和羽人漫长繁琐的祭祀仪式比起来,他们的祈请方式极为简练,然而此刻我却觉得漫长得无法容忍。

时间一秒一秒地过去,太阳慢慢西沉,穿过石头柱子,我能看到外面的光线飞快地暗了下去。遥遥下方的冰海，远比城池里更加幽暗，一两股白色的旋风卷起了数以亿万计的冰碴，呼啸如冰龙，在冰面上聚聚散散。

他们三个依旧纹丝不动，只有我急如屁股着火的猴子，在厅堂里窜来窜去的，这让我很迟才发现脚下的地面在以某种缓慢的频率抖动。我立定脚步看的时候，发现四处的墙上发出某种光芒，冰壳上不停流下水来，搞得这儿的地面滑溜溜的。那些高直的柱子仿佛都扭曲变形了，但你如果直瞪着它们看，却发现还是直的。这个厅堂中确实充满了不可捉摸的力量。

他们终于完成了某种仪式，哈狼犀半跪而起，他沉下了肩膀，对着那个祭台沉思，似乎不太愿意就此离开。他沉毅的面孔仿佛充满了更多的威严和勇力，但我不太能肯定。

"我们可以走了吗？"我试探着问他们。

但哈狼犀没有理我，他突然狂怒地吼了一声，拔步上前，将那个石头罩子一把撩开——祭台上是空的！

浑蛮力和雷炎破的脸上都有几分惊慌的神色，他们似乎根本没想过这样的结局。

"也许里面本来就是空的，"我宽慰他们说，"荒和墟的战争已经有十万年的历史，谁见过真正的盘古神灵？"

哈狼犀回过头来，对我愤怒地喊道："难道没有神吗？盘古是不存在的吗？"那个永远高大的梦想仿佛一下远去，他的眼睛如火炭般熊熊燃烧，蕴含的怒火让我发抖。

但这样的眼睛我还是可以忍住害怕和他对视，我没有从他的身上发现兽魂战士的特质。"也许就是没有。"我说。

哈狼犀怒瞪着我，突然之间，他眼睛里的光芒突然暗淡了下去，他嘿嘿地笑了起来："有意思，你开始不像个小人儿了。"

他扭头在厅里东走西走,脚步声如闷雷般撼动整个殿堂。

我确实觉得这里似乎比外面所有的地方都要阴冷,在一座祭祀盘古的殿堂里,是不应该有这么冷的。你看,它们墙壁上和地上结的坚冰尤其厚,特别是在——"来看看这个。"哈狼犀掉头对大家说。

就在磐石祭台后侧的地面上,有个巨大的掏空的黑洞,阴森的寒气从中滚滚而出。若仔细观看,能看到一些湿润的光在下面闪烁。洞口有二十来步宽,台阶用方整的大块青石垒成,一步一步地斜着向下延伸。

内里不停地传来许多细微的嘈杂声,仿佛上百只窝里待哺的小鸟,在叽叽喳喳地吵闹不休。它不停地散发黑暗和阴冷的气息,刺骨锥心的寒冷,包容着所有恐惧。

9

毫无疑问,这个向下的洞口通往城市之下的火山口,但又不仅仅如此简单。

夸父们行动迅速地在四周的冰面上察看起来,发现了成千上百细小的爪印留下的痕迹,它们无一例外地最终消失在那个黑洞洞的口子里。看来冰鬼们已经完全占据了这个夸父昔日的乐土,将它变成了自己的巢穴。

他们开始又急又快地说了起来。浑蛮力和雷炎破似乎在争吵,浑蛮力不停地手指向外面和太阳。在和他们接触的这些天里,我已经学会了一些夸父语,但还是听不懂他们吵的是什么,最后,哈狼犀挥手制止了他们的争论,他说的这几句话,我可听懂了。

他说:"往下走,我们要去追赶它们。"

这是我所听过的最疯狂荒谬的话。我蹦得非常高,以便让他们都能听到我的话："你们听着，不管盘古的遗骸在不在下面，都别想让我跟着你们这些愚蠢的大个子往下走一步的。"

哈狼犀听明白了我的话，他转过脸，深邃的眼窝里展露的白色瞳孔就像威严的冰山一样纯净。他平静地告诉我："我们并非不珍惜生命，但只有深入冰鬼巢穴，才是我们活下去的唯一机会。"

他挥手指着下面的冰原，我们能看到那几头牦牛还停留在原处，如同小小的芥子微不足道，他一字一句地说得很慢，以便我能听懂："如果现在开始逃跑，还走不到昨天它们袭击我们的地方，太阳就会落山。如今我们比昨天少了三个战士，已经衰弱得无法抵挡它们的第二次进攻了。我们走不出去就将全军覆没。"

"这还是很疯狂，"我低声说，"我们不知道它们有多少……我们会死的。"

我知道为什么看着哈狼犀的白色瞳孔时会打哆嗦了：他的眼睛里看不到恐惧。这就是他和浑蛮力以及雷炎破的不同。浑蛮力及雷炎破他们依旧会有恐惧的表示，他们的嘴唇发白，手把斧柄握得很紧，我知道他们一旦看见敌人，开始进攻，就会把这种情绪抛到九霄云外，但他们至少还会害怕。

哈狼犀的眼睛虽然还会笑，还会有忧虑，还会有悲哀，还会有愤怒，但它们不接受恐惧，它们已经非常非常接近那名老者空洞的双眸了。他环顾了一眼他仅存的战士，然后说："只要太阳还在空中，它们就会虚弱无力，抓紧时间是我们的唯一机会——而且，我们还有酒。走吧。"他提起大斧，带头走入那个阴暗幽深的洞中。

我走在最后一个，最后下去的时候，我环顾了一下四周，似乎听到有人躲在柱子背后干笑。我逃一般下入洞中，这里面四壁也都是厚冰，脚踩在台阶上滑溜溜的，犹如踏入一池冰水。那些细微的叽叽喳喳的喧闹声从前方传来，如同尖利的指甲在岩石上划刻，越

一〇三

来越凄厉。

我们尽量不出声地摸索着往下走了一两百步,洞往左边拐去,前面似乎光亮夺目。我们紧握武器,一拥而出,猛然发现自己站在一大块坚冰冻成的凌空平台上。这是一个上下直通通的大洞穴,往下大约有数十丈深,阳光透过上面的冰盖照了下来,碎裂成无数细小的光柱,然后又在晶莹的钴蓝色的冰块上四处反射,让洞里充满漫射的没有方向的光线。洞壁上到处都是凹凸不平的冰穴互相串通成弯曲深邃的冰洞。凌厉的寒风就从大洞穴下面呼啦啦地冲上来。

那些凄厉的尖声吵闹就从密布在冰壁上的各个冰洞里传来,在我们踏入这个巨洞穴的一瞬间,叽喳声猛地一下抬高了声调,随后突然沉寂。我不禁浑身发毛,手握弓箭,游目四顾,突然发觉了洞壁上蠕蠕而动,那些透明冰块都在缓慢地变幻着形状。

血猛烈地冲上我的头顶,我发疯一样地想,那些就是冰鬼啊。它们拥有青蓝色的半透明身躯,看上去就和冰一般无二,难怪常人始终看不清它们的模样。它们探头探脑地从窝穴里探出了尖利的长吻,芝麻大的两个黑点从白色的眼窝凝视着我们四人,就像邪恶的兀鹰从巢里探出光头。光在这个大洞穴的表面,能看见的冰鬼总数就在一百以上。

在洞里,它们的动作依旧敏捷而迅疾,在冰壁上拖下变幻不定的影子,但已经远远比不上那天晚上的快速如风。

哈狼犀呼喝了一声,他喊的是:"酒!"我还没明白过来他是什么意思,夸父们已经举起装满烈酒的酒袋,将它们四处泼洒,劈头盖脸地浇在那些恶棍的头上,灌满那些深邃的洞穴。浓郁的酒香顺着风充满了整个大洞,叫人醺醺欲醉。随后浑蛮力用一小块阕燃的艾草将大火点燃。红色的火焰开始在冰蓝的洞穴中四处流溢,追随着烈酒的步伐蔓延。四下里传来可怕的号叫声,那是我所听过的最凄厉高昂的声音，就如同风穿过海边峭壁上岩洞时发出的哀鸣。万年的寒冰在大火下退缩融化。火中有无数扭动的影子。

哈狼犀长啸一声，双手持斧，大步向前寻找那些火光无法蔓延到的角落和洞穴，将那些变幻不定的影子剁成碎片，白色的冰碴四散飞溅。那些簇拥在一起的冰鬼失去了风一样的行动方式，它们尖叫着向四周退开躲藏，待机反扑或者逃跑。巨人的战斧挥舞，砸击在那些透明的坚冰中间，碎裂的冰如雪花一样飘散，我感觉他简直就同万亿年前那位劈开天地的巨神一般威风。

"想出去的话，就杀吧。"浑蛮力大声地咆哮道，他背上的肌肉绷得紧紧的，在火光下闪着光。

我咬紧牙，攀上冰壁上一块突出的高台，朝它们射去我的箭。蛮人的猎弓不像他们的战弓那么硬和及远，他们把它叫做唐弓，我完全可以把它拉到耳边的极致再射出我的箭。在这么近的距离里，我想它的力量足以洞穿二指厚的牛皮。

我眼看着我的箭射中了一个邪恶光滑的躯体，从箭镞射中的口子里向外蹿出白色的纹路，然后咔嚓一声整个炸裂了开来。

夸父挥舞大斧一斧一斧地把阻挡在面前的成堆的东西砍开，也不区分那些是坚冰还是敌人，冰鬼脆弱的身躯一旦被击中就会炸裂开来。但是它们的动作越来越轻捷，越来越难以被抓住。

一只青蒙蒙的影子像蝙蝠那样张开双翼，突然从半空里跳出，将一股白色的雾气迎面喷来。浑蛮力一低头，斧子一立挡住面门，斧面上登时蒙上一层厚厚的坚冰。他右手一扣斧攥，逆转斧柄，像鞭子一样猛抽上来，将那青影捣得粉碎。

"是太阳，太阳在坠落。它们正在醒过来，"他喊道，"抓紧，把它们全都干掉。"

洞顶上的冰盖越发地昏暗了。阳光如同快要熄灭的蜡烛有气无力地喘息着。大火依旧在猛烈地烧着，把巨大的冰洞穴上上下下烧成了一个火窟，但洞里的寒气越来越高涨，我觉得自己的关节咔咔作响，几乎要被冻结在当地。

雷炎破原本就负了伤，此刻他站在一处三岔的支洞口前，两腿上都结上了厚厚的冰壳，凝固在原地难以移动。蜂拥而上的青影裹成了一团风，将他包在其中。

"我来帮你。"浑蛮力喝道，他左右两斧砍开两侧纠缠的青影，就在他大步跨向雷炎破的位置时，整个坚冰台被燃烧的大火融化了基础，突然垮塌了。

雷炎破已经被冻在了支洞口处，没有掉下去，而我原先就站在靠近冰墙缘的地方，在冰台垮塌的一瞬间，我跳起来蹬在一大块横挂在冰墙上的凸冰梁上。我挂在那儿，眼睁睁地看着哈狼犀和浑蛮力，和着那些燃烧着的大块碎冰，和着数十条舞动的青影，坠落下去。

10

冰台垮塌后，脆弱的阳光跌下大洞穴的底部，让我们看到这个圆形的巨洞也是用巨石垒起来的，壁缝垒砌得非常紧密，墙壁上有六个凹陷进去的壁龛。我看到壁龛的厚冰里各有一位石雕武士，它们手持巨斧，神态威猛，气势绝不比守住垭口的那两名武士逊色。

冰穴的底部到处是更深的裂缝。我看着他们摔到洞底，浑蛮力打了一个滚，挣扎着爬了起来，而哈狼犀则落入了一道宽深的裂缝，直陷到腰部，怎么也无法挣脱上来。那些掉落的冰鬼叽叽喳喳地聚集起来，绕着他卷起一阵旋风。四处都是飞舞的碎火。哈狼犀的长柄大斧到了冰缝里，消失不见了，而他腰带上的短剑卡在了冰下，无法拔出。浑蛮力抽出了自己的剑，扔给了哈狼犀，但他始终都没有回头，而是双手握住大斧头，把脸朝向冰洞的另一侧。

我和雷炎破同时发现，浑蛮力面朝的方向，才孕育着最可怕的危局——火依旧在燃烧，让洞穴底部在火光下摇曳。我们赫然发现，那儿矗立着一座冰的王座。王座的暗面里，有一团极其庞大的阴影，甚至高过了夸父的头部。它好似一团洇开的墨影，滑入这座天然的角斗场中，高昂起细小的头颅，俯瞰着面前的两个牺牲品。

这就是冰鬼王啊。雷炎破呻吟了起来。寒冷好像细细的刀，在一点点割我的皮肤，吸入肺里的空气则像针一样扎着我的内脏。

仿佛一点都不着急，它慢慢地从阴影中张翼而出，身上闪耀着极淡极淡的青色，近于全透明，我刚要看清它的模样时——太阳熄灭了。

阳光从这个冰封的大洞穴里完全消失了，流溢的火光消耗完了酒水，也暗淡了下去。寒气像潮水那样暴涨而上，我感觉全身的血液都要凝固了，眉毛和皮肤上粘满了冰凌，手指僵硬得拉不住弓弦。

浑蛮力奋起全身神力，双手将大斧擎过头顶，猛力劈下，嗞嗞破空之声，连虎蛟也会躲避这一斧的雄烈。

但他的对手是冰鬼王啊，再威猛的斧头，又怎么能砍到无影无踪的风呢。我们瞪大双眼，也没有看到它在哪儿，只觉得平地里刮起了阵轻烟般的旋风，浑蛮力发出了一声痛苦的狂吼，向一侧摔倒在地。他的下身已经覆盖了一层厚厚的白霜。我听到一声嗜血的轻笑。方才和他们一起跌入洞底的那些青灰色淡影，追着他摔倒的庞大身躯不约而同地跳了过去。

冰鬼王淡青色的影子放弃了摔倒的浑蛮力，昂起头来盯了眼依旧卡在地上的哈狼犀。它卷起了一道纯白色的旋风，转得越来越快，几乎要将空气也冻结了。哈狼犀左手撑着地面，右手提剑向风中劈下。那把铜剑突然变得晶亮，哈狼犀吼了一声，甩手将剑扔出。铜剑掉落在地上时发出了一声沉闷的钝响，它竟然在一瞬间就结了一层厚冰。哈狼犀要不是撒手得快，手指也会被冻落。

他粗重地喘息着，因为用力过度，连怀里的小铜人也掉了出来。火光映照下，我看见汗水结成的冰在他的脊梁上闪闪发光，而死亡的旋风不停地逼近。

这时候，哈狼犀却像傻了一样木愣愣地看着掉落在面前的铜人。铜人仰躺在冰面上，高举着右手，竟然还在慢慢旋转，最终指向了一面石墙。

"哈狼犀，快醒醒。"浑蛮力疯狂地扫开那些纠缠不休的冰鬼崽子，而雷炎破也被围着的一群冰鬼整得狼狈不堪，他转头扫视它们，就像一头被困住的怒狮。而我挂在高高的洞壁上，倒一时躲过了它们的注意。

我仿佛听到了两声如落叶般的叹息。哈狼犀不再理会越逼越近的白色死亡旋风，突然抬起手来，重重地猛击身边的冰壁。他的拳头如同巨大的铁锤，砸得整个洞穴都摇晃了起来。他砸了一拳又一拳，砸得冰面开裂，砸得巨冰乱纷纷地坠落而下，砸得大石从基座上滚落下来也不停下，仿佛要一直砸到死亡的那一刻。

冰鬼王也感受到了这股可怕的决心，它嘶叫着，猛力卷起冰窟里所有的寒气，快得看不清它的影子，快得如同转瞬即逝的光阴，快得根本无法察觉到它的存在——朝着陷入地下的巨人扑了过去。

在最后一刹那，浑蛮力猛跳了过去，挡在了他的面前。

武士像倒塌了，壁龛崩塌了，砌筑洞穴的石壁迸裂了，乱纷纷的大块巨冰轰鸣着从上面倒下。我不得不连续跳跃，一直跳到一块更高的突岩上；雷炎破几乎被崩塌下来的碎冰完全埋住，但他仗着个子高大，上半个身子还露在上面，只是急切间爬不出来。

我往下看去，看见浑蛮力从大堆的碎冰堆里浮了出来，他艰难地爬上冰块,丢失了武器,下半身仿佛移动困难。"快爬上来。"我冲他喊道,浑蛮力扣住了垂直的冰壁上的一道缝隙,向上爬过来,但碎冰堆里有两道影子跟着他追了过来,冻住了他的脚后跟。

"接住我的剑。"雷炎破呼啸了一声,将左手里的短剑扔了过去。

浑蛮力伸手接剑的时候,一道寒气冻住了他的手。他没有抓住它,剑掉了下去,直落到了地面上大堆的碎冰中。

我觑得准了,一箭射出,正中一道青影。它的头像一个装满了冰块的猪膀胱一样炸了开来。但另一只冰鬼青烟般迅捷地溜了半个圈,转到浑蛮力的头右侧,猛地昂起头颅,朝他的咽喉扑去。浑蛮力大喝了一声,左手扣着冰壁,猛地伸右手卡住了它的脖子。他右上臂的肌肉团团虬结而起,要用一名夸父的力量,扭断它的脖子。但我眼看着他的右手猛然间僵硬如铁,变成了深蓝色的冰块,那蓝色更以可怕的速度,顺着他的胳膊向肩膀上蹿动。

浑蛮力低头看了一眼,突然松开自己的左手,带着那只冰鬼掉落了下去。他重重地摔在地上的同时,已经捡起了雷炎破地上的剑。冰鬼猛烈地挣扎了起来,发出了婴儿般的凄厉哭声,随着它的挣扎,浑蛮力始终牢牢攥住它的右手突然崩裂成了无数碎片,眼看这只冰鬼就要脱困而出,浑蛮力已经将剑深深地扎进了那只冰鬼的腰里。剑刺入冰鬼体内时,发出了烧红的铁剑刺入冰中的嗤嗤声响。那只冰鬼缩成一团,慢慢融化成了冰水。浑蛮力杀了这家伙,撒手松剑,往后一倒,再也爬不起来了。

这时候我才发现,火已经全部熄灭了,但洞穴里却还很亮。我和雷炎破惊疑地四下张望,看到破裂的冰壁后光亮闪闪,好像就是火山里喷发出的烈焰。有滚烫的风掠过我的胁下。

哈狼犀在冰壁的后面打开了一个更大更深的深穴,那里面埋藏着一整块高有二十丈的黑石,它混沌未开,未经雕琢,除了一些环绕周身的大裂缝，黑色的玄武岩石头的表面非常光滑。它沉默无语地矗立在那儿，重有二万五千钧。

我抬眼再看，突然看到黑磐石破裂的缝隙处，露出了一些白色的东西。在看到那些耀眼白色的一瞬间，我的脑袋轰的一声被点燃了，拼命地从那块磐石上挪开眼睛，一颗心跳得几乎要破胸而出，血液在我的耳朵里疯狂地激荡着——那是些镶嵌在磐石里的白色骨头啊。从暴露出来的部分，可以模糊看出那是一截蝴蝶状的脊椎骨骨结，大小约有二十围，以此类推，这巨人岂非要身高千余丈？

我看到雷炎破的身子微微摇晃，知道他也感受到了那种滚烫如熔铅般的冲击。

我扭过头来去寻找哈狼犀，发现他已经从冰缝里脱身而出了。哈狼犀依旧不动，他面朝黑色玄武岩，跪在那些倒塌的石武士残骸中，面色白如玉石。旋风夹杂着冰粒噼里啪啦地摔打在洞壁上，浑蛮力死了一样躺在地上，但他却无动于衷。他只是低着头跪坐在那儿，呼吸如同海潮一样在洞中起伏。

被碎冰填满的冰穴底部猛地鼓起了一大块来，淡青色的看不清晰的冰鬼王如同一个甩不掉的噩梦，从裂缝中钻了出来，它哗啦啦地摇掉头上的冰碴，重新恶狠狠地扫视眼前的敌人。

我再一次开始感受到恐惧的气息盛满了整个洞穴，但这种恐惧，不是来自那团看不见的旋风，而是来自那名低眉垂目枯坐不动的巨人。他的皮肤里散发出灼人的气息。这么冷的地方，他的身周却是一圈融化的水，水从他的身下漫出，向四下里流淌。

风大了起来，暗影像是鼓兀而起的帆，那道阴冷的旋风急转，却犹豫着不敢扑上前去，只在洞穴里来往冲撞，突地一折，向着上面的我们冲了过来。

哈狼犀轻轻地动了一下，他手里抓着地上的石头武士手中碎裂的石斧，反手挥动，像女仆从树上摘下一粒苹果，像农夫从地里锄下一根青草，像雨滴掉落在滚烫的大地，像水汽被风送上天空，一颗硕大的青色头颅弹落在地，冰鬼王透明的身躯，就仿佛张在空中巨大的网，突然崩离成了万千块碎片。

我贴着凹凸不平的冰墙边缘滑落下去。看到我刚才射出的一箭依然深深地插在地上，把一只小冰鬼钉在那儿，它的后半部分身体依然扭动不已。我对这一箭颇为自豪，但终究不能拯救我的朋友浑蛮力。

"是你，小人儿。"

浑蛮力说，他的下半身已经冻成了坚固的冰，而且破裂了，我看得见断面上露出的条条青色筋脉和红色血管。

"看来得让你帮我去和祖先的亡灵相会了。"浑蛮力说。

"为什么不是哈狼犀？"我问。

哈狼犀低头站在那具庞大的冰鬼尸体旁，他垂下了肩膀，没有往这边看，一副寂寞的样子。

即将到来的夜晚将会非常漫长，寒夜里滴水成冰。我和雷炎破肯定都希望赶回到下面的牦牛身边，拥挤在一起御寒取暖，但他已经没必要了。

他的眼睛里没有光芒，肩膀上火焰升腾的纹图却闪闪发亮，到了此刻，他已经真正成为了令人心寒的兽魂战士。

"他不是哈狼犀了。"浑蛮力轻轻地说，看着那位他过去的首领和伙伴，他的眼睛里流露出尊敬和畏惧的神色，"他已经死去啦，同时他也成了最伟大的战士——伟大的战士是没有朋友的。"

这是些疯狂的真话，我为了这些话流下泪来。但浑蛮力却为了我的眼泪轰然而笑。

"你依然是名小人儿啊。"他大笑着说。

我找到浑蛮力的剑,那柄剑在沉重的剑柄末端有个圆溜溜的铜球。我没有感受到它的重量,它就像羽毛一样轻。我把它拖到浑蛮力的左手掌心里。

"握紧你的剑。"我说。然后爬上他的下颌,拉开我的唐弓,抵近他的眼睛,将一支利箭稳稳地射了进去。

雷炎破花了很长的时间,才敲开了包裹他腿部的厚冰,然后跌跌撞撞地从上面连滚带坠地下到了底部。看上去他也很为浑蛮力欣慰。"这个走运的家伙,他不用为回程上没有酒喝而苦恼了。"他叹息着说。

他低头看着死去的伙伴胳膊上那个花草缠绕的臂环,说:"我必须去把这个臂环还给她。"

"她将怎么样?"我问。

"或者继续流浪,或者寻找一片圣地,修行,成为寂寞的度母。"

我突然感觉到自己的渴望无法遏止,我爱我的姑娘,我要见到她。

11

我们昼夜奔驰。穿过逶迤崎岖的雪岭高原,穿过林木茂密的淡红色群山,穿过火山和沸泉密布的冰炎地海。在一个隐秘得不可思议的角落——原谅我不能说得更仔细了——找到了赠予他们铜人的度母。

度母其实是一位非常瘦弱普通的女人,我们只看到她的背影。如果不是雷炎破告诉我,我想象不到这个背影婀娜的女人,已经在这里孤寂地守候了一百年。

她轻轻地长叹一声,青铜灯里跳跃着的光焰如豆,仿佛能洗尽所有的时间和哀愁。

在灯光下,她像哈狼犀在那个盘古殿堂和冰鬼的巢穴里做的那样,跪伏在自己的脚后跟上,身体前后微微地摇晃着,用苍老的声音说:"水手,那么,你想得到什么吗?"

我无法遏制地去想她的孤独。她在这儿居住了整整一百年。

"是的。我要。"我说。

根据他们的寿命,她还将在这个孤寂无人的地方待上五十年或者更长的时间。

度母给了我回答,她摇晃着说:"到四勿谷去,那里有你最后的答案——"

"这就是我到这儿来的经过。"

水手最后说,他环视火堆的那一侧,可是遮盖一切的浓雾让他什么也看不清。

这时候，火边的黑斗篷旅者不给他喘息的机会，已经抢先讲起了下面这个故事。这个奇妙的夜晚啊，他们仿佛都迫不及待地要吐露自己胸中最深、最多秘密，却最要脱口而出的故事。

"是的，那是位和我一样，隐藏在黑斗篷里的人。"他的声音充满磁性，温厚低沉，十分动听。火堆旁的人都不禁被他的贵族般的气概所感染，默默地垂头聆听。

第四个故事 厌火

1

他把自己裹紧在黑色斗篷里,以躲避街道上的一片混乱。长街很窄,兼而曲折不规,因此显得拥挤不堪。一个挂着两块陈旧的鲸鱼肉的小摊横伸出来,占了足有三分街面,三两只苍蝇围绕着发红的臭肉飞舞。运送货物的滚轮大车一辆挨着一辆,铺街道的青石古老而光滑,已经被这些包铜的车轮磨损出一条条深深的车辙了,车子翻过这些坎沟的时候,车辕下的铃铛就在颠簸中发出细碎的叮当声。

横穿街道的时候,他碰上了一队翼民贵族的车仗,于是耐心地让在路边。拉车的十二个奴隶面无表情,低着头绷紧了他们肩膀上的纤索。他们的脖颈上套着枷锁,一个连着一个。地面上蹿起一股股细小的尘土,黏附在他们黑色细弱的脚踝上。车窗挡得严严实实,以免卑微的平民看到翼民贵族那高贵的脸。

他离开阳光,走入小旅店里,立刻陷入了一片阴影中。他没有和柜台上那位昏昏欲睡的老板娘打招呼,径直顺着厅堂后面那道又陡又直的木头梯子上了二楼。楼道又小又黑,散发着一股经年老久的霉味,他推了推客房的门,门被反锁着。他捅开了锁。那位仿佛总是拥有无穷宝藏的矮小的河络躺在床上,枯干的手垂在地上,从钉着木板的窗口透进来的微光中,他可以看到那只手上只有四根指头。

他从窗口让开一步,光线更亮了,他看到矮河络的喉咙被割了开来,血已经快流干了。他在床前沉默了一会儿,这位乖戾的老河络,精明能干的生意人,口袋就仿佛一个永远掏不完的皱巴巴的灰色无底洞,如今就这样被悄无声息地干掉了。

血浸透了整张床,在床下,一圈发黑的污迹正在缓慢地扩大。他离开屋子,走下吱嘎作响的楼梯,趴在柜台上的胖女人抬起头来看了他一眼,又咕哝着垂下了头。这位臃肿的女人有一头蓬松的黑发,像刺猬一样支棱在头上。他知道,她在这条街上是位著名的难惹人物。除了头发之外,她还算风韵犹存,只要不笑,年纪看上去就不很老——要是她笑起来,来往的客商就会估摸她在二百岁左右。

他仿佛不想理会她,目视前方往外走去,行过柜台时却猛地伸出左手,揪住她的头发,把她的头提离柜台。他低下头,把嘴巴对着依然懵懂的老板娘的耳朵道:"他死了,好好安葬吧!"他朝柜台上扔了块金子,头也不回地走出店门。

西斜的阳光射进他的眼里。他眯起眼看了看四周,飞快地转身消失在厌火城那些成千上百的歪扭盘曲、鱼龙混杂的巷陌中。

太阳依然在喷吐火焰,但是已经不可避免地笼罩上一层淡淡的尘土色。在明亮然而缺乏热量的阳光笼罩下,整个宁州最伟大的港口——厌火城的黄昏就要来临了。

夜暗的时候，这位黑衣人已经走到了城里巷陌深处一处不起眼的宅院前。一堵青砖照壁挡在半开的黑漆大门后，让人看不清里面有几出几进院子，这儿大概是前朝的豪绅高官的府第，油漆剥落的门前蹲伏着的石头狰狞像已经磨损得看不出头脸。黑衣人走到院前，就看到狰狞像前的青石台阶上蹲坐着一位高约十五尺的威武巨人，正在漫不经心地用团干草擦拭着一面大斧，他虽然只蹲坐着，那庞大的身躯却几乎堵住了整个出入口。门里半伸出一条板凳，板凳上躺着一位干瘦得蛇一样的年轻人，闭目而寐，却把一柄长得同样像蛇的长剑枕在头下。

　　他愣了一下，意识到这儿出了什么事。这两位保镖看似懈怠，暗地里的杀机却似一张拉开的弓，绷得又紧又直。这儿还弥漫着另一种情绪，他感觉到了，那就是愤怒，一种尊严被凌辱被嘲弄后的愤怒。黑衣人轻笑了一声，他当然猜到了这种愤怒的源泉，因为原来看门的那八位武士已经了无踪迹。

　　黑衣人知道夸父在宁州地面儿上可不多见。夸父右肩虬结的肌肉上烙着一道青色火焰纹，只有一等一的兽心战士才可能有这样的烙印。凭借这个烙印，无论在殇州哪个部族，他都可以随时拿到一支夸父勇士组成的万人队。

　　他把一块铁牌放在巨人面前。这位高大强壮的夸父点了点头，凳子上的年轻人始终没有睁眼，黑衣人却能体会到他身上散发出来的凛冽杀气，冰凉得彻骨。不但如此，他还知道这所看似平常的小院里其实步步杀机，每一块灰砖，每一根椽子，每一盆绿栽，只怕都安有瞬间致人死命的机关。

　　两位婢女提着灯笼正在等他。她们领着他穿过一条又暗又长的青砖甬道，他可以看到两侧屋顶上晃动的黑影，他们手里的利刃在月下闪着光。甬道的尽头又是一条甬道，他感觉自己穿过了重重叠叠的围墙，稠密的花木，铺满碎石的小径，终于来到了一进三开间的小屋中。

屋中梁上吊着两盏精致的铜油灯，往屋子里洒下橘黄色的跳动的光。二十名手扣弩弓的武士站在两厢，他们全身披着厚铁甲，只露出一双炯炯有神的眼光警惕地盯着他。婢女不知道什么时候退下了，两名没穿上衣露出一身精壮肌肉的大汉走过来想要搜他的身，没注意到斗篷下他的脸上一道怒意火焰般一闪。

大汉伸出了满是绒毛的手，却没有碰到他的身子。屋子里的人们只觉眼前一晃。那名大汉就轰隆一声躺在了青砖地面上。

只是一瞬，二十支锋利的闪着蓝光的利镞就对准了黑衣人的全身上下。他负手而立，仿佛对那二十名箭士视若无物。他抬首望着油灯跳动的火焰，他的影子随着它在墙上和箭士们的脸上晃动。

众人环拱的后厢传来了两声咳嗽。"你知道他们为什么要穿铁甲吗？"那个声音慢悠悠地说，"因为他们怕射伤了自己——"声音继续慢悠悠地说，虽然说话的人就在屋中，这声音却仿佛要跋涉穿透数百里的驿道才能到达屋内，"即使这样，他们一起对着屋子中央发射的时候，还是会有一半的人被自己人的箭射死。"

"是云中城的铁云弩吧？听说它可以连发三十支箭，箭势如狂风暴雨。"黑衣人淡淡地说，每个人都可以听出他的疲惫之意，"确实很难有人在这么狭窄的地方躲过它。只是不知你的箭士比鹤雪如何？"

那个声音沉默了好一会儿，才道："放他过来。"黑衣人听出了其中隐约的怒气。

铁甲仿佛一道移动的城墙般分开，厌火城里的无冕之王从阴影中慢慢浮现，刀一样的下巴上是密密麻麻的短胡楂，卷曲的黑发怒狮一样披散，遮住了他的脖颈和肩膀。他一手据着剑，君王一样坐在符合他身份的巨大铜椅里。这位港口的实际统治者，天生属于黑暗的君王，拥有各行各业无数死士的厌火保护神铁问舟——仅剩的那只右眼正在对他怒目而视。

这位厌火城的教父满脸怒容地瞪着他，慢慢地道："你到底惹了什么人？你的仇家居然有能力调动鹤雪团？你到底是谁？"他这三个问题一个连着一个，声调一个比一个缓慢，充满威胁之意。明白他脾气的铁弩战士都在这话语里颤抖。

黑衣人没有回答。他举起手，把斗篷的风帽摘下，露出一头纯银白色的长发。长发下面，是一张年轻、清瘦、俊朗的脸，眼珠子居然是淡淡的，几乎接近银白色，显得有几分诡异。他脸上满布疲惫风尘之意，却难遮掩那份与生俱来的高贵。确实，在宁州羽人部落中，只有纯正王族的血统才可能拥有如此淡色的瞳仁。

铁问舟的独眼对着那副象征王族的高贵眸子凝视片刻，那一时刻里，他左眼上的黑皮眼罩仿佛也在黑沉沉地望着它。最后，他终于"嘿"了一声道："我帮不了你——明天天亮以后，你在这座城里将不再受到我的保护。"

"你接受了我的一千金币。"黑衣人淡淡一笑，说。

"这笔买卖无效了，"铁爷做了个不容置辩的手势，"你有东西瞒着我——我要照看整座港口，这座港口有无数的穷人在艰苦生活，他们需要平静。我可不想带着我的城池搅到什么鬼玩意儿的政治里去。如果只是鹤雪团，我还能应付。可是从昨天到现在，我手下已经死了二十八个人。"

年轻人依然挂着淡淡的笑容，不紧不慢地问："我才不管你死了多少人，厌火城里，铁爷的话难道是可以不作数的吗？"

铁爷往椅子背上一靠，重新上下打量这位年轻人。从一开始，他就发现了他身上的危险，但他意识到自己还是漏掉了一些东西。

他讨厌眼前这个人的笑，无所顾忌的笑，戏谑一切的笑，冷漠从容的笑。

他抬了一下手，制止那些愤怒而躁动的弩手。他压下自己的怒火，抬起左手，手中拈着一支羽毛。"你认识它吗？"他说。那支羽毛纯白无瑕，靠近羽梢的地方却是一抹青色。在灯光下，白羽毛闪动着点点青光。他满意地看到年轻羽人脸上的肌肉猛地一跳，那副若无其事的表情突然消失了。

"她也来了么？"

铁爷点了点头："要不是她，还会有谁在这间屋子里留下这支羽毛又能全身而退？"

羽人抬起脸。沉落只是一瞬间，他的脸又回复到当初的高傲和冰冷。他说："既然铁老爷子心有所虑，那就算了，我走了。"

他转身要走，两名铁甲卫士踏前一步，挡在他身前，喝道："要走？铁爷还没让你走呢。"

铁爷不快地哼了一声，没有理会羽人的高傲，继续问："你在这里，还有何处可去？"

"没有了。"年轻的羽翼王族据实说道，他微微而笑，仿佛在述说一件与己无关的事，"一个时辰前，我刚刚失去了最后一位朋友。我原来还以为此处没有人认识他。"

"那么你还能去哪儿呢？"

年轻的羽人伸手入袖，把一串鲛珠握在手里，轻轻地抚摩那十二粒光滑的圆珠。那些珠子在他的手指间滚动，叮当相击，仿佛滚烫一般烧灼着他的手指。他心不在焉，愣愣地想了半晌，方才道："不知道，我无处可去。"

"宁州不是你待的地方，"铁爷淡淡道，"你得离开这座城市。昨天，风铁骑的轻装骑兵已经渡过了封凌河，他们明天中午就可以到达厌火城。黑翼风云止也来了，他的船舰封锁了整个厌火湾，正在挨个搜查出港的船——你还是走陆路吧，往西面走。"

羽人一愣，道："西面是勾弋山，从来没有人在冬季越过月亮山脉……"他停了停，突然放声大笑，"那又有什么区别！好，我听你的，就走勾弋山。"

"既然要走，你就连夜走吧。"铁爷挥了挥手道，"你往北走，趁夜先过三寐河，天明就能赶到万象林。如果你命大，进了勾弋山脉，到灭云关去找一个叫向龙的人，告诉他'铁问舟'三个字。他欠我一条命，会送你出关的。"

他犹豫了很长一会儿，方才对赤膊上身的精壮大汉道："把丁何在和虎头叫来。"那大汉匆匆而去，不一会儿引来两人，正是羽人在门口碰到的夸父勇士和瘦小剑士。那两人望也不望羽人，朝铁问舟一揖手，往屋外一站。夸父那庞大的身影让屋子里的人都不由一窒。

铁问舟对他们道："你们两位往瀚州跑一趟吧，把这位客人送过灭云关就回来。"他看了羽人一眼，继续对丁何在说："既然收了钱，我铁爷就不会轻易撒手。可是要记住，傲慢的羽人并不会真正成为我们的朋友。虎头实在，你多担当他。"

那名瘦小剑士正是丁何在，他也斜着眼看了那羽人一眼，向铁问舟道："我明白了。我会带虎头回来的。"

那羽人哈哈一笑，也不道谢，只是一拱手，转身扬长而去。丁何在与虎头冲铁问舟拱了拱手，也是转身而去。他们的身影转眼融入如漆的夜色中，只有羽人那淡淡的让人觉得希望不再的笑，仿佛依旧在这间密室的每个人心尖萦绕。

2

夜色越来越浓，海风夹杂着雪花席卷过这座死气沉沉的城池。城门紧闭着，在雪光映衬下仿佛一个黑洞洞的大嘴。裹着老羊皮袄的门卒和一队衣甲鲜明的士兵围坐在城墙下烤火。那是些厌火城里不常见的士兵，他们身形修长，背着长枪和紫杉木大弓，有的人身侧还倚靠着一张漆皮盾，盾上绘着黑色的纹案——张开的黑色羽翼。

厌火城的老居民看到那张恐怖的黑色翅膀都会大吃一惊，厌火城在铁问舟的铁腕之下，一向太平安稳，因此手握政权的羽族也乐得不掺和这座难以管辖、庞大得迷宫一样的野蛮港口城市的事务，没想到今天护卫国都的精锐近卫军黑翼军居然屈尊来此守门，定然是有大事发生了。

那些穿着破旧皮袄的门卒正忙着添柴倒酒，却不敢太往火堆前挤。他们的身影被火光投射到城墙上，不停变幻摇动，显得高大异常。与羽人军不同，这些门卒都是些无翼民雇佣兵，他们虽然在江湖上磨炼出一副好身手，在宁州却是地位低下，不能和那些黑翼军相比肩。

雪花纷飞中，一名蹲在后沿边上的门卒听到零碎的叮当声，他转过头去。看见一辆黑色马车正转过街角，辚辚而行，朝城门而来。车左走着名年轻汉子，身子像绷紧的钢丝般笔直，肩头已是薄薄一层雪花，左肩后露出一柄长剑的剑柄。马车遮着青布，后面有一座缓慢移动的黑影，仿佛小山一样庞大。他揉了揉眼睛，发现那座小山是一名肌肉虬突的夸父，他披着件鞣制粗糙的兽皮，露出腰间那面石磨一样大小的斧子，每走一步就震得青石板街道一阵颤动。

车子行近了。门卒扬了扬手让他们停下："城门关了！统领大人有令，要出门得等天明。"

年轻人拉住缰绳，大步上前，他的脸从阴影中跃出，眉毛下的目光让门卒的心里猛地打了一个颤。那年轻人微微一笑，伸手扔过来一串铜钱："弟兄们辛苦了，这是铁爷的车。行个方便吧。"

听到"铁爷"二字，那门卒脸色一变，正待要开口，一名老门卒抢上前拉了他一把，道："铁爷的车子要出门，自然没有问题。我这就去开门。"

"慢着！"一名坐在火堆旁的黑翼军头目突然嘎声嘎气地喊道，"摇老三，你玩的什么把戏？统领大人的话难道算个屁吗？你说开门就开门！"

那摇老三面露为难之色，走过去与那位头目低声说了半晌。那头目横了年轻剑士一眼，把手里的酒往火里一泼，挺胸走到年轻人面前，又盯着他看了几回，目光在露出肩头的剑柄上停了片刻，方才翘了翘下巴道："要出门可以。把车子打开来看看装了什么东西。"说罢伸手便要去掀车帘。

他的手已触到帘布，那稳立不动的年轻人突然伸手，快如闪电，在他肩头一拨，那黑翼军头目只觉身不由己，往后直跌出去，连退了五六步，肩头在城墙上重重一撞，方才立定脚步。

年轻人把两手往胸前一抱，仍然是笑嘻嘻地道："铁爷的车子，谁敢掀开来看！"

羽人头目青白了脸，打了个呼哨，火边的士卒登时都跳了起来，举枪拿弓，站成一排，矛尖闪闪，都对着车子和车旁年轻的剑士。那羽人头目喘了口气，爬起身来，掸了掸身上的灰，怒道："臭小子，你想一个人和我们一整队人斗吗？"

年轻人一笑："军爷，你眼花了么？我可不是一个人。"

羽人头目眼珠一转，还没转出来他这话什么意思，猛听得一声暴喝，仿佛雪天里打了个霹雳，震得他的耳膜轰轰乱响，城楼上的积雪簌簌落下。一团山一样的黑影从车后直扑出来，手中黑光闪动。羽人只觉得飓风扑面，将他压在城墙上动弹不得，他想要张嘴狂呼，那一刻居然叫不出来。火堆，马车，年轻人，摇老三，那一瞬间"唰"的一声直退到百里之外，他的眼中只见那面旋转如风的巨斧呼啸而来，斧刃寒光，有若弯月般银亮。

要不是那年轻人在夸父巨人的肘下一托，这一斧势必将这位黑翼军头目直捣入城墙中去。那年轻汉子看着虽比夸父纤细弱小得不成比例，这一托却让势若奔雷的巨斧一倾，贴着那羽人的耳边，直撞到墙里。厌火城发出惊天动地的一声响，大方的青城砖垒成的城墙直上直下地裂了丈多长的一道口子，黑色的门楼在他们的上方发出喑哑的撕裂般的吼声，它摇摇欲坠，土石砖块雨点般落下，将仍然木瓜般站在城墙下的羽人头目埋了半边。

这一击之威良久方逝，那巨人用手指轻轻一钩，将深嵌在城墙里的斧子起了出来，转身面对城门边的一小队黑翼军。黑翼军的副头目脸色阴晴不定，想要仗人多势众下令拿下这二人，又见摇老三和其他那些雇佣兵，全都闪到一边，手摸短弯刀的刀柄，却是目光闪烁。他知道这帮肮脏的流浪汉素来不可靠，未必和羽人站在一边，多半还是和那个什么铁爷沆瀣一气。

那夸父却不等他，自顾自用一根指头一顶，将两人才能抱起的门闩木抬起，拉开了两扇坚木包铁叶做就的城门。那黑翼军副头目举手作势，眼睁睁看着年轻剑士喝起驾马，冒风突雪，与夸父昂然而出，却始终不敢动上一动。

城外大道上空旷寂静，显得夜色越发浓厚，这辆遮挡严密的小车和它边上小小的护卫队四周弥漫着团团浓雾。一个人自车中探出头来，回望着雪夜中那座庞大沉默几乎是永恒的城池叹了一口气。铃声丁零，雪花点点而落。静夜之中，只听得夸父"嚓嚓"的踏雪之声。他坐回车中,对帘布外问道:"小丁,我们这么大张旗鼓地出来,岂非自暴行迹?"

那丁何在满不在乎地大步前行:"你放心,铁爷既然让我们出北门,自然会有安排。"正说着,只听得一阵轰响,火光冲天,却是城中西门的位置。过不多时,暗夜里其余几个城门也轰轰烈烈地烧了起来,直映得厌火城上空一片通红。

他们就着夜色走到天明,在河边停下来打尖。三寐河到了入海这一段,变成了三条纵横交错的宽阔河道,因为土质和藻类的不同,让三条河水分别带上了青绿、淡紫和绛红三种颜色。在三色河水之间,则是成片成片的芦荡和沼泽围绕成的河汊地。纵然有船,一时半刻也难以不在其中迷失路径。丁何在也不歇息,他显然极为熟悉这儿的地理,三拐两拐,已经深入芦荡中看不见了。

只见千里芦荡,冬色萧索。干枯的苇秆头上顶着瘪瘪的白色花絮,犹如独脚鬼孑然而立。风起处,万千芦花飘零而起,随风慢悠悠而荡,也不着急落下,只是借着风儿,忽儿东飘一下,忽儿西落一下。

两只哨鸟扑哧哧飞出芦荡,虎头握住了自己的斧柄,羽人抬眼望去,却是丁何在回来了。

他露着满脸笑容说:"运气不错,遇到了阿四。他是这带最著名的水鬼,有他带路,一晌就能过河。"他转头打了个呼哨,河汊深处果然荡出一只扁舟来。一名四十来岁的精瘦汉子蹲在船头,一身的紧身水靠,青色的眼珠骨碌碌地转个不停,透出股精明气。

那船,没有船篷,只在后艄有一支橹,一名少年掌着它。那少年顶多十二岁上下,眉眼倒和阿四有七分相像。船中还坐着一位中年妇女,她怀抱一个两岁左右的小女娃。丁何在看那妇女却是身形荇长，身骨秀弱，发色浅淡，只怕是位羽人呢——未到展翼之时，羽人看上去和无翼民也并无太多不同。

看到羽人飘扬在风中的淡白头发，阿四不禁一愣，但也没有吭声。

"马车不能用了，把马卸下来吧。"丁何在说。

虎头解下三匹马，将它们深一脚浅一脚地送入船中。丁何在和羽人先后上了船，那夸父却一手举起马车，尽力往芦荡中一扔，直抛出去五六丈远，随即陷入绛红色的泥沼之中，转眼只剩下几个泥泡。

"好，虎头，你也上来吧。"丁何在叫道，那阿四也不多问，举起长篙，往岸边一点，船缓缓离开岸边。

那虎头应了一声，迈步往上一跳，众人只听得惊天动地一声响，脚下一沉，河水几乎要没舷而入。阿四"嘿"了一声，露出真功夫，竹篙在水上轻点，那船稳若泰山，直荡出去。阿四带着他们在芦荡河沟中左穿右行，一会儿冲过青绿如墨的急流，一会儿破开蕴紫如梦的静水，一会儿又滑回到绛红如血的沼泽中——每次竹篙提起，上面就滑落一串殷红的血珠。那阿四驾船东转西转，羽人只觉他在原地绕着圈子，然而不到半晌，船已经靠了西岸。

虎头先跳下渡船，众人心中都松了一口气。那丁何在道："虎头，你到前面探探。阿四，麻烦你将我们的马牵上来。"

那阿四脸露不甘，但还是牵马上岸了，眼看他离了水，在陆上微微摇晃，同鹅一样伸颈而立，颇有几分局促不安，竟然像是不会走路一般。

"阿四，这人你也见了。要是有人问你，怎么说？"丁何在不去伸手接马缰，却正色对阿四道。

阿四一愣，连忙道："铁爷的客人，我怎么敢胡说？"

丁何在却不依不饶，脸色沉得像块铁："若是他们抓住了你的女人孩子，要挟你呢？"

那阿四脸色一变，正要回答，嘴舌张了两张，却说不出话来。
"莫怪我哄你上岸，到了水里，只怕会让你跑掉。"丁何在缓缓抽出那柄蛇行剑来。

就像一只蝴蝶飞过，翅膀上的鳞末在阳光下闪了两闪。丁何在微笑着拍了拍阿四的肩膀，他手中的剑像蛇一样缩回鞘中。

少年"呀"地叫了一声，想往水里跳，丁何在只动了一步，那少年还是跃入了水中——下半身却留在了船上，两只干瘦的脚丫翻转过来，让人看到被水泡得雪白的起皱的脚底板。

羽人瞄着丁何在手上的剑看，就像在看一条活蛇一般，丁何在的手每一摆动，剑光犹如巨蛇一吐芯，只一瞬间，哼的一声又缩回鞘中。

那妇人在船上站起身来，俏身子绷得笔挺。她脸色苍白，一双手紧紧抱着怀中的孩子，指关节都因为用力而发白了。

丁何在没有看她，只是挂着自己的剑。虎头回来了，站在岸边的小丘上，望了望河里那圈越洇越大的血迹，按着斧柄却不吭声。

丁何在偏头看了看日头。"时候不早了，我们得走了。"他说。

那妇人身子一哆嗦："这孩子还不会说话。"

"这个自然，"丁何在说，他缓缓地抽出剑，"你放心，铁爷会照看好她的。"

他的剑青光闪耀，上面从不沾血。

丁何在将那三人尸体都搋入河中，大哭不已的女娃却放于船上，在她怀里塞上一块金锭，转身牵了马，当先而行。

那羽人嘿了一声，道："好个铁爷。"

3

他们每天要走很长的时间,朝起夕宿。他们穿过了低矮的红松林,琴未鸟在他们的头上欢唱,它们抖动尾羽的时候,清亮的响声和细微的秋毫就像细雨般散落在地。他们穿过了蒿草蔓生的沼泽地,成串的水泡从地底深处缓缓冒出,马蹄踏过泥泞的地面,就留下海碗大小的坑印,绿色的水会慢慢地注满它们。

他们离万象林越来越近了。万象林覆盖着一座山峦的顶端,但没有人知道那山的名字,只知道这林子叫万象林。它的所在高耸入云,却只算是他们踏上勾弋山的一个台阶。他们确实走近了,已经能看到雾气朦胧的憧憧山影在地平线上翻滚。灰白色的路像一条太阳晒干的蛇,横亘在他们身后,看不到尾,蜿蜒在他们面前,望不到头。

路上没有一个人,身后尚且没有一点追兵的迹象,他们仿佛被遗忘在这块宽广无垠的大地上。年轻人的心里却明白,追兵不但来了,而且正在日渐迫近。鹤雪团绝不是浪得虚名,在这个刺客团体中,每一位鹤雪战士都像狼一样敏锐,像獾一样狡猾,像狰一样凶残,拥有那支青白色羽毛的主人更是拥有着神一样的传说,据说在任何情势下她也不会放弃,据说她从未有过失败的记录。

纵然整座厌火城都是铁问舟把玩在手中的机关,他的伎俩也只瞒得了一时。他们会寻找到每一条的蛛丝马迹,组成机关的万千零件运作之后总有迹可查,一根折断的草茎,一滴渗入泥中的血迹,一个没有意义的词,都将把他们带向目标。他们会慢慢地踏步而入,跟踪其后,像水银渗入沙砾一样,像死神窥伺婴儿,他们很有耐心,他们将慢慢收拢铁爪,让逃跑者窒息而死。

他能听到那些零碎的脚步像猫踏在树上一样,尖锐而没有声音;

他听到羽毛在风中飘动,像弓弦在微微鸣响。这些声音在他的脑海中越来越响亮,越来越放肆。他心里明白,追兵们逼近了。

那天傍晚,他们到了上万象林必经的长剑峡。说是峡谷,其实只是巨斧在山体上劈开的一道直上直下的缝隙,陡峭的台阶夹在其中。他们一人牵着一匹马,顺着滑溜松动的台阶小心翼翼地上行。台阶在他们的头上越升越高,直入云霄。风呼啸着擦过他们的头顶,让他们的头皮发紧,汗水瞬间吹落深渊,他们的四周随处可见碎裂的骨骸,随处飘散着夏季冒险登山的商旅那些摔死的驮马臭味。他们必须使劲拉紧缰绳,才能让马匹一步步踏上那些高耸的台阶。雪花又开始飘下来了。

丁何在走在先头,他牵的马一脚踏入石阶的缝隙中,闪了一下腿。丁何在一把没拉住,那马长声嘶鸣,直滑了下来,铁蹄在石壁上擦出一溜火星,势必要把跟在后面窄小山道上的黑衣羽人和夸父连人带马一起撞落山崖。

事发突然,那丁何在却反应极快,他头下脚上地直扑下来,伸手拉住马的前蹄,只是石阶上都是冰雪,滑溜异常,无处借力,坠马带动着他一路滑将下来。说时迟那时快,黑衣羽人闪在一边,如同一团紧贴石壁的阴影,轻飘飘的,不占位置,虎头放了马缰,庞大的身躯如同一阵风穿过他的身畔,自下而上地迎击上去,只听他怒吼一声,一拳击在马腹上。那马翻着跟斗,直飞过他们头顶,一路翻滚下山,轰隆声不绝于耳,顺着山道下去,渐轻渐小。

丁何在卧在山道上,气息稍定,哈哈一笑道:"没想到,险些为了这匹马死在路上。"

羽人立在石阶上,冷冷道:"我要是摔下去,你也会替我去死吗?"

丁何在从地上坐起身来,多处被锋利如刀的山石割得破皮见血,他却满不在乎地答道:"不是替你去死,而是替铁问舟去死。"

"他给了你什么,"羽人冷笑,"非得用命去报答不成?"

"我只有这条命。"丁何在依旧是一副满不在乎的口气,他挥了挥手,拨开那些雾气,"天太黑了,我们不能走了。"

他们在道旁发现了一块小小的台地,刚刚能容三人两马挤下。"我们就在这露宿吧。"丁何在说,自顾自地收拢枯木,准备起柴火来。羽人走到台地边缘往下望了望,估计这两个时辰,他们只爬了有二百来米高。

夜里他们围着微弱的火光而坐,马匹在他们的耳侧喷着白汽。丁何在坐在一块大石上吹起芦笛,夸父侧耳而听,他们的脸隐没在阴影里。

笛声里雪花簌簌而落,在夜色中沙沙有声。鲛人的歌唱在雾中美酒一样荡漾,搅动了清晨冰冷的水面。她从镜面似的水中探出头来,水珠一串串地从她的发梢滴落。给你,她说,把一串晶莹剔透的鲛珠塞入他的手中,你要走了么,这个给你作纪念。她那时还是个孩子,他也是孩子,他们还不知道分别意味着什么。

虎头转头凝听。"你们听过冬天里的雷声吗?"他在笛声里说,跳起来,一脚踏灭了篝火。羽人知道夸父族常年在冰天雪地里捕猎,耳目敏锐,异于常人。他们侧耳不动,静静凝听。他们都听到了,那是一阵阵的滚雷在慢慢地横过山下的冰原。他们对目而视,大气也没出一声。只一转眼间,山下已经盛满了如雷的马蹄,碰撞的兵甲。他们放眼而望,山下的夜暗中,无数的马匹在涌动,组成了黑色的潮水,它们背上那些士卒手中的兵刃发出的点点寒光,就仿佛是大海的浪尖上闪动的月光。

是风铁骑的骑兵。他们终于追上来了。

一波又一波汹涌的海潮撞击在坚硬的山崖上，随即又退回去，从山脚下传出去一道道微弱的抖动，仿佛荡漾起一圈圈的黑色漩涡。有人在山脚下吹响银牛角号，号声低沉，好像水面上的风，四面传了出去。大军终于收住了脚步，成千上万的马儿踏动脚蹄，抖落一身的寒气，在雪光映衬下，正如一大片起伏不定的黑潮。他们站在平台上，垂首而望，山脚下除了号角的回响，居然一片寂静无声。

蓦地，一个人的长声咆哮从谷地响起，倏忽扑到他们面前。那声音显得有点苍老，却如金铁相击，铿然有声，让人情不自禁地想到山林猛虎的啸声。它咆哮着："逆贼！我知道你躲在上面，快快投降吧，你可知若不回头，便是血流成河——"

虎头和丁何在抬眼望向黑衣羽人，却见他缩在斗篷内，立在崖旁，默不作声，不知道他在想什么。

那声音继续高叫道："……大丈夫一人做事一人当，事已至此，你何苦坏了这许多性命？你十八年未回青都，你……今日忍心祸害宁州吗？"

黑衣人听到这话，眉头一蹙，丁何在和虎头只觉一股杀气从他身上冲出，那些纷纷扬扬的雪花下落的势头都是一滞。黑衣人那冰雕般的嘴唇动了动，终于开口道："风将军，念你本是三朝元老，辅佐先皇有功，这附逆之罪，朕便从轻发落了——翼在天重握王权之日，只杀你一人，你家人无涉。"

这几句话说得温文尔雅，却透出一股浓重的杀气。语音虽轻，却是如风般顺狭窄的山道缓缓而下，山脚下这数万人马听得清清楚楚。

丁何在和虎头见过的世面再大，此刻也不禁悚然动容。同行日久，却不知道黑衣人竟然是位如斯人物。要知道，在宁州之中，只有羽人嫡亲王室，才能姓翼啊。此刻听他口气，更有南面称王之意，难怪惊动了宁州羽族精锐中的风铁骑和风云止来追缉他，就连鹤雪团和黑翼军也为他而出动。

他们只听得那风铁骑在下面暴跳如雷，声如霹雳，大声喝道："下马！吹号！"

他们听得军中传来三声嘹亮的号响。那号音清越，犹如凤鸟长鸣，激昂之中隐隐有悲壮之意。正是羽人的夙令进军号。听得此号，便是有进无退，否则但有一人转身逃了回来，也是全军斩首。随着那号声，便见前军中有数千火把点起，它们亮闪闪地挤在宝剑峡的缝隙中，火龙一般蜿蜒而上。

丁何在叹了口气，转头望向翼在天，只见他一双手笼在袖中，脸上毫无表情，竟是对山下大军一副视而不见之色。他望了望虎头，却见他蹲踞在地，双手放在斧柄上，支着下颌沉思着什么。

"虎头……"丁何在开口尚未说完，巨人突然摇了摇头，大踏步而起。他站在了台阶上，便如一座山，将那山道隘口堵得死死的。他冷冷地道："你不用说了。要百万军中刺杀上将，自然非你不可；若要一夫当关，一千人来便敌住一千人，一万人来便敌住一万人，那便非我不可。你们先走吧。"

说完这话，他又蹲下身来，默不作声，只是望着山下独自出神。肌肉块块在他背上和臂上隆起，那团刺在臂上的火焰标志仿佛在熊熊燃烧，肩头落满的雪花竟然悠悠融化，化成几道雪水滑落下来。火把在他的脚下顺着山道蜿蜒而上，便同血红的毒汁顺着血管上行。

丁何在知他性格鲁钝，不爱说话，一旦打定了主意就无法更改。

"好，虎头，若留得命在，我们厌火城见。"丁何在双手一揖，不再复言。他转头盯着翼在天看了半晌，目光闪亮，火光映在其中，也不知他在想些什么，末了只淡淡地道："把马弃了，我们走。"

他当先而走，不再回头。羽人也不搭话，只是在后跟上。不用带马之后,他们的速度快了许多。那丁何在低头咬牙,全力奔行,知道每一分每一丈都是虎头舍了性命换来的,指头一扣,脚尖一点,都是蹿上丈余。他们渐升渐高。后头忽地拨喇喇一声巨响,如山塌了半边。丁何在心中一凛,手上一停,立住脚步往下望去,只见半山中雪雾奔腾,滚石如同奔雷般滚滚而下,其下夹杂马的嘶鸣人的惨呼之声。虎头定是毁了山道,这梯道一毁,风铁骑的士卒要想从宝剑峡上山,那是比登天还难。

"何况,这个季节没有羽人可以飞——"丁何在喃喃地说,"除了鹤雪。"他的脸色沉得像块铁。

他们转过一处小山脊,顶峰隐隐在望。雾气从峰顶升起,正驾着山脊风往下蔓延,转眼之间,已将他们团团笼住,便是他们两人之间,也是只闻其声,不见其影。丁何在定了定神,暗想这雾气若能往下走去,鹤雪来了也无用武之地了。就这一刻,他猛然听到山下传来羽翅的拍打声,羽箭的嗖嗖破空声遮天蔽地。丁何在心里冰凉。

他们慢慢行入云中,把身后的咆哮和金属碰撞声尽数裹在身后的风中,吹下谷中去。

终于,什么也听不到了。

他们虽然先行了一日,虎头又毁了山道,但他们知道,任何天堑在羽人族的精英——鹤雪团之前也只如大道上车辙里的一洼积水,不用一刻钟,这些飞翔的空中武士就将飞临他们头顶,向下倾泻成千上百的毒箭——就像对付虎头一样。

翼在天望向丁何在,丁何在已经停下了脚步,双目迷离,负手而立。仿佛遇上了一个天大的难题。他的双眼便不望向上空,而是紧盯着前方,那里是一片茂林,厚厚的积雪压弯了它们的枝条,郁郁憧憧的雾气缭绕其中，也不知道有多深多远。

翼在天觉得自己那已冰静如铁的心居然也抖了抖。他问道："这便是万象林么？"

"不错，"丁何在依然如被催眠般痴痴呆呆地盯着那片林子，"进林子前，你得做好准备。你可以看到任何你想要的东西，埋藏于你心中最隐秘最渴望最黑暗的沼泽深处的秘密，都会被赤裸裸地揭露，被暴晒在空气中。如果你拿捏不住，就永远也走不出这林子——你准备好了吗？"他转过头来冲翼在天又是一笑，白亮亮的牙齿在他眼前一闪。

翼在天发现自己心头竟然又是一动，这个年轻人果然厉害。可惜跟了铁问舟，他日后重登宁州宝座，这些人是能用还是不能用呢？他要杀了他们吗？还是留他们一命以报今日之恩？可是君王又怎么能接受他人的恩惠呢？他哈哈一笑，把这点软弱的多愁善感抖落在脚下踏得吱嘎作响的雪窝中。"还等什么？"他的手仿佛在身后动了一下，随后伸出斗篷，指间夹着一枚三尺长的铜棱翎箭，箭羽兀自微微发颤。鹤雪团的杀手已经到了。

"好，我们走。"丁何在咧开嘴大喊了一声，笔直地冲入林中。

4

积雪在他们的脚下簌簌作响。他们穿入林中，却不觉得憋暗。树上到处闪动着荧荧的亮光，像是积雪正在月下慢慢融化。

一种难以言述的气氛让他们沉默不语，寂静压榨得他们难以呼吸。翼在天希望出现什么来打破这种铁一样的寂静，哪怕是一只迷路的鹿，一坨掉落的雪块，甚至是从后面追来的翅膀拍打声也好，然而除了脚步声外，什么也没有。他们走了半里来地，夹杂着期盼和恐惧。他们知道自己踏在一片禁地上。它是在沉睡吗？你看那些树根交互盘错，仿佛是一个个沉睡的人。他们仿佛听得到那一阵阵娇慵的呼吸声，那是真的吗？是谁在那儿？

他们肯定看到了一些身影在树后晃动，那都是些全裸着的漂亮姑娘，她们的笑声像水晶一样又轻又脆，一忽儿冲出来，一忽儿消失。

是有孩子在那儿嬉戏吗？那是一名男孩把一捧雪掬到了小女孩的头上，她被雪末呛得激烈地咳嗽了起来，画面里又跳出了另一个大些的男孩，他扑了过去把先前的男孩按倒在地，他们三个人就在那儿滚了起来。他们以前多么喜欢雪啊。那些白净的没有污染过的六角晶体。

是有人在哭泣吗？他仿佛看到一位衣着华贵的女人在朝他点头微笑，蓝色的落叶旋涡一样盘旋着掉落在花园里，从画面外突然伸出一只手来，粗暴地抓住了她的胳膊，将她抛入了深谷。

是有人在威严地咳嗽吗？那是一位威仪的王者啊，他端坐在宝石和橡木的王座上，皱眉远望，脚下是延伸到天边的密如林木的长戟，乌云一样的战马群用前蹄敲打着地面，与这一豪迈的景象极不协调的却是，在国王的身边依偎着一匹装饰华丽眼神柔媚的小红马驹。

他们拖着脚步，知道自己走经了过去，现在，正在走向将来。

翼在天猛地停住了脚步，他惊讶地发现了，那儿确确实实地站着一个女人。那绝非幻觉。月光顺着她银白色的头发流淌，她的衣裙下摆长长地拖在乌黑潮湿的地上，给人一种冰凉的感觉。他眨巴掉眉毛上的雪末，想要更清楚地看清她的脸。十八年已经过去了。她会有什么样的变化呢？

我知道，那就是我最希望得到的。他说，一瞬间柔情蜜意充满了他的胸臆。有人在他的耳边慵懒地叹着气，一阵阵，仿佛喷泉水满溢而出,那语调里荡漾的春光让他面红耳赤。她缓慢地转过身子。他已经看到了她光洁的下颔处那道动人的曲线,然而有什么东西在心底下翻了个个儿。他看到一个暗影笼罩在她身上。

虽然早有提醒,他还是发觉恐惧仿佛一条冰冷的蛇,从他心底深处慢慢爬了出来。怒火从他的胸中升腾而起,但他发觉自己无力改变任何东西。"不。我不想看到它。不是这样的。"

在她身后。他看到了更多的暗影。干瘪的,枯瘦的,软绵绵的,不成比例的,都在悄悄地冒出来。它们的形体并不让他害怕,它们确实让人不愉快,但他曾经和它们相处过不少时间。那不是让他恐惧的原因。

是的,这才是你最想得到的。一个冷酷得让他发抖的声音在他耳边说道。他听得出来那是自己的声音。

"我不相信。"他说,"我没有想过这些。"要不是看到他的嘴唇颤动,你不会发现那话是他说的。他后退了一步,又后退了一步。

鲜血从她的脚底下漫了出来,越来越快,越来越多,最后变成了漫天的洪水。从她的脚底下越来越多越来越白的骷髅被冲了出来。

这些都是假的,不是我造成的,造成这一切的真正原因在于那个篡位者。他咬牙切齿地想到,疯狂地在她身后的暗影中寻找。那个人肯定在那儿,在那里面。他确实看到他了。他向前张开手掌,充满威胁性地往上跨了一步。

"等一等。"丁何在在他身后说。他站住脚,如从梦中苏醒,往后看去。他看见丁何在脸色酡红,带着一股犹豫不决的神色,他的两眼在直勾勾地向前看着。在丁何在的眉毛上,他还看到了警惕和恐惧的神色,它们只停留了一小会儿,就消失了。他知道那是战士在发现危险时的表情,在值得全力出手时的表情。

丁何在把手不自觉地放在了剑柄上,说的却是:"我不知道你看到了什么。什么也别动。别动手。别出声。别和它说话。"那一刻犹如雪山崩塌，万象万物怒吼而下，翼在天毕竟是翼在天，在如河一样的血水中，他心如明镜一般清醒过来。

丁何在自己却还在梦中。翼在天看到丁何在开始转动脖颈，仿佛在盯着空气里的一个什么东西看，他握着剑柄的手上的青筋一根根地突了出来。

入局者迷。他知道自己该出声提醒丁何在小心。但他却后退了一步，离丁何在更远地站着。他要看看这个年轻人到底有几斤几两，铁爷手下又有多少这样的人。

嚓的一声。丁何在拨出剑来了。翼在天闪在一边，却看到丁何在提着剑不舞不动，一脚跪下来，直直地将剑插入地下，猛地一使劲，锵锒一声轻响，那剑早已成了两段。没等他明白过来。丁何在已经抬脸哈哈一笑，"这回他不能逼我出手了。"他说。

背后突然传出一阵凌乱的羽翅拍打声和惊恐的吼叫声，打断了他们的交谈。过了良久，翼在天才猛地醒悟。那是跟在他们后面的鹤雪啊。他们也陷入各自的梦中了。

"听说在林子里，我们都能看到自己的最终结局，"他悠悠地说，"是这样吗？"

"反正我没看到过。"丁何在大咧咧地回答道，把断剑回入鞘中，站起身来便走。

他们过了万象林，一路西行。沟壑纵横的山地无边无际，天气越来越冷，融化的雪水杂着冰块从路旁的峭壁上直挂下去。少了马匹上的包裹，他们破烂的衣裳根本难以抵御刺骨的寒风。偶尔越出沟壑翻上一道小小的山梁的时候，能看见太阳正在那座插入云霄的白色山岭的后面落下去。

到了黎明时分,一个废弃的石砌兵塔突然孤独地从雾中冒出尖顶来,山谷的暗影从太阳脚下逃开的时候,展露在他们脚下的是那一大片一大片的鹅卵石砾滩,突兀的孤岩魔鬼一样矗立在其间。在遥远的雾一样的山脊上,他们看到一条漫长的灰色带子,卡住了从高耸的勾弋山上汹涌而下的冰川。

那就是灭云关。

丁何在站定了脚步,说道:"铁爷吩咐,送你到灭云关,我的任务就完成了。"他叹了口气,"这次我命大,又没死成,"他咧开一嘴雪白的牙齿,笑嘻嘻地补充道,"我可不想死呢。"

灭云关是通往冀州的最后一道天堑,翼在天站在那儿打量起这道鬼斧神工的雄关,它矗立在勾弋山最低矮的山口上,截住了唯一可以连通东西的要冲。关卡两侧都是直上直下的峭壁,漫天冰凌倒挂下来,便是飞鸟也难以逾越。

"其实,不需要我们,你也可以到达这儿。"丁何在在一旁冷眼旁观,"你早就可以走了。你只是需要我们这些人吸引鹤雪的注意。整个天下都在追逐你,你是要铁爷替你扛着如此重的分量吧?"

"这次,他可是觉得自己做了亏本生意了?"翼在天充满恶意地笑了笑,看着丁何在剑鞘中那柄断了的剑。

"你放心,铁爷的生意从来没有做砸过一次。"丁何在手抚剑柄,眯着眼睛回望过来,"他既然收了你的金币,就会把你完好无损地送出宁州。"

"是吗?"黑衣人又不说话了,他转过头望着那高耸入云的铁灰色的城墙,望了个没完。

5

冰冷刺骨的云气遮掩了山中唯一那条肠子一样狭窄而弯弯绕绕的道路，一名孤独的游哨无聊地荷着长枪游荡在其上，枪杆上挂满了霜花。对这样的巡逻，士卒们无不抱怨，只有犯了事和不讨好上司的倒霉鬼才会被打发到这儿来服这无穷尽的苦役。此刻石块在他脚下嚓嚓作响，这名游哨尽可能地缩着脖子，根本就不去朝路旁张望，他敢拿自己的羽翼打赌，在冬日里这座孤独的关卡方圆三千里地内，别说人影，连鬼影也不会有一只。

游哨阿瓦绕过孤岩，然后猛地站住了脚步。他睁大双眼，觉得自己仿佛看到了什么。那东西身着黑色斗篷，无声无息地看着他，让他以为自己的眼睛花了。阿瓦刚要大喊一声"什么人？"就觉得脖子里冰凉，一柄锋锐的短刀正顶在他的下颌上，让他不得不往后仰起头，寒风立刻灌进他的脖子，几乎将他冻成了一个冰柱。他咬牙切齿地在肚子里咒骂着，拿刀子顶着他的年轻人却喜眉笑眼、好脾气地告诉他："我要见向龙。"

"好，我带你去见他。"他说，发觉自己也有着从未有过的爽快。

"不，我要他来见我，一个人来。"那人说。而那鬼魅一样的黑袍依旧一动不动地挺立在路当中，一副事不关己的样子，冰凉的旋风带着雪花掠过他的身子，竟然连片衣角也没能带起来，这真让人怀疑他是不是有实体的东西。

阿瓦又在肚子里暗暗地骂了一句，我靠，这回是真的要死了。"这位爷，"他说，"您这不是为难我吗？向将军怎么说也是个堂堂的二品镇西将军，怎么可能一个人来这呢？"

好在年轻人依旧一副很有耐心的样子，只是把刀子往上翘了一点点："你就告诉他，厌火城故人来访。"

阿瓦苦着脸哀求道："总爷，你看我只是名小小游哨，连他的面都见不着啊。我，这，这，这……"

那人哈哈一笑，松手放开匕首，从怀中掏出支羽毛来："你就拿着这东西进去找他好了。没人敢拦你，你也别张嘴乱说一个字——否则，我不杀你，你那位向将军也会军法治你。"

阿瓦斜眼瞄了瞄那根羽毛，只见白羽毛的梢部闪动着点点青光，让他想起些什么来，不由得咽了口唾沫，一股冰寒之气顺着唾液直钻入他的腹中。

"好好好，"他忙不迭地道，"我这就送去。"

翼在天望着那名游哨在雪地里踽踽而去，也不开口，只是望了丁何在一眼。

丁何在道："你放心，没人知道他和铁爷间的关系。他曾是据守青都的殿前大将，素有勇将之名，却居功自傲，忤逆了族中长老，按律该当问斩。要不是铁爷暗地里替他疏通，只怕早做了乌鬼王的刀下冤魂。"

听到乌鬼王的名头，黑袍人哼了一声。丁何在斜目望去，只见那袭乌衣簌簌而动，这位冰冷的黑袍人仿佛全身都在颤抖。丁何在吐了吐舌头，不再多言。

那阿瓦去了，到得深夜，果然见有两骑从山道上奔下，一路踢起团团白色的烟雾，转眼已经奔至跟前。为首那人一勒缰绳，翼在天见他身高体壮，虬髯满脸，身披黑色玄铁甲，腰间一柄百炼钢刀，果然是威武雄壮，身后跟着那人却是畏畏缩缩的阿瓦。那向龙头上冒着腾腾白汽，显然是毫不耽搁，一路疾驶而来。他上下打量了两人几眼，哈哈一笑，在马上一拱手道："我道是谁，原来是丁兄弟。可有何见教？"

丁何在冷冷地回道："铁爷吩咐，要你送一位客人出关。他说了，和你的事，从此两清。"

向龙歪着头又看了翼在天一眼，哈哈大笑，道："好，我送他出关！"他头也没回，只听得腰间的刀当啷一声响，一回手间，一蓬鲜血倾洒在雪地里，阿瓦早已身首异处，栽下马去。

向龙在靴底上缓缓拭去刀上血迹，笑道："要不是重要客人，铁爷也不会放心交给我。自然是知道的人越少越好。"

丁何在见他心机极快，身手高绝，不愧为一代名将，倒是颇有几分佩服。

"事不宜迟，今日午夜，我会安排心腹拖延换班时间，你们能有一刻钟的时间随我出关，"他又看了看二人，道："我只能送一个人走。"

"放心。"丁何在冷冷地说，"我还要留着这条命回厌火城回复铁爷呢。"

两人看着向龙驶回关上，越行越远，直到在雪地上剩一个黑影。翼在天嘿了一声，点了点头，"没想到过关会如此容易。"

丁何在满不在乎地说："铁爷的人怎么会叽叽歪歪。夜里把你送走，我就告辞了。"

翼在天的脸缩在斗篷风帽下，看不见他的神情："我看不必，你此刻就可以回了。虎头那儿情形如何还不知道……"

丁何在也不答话，寻背风掩蔽处点起一堆火来，那篝火仿佛最后一滴温暖的泪水，点亮了清蓝色的冰天雪地的勾弋山麓。

灭云关，关灭云
一剑分决地西东

云断星绝双野流
鬼哭神嚎不得渡

那灭云关前横亘着的一道裂谷，宽有二十余丈。站在谷前，垂首不见谷底，只见一片片黑沉沉的云雾扯来扯去，下面深如不劫地狱，锐风擦过嶙峋的谷壁，带上来一片鬼哭狼嚎似的声音。

裂谷之后是一片黑色玄武岩构成的断云绝壁，这绝壁上连飞鸟都无法飞越，绝壁往上便是勾弋山的主峰，如一面巨屏横亘在宁州和瀚州之间。那世间事奇妙，最高险处偏有最低平处在伴。勾弋山处处高绝，却在此处开了道裂缝，夏暖之时正是两州间的通衢。

那谷地靠宁州侧是一片平缓的坡地，临深谷处却有一方圆仅五丈的小圆丘矗立于此，便如一剑挂地，称为挂剑丘。修建灭云关之时，羽人在挂剑丘上用石块砌成一座高耸的箭楼，箭楼顶部与深谷对面横拉着一道吊桥，细如蛛丝，随风而荡，仿佛随时都有断裂的可能。

裂谷的那端便是万仞绝壁，壁上的凹处建有一道长长的城墙，便是灭云关主关，无数高低有别的箭垛堆叠其上，居高临下，正俯瞰着细弱的吊桥。

自古以来，灭云关便是羽人兵家必守之咽喉要冲，此关自宁州来，易守难攻，自瀚州来却是易攻难守，非有最勇烈之将不能防。灭云关一旦被蛮族人攻破，顺势从勾弋山东坡汹涌而下，便再也没有什么天堑可以阻隔。所以镇西将军向龙得罪权势，被铁问舟疏通关节，放于这苦寒之地，却是借他勇名而为，也算是得其所哉。

夜色已厚，灭云关上雪花纷纷扬扬而下，直落深谷之中，波澜不兴。夜半时分也正是换班时节，箭楼上五十名强弓劲弩的戍卒正列队回撤，挂剑堡狭窄拥挤，吊桥又不堪重负，是以日常是二十五人撤走，换上二十五人入内驻防，余下人等再度换防。此刻军令已下，五十名戍卒虽然奇怪，却也不敢有违。

此刻趁着混乱，两条黑影正顺着堡内旋梯快步而上，正是驻关大将向龙与黑袍人，向龙脸色凝重，一路催促："快走，快走。要紧贴这五十兵丁而行，他们一过桥，即刻另有五十名弓手来换防，你我只得半刻钟的时间。"

他们紧随着下哨的戍卒而行，转眼踏上吊桥。黑袍人觉得脚下一轻，随着弓手跑动的脚步，那长绳如有生命般微微颤动，在空谷中发出嗵嗵的细小回响。黑袍人与向龙的脚踏在其上，却是半点声息也无。

转眼已过桥半，已可见到对岸黑漆漆的城门洞口，洞口向外，便是雪光映亮了的一条陡峭的路，那路已属冀州。他们快步向前，除了雪花落在铁索上发出的簌簌声响，四下里万籁俱静，黑袍人听得兵丁脚步声里却突然有了两声极微小的颤动，就犹如一袭香气散落在雪光中，黑袍人稍一迟疑，听得半空中羽声嗖然。向龙突然住脚，伸手将他往后一拉，向天上望去，道："小心！"

黑袍人抬首而望，见半空中雪花相互碰撞，白影翩然，如鹤舞雪夜，心中一惊时，四个白色的身影却突然从桥下翻起，倏地将他围在中央。黑袍人抖手从斗篷中拔出剑来，心中明白白鹤雪蛰伏已久的最后一击已然到来。这些杀手如此冷静、如此狡诈、如此凶狠，不是抱定了必杀的决心怎么肯轻易出手？

黑袍人的长剑在雪光下掠过，剑光闪烁，犹如一道光华在桥上炸亮，扑近来的一名鹤雪羽翼已断，半截翅膀直坠入深渊之中。没人知道他的剑展开来会有多快，因为靠在黑袍人身后的向龙，像一座山一样张开双臂抱住了他。那三名羽人快如闪电般欺近身来，手上白光闪耀。受了伤的鹤雪也是昂然不退,他们一刀刀地捅进了黑色的斗篷里面,鲜血顺着胳膊的起伏迸流而出。向龙一双胳膊铁圈一般紧紧勒住挣扎的黑衣人,他低下头去,附在他的耳旁低声说道:"对不住,他们比你先到了。"

鹤雪团的杀手以快箭闻名天下,实际上也有不少人是死在他们手腕上绑着的镔铁短叉上。镔铁短叉上是三支微弧的利刃,没有倒钩也没有血槽。

他们挥舞铁叉,快如闪电,转眼间已经连捅了十四五刀。他们听到刀子进肉的噬噬声,感觉到刀子和肉之间的摩擦,受害者多数会惊呼,会狂喊,他们喜欢看受害者挣扎的样子,喜欢看到刀子扎进肺里带出的血沫。然而这一次却有些不同,刀子每次捅入对方的身体,那具身体只是微微一缩,却毫无挣扎的意思。

他们终于停下手来,抬眼望去,却见斗篷里一张清秀苍白的脸冲他们微微而笑,他嘴唇微微而动,仿佛在说话,他的确是在说:"你捅啊,捅啊——你捅够了没有?"

羽人一愣,惊得后退了两步,一名鹤雪手中的叉子掉落在铁索桥上,弹了一弹,划出了一道弧线直落入深谷之中。血顺着那具斗篷哗哗流淌,顺着桥板哗哗流淌,顺着黑沉沉的铁索哗哗流淌,直到流入脚下的深渊中,消失不见了。

丁何在在斗篷中仰起脸来哈哈大笑,他的笑容总是像阳光一样灿烂,他的笑容就这样凝固在月亮山脉的光辉中。

桥头上轻响,犹如一片雪花落地,铁索桥上一个白色的身影慢慢行近。它看上去娇小瘦弱,似乎禁不住灭云关上的寒风料峭,那四名鹤雪杀手却一起恭敬地低下头去,那名丢失了兵刃的羽人更是满脸羞赧,不敢正视。

她看都没看尸体一眼。

"这不是翼在天,你上当了。"她的话中一点温暖的东西都没有,比深谷中倒卷上来的空气还要冰冷。

向龙讪讪地放开了手,抹了抹脸上的血:"只要守住了桥,他还是过不了关。"

她哼了一声,瞪了向龙一眼,那一眼让他冷彻到了骨头缝里。她冷冷地道:"鹤雪有翅膀,他就没有翅膀吗?此刻怕他早已到了瀚州了。"

6

九百里的勾弋山。

有谁真正到过它的山顶?那儿寒风凛冽,寸草不生,覆盖着厚厚的一层积雪,雪面纯净光亮,连一丝鸟爪的痕迹都没有落下,时光一样洁净无瑕。悬崖上有一整块斜挑出的磐石,它巨大无比,顶上有十丈方圆,稍稍朝向东面倾斜。从东方大陆上吹来的狂风把积雪从石头上刮跑,浑圆的石尖上却矗立着一位孤独的黑衣人——他那高挺的身躯在这样的苍穹下显得孤独渺小——没有谁知道他是怎么上来的。

太阳还未升起。他孤独地站在悬崖边向东而望,那儿是翻腾的云海,把脚下的宁州大陆遮盖在一片暴怒的雾气下。只要后退一步,他就踏入了瀚州的土地。那儿是他的目的地,也是无数鲜血和牺牲换来的希望之地。为了逃亡,他用尽了所有金钱,用尽了所有交情,用尽了最后一点能吸纳的力量,然而此刻,他却没有掉头踏上这最后一步。他是在等什么呢?

脚下那些安静滚动着的雾气几乎不被察觉地扰动了一下。他微微地笑了起来。几条毫不起眼的仿佛与雾气融合一起的黑影影影绰绰地踏上了巨石，它们发出的动静是如此地小，仿佛只是有人轻轻地叹出了几口气。

她终于来了。

有什么东西打破了云海的静谧，是太阳啊！太阳带着巨大的呼啸声从她的背后升起，它抖落满身的雾气，喷薄而出，给山顶上的所有东西笼上一层亮闪闪的色彩——所有的东西都成了金色的：白色的雪，黑色的石头，青色的箭，红色的弓，飘动的衣袂，在风中起伏的银发。然而这光线看上去是清冷清冷的，没有带一丝儿热气。阳光给她的头发和脸庞镀上一圈柔弱的闪光的边缘，他的心像被针扎了一样抽动了一下。她还是那么漂亮啊。

四名羽人战士跟在她的身后，呈半弧形将他围在圆心中。他们目光如刀子般锋利，紧紧地扎在黑衣人身上；他们的手上如抱满月般端着那张扯得满满的弓，簇亮的四棱铜箭头寒光闪闪，仿佛已经扎在了他的身上；白色的羽翼在他们背后飘摇，他们正是整个宁州大陆上最精锐的鹤雪战士，没有多少生灵在三百丈内可以躲得过他们的雷霆一箭，何况十丈之内，何况四名鹤雪瞄上了同一个目标——更何况，还有个没有动手的她。

"你为什么不逃？"她问，语调中带着一点哀伤。

"我没必要逃。"他说，很满意自己的话语中没有一星半点的动摇。

云雾在阳光的追逐下咆哮，挥舞，不耐烦地涌动，最终退散去了。他们的脚下正在展露出渺小而又宽广无边的大地，那块青色、黑色与白色交错的苍莽大地。羽人的视力像苍鹰一样深远，他分辨出青色的是起伏的丘陵，黑色的是深邃破裂的沟壑，白色的是曲折蜿蜒的河流。

"你看——"他说,"那儿是我的国家。"

他们没有跟随他的目光移动眼睛。

他没有注意那些瞄准他的利箭,只是用那饱含所有深情的眼睛贪婪地注视着脚下云气万千的大地。他猛地转过头来盯着她说:

"那儿是我的国家!你不明白吗,你杀不了我。我才是这片土地的主人。我才是宁州之王!"

他说到那个"王"字的时候,语调陡然拔高,高亢浑厚,顺着山谷滚滚而出,充满了王霸之气。四名张弓搭箭的羽人觉得手中绷得紧紧的弓弦抖了两抖,竟然像要和着那语音般颤动。四人吃了一惊,不由得将手中弓弦拉得更满。

他们不耐烦地看着眼前的猎物,等待扑击咬噬的那一瞬间,虽然命令迟迟没有下来,但他们无限信任自己的统领。她从来没有失败过的记录。她背上的每一支羽毛都洁白无瑕,只在根部有一点点的青毫,即使在九州所向无敌的鹤雪团中,那也是双夺目闪烁的翅膀。她在,就是鹤雪团的灵魂在。

太阳升得更高,阳光是如此强烈,他不由得眯起了眼睛。迎面而来的风猛烈地吹在他的脸上,把斗篷的帽子向后吹走,他那满头银色的长发"唰"的一声在风中挥舞起来。

"你跟着陌生人,一走就是十八年,渺无音讯,我们都以为你死了。"她慢慢地说道,"没有人知道那位不起眼的老头到底跟你说了什么,他的吸引力比你的父王,你的家园,你的故土还要大吗?我们谁也没能留住你。你终于还是走了。"

他没有听她在说什么,只是看她的手指是否有颤抖,看她的睫毛是否有闪动。

"银武弓王三年前晏驾,传位给翼动天,是为银乌鬼王,如今朝纲稳定，政通人和——你根本就不该回来——我们是五个人，"她说，"你失去了所有的朋友，你手中没有兵刃，你朝着东方，光线和风都在扑向你的脸。你没有一点机会，投降吧！"

她的动作快如闪电，他没有看到她的手动，弓却已然在手。一支利箭搭在上面，清冷的雪光给箭头映上一抹锐利的青色，带着冰冷的寒气对准了他的咽喉。他没有在她的眼中看到液体闪光，也没有在她的手上看到一丝颤抖。

"你变了。"他说，"你真的变成一名战士了。我还记得以前你是多么地爱哭，你那时候性子执拗，得不到东西就哭个没完——咦，你的翅膀怎么了？"

她听到他的话中语句仿佛温情脉脉，却像有一束寒气顺着她的腿脚上升，把她包裹成一具冰冷的木乃伊，在回忆年少轻狂的往事时他一直沉稳如铁，毫不动情。但在问她的翅膀时却仿佛突然多了一点什么，那是一点担忧吗，一点急躁吗？高山上千年的积雪也会有一点点的松动，那会是雪崩的前兆吗？

"你看出来了？"她说，微微笑了，"在豫州吃了一个姓龙的小子一剑，向左使说筋脉已断，我怕是飞不起来了。"她环视了四名属下一眼，"所以我需要有人护着我上来。"

"向左使，你是说向异翅那个野小子吗？这种粗鄙小人居然也能被他所用，"他不屑一顾地说，沉默了片刻，又说，"伤得这么重，他还是让你出来了。"

"是我自己要来的。"她说。

他言语中的哀伤和痛苦现在已经是如此地明显了，以至于他在呼喊她的名字的时候，四名羽人都不安地躁动了一下。

"翎羽，"他问道，"你选择他了？"

"我只是名战士，我只能服从国家的需要——你可以不顾及你的父亲,你的家族,你的荣誉,可是我要!"风翎羽咬着牙喊道,"投降吧,跟我回去。我会替你求情的。"

"我知道,他是大王,他爱着你,"他不顾一切地咆哮了起来,"他也能命令你去爱他吗?"那一串鲛珠从他手中像眼泪一样滚落下来,他低下头去看它们,却没有把它们捡起来的意思。

"别再争了,"风翎羽柔声说道,鲛珠叮叮咚咚掉落在地上,仿佛在她心中奏响了一曲年代久远的歌谣,每一声都让她安如磐石的心更加地摇曳,她知道,他们是在相互拨动对方的心弦,谁的心先乱了,谁就会失败,"你别再争了,你斗不过所有的人,你不知道他们有多强大。你一回来,就扰乱了一切。你不去拜祭先人灵位,你不遵当今王上旨意,你杀死了青都最重要的几位顾命大臣,你还想要做什么?"

"连你也觉得我做错了吗?"他抬起头,双目已赤,"魅吝小人,篡我君位,悖乱朝纲,我只恨杀不了他!那几个奸臣妖邪,助纣为虐,颠倒社稷,其罪也当斩,难道我杀他们不得吗?"

"你变了,你也变了。你以前对这些东西从不放在心上。你曾经抛弃了它,现在为什么又想起要讨回呢?"风翎羽低声说,"已经太迟了,太迟了。你放手吧,和我回去吧。"她左手中那张虎贲复合弓的前拊木已经被她捏得咯吱作响,她看到自己的指节越来越白。

他低下头沉思起来。"我明白了,翎羽。我现在完全明白了。"他说,重新抬起头的时候已经换了满脸笑容,只是那笑容中充满了令人惊惧的邪气。他的眼睛变成了绯色的,原本几乎接近银白色的眸子现在布满了可怖的血丝。

他的身体看上去一点没有变化,五人在一瞬间却有种错觉,仿佛他的身躯在这一抬头间膨大了不少,氤氲成一圈圈肉眼难见的黑色雾霭，然后一点一点地沉降下来，占满了圆石上的整个空间，让他们几乎无处落足。

那些匪夷所思的，冰冷如铁的，然而却是难以抗拒的话，一字一句地钻入他们的耳中："现在，你们放下武器，拥我为王，我便免你们妄图弑君之罪——避我者生，阻我者死！"

四名鹤雪战士相互对视，眼中都是不信之色，等翼在天的"死"字一出口，四枚箭同时脱弦而出，射向他的心窝。这四支箭快如闪电，方位时机都拿捏得恰到好处，翼在天哪有躲避的机会？

果不其然，翼在天动都没有动，四支箭羽齐齐没入黑色斗篷之中。四名羽人脸上欢容刚现，转眼又变惊诧之色。羽箭没入他的体内，竟然仿佛没入深渊，没有泛起一丝一毫的声息。

翼在天悄然无息地说："你们现在看到了——我的威力，还不投降吗？"

羽人没有回话，快速地又搭上了第二支箭。就在那一瞬间，和着一声巨响，翼在天的黑袍炸裂开来，一片片黑布变成了漫天纷扬的碎片，遮住了所有人的视线。就在那一瞬间，"唰"的一声轻响，风翎羽蓄势已久的那一箭射了出去，挟带着透骨的凌厉，挟带着不可阻挡的锐利，九州之上，没有什么盾牌和幻术可以阻挡这一箭。

飞舞着的雪末落在地上。风翎羽不禁吓了一跳。她看到她的箭正插在他的胸膛正中，直没入羽，只有箭栝尚且露着一点在外面闪闪发光，翼在天却依然挺立在原处，破碎的外衣下裸露出条条块块的青色肌肉。那是怎么样的一副躯体啊，上面布满了黑色的咒语般刺青和大块的伤痕，一道长长的伤痕自右乳直到左腰，将他的整个身躯拉扯得狰狞可怖。在他的咽喉，左胸，心口，小腹，四个要害之处，各有一个又深又黑的破碎洞口，兀自滴着血。风翎羽心中明白，那全是她的手下射伤的，那么他们此刻又如何了呢——风翎羽只有在放出了全神贯注的这一箭后，才有精神去看左右。

她先看到了自己的弓上，沾满了又黏又稠的鲜血，她望见自己的手，自己的衣袖，自己的身体，自己的白色羽翼上，全都洒满了红色的血液。她望向他们曾经站立着的所在，那儿只有拗断的弓，断裂的肢体，滚动的头颅，还有一地的血，流淌着的满地的鲜血。

他们脚下那块仿佛庞大无比的圆石裂开了一条深沟，横亘在他们之间。下面是缭绕的云气和悬崖。血流到了沟边，突然间坠落下去，随后冻成了一挂挂红色的冰凌。

那一瞬间爆发出来的，是什么样的威力啊，风翎羽觉得自己端着弓的手突然间变得沉重无比。

她的箭依然插在他的胸膛上，他视若无物。一对硕大无朋的金色羽翼招展在他的背上，仿佛拦截住了所有阳光。它被风吹得旗帜般猎猎作响。他开口说话了，依然充满着柔情蜜意："你不是我的对手。把弓放下吧，我依然需要你。"

她艰难地开了口，对他说："你居然真的学习了荒之巫术……他们说对了……"

"哪里有什么善良的杀人方式？"他哑然而笑，将双手负在身后，"你真是个孩子！只要可以帮助我君临天下，和荒立约，又有何不可？"

她的脸带上了些许悲哀的神色，那是一种假装的面具吗？

"投靠了暗巫师，你便入了万劫不复的魔道。没有人可以救你了，记得长老们告诉过你的那些上古的故事吗，它只会毁了你！"

"你到底还是觉得我错了，"黑色云气在他脸上蒸蔚，"那些老家伙，除了书本上的无聊的煽情故事，除了可笑的星座带来的无常命运之外，还懂什么？他们面对咄咄逼人的蛮族铁骑的侵扰束手无策，他们对付流浪在东陆上的那支小小军队也一败再败，而且，拥有最高贵血统的他们甚至会被一个最卑贱的手无寸铁的无翼民顽童用小木弩射死，"他疯狂了起来，"我所要做的，就是要和九州之上一切卑贱的无翼民抗争。和这些可卑的命运抗争，我要让弱小的羽民强大起来，终有一日，我将统治整个九州，我将是全天下的王！"

"你跟我来吧，我们还有机会，我们会成功的，"他转过来引诱她，"你看到了，我是不死的——除了句野城的不死智者，天下还有谁可以杀我？"

"我可以跟你走。"风翎羽喘了一口气说，"但你要忘掉这一切，忘掉黑暗给你的力量，忘掉它们。我们可以到宁州最北的桃花峡去，就我们两个人。让我们忘掉这一切吧，忘掉王位和杀戮，让我们与世无争，终老荒野好吗？"

"不，"他被背叛了似的号叫了起来，"我不要！我决不会放手的，这是我的王国，我要把它取回。"

"那么我也不会放弃。"她咬着嘴唇说，猛地拈起一支箭。翼在天像受伤的野兽般仰天咆哮，血从他的嘴中，眼睛中，耳朵中涌出来。那支插在他胸口的箭和着一股血箭猛然被喷射出来，竟然比弓弦所发还要迅疾，箭尾朝前，冲风翎羽射来。

风翎羽只觉得手上一震，那张扬州河络百炼千锤的复合弓竟然应声而断，弓弦一声清鸣，也断成了两段。那箭余势未逝，直撞向她的胸口，就像是被一只大铁锤重重地砸中，风翎羽脚下一软，几乎跪倒在雪地中。

"怎么样？"他说。

风翎羽吐了一口血，右手一扬，将那支箭直甩出去，左手捏着空拳，冲了上去。

从来没有什么东西可以让她放弃。

"小心脚下。"他喊道，伸出一根指头弹飞了那支箭。她仿佛没有听见。

"跟我回去,找他认个错。他不会杀你的。"她说,挥拳扑上,又吐了一口血,猛地脚下一空,竟然踏在那道圆石裂开的缝隙里,顺着看不见底的悬崖直滑了下去。

"翎羽!"他吃惊地喊,收束起翅膀,箭一般地跳下悬崖,追上弱小的白色身影,抓住了无力飞起的她。他展开了背上巨大的金色羽翼,风一般柔和地轻轻拥住她的肩膀。他看着星星点点的血珠一点一点从她那擦伤的额头上冒了出来。

她的右手一动,被他按住了。他捏住那柄锋利的钢叉,将它从她手腕上扯了下来,抛下了悬崖。没有一点回声传上来。

"我们不要再斗了,"他张开羽翼,让自己紧贴着石壁,温柔地对那张疲惫却难掩光洁的脸俯下身去说,"当我的王后。"

一个冰冷的东西梗在他的胸膛里。

风翎羽在他的怀里张开了左手,一个小小的青色的球在他的胸膛爆炸了。

"符咒。"他艰难地说。那枚小小的符咒上凝聚着九州大陆九名最伟大的不死智者的法力,他们确实发现了他的弱点,他们制住他了。

冰冷的僵硬的冰块在他体内蹿动,蹿动到哪里,哪里就失去了愤怒,悲伤,哀愁,求索,不服,喜悦,痛苦,还有快乐。它攥住了他的身体,夺去了他的四肢,夺去了他的羽翼,他化成了青色的石头雕像,紧贴在勾弋山黑色的石头峭壁上。冰冷的石纹转眼间已经上升到他的喉咙。

"句野之城的石头符咒,你们搞到它了!"

她张开小小的新生的翅膀。在他已化为岩石的臂弯上轻轻地盘旋。"我能飞,"她轻轻地说,"我骗了你。"

"这么说,他终于赢了。"翼在天努力地睁着他的眼,瞪得眼白中都冒出血来,他努力地抵抗着,喊道,"告诉我,是他赢了么?"

"我不会走的……"她说,蕴含已久的泪珠终于滚出了眼眶,"我会和你在一起。"

"那么,还是我赢了。"他艰难地挤出了一丝笑意,凝固了。

他变成了一尊冰冷的石像,而她蜷缩在石像的臂弯里,仿佛一片飘零的落叶停留在大地上。她在那停留了一百万年,化成了一小团闪烁的落满尘土的白色骨头。现在到勾弋山,你还可以看到那尊石像,那位试图改变自己命运的年轻人,那位本该成为宁州帝王的年轻人。他双手环绕,抱着早已不存在的,早已化为尘土的爱人,痛苦,甜蜜,温存,高悬在一万仞高的黑色玄武岩石壁上。

四勿谷围坐在火堆边的这些人，听了这故事，全都幡然心惊。他们问火边的黑斗篷旅者："你是谁？怎么会知道宁州前朝帝王家里的故事？"

　　"不知道。我只知道这个故事和自己息息相关，"黑斗篷的旅行者说，"但却不知道自己是谁。我就是到这里来寻找答案的。"

　　年轻的武士伸手加了一把柴火，让篝火摇晃着升高了一些。"夜真冷啊。"他说。这名武士看上去年龄尚轻，额头上却有几道深深的皱纹，显得格外苍老。

　　"轮到我了么？"他又加了一把柴，动作里却有种说不出的奇怪，如同这个人在做梦，且始终没有从梦里醒来。火苗稍微升高了些，立刻又被黑色的雾压了下去。

第五个故事　我们逃向南方

1

我曾是黑水团佣兵，那些冷血杀人魔王中的一员。二十四年在维玉森林的那场夜袭中，我和五十人一个接一个地摸入巨斧悬崖上蛮人的营地。锋利的刀子从蛮人后脖子捅进去的时候，那些围火而坐的北方人尚且没有发觉，甚至还在抱怨着森林里的潮气和炎热。我们烧掉了他们的粮草，回来了十二人。

二十六年我们袭击了蛮人回瀚州的船队，那次我们中了埋伏，但仍然将被蛮族人掠走的王族财宝夺了回来。他们原准备将它们运回悖都展示，然后把其中的黄金熔铸成草原汗王的金椅子。

二十七年我们靠两百根长矛死守风声峡三十天。等到风铁骑的援军到来时，我们剩下六十人，但峡谷还在手里，而蛮人至少在周围倒下了一千人骑。

黑水团冷酷无情，纵然面对死亡也绝不后退，这为它赢得了宁州第一勇士团的名声。

我还可以告诉你过去的许多辉煌战绩，但这没用，生活正悄悄地从我们身边溜走，从我们抓住剑柄满是老茧的手中溜走，从我们掩埋兄弟糊满鲜血的手中溜走，从我们数着为数不多银毫的手中溜走。

蛮羽大战整整打了六年，武弓二十四年到三十年，蛮人最终退走了，可是羽人也未见赢了这场战争。

月亮山麓东侧基本全毁了，村庄烧成白地，城池化为瓦砾，羽人引以为傲的森林成了流兵的老巢，世界一团混乱，是的，失败是双方面的——而对我们来说，这也不算件坏事，如果这个世界依旧青春洋溢，奇妙万分，那我们才不适应它呢。

仗打完了，佣兵团就被遣散了，豁出性命挣到的钱只能维持一小阵，后来我听到消息，原黑水团几位伙伴加入了茶钥城一家规模较小的佣兵营，为来往客商做路护，他们的团长与我在战争中也有过一面之缘，于是我也加入了进去。

那时候蛮人败退的军队回不了瀚州，许多北方人散入勾弋山的森林当起了强盗，路面上不太平。佣兵营的生意起先还能维持，团长向慕览也有心重建黑水团的威名。只是好景不长，没半年先是青都羽太子造反，搞得人心惶惶，随后又突然暴发了瘟疫，来势凶恶，转眼在勾弋山东麓蔓延开来。道路阻隔，行人断绝，生活一下变得艰难起来。

据说瘟疫是可恶的蛮子留下的。他们大军中先有人得了病，于是把病死的人扔进水源地里，将病毒四散传播开来。据说当年厌火城的围城战，他们还将病死者绑在投石器上投入城内。蛮子，或者蛮人，无论过去有多么可恶，这一恶行都给他们带来了前所未有的仇恨，人人欲见而杀之。

那时节，瘟疫最重的地方是南药东部一带，沿勾弋山麓维玉林一线特别严重。我们所在的茶钥还好,但也传闻有人从南药过来后突然就咳嗽发烧,转眼带倒了周围一群人,只是谣言纷纷,谁也没亲眼见过。

茶钥城人心惶惶,起初只要听说有人自东北边来,守城兵便拦住了不让进城,最后凡是外乡人就都不让进城。我们先是开始恨蛮人,然后就开始恨外乡人。过了没几天,原本滞留在城里的外乡人,只要无人作保,常会被人打死扔在街头。

道路很快彻底断绝了。茶钥虽然是宁州登天道上来回的要冲,我们也是这附近最出名的勇士团,却也照样接不到活干。

向慕览要考虑营里数十弟兄吃饭的问题,债主又三天两头上门,不由愁眉不展。

向慕览行伍出身,早先在风铁骑的部队中担当骑兵军官,虽然为人凶恶死板,不招人喜欢,对待手下人却是极公正,大家对他很服气。他左手手腕齐根而断,装了只铁钩子。我们跟了他很久,也不知道那只手是怎么断的。他脾气不好,自然也没人敢问他。

那一天向慕览带了几名弟兄上酒馆喝两杯消愁,没想到却喝出笔雪中送炭的生意来。

我们在酒馆里碰到一个文士,看上去落魄潦倒,却从包里掏出了大锭的金子,要我们护送他和一位女子去冠云堡。冠云堡,远在宁州北部,这一路下来价钱可不菲,而这主顾似乎毫不在意佣金的事。

"这条路可不平静,"向慕览说,面无表情地喝了口酒,"你们多少人,多少车仗行李?"

"没有行李马匹,就我们二人。"文士说,指了指角落里坐着的一名女子。

我至今还记得在酒馆里初次见到那女子的情形。她身形柔弱,低着头安安静静地坐在角落的长凳上，对身遭的一切仿佛全不放在心上，模样就如同白瓷做成的娃娃般让人心生怜惜。她的衣裙水一般长长地拖在光滑冰冷的木地板上，虽然破了，那料子却是难得一见的质地，从腰间的衣服皱褶处垂挂下一件凤鸟形玉佩，看上去贵重非凡。

向慕览的眼睛一向如老鹰般锐利，我猜想他也注意到了。

"我们前往冠云堡投奔亲戚，不巧途中碰到了瘟疫，仆从都逃散了，可路还得走。听说你们是这儿最好的路护……"那文士把包裹一抖，只见金光耀眼，里头竟然滚出一堆金子珠宝来。

他骄傲地点了点头，指着这堆宝物说："条件只有三个：不要问我们是谁，不要问我们是干什么的，不要问我们去找谁。只要送我们到目的地，这些金子珠宝，就全都是你们的。"

我这辈子也没见过那么多金子，还有镶嵌大粒宝石的首饰、明珠、祖母绿，不由倒抽了一口凉气。这些东西怕是够买下茶钥城一整条街道了。要重建黑水团，这就是机会了。

向慕览的手却稳稳的，将一满杯酒端到嘴边一口喝掉。

他平静得不能再平静地说："如果这样，我们不能接这活儿。"

那文士先是惊愕，然后是生气，连胡子都竖起来了。大概没有人会如此倨傲地面对这堆财宝。看他的模样，似乎想要破口骂出声来，又拼命忍住了，一卷包袱皮，带了那姑娘就想离开。

向慕览还是蹲在凳子上，他的剑却锵锒一声跳了起来，插在了桌面上，尾端忽忽颤动。我们旁边站着的几名佣兵也没闲着，一面墙似的堵在了门口。

文士的眼珠子几乎从眶里掉了出来，向后一蹦，跳到了桌子后面，指着向慕览，胡子乱抖，可就是说不出话来，半天才憋出一句："怎么，光天化日……你要抢劫吗？"

向慕览抹了抹下巴,说:"你不隐瞒我们任何情况,我就带你去北边——这是为了对我的手下负责,我们不能担当自己担不起的风险。况且,这也为了对你们负责。"他转头看了看那位立在一旁的女子——她对身边的刀光剑影毫不在意,仿佛此刻身在千里之外。向慕览的脸上历来都没有任何表情,此刻却微微点了点头,似乎赞许那女子的胆色。

他又转头对那文士说:"你真要出门,我也不拦你,但你们是外乡人,包裹又沉重,在这座城里只怕不能活着走到两条街外。"

那文士看上去无半点行路经验,只道是有钱什么事都能办成,此刻被向慕览一言点醒,看着我们让出的大门,哪里还敢走出去?他脸色阴晴不定,想了半天,最后只得无奈地垂下头去。

他附在向慕览耳边嘀嘀咕咕,良久方完,也不知道说了什么,只见向慕览面色越来越黑,就如铁板一般。

最后向慕览拍了拍袖子,站了起来,面如铁板,不带表情地走到桌子上摊开的包袱面前,伸手拣起一枚小小金羽铢,揣入腰带。

那文士如遇大赦,喜笑颜开。

我们知道,这就算收了主顾的定金了。按道上规矩,这笔生意我们佣兵团就算接下来了,此后不论如何险恶,豁出多少性命,也要完成。信誉就是佣兵的性命,丢了信誉,佣兵营就可以解散了。

向慕览低声吩咐副手颜途说:"收拾东西,人不要多,叫上几个懂事干练的,今晚就起程。"

颜途也低声问:"走哪条路?"

"穿维玉森林,然后老鸹山。"

颜途脸色一变,仿佛没听清楚般追问:"走凄凉道?那可是贴着疫区边上过。"

"去准备吧!"向慕览寒着脸挥了挥铁钩。他的话出口就是命令,不会重复,也不容任何人反对。

  颜途弯腰点头,带我们匆匆回营备了马和干粮,还有其他路上需要的物资,然后回酒馆接了向慕览和两名主顾。颜途带上了柳吉、罗奄和罗鸿兄弟俩,再加上我。我们五人都是原先黑水团的兄弟,十年血战里一刀一枪换来生死之交。颜途选了我们,看中的就是老兄弟忠实可靠。除了一人一匹坐骑,颜途还另外备了两匹驮马,我们等到天擦黑就出发了。

  时近入冬,晚上朔云蔽月,寒风已起,我们一行人都罩上跑长途用的羊毛大斗篷,文士和那少女也不例外,戴上大兜帽后,低着头跟在队伍里,根本看不出谁是谁来。

  风从兜帽的边缘窜入脖颈,马背轻柔地起伏,仿佛慢动作奔跑,手上摸着黄铜的剑柄,同伴的身影在身边起起落落。我们才不管要去干什么,只要目标清晰,团结有力,我们知道自己该怎么去做,这一切就足够让人愉悦的了。生活在我们四周突然变得坚实起来。

  城门口的老李见到我们的行伍有些惊讶:"老向,这大半夜的又要出镖啊?"

  向慕览含糊回答了一句,打马冲出城门,我们紧随在后,一道烟出了城门,摸黑走了有半刻钟,猛然听到一道响箭,从背后城门楼里笔直飞上天空。大家伙儿脸色一变,知道这是茶钥城封城的信号。

  向慕览也不说话,低头黑脸,在马鞍上扶着剑柄,往前直奔。我们跑了二十多里地,再回头已经看不到茶钥的灯火,看马儿已经大汗淋漓,支撑不住了,不得不停下来歇歇马。

  路边正好有个饮马水井,我低头摇水井辘轳,一抬头看见井边的歪脖子树上贴了张什么纸头,黑乎乎的也看不清楚,刚打开火折子想照个亮,向慕览从旁边一步跨过来,把我刚点起来的火绒捏灭了。

　　他站在树前，一翻手腕，长剑出鞘，霍霍有声，在树上划了几道，那张纸哧的一声掉落下来，被向慕览一把接住，折了几折，收入怀里。

　　我提着水桶站到一边，不敢多话，饮完马继续赶路。只是大伙儿心里头都藏着一团谜，越跑越是烦闷，只觉得周天的黑暗浓稠得像糨糊一样，缠绕得人行动缓慢，连思维都迷糊起来。

　　到了天明，大家停下来打尖吃早点。颜途终于忍不住了，趁着上前递水壶给向慕览的空当，问："封城的号箭是怎么回事？难道是冲着这俩红货来的？"

　　向慕览沉默了一会儿，说："都是自己兄弟，我不能隐瞒你们。大伙儿自己来看吧。"他从怀里掏出那张纸给大家看，原来是张布告。太阳还没出来，但东方天际上的亮光已经足够我们看清上面的字了：

　　缉拿反犯一人，有执来报者，赏三千金铢，帛万匹，报其下落者减半，知情不报者同罪。

青都羽银武弓王翼
武德四十四年十一月

　　赏格的上面还用墨笔画了张小小脸儿，不是我们护送的那姑娘又是谁？

　　颜途沉吟起来，"向头儿，你打算……"

　　"我打算送他们去冠云堡。"向慕览面无表情地说。

　　颜途苦笑了一声，拿着水壶的手抖了抖，"为什么要蹚这趟浑水？"

"十二年前，就是这女孩的父亲在莽浮林将我左手砍断，"向慕览嘿嘿地笑了起来，"我时刻铭记在心，今天就是报答的时候了。"

2

六年前我们刚刚在羽人的军营里聚首时，只是一群毛头小子，那时候向慕览已经是风铁骑手下颇有声望的铁手游击将军了。而更早之前，他有些什么故事，我们还真不知道。

空气里仿佛有融化的雪片，凉丝丝的。树在越来越亮的天幕上投下碎碎的暗影，仿佛鬼魅的头发。

向慕览说最后一句话的时候，声音大了点，他们显然听到了，文士的脸色唰的一声变得雪白，身子又禁不住地颤抖起来。他勉强笑着，说："向团长，这个玩笑开大了吧？你可是拿了我金子的。"而女孩子在我们的目光里垂下头去，但我看得清楚，她眼睛里一丝害怕的神情都没有。

向慕览的左手既然是被女孩的父亲砍断，就该送她去官府，何必还要冒着危险送她去冠云堡呢？而他拿了定金，那就算有天大的恩怨，也不能损害我们的信誉。我们心里起疑，一个个转头看向那女孩。

我对她充满了好奇。这是个奇怪的女孩，她缺乏十四岁少女应该有的那些东西——恐惧，羞涩，或者别的少女该有的情感，代之而起的是另一样东西，只是我现在还看不出那是什么。

向慕览摇了摇手上的布告，一贯没有表情的脸上竟然浮出一抹难看的笑来，"三千金铢，哈哈，没多少人值这个价码。我年轻的时候被悬赏了二百铢——别这么看我，颜途，没有人生来就是军官。"

他的话像一柄薄刀劈开我们转来转去的心思。我们着实吃惊不小，想象不到眼中这位将法理和信誉视为生命的团长曾是个强盗。

他挥了挥手，左手那柄铁钩凶猛地划过空气。

我是个土生土长的山林人。羽人不是应该生活在森林里的吗？至少在那些蛮人占据它之前。没错，那时候在森林里的事情也不多，我年轻的时候带了帮兄弟在莽浮之林里打家劫舍，做着没本生意，晚上就睡在林中营地里，占着路熟，围剿的官兵找不到我们。不料人算不如天算，那一次我们做了笔好买卖，不但抢了几车美酒，还带走车上好几名女人，连夜逃到山里的营地，喝酒胡闹，玩了整宿。

等到早上醒来，只觉得自己头疼欲裂，营地四周更是人喊马嘶，狗叫个不停。我吃了一惊，想跳起来，却发现四肢动弹不得，原来早被捆了个结实，扔在地上。

我想开口喊人帮忙，进来的却是两名盔甲闪亮的皇家士兵。我被推到一片林间空地上，看到自己那些灰衣服的兄弟也都被捆着扔在那儿。

后来我才知道，青都羽王围猎至此，听说强盗猖獗，令随扈诸军参与剿灭。二王子翼在天年方弱冠，主动请缨，设下了这个小小陷阱，果然将我们一鼓而擒——他送上美酒，又让那几个妓女一路留下记号，将御林军引到我们的营地。

我被押到羽王面前，那时候心里还想，这辈子也算看见过皇家的风采，活得值了。武弓王胡子雪白，修剪得格外整齐，穿着金红格子相间的大袍，盾牌边上滚着金子色涡旋，当真是好大的气势。

安放羽王的神木椅的那块大石头，原本是我召集手下弟兄议事时坐的地方，别的土匪都没权力坐——但那时候我可没敢计较这一点。哈哈。

羽王看着我们被押上来，转头问身后："你们说这些人要如何处置?"

二王子翼在天神情高傲,他很漂亮,面色白皙,绿色披风下角绣着仙苋草盘曲的藤蔓,光看面容的话,他就像一朵花儿,但站在那儿又如同一柄出鞘的剑,让人害怕。他看也不看我们一眼,只皱了皱眉,就道:"全都处死。"

但让我们这些目无法度的匪徒低下头去的,并不是二王子那柄锋利无匹的剑。二王子身边还有个年轻人,外表盔甲都不出众,但眼神透亮温和,仿佛一阵风吹到人心底,他站在那儿,比二王子偏后半步,身材也不比二王子高多少,但气势逼人。

他说:"父亲,杀了这些草寇能保得一时平安,但过不了半年,新的强盗又会来占据这些空了的营盘。只有百姓安居乐业,人人有田舍耕住,有暖衣饱食,才不会有人再当强盗。"

羽王看上去很喜欢他的话,但还是威严地说:"国有法度才能立,若不杀这些人,怎么能维持法理尊严呢?"

"父亲,如果您信得过我,就交给我来处置。"那少年说。那时候他真是年轻啊。

他父亲哈哈大笑,说:"好,这里就交给你了。"说罢即上马而去,二王子也跟在后面,临行还回头看了那年轻人一眼。我跪在地上,也看不出他那一眼里的含义。

"就这样,"向慕览抚着自己左手剩下的钩子,慢慢道,"这少年喝令将我和另一名匪首的左手砍断,以惩首恶,余众各鞭五十,发放路费,责令回乡劳务。今后再若抓到,只凭鞭痕就可严惩。"他干笑了一声,"我逃得一命,虽然少了只手,多了个沉甸甸的铁钩,却对这少年人心怀感激。如果我还在当强盗,即便不被他们抓到,也没别的出路,一辈子都得混在这深山老林里,死了连个收骨头的人都没有。"

他又说:"过了四年,荠浮山大战,凤铁骑的骑兵被蛮军围困在荠浮林中,粮草断绝,是我占着路熟,从小路将他们带了出来,凭功封为游击副将。退伍后又用退伍金买了田地宅子,娶妻生子,如今衣食富足无忧,这一切都拜太子所赐啊。"

我们悚然动容,说:"那年轻人,就是现在谋反的青都太子?"

向慕览缓缓摇了摇头,"羽太子谋反,我是不相信的。仓佝在客栈里说他是太子的人,我就决心接这笔单子了。"

颜途望着地下不说话,踌躇片刻,道:"这笔单子价钱倒是丰厚,救得了急,但被捅破就是灭门之罪,太危险了。"

向慕览说:"这事情干系太大,太子虽然于我有恩,和你们却没有关系。所以,你们如果要退出,我不怪你们。但我已经接了定金,即便剩我一个人,也会将她送到地头。"

颜途叹了口气,望望四下里兄弟们的脸,又叹了口气,问:"这女子和太子什么相关?"

青都太子造反被诛,是上个月的事情。那女孩原来正是太子的女儿玉函郡主,被几名奴仆护卫着逃了出来。那名文士本是东宫心腹,名叫仓佝,欲图护送郡主逃往瀚州避祸,不料到了灭云关却被堵了回来,四面追捕甚急,于是又想转到冠云堡去。

凛北王羽成容为一方藩镇,势力颇大,与羽太子素有交往,曾有指腹为婚的玩笑。仓佝既是太子心腹,也知道一些过往,此刻病急投医,指望羽成容还能念婚约旧情,于是一路带郡主向东而行,不料路上突遇疫病暴发,奴仆逃散,只剩得他与郡主二人困在茶钥,这才有碰到向慕览一事。

"凛北王?"颜途听说后,不由嘿嘿地笑了出声,"谁不知道他儿子是个永远飞不起来的畸翅人。"

"羽成容。"向慕览慢慢地说，腮帮子两边鼓起两团铁块来。他将赏格一收，闷声道："现在别说是废翼，就算是个两脚齐断的瘫子，又能怎么样？唉，我担心的不是这个，而是羽成容这个人，嘿……"

颜途直起腰来，"也好，我只希望这个羽成容出得起钱。"

向慕览和颜途的谈论虽然轻声，但是夜晚寂静，只言片语还是飘得很远。我相信总有几句飘到了那姑娘……郡主的耳朵里。

她听而不闻。

她一看就没什么骑马的经验，跑了这大半天下来，估计大腿都磨破了。可她能忍，咬着牙一声苦也不叫。

乱世里这些贵人就会比平常苍头百姓活得还要艰难。

她的亲人朋友全都死了吧，仓侚是个忠仆还是个待价而沽的市侩呢？她此刻只能嫁给一个废翼才能活命，这算是她期待的呢，还是不期待的？有谁去问过她吗？

柳吉是我们中被分派专门保护她的，向慕览命令他一步也不许离开那姑娘。

阿吉是个闷口葫芦，一入黑水团就与我待在一起。他始终与我是最好的兄弟，我们甚至不用开口就知道对方在想什么。他也不爱说话，没事的时候就沉默寡言地站着发呆，如同一尊石像。我总担心他站得久了头发上会长出草来。

此刻他就按着剑站在那女孩背后，而女孩也在发呆，她就那么直挺挺地坐着一动也不动。先前让她下马就下，就让她喝水就喝，仿佛我们谈论的话我们做的一切全都与她无关。可她长得真漂亮。她和阿吉站在一起，就如同一组映衬在发白天幕中的剪影。

我看着她那瓷瓶儿一样的侧脸，很想上去和她说几句话，安慰话儿或者随便别的什么，但毕竟又不敢。她再落魄也是个贵族，住在年木围绕的城堡上，高高地俯瞰其下忙碌的众生。

而我们是粗鲁的山林人、平民和双手沾满血的佣兵。

我被钉在地上，阿吉微微朝我转过头来，咧嘴一笑。我知道，在阿吉的眼里，我也是一尊石像吧。

向慕览挥了挥手，将大小罗和我们都招过去，他蹲下身，用铁钩在地上画了张图给我们看。

"我决心走凄凉道，"他说，"不是常走的那条，而是更偏北的那条歧路，我仔细思量，只有贴着疫区走，才能躲过关卡和游哨。"

"路难走不是问题，但要特别小心巡逻队。"颜途指出。

"既然封城了，大概还是走漏了消息。巡逻队肯定都出了。"向头儿说。

我想到那几名逃散的奴仆，不由得点了点头。

"我没告诉他们要去冠云堡。"仓佝匆忙辩白。

"这种事情用不着你告诉。"向慕览口气如铁，那家伙只能低下头去。

"如果是茶钥的巡逻队，嘿嘿，都是老熟人了，总不至于……"颜途勉强挤出一个笑容说。

"老颜。"

"唔？"

"你不能指望这个，"向慕览冲他摇了摇头，"我们晚上走，天亮就藏起来，能溜过去。"听他口气就和上小酒馆喝一杯酒一样轻松，但在大家上马后，他左手铁钩在马鞍上不自觉地轻叩，不断发出嗒嗒的声响，他自己却一点也没察觉。

我们选择的路线紧贴南药边境，但如今谁也不知道瘟疫的传播范围多大，是不是已经出了南药地界。我们别无选择，只能冒险一试了。

又上路的时候，仓侴凑上前去，对向慕览嘀嘀咕咕地说了好几句什么，我听到"大赏、官爵"之类，猜想他是要加强一些筹码吧。

向慕览挥了挥铁钩，好像拂去耳边的一只马蝇。他按住马鞍，突然问："太子就这么一个女儿吗？"

仓侴听见这个问题，瘦弱的脸上突然现出一种怪异的神情来，又好像是愤怒，又好像是羞愧。他甩了甩袖子，道："正统血脉自然就这一支。"

向慕览点了点头，铁打一样的脸上也不流露出什么感情。风正从北面呼啸吹来，将大家的斗篷吹开，冰冷地灌入怀里，就仿佛劈面泼入一桶冰水。

阿吉催马往前走了几步，用他宽厚的身子挡在那女孩身前。对我们这些行路多的人来说，这天气还可以忍受，但过两天厉风起来时，就连我们也难挨马背上的时光。

3

他们从黑暗中扑来，一个跟着一个，无穷无尽。

挥劈，砍杀，将长剑劈到他们狼一样的长脸上，我们也像狼一样号叫。湿漉漉的东西溅到脸上，海水一样咸。流到地上的血越来越多，我们在血里游泳，看不到一丝光亮，只有敌人晶晶亮的目光浮在海面上。一名骑在巨大黑马上的骑士朝我猛冲过来，我大声号叫，奋力砍出手里的剑，喀嚓一声响，它断在敌人的骨头里。更多的黑影手持长刃涌了上来……

我从梦中醒来，放开抓得紧紧的剑柄，背上已经被汗浸湿了。帐篷外面静悄悄的，今天没有蛮人摸哨，也没有夜袭。我们很安全。

我拉开一条缝，探了个头出去，期望看到那些被我杀掉的人的目光，他们通常透过冻得邦邦硬的星星望下来，平和，遥远，宁静。

看不到这些目光我就睡不着。

　　冰冷的风灌到脖子上,雨点噼里啪啦地砸在额头上,像是又光又滑的铁豆子。

　　我侧转头去,捉摸到隔壁帐篷底下阿吉探过来的目光。他也没睡着,递过来一个理解的笑。我们每个人都是相同的。

　　道路偏僻,逐渐向北延伸,已逐渐靠近疫区边缘,一路上一队商旅或行人都没遇到,但大家还是忐忑不安。

　　这两天我们夜行晓宿。以往我们总会在路过的村庄里打尖、补充食物和水,但如今向慕览总是让我们趁夜半静悄悄地穿过村子。那些村子也是古怪,整村整村的寂然无声,连声狗叫都没有。

　　颜途说,多半是老百姓害怕瘟疫蔓延,带着少得可怜的家当和牲畜跑走了。

　　到了白天,我们就睡在野外,将营地藏在树木和草丛下,轮番放哨,绝不与任何活物接触。

　　向慕览照例不和我们坐在一起,他要么去查查哨,要么坐下来磨剑,他要是走过来,我们就都不敢谈话了,双方都很尴尬。反正他有做不完的事,而仓佝带着郡主,更是坐得离我们远远的,极怕我们这些粗鲁汉子冒犯了他的金枝玉叶。

　　柳吉有一管笛子,闲了的时候本来爱吹一吹,但此刻担心被人发现,只能收起笛子,围着点起的一堆小火听大家闲聊吹牛。

　　"没点出息。"罗鸿训斥着弟弟,自己则抱着双膝慢吞吞地说,"我早就想好了,如果有了钱,就做个小本生意呗。"

　　罗鸿一入冬就有些忧郁。他的独苗儿子胎里带来的病,天气一冷就会加重。他继续说:"其实这钱不拿到手里,我就不踏实,也许路上碰到巡逻队呢,也许凛北王不在家,也许主顾不给钱跑单了……"

"你拨这么多算盘，怎么不担心生意赔本呢？"颜途笑嘻嘻地往火里扔了抱枯草，火苗蹿了起来，但还是很微弱。我们围在一边烤火多半是种心理需求。佣兵们烧这种火技巧高超，挖出的烟道又斜又长，几乎看不到烟柱。

罗鸿严肃地说："这次拿到的钱不少，可以多赔上几年……"

"这才叫没出息呢。你们就爱筹划来筹划去，有钱还怕花不出去？"罗奔不屑地看着大家，"要我说啊，半年内全都花完，大家还聚在一起当佣兵，岂不快活？"

"颜头儿，那你呢？不如把小翠赎出来吧，找个展翅日，和她一起飞，总不能老去天香院，那还得排队……"

虽然同样是首领，颜途和向慕览就完全不同，他待人亲切，喜欢说笑，弟兄们都和他亲近得很，也可以随便乱开玩笑。

颜途哈哈一笑，脸上的皱纹全皱了起来，"你们这班孙子，懂个屁，天香院的床不是比较软吗？"

他摸着自己的膝盖，突然间变严肃了一点，"我已经老啦，就算还想接着干，腿也不行了。不瞒你们说，我现在想的就是平安回家，喝上一壶老婆烫的好酒。钱不钱的，根本就无所谓。"

我看着他的皱纹，竟然也有点伤感。他是我们当中年纪最大的，像他这么老的佣兵确实很少见了。他更应该晒晒太阳，抱抱孙子，有闲钱的时候上天香院睡上一觉。

"来真的啊，那我也筹划筹划。我也不乱花钱啦……"罗奔看看大家，突然也一本正经起来。我们很少见他如此表态，不由肃然起敬。

他说："……拿了酬金，我先找个地方赌上三天三夜，赢了钱就去做大生意……"

我们哈哈大笑，他哥哥将他轻轻一脚，踢了个屁股蹲儿。

其实，筹划？是啊，谁能不做点筹划呢。赌博也是筹划，做小本生意也是筹划。

至于我，我想拿到钱，在海边买条小船。也许我会当个渔民，身上充斥鱼腥味和汗臭，我会学会下钓子和补渔网，我会把长剑换成短刀，用它来破开鱼的肚子，最好是盲鳝鱼，盲鳝没有眼睛。

我愿下半辈子再也不动手上这把长剑了。这就是我的筹划。那样我就不用夜夜醒来，等天上的星星了，从而睡个好觉。

突然有人问："柳吉，你怎么打算？"

"啊，"柳吉憨憨地从火堆旁抬起头来，慌乱地说，"我……我没什么打算。"

大家起哄说："面色红红的，在想女人吧？有了钱就娶个媳妇呗，别学颜头儿那没出息的样……"

"我没想……"

一只脚伸出踏灭了原本就微弱的火苗。我们抬头就看到向慕览铁面具般的脸，"还胡闹，都给我睡觉去。"他伸出根指头朝我点了点，"你，换哨去。"

第三天行到夜中，前面拐入一个小岔口便是七眼泉客栈。老板我们认识，是个可靠人家，向慕览决定提早在此打尖。想到终于能享用到热水和酒，睡上热炕头，我们都很开心，大家催马向前，已看到客栈那尖尖的屋顶。

马蹄声响应该已经传了过去，却不见老板胖三出来迎客。我们斜眼瞥见路边躺了两条死狗，其中一只黑狗头上一撮白毛，我知道那是胖三的猎犬，不由得心里咯噔了一声。难道胖三也带着伙计跑路了？

四下里静无声息。想着那个胖乎乎总藏有好酒的掌柜，我们有点沮丧,心想今儿是没人款待了。

风四下里乱转,辨认不出方向。踏上客栈前小路的时候,天空仿佛紧了一紧,一些小白点从暗黑的空中飘落了下来。一片白点晃悠悠地正落在我的手套上,我看着它在那儿融化成水。

柳吉呼出了一口气,轻轻地说:"下雪了。"

今年的雪,来得可真有点早啊。

颜途行在前头,突然一拉马缰,道:"有人。"

4

客栈前的空地上确实有一群身着黑环甲的人,他们围着一堆火或坐或卧,几匹马被上了绊绳,散放一边。

风正弯弯曲曲地从我们背后吹来,所以,该死的,我们都没有闻到烟味。

客栈的门板和栅栏都已不翼而飞,看情形是被劈开当柴火用了。有人躺在火堆边的地上哀号,听起来快要死了。那些人也不理他,自顾自蹲在地上烤着什么野物。

我们见到扔在边上的旗帜徽记,是绿底子上一张银色的弓,心里一凉——这些兵是青都来的羽王的兵,千躲万躲,我们终究撞上了巡逻队。

他们盔甲不整,旗号杂乱,但是人数众多,那个受伤垂死的人倒在地上,身着客栈伙计的服装,虽然还在呻吟,却无人理会。

我们相互使了个眼色。这些兵巡逻的同时也没闲着,在空村里随意搜罗财物,偶尔碰到了几个留下来的农民,下手也定不容情。

此刻要转身已经太迟,向慕览示意我们都不要下马。

我们一边悄眼看周遭情况,一边向客栈慢慢走去。我反手悄悄把剑簧松开,熟悉的剑把滑入手中,其他弟兄也如此照做。我们掩饰得很好，唯有斗篷下微微一动，只是马背上的背影显得稍微僵硬。

马儿一步一步，走得极其缓慢，但又如同在大步疾奔，转眼走到拴马道尽头。

看到我们一行人慢慢走近，他们才抬起头看。

为首的一名尉官，将油腻腻的手在衣摆上一擦，慢条斯理地笑了笑："你们好大的胆子，怎么敢到这里来？不知道在死人么？"

颜途赔笑道："我们是行镖的，迷了路，想过来讨碗水喝。"

边上一名搂着根长矛盘腿而坐的士兵破口骂了起来："快滚快滚，当老子是开店的吗？没水！"那名士兵头戴着一顶尖刺盔，皮革甲上缀着圆铜钉，看着是名什长的样子。

他态度粗暴，我们心中却一起喊了声"侥幸"，勒马就要后退。但那名看着面目和善的尉官却懒洋洋地抬起一只手，道："且慢。"

他这一声不大，却如一道雷落到我们心上。马儿僵在了原地。斗篷不安地抖动。

那军官从火堆里抓了根着火的木柴，探到我们面前歪着头打量，文士和那女孩都埋下头，躲在我们身后，不敢发出半点声息。

向慕览驱马踏前了半步，他身形高大，往前一走，就把那尉官的视野挡住了大半。

那名尉官嘿嘿一笑，抬头望着向慕览，喝道："大半夜的，行的什么镖？全给我抓起来。"

身边那些黑环甲士兵应了一声，挺着长枪就围了上来，我们心中大惊，全都将手摸到腰间，却见向慕览一翻斗篷兜帽，沉声道："崔虮子，别来无恙啊。"

那名尉官明显一愣，挥手止住手下，举起火把来凑到向慕览鼻子前看了又看，突然哈哈大笑："这不是向游击吗？"

向慕览冷哼一声，算是回答。

崔虮子也不计较向慕览的冷淡,自顾自贴上一张笑脸,"自从莽浮林一别,有好多年了吧?一向听说你在老风子那边发财,可后来却被踢出军营,听说是手软了,杀不动人了?至于吗,老向,就为了个女人……"

"崔虮子,你比十二年前还要啰唆了,"向慕览打断了他的话,"没有想到,你居然能混进御林黑翼军,高升了呀。"

崔虮子哈哈大笑,说:"托福托福。"提起左手在头盔边上轻磕,竟然发出当当的金铁撞击之声。火光下,我们看得清楚,崔虮子的左臂前端黑黝黝地闪着寒光,竟然也是一枚铁钩。

大伙儿不由把目光转向向慕览左手的铁钩,发现它们的形制大小如出一辙。

我们想到他先前讲过的莽浮林故事,心中都是一紧,仿佛脚下裂开一道火山。这名御林军官竟然是向慕览过去的匪副,这次相遇,也不知是福是祸。

雪花从天上飘落,越来越绵密的样子,开始积蓄在我们的肩膀上。

崔虮子嘿嘿一笑,继续用铁钩轻敲自己的头盔。他说:"老向,你前二十年抢富人,后二十年替富人卖命,这世界不是颠倒过来了么?我过去是个强人,如今当个黑翼校尉玩玩,也没什么不可以的吧——怎么说?向将军这急匆匆地是要上哪儿啊?"

"杉右,"向慕览沉着道,"汤子绪大人有一封急信,要送到他儿子处。"汤子绪家业颇大,在茶钥是数一数二的豪门,一个儿子在屯兵堡为驻将,这是人人都知道的事情。

崔虮子哦了一声,沉吟片刻,又嘿嘿一笑,"向头儿的事嘛,好说好说,兄弟们,撤开口子。"

拿着长枪猬集而上的士兵听他号令,呼啦啦地向外散开。

我们大大地松了口气,将手从腰间移开,刚想要纵马离开,崔虮子却突然一扬手,将火把往我们马群中一扔,柴火上的火舌被风撩得呼呼作响,火星飞射,正中郡主坐骑的鼻子,那马骤然受惊,跳了起来,女孩忍不住"啊"地叫了一声,清脆的女声刺破夜空。

周围不论是我们还是那些兵丁全都吃了一惊,一起朝她看去。石子落入了水中,羊羔落入了狼群。那名什长手快,一把捞住马缰,将郡主的马拖住。

崔虮子哈哈大笑,"好啊,向头儿,我崔虮子的一场富贵,就着落在你身上了。"

眼见事态紧急,向慕览突然跳下马去,抱拳道:"崔大人,借一步说话。"

"我为什么要借这一步给你,给我个理由。"崔虮子匕斜着眼道。

他手下士兵已经将我们紧紧围住,长枪尖晃晃地对着我们的脸。我们在马上团团而转,用剑磕开枪尖,对他们怒目而视。虽不打算束手就擒,可我们心里都明白,光在客栈前就有二十名士兵,人数是我们的四倍,要想冲杀出去并不那么容易。

向慕览哼了一声,"我救过你。"

崔虮子笑嘻嘻地说:"谁说不是呢?可这不够。"他左手钩子摆了摆,那些兵跃跃欲试,要冲上前。

我位置正好在向头儿身边,突然看见这个永远没有表情的人唇边闪过一丝淡淡波纹,可以算是微笑。我暗自想,他了解自己过去的副手,知道要什么样的手段才能打动他。

果然,向慕览道:"我也知道将这女孩子送往官府,转眼就有三千金铢落袋,崔虮子,你以为我为什么还要千里迢迢,带她向北边走呢?"

崔虮子目光闪烁,不由得往前走了一步,摸着下巴问:"是啊,为什么呢?"

向慕览倏地将腰带上的剑抽出。

崔虮子脸色一变,却见向慕览将长剑插在地上,空手上前两步道:"崔大人借一步说话。"

尉官呵呵大笑,上前亲热地拉住向慕览的胳膊,向一边走了两步,大声道:"好啊,借一步就借一步。"又俯低身子轻声问,"怎么,你还有更好的买主?"

向慕览微微一笑,说:"这个自然。"

"哦?"尉官扬起眉毛,一副询问的神情望向他,"如果我放了你,怎么分账?"

"郡主归我,赏金归羽王!"向慕览斩钉截铁地道。

崔虮子一愣,向慕览抢先一步蹿到他身侧,左手铁钩重重地敲在他想要拔剑的右手上,崔虮子痛得手一缩,向慕览右手一圈一转,已经勒上了他的脖子。尉官还想要挣扎,向慕览左手腕上那只冰冷的铁钩压在了他的咽喉上,钩尖入肉半分,一细股血登时流了出来。

向慕览当年在风铁骑手下就是有名的铁手将军,这么多年过去了,他的动作依然是快如闪电。那些兵丁还没看清他的动作,首领已经被制。

向慕览横拖着崔虮子向自己的马走去,经过自己插在地上的长剑时,轻轻巧巧地一脚,剑飞上天空,落下来的时候正好掉入他的右手。

他继续勒住崔虮子的脖子,环顾四周,脸上没有丝毫表情,宛如一块坚冰上砸下来的冰块,既不紧张,也不愤怒,"让他们全都闪开了。"

郡主想要趁机从什长手中夺回马缰,那名什长兀自不舍得放手。我看见怒气从女孩的眉毛底下升起。她和向慕览一样,并不永远都是冰冷的石像。

她唰地一鞭抽在马屁股上，愤怒的马儿跳入半空，几乎将那什长拖倒。那个鬼祟的家伙只得慌忙放手，狼狈地滚到一旁。

向慕览大步跨向坐骑，却突然有人拉住他的裤脚，他低头看到火边躺着的那名垂死伙计，正一手捂住鲜血淋漓的肚子，另一手揪住他的裤脚，有气无力地说："求……你，救命。"

这个伙计我们不是很熟，只记得一脸的雀斑。落下来的雪已经半盖住他的身子，也把他肚子上的可怕伤口遮盖住了，此刻他的眼睛透出了强烈的活下去的欲望。

向慕览眉心皱了起来。他抬头看了看天色，再看了看四周那些兵丁敌视的目光和慌乱晃动的兵刃，犹豫了一下。

他拖着崔虮子的脚步停顿了一下，向这边叫道："颜途，看看他的伤势。"

颜途难以察觉地皱了皱眉，跳下马来，快速检查了一下那名伙计，说："不行了。"他朝向慕览望来，点了点头，抽出一把短匕首，下手飞快，横拉开了那伙计的咽喉，转身又跳上马去，动作干净利索，毫不拖泥带水，正是佣兵典范。

崔虮子在向慕览的手中一边挣扎，一边大笑，"向慕览，我过去佩服你杀人不眨眼，好汉一条，可现在你婆婆妈妈的，我还怕你什么？"

向慕览勒住他的右手紧了一紧，警告道："别废话。"

尉官兀自嘴硬："我为什么不能说话？十二年前，我们都是匪，你说啥就是啥；现在我是堂堂驾前御林军黑翼校尉，你挟持军官，纵跑反犯，向慕览，你果然是匪性不改啊……"

向慕览冷哼，不再搭理他，像持盾牌一样推着他向我们靠近。

围着我们的兵丁们都有些迷惑和不知所措,他们一步步地后退,乱哄哄地闪开个缺口。颜途拖着向慕览的黑马掉转马头,向慕览刚想将抓到的尉官扔上马鞍,突然路旁草丛一动,仿佛是风把蒿草的那些白冠吹动了。

颜途大叫一声"小心",黑暗中一箭射出,正中向慕览的肩膀。

那崔虮子口中说个不停,却仿佛一直在等这一时刻,他使劲一挣,翻过马背向外滚去,口中狂喝:"杀了他们!"

向慕览左手横转,铁钩撕开了崔虮子半边肩膀,鲜血随着断了的甲带四散喷涌,但终究还是让他滚入黑暗中。

向慕览还想追赶,更多的长箭却嗖嗖飞来。崔虮子已经隐入黑暗,只听到他的声音还扯在空中:"姓向的,我会抓住你们的。到时候,老子当着你的面,先奸后杀,然后提着她的头去领赏……"

我们没有发现埋伏在客栈外的弓箭手,骤然吃了大亏,此刻不但要提防乱箭飞来,还要对付眼前那些长矛兵,登时势如燎眉。

羽人矛,长有十尺,矛柄用槿树干制成,平滑粗重,矛尖又细又尖,仿佛蛇牙一样闪闪发亮。我们自己对它也熟悉异常,二十七年,我们就是用这样的长矛让蛮族骑兵吃了大亏。此刻二十根羽人矛正如刺猬一样聚集,并排要将我们围在中间。

事出紧急,也只有六年来的战阵经验救得了我们。只听当啷啷一声响,我们几个人在同一时刻拔出剑来,站好了位置。向慕览也顾不上拔肩膀上的箭,咬牙跳上马背。柳吉一马当先,罗氏兄弟殿后,我们将郡主和仓佝夹在中间,齐声大喝了一声,并肩朝外猛冲。

几支细长的长矛在脸前一晃,长剑斜劈,断的枪杆飞在半空中,坐马铁蹄闪亮,两条前腿向前乱踢,如同一排浪狠狠地撞在黑色长堤上,我自己都还没明白怎么回事,眼前骤然一空,已经冲了出去。这时候哪敢向后看,只是猛踢马肚子。背后的马蹄声跟了上来，潮水一样响亮。

5

　　风卷飞雪中，罗氏兄弟伏在马鞍上，朝后放起连珠箭来。芦苇丛中传出惨叫，飞出来的箭略稀了一些，我们策马狂奔，听到后面叫骂声渐渐变小消失，一声嘹亮的号角却骤然响起。那是羽人警示敌情的号声，急促嘹亮，撕开夜空远远传开。

　　黎明前是最黑的一刻，我们没跑多远，一头撞进了这片浓黑之中，几乎连马鼻子也看不见了。我拉紧缰绳，放缓脚步，回头看了一眼，竟然只有郡主跟了上来。她的兜帽被风吹落，坐在马鞍上，身子微微颤抖。我见她一张小脸跑得通红，紧咬着牙齿，又害怕又痛苦的样子，一时也不知道哪里来的勇气，对她说："别担心，不管出了什么事，我……我们一定会护送你到冠云堡的。"

　　她抬起脸来看了我一眼，那双眸子黑白分明。"你，以为我会感激你吗？"她直望着我的眼睛说，然后把头别了过去。

　　那就像平静的绸缎上突然隆起的一条褶皱，一道裂缝。我悚然而惊，但那是她和我说的唯一一句话，此后她就不说了。

　　蹄声又逐渐响亮，这次是伙计们跟了上来。颜途下巴上糊满了血，一副凶神恶煞的模样，朝我嚷道："妈的，停在这儿干啥？"错马而过的时候，照我和郡主的马屁股上各抽了一鞭子。

　　我们直跑出了二十里地，直到再也看不见路，担心马在黑地里摔进坑里，这才停下来查点损失。颜途下巴上的血不是他的，但臀部中了一箭，幸喜没有大碍。

　　问题是，向慕览不见了。

　　罗鸿一边用白布给颜途包扎一边说："我好像看见他的马中了两箭，怕是跟不上来，落在后面了。"

我们等了又等，草棵里传来的每一声响动都让我们既紧张又期待，既希望那是向慕览回来了，又担心被官兵追上。但那只是一只窜过的黄鼠狼，或是一只迷路的沙鸥，向慕览则始终没能跟上来。

仓佝一手扶鞍，另一手拖着郡主的马缰，声音颤抖地说："不能管他了，我们得自己走。"

这家伙颤抖的话音能传染恐惧，我在夜色飞雪里一个个望向弟兄们。漆黑的夜里，只看得见他们白石子一样的脸。

罗奆一抹头，大声喝骂出来："去你娘的，我们怎么能扔下自己人?!"

其他人却像石头一样沉默着。

"喂，你们怎么说？说话呀。"罗奆拉着马团团乱转。

末了颜途说："不会只有一队巡逻兵，警号已经发出，我们停留在此确实危险。"

"难道扔下头儿不管？"罗奆求助似的转头看着边上，"哥，你说呢？"

罗鸿"嗯"了一声，低下头去却不开口。

"这么暗的天到哪找他？"颜途说，"可要等到天亮，我们就会有更大的麻烦。"他话音里带着不多见的焦躁，大伙儿知道他说的是实话。颜途可不是个怕死的人，怕死的佣兵活不长久。

我们都不怕死，但我们每个人都会恐惧。

过去的生活让我们学会怎么去掩盖这层恐惧，有些人用他的忧郁，比如罗鸿，有些人用大声的笑，比如罗奆，有些人用沉默，比如柳吉，还有些人用冰冷的盔甲包裹自己，比如……郡主。

我们中间，还有谁是这样的呢，还有哪些外面表现只是伪装呢？

我的伙伴们在团团乱转，他们着急，恐惧，但是拿不定主意。这是任何行动的最大忌讳。我很想说，我们一定要把这姑娘送到冠云堡,但那一句话我就是说不出来。我是个拙于行动的人,向来只是听命行事。向慕览不见了,这让我六神无主。没有了向慕览,我们怎么可能把女孩送到地方呢?

罗奔还在焦躁地兜着他的马,"难道要为了这妞儿,丢了我们头儿?……"

"老二,你冷静点。"罗鸿劝道。

阿吉一声不吭,突然扭转头,催马向夜色中跑回去。他这人木讷寡言,平日里话不多,却是个倔脾气。

罗奔愤怒地叫道:"你去哪?"

"等我半个时辰。"阿吉喑哑的声音从夜色里传出,瞬间就掉落在草丛里,听不见了。

罗奔犹豫片刻,似乎想跟上去,但稍一犹豫,就丢掉了阿吉的背影。我稍稍侧头,看了看那女孩羽毛一样光洁明亮的脸。她无动于衷地低垂着头。

我对柳吉的单独行动有点生气,我是他最好的朋友,他拨马而去,却不给我任何提示或讯息。他不需要我。是的,在离开之前,阿吉他看都没有看我一眼,似乎是觉得我帮不上他的忙。我把这怒火强转向了自己,也许,我确实帮不上忙。

我们等啊等啊,等到天色逐渐明亮,慢慢看清黄色的枯草上压着的白雪,看清了对面人脸上的焦躁神情,罗奔牵着他的马来回转着圈,几乎将地上的草踏成一圈平地。

我绝望地想,阿吉再也回不来了。

"我早说了,他一个人不行。天要亮了,"仓佝连连催促,"快走,快走。"

看我们都不肯继续前进的模样,他就破口骂了起来,从颜途开始,一路点名骂下来,骂的都是青都官话,我们听不太懂,罗奔却不耐烦起来，用长剑指着他吼道："你他妈那张嘴里再喷一句废话，老子就切了你的狗头拿去喂乌鸦！"他剑上的血甩到了仓佝脸上，仓佝脸色铁青，虽然气得浑身颤抖，却果然住嘴不再吭声。

清晨的时候，雪停了一会儿。我们看见白色的几乎没有热量的太阳慢慢地在空中移动，罗鸿突然轻轻地吹了声口哨，示意我们注意地平线上一道隐约移动的黑线。

"巡逻队。"他轻声说，"样子有几百人。"

我们身周的矮灌木很高，正好能遮蔽住马和人，但被远处的巡逻队发现只是早晚的事。

颜途点了点头，轻声说："没法等了，我们走吧。"

"等一等。"一直不说不动的郡主却突然开口了。我们一愣神的时候，就听到了隐约的马蹄声，单薄而绵密。转眼间，两个骑者的影子踏着晨光向我们跑来。柳吉不但把向慕览带了回来，还找回了他的马。

迎上前去的人当中，就数罗荟的嗓门最大，他猛烈地捶着柳吉的胸膛，似乎是愧疚自己没跟上去。阿吉朝我转过头来的时候，我没有报以往常的会心一笑。不知道为什么，我有点恨他。

突围的时候，向慕览的腿弯被一根长枪刺穿了，跑出几里地后体力不支，滚下马去，在草棵里伏了半天，直到天大亮后才被柳吉找到。

阿吉牵着向慕览的马，向慕览侧躺在马鞍上，用斗篷裹着腿，小心地不让血滴到地面或是枯草上，所幸伤势不重，向慕览体格健壮，尽支撑得住。

颜途替他处理伤口，脸色赧然，有点内疚的模样。向慕览倒是坦然，对大家说："以后再遇到这种事，听颜途的，不要回头救人。"

不能为了一个人把更多的人搭上，这是佣兵的守则。我们每个人心里都明白。若是换了个人掉队，向慕览可能会抿着铁线般的嘴唇，冷冷地道一声"走"，讨论的机会都不留给大伙。他为人死板，冷酷无情，但不知道为什么，大家还是愿意为他卖命。

佣兵还有其他的守则，非常多，每违反一条都是罪过，但无论哪一条守则都紧紧地围绕一个核心：完成主顾的使命。信誉如铁，信誉就是我们的性命。这就是黑水誓约。它已经融入我们的血脉。

血止住了，只是伤口周围有点发黑，向慕览皱着眉头，将重心压在伤腿上试了试，"还能骑马。"他叹了口气，"妈的，你们说，我老了么？"

"当然没有。向头儿怎么会老呢？"颜途打了个哈哈。

"如果不是老了，我那一下怎么会让崔虮子跑掉。"向慕览问，语气里带上了点怒气。

颜途耸了耸肩膀，不知道他是对谁生气。

我们不敢接口。向慕览一贯是我们眼中铁骨铮铮的硬汉子，天塌下来也不会弯一弯眉毛，哪知道也会露出这样的萧瑟之意呢。崔虮子说他心变软了，杀不了人了，是真的吗？可是不够冷血，佣兵又怎么能活下去呢？

颜途摆了摆下巴，指着远处那条散兵线，问："朝东朝南的路都被封住了。向头儿，现在该怎么办？"

向慕览将头垂到胸膛上，似乎极疲惫的样子，沉默良久才说："不能走凄凉道了，我们得直接穿过南药，从莽浮林出去，只有这样才能摆脱官兵。"

颜途的脸色变白了，"南药……可是，有瘟疫……怎么办？"

罗奋也嚷道："碰到官兵我们还知道怎么对付，大不了白刀子进去，红刀子出来。可这瘟疫来去无踪，即便想对付，也使不上劲啊。"

向慕览抬起头来，浅白色的眸子盯着大伙儿看，"那么还有别的路吗？"他看到谁，谁就低下头去。

向慕览摆了摆头，"请郡主上马。"

马背上一动不动的郡主突然再次开了口，"那就别送我走了。"

"什么？"大家谁也没听清。

"别管我了，你们自己走吧。"

"郡主……"仓侚震惊和惶急之情溢于言表。

向慕览看看她，平静地说："我不是为了你。"

"我知道你不是为了我，你是为了还债，还自己的债！"女孩彻底爆发了，她挑衅似的转过头来看其他人，鞭子在她手里被捏得变了形，"而你们，你们是为了钱，为了女人，为了你们佣兵团的名誉。"

她那小小的鼻翼变得通红，呼吸急促，"有谁是为了我？有谁是为了我冒死向前的呢？你们有吗，有吗？"她的话好像阵阵鼓声落入我们被霜冻坏了的胸膛里。

"没有，没有，没有！"她喊叫道，声音越来越低，最后一句话和着泪水一起落了下来，"别在这里充好人了。我希望你们全都死掉，死掉！"

仓侚上去拉她，却被她一鞭子抽到了脸上，"滚！滚开！"

"请郡主上马。"向慕览又喝了一声，声音里充满了怒气和不可违抗的威严。

他一个人率先向前走去，我们只看见那孤独的脊背在苍黄的大地上投下一道影子，斜斜地指向北方。

"跟上来。"他喝道，依然不带一丝感情。

6

越过八盘岭，漫山看去都是红刺树和雪松，颜色深黛，长枪军阵一样密密地挤立在一起，树梢尖飘浮着一层层灰色的雾气。这说明我们已经离开了维玉森林，开始进入莽浮林了。

莽浮森林地形错综复杂，地势破碎，外来人极容易在此迷路，也只有在这里当过山贼的向慕览对道路极熟，我们自然都听他的。

从开始动身起，向慕览就一路催促，赶着我们前行。我们走的与其说是路，不如说是狩猎小径和干溪谷，有时和蛇一样的歧路交杂缠绕，有时埋没在荒草灌木里，走上一两里地才又复现。

虽然道路如此偏僻荒凉，走起来又艰难，向慕览却不准我们休息，他说："那边可是有一个人，对这儿的路和我一样熟，谁知道他们能不能追上来。只有快马加鞭，尽量多赶点路，才可能甩开他。"

"这边有瘟疫，他还真能追进来不成？"颜途回头说话，一不小心被一根横在路中间的树枝抽在脸上，几乎把他挂下马来，气得他破口大骂。

"十二年前，他一定会追过来，但现在就难说了，人总是会变的。"向慕览说，左右看了看，低头钻入被一丛矮栗树完全挡住的小路里。

这些乱麻般的小路有时也会穿过些田舍空地，虽然早听说疫情严重，我们却从来没想到过会是如此情形，简直是触目惊心。田野间空旷无人，屋舍倒塌，稻田里成片熟透了的粮食倒伏在地里腐烂，却静悄悄地看不见农夫劳作，也没有牲畜的动静。

就连向慕览也承认，一个变沉寂了的莽浮林与过去大不相同。我们被林间的寂寞所感染，日渐寡言。

为了防瘴毒，我们嘴里含了药草，以白布蒙面，连马口也罩住，柳吉稍通明月祝福术，这时也为大家祈念。每日清晨起来，颜途就会神情吝啬地洒一点酒在柳吉手上，我们眼看着一道微微白光在他掌心泛动起来。他以这只手依次摸我们的额头祈福，淡淡的酒香透入鼻子，倒是让人精神一振。不过面对沉寂的山林和呼啸的风，这酒的淡香就显得微不足道毫无用处。

仓佝更是轻蔑地拒绝了柳吉的术法祈福："你那是江湖术士的下等伎俩，别用奴才的粗手碰着了我们。喂，要摸，就摸我们的马吧。"

我们听到他的话都是愤愤不平，但柳吉性情好，只是摇摇头，然后低首退开。

从某一天开始，我们在路边发现了新挖的坟墓。起初每遇到了还会觉得不舒服，后来见得多了，也就习惯了。

"看到坟墓，总比看到活人好。"颜途说，一边给自己灌了一大口酒。

这一日的路程更加艰难，厉风夹杂着冻雨迎面而来，道路上除了烂泥就是坑。路边偶尔还能见到死牛死马、牲畜动物，一些黑乌鸦在死尸堆中欢声大叫，跳跃啄食，如同过节一般。腐臭的气息伴随一路，躲都躲不掉。落雪时有时无，地面的雪积不起来，幸而如此我们才留不下脚印。

进入南药地界，我们改为白日行军，但并未让我们觉得轻松一些。

我们不但拐着弯走，倒着走，还经常踏入结冰的小溪里，顺流或逆流走上三四里地再上岸前进，一切都是为了甩掉跟踪。

勾弋山那明亮的山脉影子原先始终在我们左方晃动，现在则变得忽左忽右，忽前忽后。向慕览也要时常爬到某棵大树上，才能辨清方向。我们行路更加小心，有人驱前侦察，有人殿后警戒，宿营时双人站岗守卫。其实守卫的用处不大,因为一有风吹草动,我们所有人都会从梦里跳起,抓紧手中的武器。

向慕览总是尽量让我们多走一点路,他头上罩着一片乌云,像他的大黑斗篷那么黑,他还不停地向后张望,我们这样骑惯马的角色都浑身骨头酸疼。我们自然都想起了那个古老的说法:羽人也许更应该在密林的树上穿行,而不是骑马。

而向慕览对我们受的一切苦都无动于衷。

"多走点路总比动刀子强,"他说,"继续前进。"直到天色黑得有摔死人的危险才让我们下马扎营。

有一天一早起来,我们就觉得天气格外冷,风也有些不对劲。颜途把拇指舔湿,伸到空中,然后沮丧地说:"是西北风。"

风已经换了方向,它径直地从西北方吹来,吹开哗啦啦响的树叶,穿透了层层厚斗篷和毛衣。即便套着厚厚的羊皮手套,手依然僵硬得拉不动马缰。

"知道吗?西北来的风叫厉风,老羽人说西北风是瘟疫之风。"罗鸿一头拨开挡在前面的树枝一头嘀咕。

"那又怎么样?"罗耷没精打采地缩了缩脖子,"老羽人有没说过大冬天的不该出门?"

"你们两个!老羽人说走路的时候少说话!"颜途恨恨地瞪了他俩一眼。

那一天我们在小山丘上的林子中安了营地,罗鸿到丘下打了水来,向慕览闻了闻水,就说:"这水有问题。"

我们向上游走了几百步,果然看到在芦苇丛里躺卧一具尸体,四肢扭曲,全身浮肿,溪水寒冷彻骨,上面漂着块块浮冰。死人蓝绿色的脸浸在水里,被一群小鱼啄没了眼睛。我们死人看得多了,但如此让人胆战心惊的尸体还是第一次碰到。我们站得远远的，不敢再碰那水，也不敢停留，又往上游走了七八里地，才再停下来宿营。

我们吃的是自己带来的干肉，水也一定烧开了再喝。姓仓的那个御史更是小心翼翼，也许是嫌我们身上太脏，他根本就不让我们碰任何可能被郡主用到的东西，自己满头大汗地卸鞍上鞍，拉索子搭帐篷。我们乐得省事。

这已经是第三天了，我们没发现一点有人跟踪的痕迹。风又实在凛冽，向慕览这才松了口，那天晚上允许我们点火取暖。

佣兵的简易帐篷通常是找三棵品字形的大树，绷上两根绳子，挂上厚帆布，让帆布的三边垂到地面，就是晚上睡觉的地方了。指望它有多挡风是不现实的，但聊胜于无。

对颜途来说，最难受的就是找不到酒，虽然看护严密，他的宝贝酒囊还是越来越空，他的脸色也就一点点难看下去。

晚上我们轮番守夜，挤在火边烤干湿斗篷，反正不会碰到活人，柳吉就又开始吹他的笛子，这家伙就是不喜欢说话。我们说，他把自己的话都扔进笛子里去了。

他有一根很不错的笛子，质料坚实，竹子的颜色里透着红，音色清亮。这庄稼汉有这样的好东西真是不配。

这一次也许是看多了死人，他的曲子里尽带上凄苦的味道。我们跑了一天路，在荒郊野外吹着风，受着冻，再听他这怨曲悲调，忍不住都抱怨起来。连好脾气的颜途都说："阿吉，再吹那鬼调子就把你的头剁下来！来个欢快的……来个'二姑娘'吧。"

"二姑娘"是首院子里流传的艳曲儿，人人都会。颜途一提议，没等柳吉答应，大家儿已经一起吼了起来：

……对面路上走来个谁，
就是那要命的二姑娘，
头上插花回娘家，
走到叶黄儿松松树林旁，
树窠里跳出个小杂种，
扯住手儿不放松……

这下流调子和阿吉的曲调混杂在一起，要多难听有多难听。阿吉憨厚地笑笑，将笛子收了起来，听我们瞎唱。隔十来步远，郡主那边的火堆则始终寂然无声。

向慕览走过来看看，侧头听听附近的动静，然后又大步走远。自从遇到崔虮子后，他总带上点狐疑的神色。我们都有些为他担心。

夜里我怎么也睡不着，把头从帐篷里探了出来，眼望天空，期盼星星能够出来。但我没有等到。半夜里风夹杂着雪，铺天盖地而来，压垮了火堆，我们挂在火边刚烤干一点儿的斗篷又全都湿透了。

好不容易熬到清晨，我们从雪堆里挣扎出来，看见仓佝正围绕着他们那边两顶小小帐篷忙碌，每次端茶奉水前都要先正衣冠，拍打着想象中的灰尘，然后跪在地上双手送入帐篷内。这些贵族即便在野外，也是礼数多得要命。

罗奔狞笑着说："我很想知道，这些贵族会不会比较皮厚所以不怕冻？"

脸色发青的仓佝一边吸着鼻涕一边走了过来，冻得说话都不太利索了："我们山么湿候动身？"

"不能一直往前赶路了，"向慕览系紧自己的马肚带，然后宣布，"我们得找些给养。"

我们的给养确实消耗得太厉害，驮马原先满驮着干鱼、牛肉、青豆和面饼，现在已经几乎空了。

"说什么我们也得搞点酒来。"颜途嘀咕着说。

中午时分我们靠近了一个村子。

说起来那村子实在算不上村子，只有四五栋树屋零散地围绕着一棵高大畸形的树木，铺着石瓦和草皮的屋顶已经漏了。那棵畸形的树有着暗红色的叶子，苍白的枝干斜斜扩张出去，遮蔽了半个村子。

"有情况就退后。尽量别接近任何人。"在村子前驻足时连向慕览也有些犹疑，但他的告诫多余了，村落里和森林里一样空荡荡的。

夹带着湿雨的风穿过空荡荡的村子，破窗户开开合合。颜途拔出剑来，轻巧地从马背跳上树干，罗鸿兄弟弯弓搭箭，在下面警戒。

"别指望什么了，全是空的。"颜途从屋子里出来的时候，剑垂在手里。

我们开始两人一组，快速搜索了每间屋子，像当年偷袭蛮人营地时做的那样，可那时，毕竟我们面对的敌人是有形的。这一次呢？我抓着剑闷想，敌人会是看得见的吗？

屋子全是空的，连家具都没剩下几件。空气里有一股腐败的气味。

颜途倒是发现了一个酒瓮，打开盖子，里头却跳出只老鼠，唬了他一大跳。可是就连活老鼠我们也难得一见。

村口会合时，大家都面色沉重，不知道该说些什么。虽然日头正当午，这村子却给人一股凉飕飕的感觉。

"走吧，到下个村子去碰碰运气。"向慕览阴沉着脸说。

大家跳上马背，颜途回头看了一眼，这儿太阴冷太静默了。也许是为了躲避这种令人不快的沉寂，颜途不自觉地又哼起了那首"二姑娘"：

……对面路上走来个谁，
就是那要命的二姑娘，
樱桃好吃树难栽，
哥哥我有那些心思口难开……

这单调的歌声在无人的村子里回荡，听起来倒像是鬼哭。
"不对，"颜途突然住了口，一皱眉头，"你们听。"
我们凝神细听，竟然听到风中隐隐有微弱的呼喊声。
"救人，救人。"
我们仔细寻去，发现一丛衰草遮蔽下竟然有口枯井，井挨着路边，口子又小又圆，黑黝黝地看不见底。如果不是细心查找，我们中没准有人会掉进去。呼救声正是从下面传出的。
"谁在下面？"罗奔喝问了一声。
声音停顿了一下，然后变得更大声更清晰："救命救命，我是人啊，救救我吧。"
向慕览点了点头，罗奔从马背上解下粗索，利索地编了个绳圈扔了下去，朝下面喊："把圈套在腰上，绑好了就抖两下。"
绳子在井口抖抖索索动了一会，不动了，然后又抖了两下。我们将粗索捆在马鞍上，一步步驱马后退，将井里人拖了上来。
那人把双手挡在头上，遮蔽刺目的阳光。皮帽子边缘露出一头枯黄色的头发，淡蓝色的眸子下突兀出一只鹰钩鼻子，头发梳成小辫，看上去好像一辈子也没洗过，就连胡子也分梳成几绺辫子的形状，身上套着件狼皮大衣，狼毛反露在外，背上还背了个破布包。
他饿得两眼发青，见了我们依旧还能龇着牙笑，笑得也像条狼。
"来口酒喝。"他要求说。

我们骑在马上,好像一堵半圆形的墙环绕着他,个个冷笑。

"嘿嘿,是个蛮人。"

"蛮人。"

"怎么,来抢劫时没注意脚下?"

"这小子敢吗?我看更像个小偷。"

蛮羽战争虽然结束了,羽人和蛮人之间的仇恨可没结束。我们围绕着他嘲笑,不留任何情面。井中人就像条迷失道路的小狼,被群犬围着逼入死角。这样做虽然不英雄,但我们只是佣兵,不是英雄。

蛮人舔舔嘴唇,用哀怜的目光看着我们:"我不是小偷。大人们,饶命吧。"

"村里人呢?"

"给我点酒。三天,就啃了点雪,井底的,快要渴死了。"

"给他。"向慕览说。

颜途满脸不快地摇了摇酒囊,嘟囔着扔了过去。一路上无地补充,他的酒已经所剩无几了。那人急不可耐地把囊口塞进嘴里,一些酒顺着肮脏的胡须流到了他的前襟。

喝了酒,他的眸子变得鲜活了一点,面孔也有了活力,"再给点吃的。"他要求说。

颜途一鞭子抽到了他肩膀上,"我在问你,村里人呢?"

"没有人了吗?我下去之前他们还在呢,"那蛮族汉子耸了耸肩膀,话变得连贯起来,"兴许村里死了人,都吓跑了吧。"

向慕览的马不安地动了一下蹄子,"死了人?这村子里有瘟疫吗?你是怎么掉下去的?"

"我可不是自己掉下去的,听说你们羽人一到晚上就看不见,跟鸡似的,哈哈。谢天谢地,我可不是羽人。"他站立不住,摇摇晃晃地坐到了地上,"没吃的吗,牛肉干?烧鸡?没有烧鸡来块大饼也行。"

罗奀凶猛地往前跨了一大步,"听清楚了,我们老大不会再问第二次,像你这样的人我杀了不少!快说,你是怎么掉下去的?"

这蛮子对我们的态度算是认真了一点,半死不活地抬起头来,"我想帮他们治病人,可是没治好,他们就把我扔到这井里。"

我们惊讶地互相看了看,然后哄堂笑了起来。

"看不出来,你还是个大夫啊。"罗鸿讽刺地说。

"胡乱混点饭吃。"蛮人说,拼命地赔着笑。

"这次好像没混成嘛。"向慕览扔了块白面饼过去,蛮人狼吞虎咽,噎得直翻白眼。稍等了一等,向慕览才问:"既然你是郎中,治得了这病吗?"

蛮人一边猛塞,一边连连摇头,"这病太古怪了,我从没遇到过如此烈性的瘟疫。"

"你还真懂得一点。"颜途说,话里明显带着刺。

蛮人把最后一口面饼子塞进嘴里,意犹未尽地使劲舔着指头,"我和你们说,这病只要与病人面对面待过一阵子,起初几日什么都不知道,还傻呵呵地骑马种地,没过几天就开始发热咳嗽,鼻子流血,那就是快完蛋啦。"

颜途不安地向四处转了转头:"谁都会得上吗?"

"不是,那当然不是,"蛮人愕然地眨了眨眼,他的眼睛细眯眯的,就像一条缝,"不是所有的人都会得上,但发作了以后却几乎全死。"

罗奀听他说得恐怖,放声笑了出来,"少他妈在这里吓唬人,你见过了病人,自己怎么不死?"

"哈哈,老兄,蛮人可不容易死,"蛮人得意起来,拍着胸脯说,

一九四

"我们蛮族人有万应灵药。"

"卖万应药的蛮族人可不少，"颜途冷笑一声，"这种药我在战场上见得多了，小瓷瓶装的，拿热水洗了手，涂抹全身，是吧？呸，最后谁的命也没救成。"

蛮人尴尬地笑了笑，果然从背后的袋子里掏出一个瓷瓶来，却依然不服软，"万应药确实是谁都有，不过我这药可不一样，真不一样。你们用的法子不对吧，用热水烫了手吗？全身都得涂啊。"

颜途又朝他头上挥了一鞭，打得不轻也不重，"呸！什么万应灵药，那怎么还把你给治到井里去了？我看你卖药是假，趁机偷鸡摸狗是真吧。"

蛮人嘿嘿地笑，也不分辩。把瓷瓶收好，又伸出满是污泥的手："再来一块饼子。我在井底可饿坏了。"

他头一次注意到空荡荡的原野，然后扫视了一遍后面的荒原，看到了地上的残雪，脸色登时变了，"带上我走，我在这里会饿死的。"他要求说。

没错。厉风已经起来了，在这么北的地方，没有食物，没有帐篷，我们不带他走的话，他一定会死在这儿。

别管那么多了，颜途扭头提议说："杀了他。"他提议得对，我们自己的给养还不足呢，带上这么个蛮人只能添麻烦。

"杀了他。"罗夺也点了点头。

柳吉没有说话。

罗鸿啪的一声，让剑从鞘里跳了出来，而仓佝抱怨说："快点动手，我们耽搁了不少时间了。"

蛮子知道我们可不是说笑，他眼睛里开始灌满恐惧的神色，声音也变低变嘶哑了："别杀我。我什么也没做，我没偷东西，真的。"

"我没偷东西。"他渴求地看过来，那目光简直要让我冻僵。那些眼睛,他的眼睛,还有所有那些星星。但我一声也没吭。现在改变这些已经太迟了。我们入了这行,就是要杀人的。

"不能杀。"向慕览说。

"嗯?"我们一起把头转向了他。

"别碰他,没看出来他年纪还小吗?"他说。那个蛮人虽然留了胡子,但额头光洁,确实还小。

"带他走?"颜途本来已经跳下马朝那蛮子走去,现在则不可思议地转头问向慕览。

罗奞也斜睨了蛮子一眼,小声嘀咕:"小又怎么了,这样的小孩,我们每个人都杀过好几十个。"

"我们没有多的马。"颜途没好气地说。

"物资少了,正好空出了一匹驮马。"向慕览不动声色地说。

颜途的不服气是谁都可以看出来的,他恶狠狠地盯着眼前的蛮子,胳膊一甩,手上的剑插在蛮子的脚尖,嗖嗖地颤动。

坐在地上的蛮子吓得向后退去,但颜途那一剑贴得太近,将靴子尖刺穿才插入土中,使他后退不能。

骑在马上的向慕览呼的一声抽了一鞭子过来,将颜途的半圆盔打落在地。

"玩什么玩,"他怒喝道,"不管你想什么,这里只有我,是你们的头儿。"

颜途不敢争辩,拔起剑,捡起头盔向后退下。

向慕览冷冷地看了他一眼,余怒未歇,继续骂道:"你嫌仗还没打够是吗?那就杀过灭云关啊,到瀚州去杀蛮子啊,那里全是蛮子。"

颜途紧闭着嘴,回到我们中间时却悄悄抱怨:"我们向头儿,还真是婆婆妈妈了。"

"这匹马，只怕一跑就要断气。"蛮人埋怨说，但还是一跃跳上马背。虽然我们看不起这些肮脏的罗圈腿，但不得不承认，这些矮子玩弄马匹的技术还真是令人叫绝。

仓佝红了脸和向慕览大声争吵，显然是很不高兴，但向头儿用铁和冰一般的面具把他给赶跑了。

风呼啦啦地从西北方吹来，把暗红色的叶子吹得漫天飞舞，在暮色中仿佛沾血的乌鸦。向慕览开始不再令行禁止了，我们的队伍出现问题了。而这件事情，我不由得缩了缩脖子，坦白说，我对这事情有种不好的预感。

7

厄运甚至都没给我们喘息的时间，在半夜里就猛扑了下来。我们被一阵吵闹声惊醒，发现白天里救了的那位蛮人满脸青紫，喘不上气，剧烈咳嗽，把身子咳得如同风中抖动的树叶。

"那话儿来了。"颜途说。

"全都退开。"向慕览喝道，大跨步上前。他从那蛮人的袋子里掏出小瓷瓶，烧上一壶热水，然后脱光了蛮子的衣服，照先前这人说的法子给他身上擦药，搓揉全身。他忙了整整一个晚上，早上的时候，蛮人似乎平静了一点，但胸口上却出现了黑斑，随即蔓延到脖子上。

"我没事，我没事。"蛮人笑嘻嘻地说，却突然一阵剧烈咳嗽，面色变成青紫，血从鼻子里冒了出来。

他躺在地上，总是低声说："我没事。"向慕览给他水他也不喝，到了中午的时候，他半抬起头看看我们，最后说了一声"我没事"，然后就死了。

"呸，"向慕览说，"上了这小子的当，这法子不行。"随后就拼命用热水洗手。

"我们和他同走了大半天,用一个锅子吃了饭。"颜途冷静地指出。

颜途说得没错,我们每个人都吓掉了魂。

瘟疫如此可怕,而我们却与这人同行了一天一夜。

仓佝疯狂地跳起脚来,要不是自觉不是对手,他会朝向慕览扑去。他责备我们不该随便伸手救人,如今惹祸上身,真是百死难赎。

"我们快到冠云堡了啊,我们就快到了!"他哀号着说,"出了事我拿什么交给凛北王,我拿什么交给他?"我们这群野汉子全死光了,也不及他的郡主一根手指金贵。

"小心你的话。"颜途说。仓佝不予理会。

"小心你的话。"罗耷说。仓佝消停了一会儿。他比较怕罗耷,也许是因为他个子高,胡子浓,面相凶。

然后颜途把向慕览拖到一边去,拖到一株高大的红松背后,本来我们听不到他们的话,但他们的语气逐渐激烈起来,说话声越来越大。最后我们听到向慕览压着火气说:"行了。我知道自己在做什么。"他转过身向我们这边走回来,但颜途却伸出一只手,固执地把他拦住了。

我们都倒吸一口凉气,等待我们的头儿向慕览爆发。但不知道为什么这一时刻却向后拖延了。

颜途在说话,他的话毫不客气:"不对,你不知道自己在做什么。弟兄们信任你,把命交到你手上,你就要为他们负责。"

"我是在负责。你以为我只是在乎自己吗?"向慕览愤怒地挥了挥钩子,铁钩仿佛要在幽暗的林下划出火星来。

"你不是吗?"颜途又向危险线迈进了一步。

"黑水的名誉……大家都缺钱……你不为自己的下半辈子考虑

吗？"向慕览奇怪地笑笑，伸出钩子似乎要拍拍颜途的肩膀。

"钱算个屁！"颜途猛拨开了向慕览伸过来的手，"我们该回头了，你心里想的只是把这姑娘送到冠云堡，别的什么都不管。那是你的事，我们不干了。"

这是第一次有人公开质疑向慕览的权力。我们比向慕览更要震惊得目瞪口呆，而向慕览的脸黑得如同天上所有的乌云都聚集到了其上，他向后跳开一步，手抚剑柄，左手的钩子闪着寒光。

颜途则双手抱着肩膀，目光炯炯，朝向慕览回瞪过去。

向慕览的牙咬得紧紧的，刮得铁青的腮帮子向外鼓了出来。那是他发火的表现。曾有一名新来的佣兵不懂规矩，在他发火时上前说话，结果被向慕览一剑劈下半边耳朵。

我们都以为他会拔出剑来，和颜途一较生死——这是遇到挑战时，佣兵的唯一选择。我们看看向慕览，又看看颜途，不知道自己最终会帮谁。现在的佣兵营里，老向是我们的头儿，但颜途则是我们在黑水团中的生死兄弟，事实上的头目。

向慕览身上那件抖动的斗篷却突然平静了下来。他的嘴唇依旧抿得紧紧的如一条线，但身上的肌肉却全松弛了下来。

"这一票确实太危险，是我对不住大家。"他说。

连颜途都愣住了，一时转不过这个弯来。

向慕览缓缓地伸手入怀，掏出一张烙着花纹的白鹿皮。

"这是祥瑞钱庄的银票，可以兑换一千金铢，此刻柜面上也就这么多了，"他说，"你带弟兄们回去吧。把钱分了。"

"那你……"颜途不知所措地接过白鹿皮，突然有点结巴。

"荣誉就交给我吧。"向慕览说这话的时候，挺直了腰。他灰色的眸子里毫无感情，唯见冷峻。颜途后退了一步。

一瞬间，这个人又回复到我们所认识的向慕览的模样。这样的向慕览绝不动摇、绝不妥协，也绝不容情。我们知道自己再多说一句话，必然会面临可怕的局面。

他走过去捡起马缰，跳上马去，赶到郡主和吓得哑口无言的仓佝跟前，拉起他们的马缰，拖着他们继续向北而去。

颜途拿着那张银票发了半天愣，望着他向北的背影，然后狠狠地向地上吐了口唾液。

他转回头来瞪着我们，怒吼道："看个屁，还不快跟上！"

我们把死人留在了树下。他很快就会被乌鸦吃掉，而我们中会不会有人步他的后尘，按那个死人的说法，五日内就能见分晓。

罗鸿惆怅地说："我希望自己走运点，能够最后一个倒下。"

"最后一个倒下也是倒下。"颜途嘴里叼了枚草枝，没好气地回答。

"那仍然算是走运。"

"蛮子不是说了吗，碰了病人的，未必都会得病。"

"那总会有人得病吧，谁和那个蛮子说的话最多？我们得算一算。阿吉就除外了。他反正从来也不说话。"

阿吉由得罗鸿胡诌也不生气，依旧埋头吹他的笛子，他现在连在马背上嘴唇也不愿意离开那根笛子。

我们渐行渐高，天气越来越冷。

"这么冷的天，也许大家就不会得病了。"罗鸿垂头丧气地说。

"那不是好事吗？"

"因为来不及生病，大家就已经冻死了。"

我们走了一天，两天，三天，四天，队伍中没有现出任何人得病的征兆。

担当前卫的罗鸿或罗夯有时会带回一只兔子，或一连串雪鸡作为我们的晚餐。如果运气不好，那我们也只能饿肚子。

仓佝那时候更害怕起我们来。他根本就不要我们给他送的水和食物，每天蹲得离我们远远的自己弄，可怜他那么大个人，连火都不会烧，总把自己弄得黑头土脸的，连胡子也燎掉了一大丛。我们给他药草含在嘴里，他也扔了不要。

说起来真是造化弄人，一路上就他最小心，却是他终究先着了道儿。

那一天早上，仓佝自个儿去打水回来，我们发现他脸色苍白，眼睛里却冒着血红的鬼火，颧骨兀突而出，整个人的模样便如同死人一样。

"你怎么了？"我们问他说。

"我没事，我没事。"他嘶哑着嗓子喊着说，"你们都别过来，别靠过来。"他瞪着血红的眼睛挨个瞧我们，我被他看得心里直发毛。阿吉上前了一步想扶他，他猛地向后一闪，却因用力过大摔倒在地。他扔了水壶，扶了树站起来，一只手上提着把不知哪摸出来的刀子，使劲地瞄着我们。我一路上都没发觉他还有把刀子。

他开始说胡话。"你们都是强盗，"他疯狂地喊道，"你们想抢我的郡主，想抢我珠宝，还有她，还有她。都是我的，你们谁也别想抢走。"

"别靠近他，"向慕览冷冷地说，"他病了。"

这句话好像彻底把他击垮了。他大叫一声，跳起身来，想扑到郡主身边去。

我们此刻如何能让他再近郡主的身。颜途一甩手，把剑柄朝前扔过去，重重地打在他的肩头上。他踉跄了一下，捂住肩膀向后退去，然后突然转头跑开。

他披散着头发，一边跑一边号叫，那声音凄厉得如同夜枭的号哭，一层层地旋上天空，撞击到低沉的彤云才又重新洒落下来。此后我们再也没看到过他。

"这是第一个。"乌鸦嘴罗鸿低声说。

颜途连那柄剑也不要了，我们收拾起东西，那女孩还望着仓佝跑走的方向发呆，颜途招手吩咐大家上去拖了她，上马便行。

说实话，能摆脱仓佝那个小人，我们都大大地松了一口气。直到走出了半里多路，颜途突然醒悟过来："那包金子呢？"

金子自然是被仓佝随身挎在腰上带走了。

我们火边的倾谈顿时都成一缕青烟飘走。罗奔大怒道："我去追他。"

向慕览冷森森地说："就算能赶上去，你敢去碰那些东西吗？"

罗奔不服气地道："可是没了酬金，我们大家不都是白跑了吗？到底还走不走？"

我们一起看向那姑娘。她低着头默不作声，看上去更加孤苦伶仃了。她身体纤细，如果在展翅日的时候飞起来，那该是什么模样？她看上去也只十五岁模样，恐怕还没真正飞过呢。

"主顾没了，可是红货还在。我们还是得将她送到地方。"向慕览终于下了决心，"羽成容那家伙，也许愿意付钱。"

8

此后，柳吉更是一步也不离开郡主了。向慕览下了严令，除了柳吉，谁也不许靠近她。也不知道为什么，这个女孩什么话也不说，却似乎能和那小子的笛声交流。柳吉吹的曲调我们谁也听不懂，反正都不是那些我们熟悉的调子。

只是每次听他吹起笛子时，她脸上的落寞神情便会少上那么几分。看这笛子这么有用，我也努力地试着去听，果然慢慢地从笛子声里听出了一些东西。

我仿佛听到了天空中飘浮着一朵朵巨大的仙茏花,年轻的孩子们躲藏在花蕊中嬉笑,随后被带入高高的云端。

我仿佛见到了萤火虫编织成的花环,在深蓝的幕布上浮荡。

我看到了高大的年木上,那些漂亮的青年羽人环绕成圈,轻盈地向空中跳去。那是皇族的飞翔。他们多无忧无虑啊。

可是在这一切幻觉之中,透过晴朗的夜空,我依然能看到,南方的天空上正在慢慢升起一团大火,那是郁非,它跟随而至,仿佛厄运一直跟在我们后面,死追不放。

越来越稀疏的植被提醒我们正在一天天靠近莽浮林的边缘,马上就走出了南药境了。向慕览不时地回头后望,他什么也没看到。没有任何跟踪的迹象,旷野和森林里都空寂无人。只有厉风在空荡荡的谷地呼啸,将阴冷处的积雪卷起,猛烈地抛入空中。

这儿靠近鹰翔山脉,拐过死鹰岭后,我们就能看到那条巨大的缓慢流动的青色冰川了,那是宁州北部最著名的冰古河,它从鹰翔山脉深处蜿蜒而出,长达数百里,转而向东,最后终结在巨大的暴雪冰瀑处。

冠云堡就建立在暴雪冰瀑的对面。冠云堡是一座冰城堡,完全用巨冰建成。据说羽人的先祖建立了这座城堡,防备来自北方冰原的危险,所以这座城堡又被叫做北方之眼。

但北边只是一片蛮荒,裸露的群山不论春夏都被厚厚的冰覆盖着。这么多年来,羽人们甚至不知道蕴藏在北面的危险究竟是什么。

生活在这片区域的羽人习性和生活习惯都与平地和山林里的羽人不同。他们好像个子更高一些,毛发更淡一些,所以他们总自诩血统高贵。此外,他们总围着毛皮衣服,厚厚的皮帽上插着羽毛,飞翔的技巧似乎也比平地上的羽人更高超。

"我们这儿离月亮近。"他们总是这么吹牛，但不可否认，这帮冰原羽人有自己骄傲的资本。对于青都来说，冠云堡并不那么听话，只是这里地处偏僻，气候苦寒，青都也就放任他们圈在这小小的一隅里骄傲去。

一翻过鹰翔山脉到了北麓，滋滋密密的雪就劈头盖脸地打了下来。在茶钥我可从来没见过这么大的雪花，一片就有巴掌大。

路边的山崖上积满了厚厚的冰雪，稍有震动就簌簌抖动。我们终于开始转而向下，道路极其狭窄，挂在悬崖边缘，脚下就是巨龙一样的冰川——晶莹闪亮的冰川裸露在我们脚下，表面上覆盖满了灰色的漂砾，裂缝有上百尺深，顶端微绿，底部则是深蓝色的。

马蹄在滑溜溜的山道上打着滑，而我们连人带马全都冻得发僵，但队伍里的每个人都浮现出笑脸来。只要能走入冠云堡的领地，我们就安全了。

向慕览用鞭子指着前面说："越过剪刀峡，路就不远了。"大家相互对视，喜笑颜开，我活动了一下酸疼的脖子，却依然觉得头皮发紧，那种奇怪的紧张感并没有就此离开。

我们刚刚穿入那道陡峭的裂缝，就听到后面传来的轰隆声，如同上亿面巨鼓同时砸响，我们大惊失色地循声望去，鹰翔山发怒了，绝壁上的雪终于崩塌下来了。

无比巨大的雪浪瞬间从空中落下，腾起一路数十里高的白烟，十万白马奔跑的蹄声震撼大地。这是决堤的白色洪水，和着数百万破碎的雪精灵的放歌，汹涌而下。

崩塌的地点离我们有十几里的距离，但山势陡峭，要不了一会儿工夫，那道白色潮水就势必会冲到我们这儿。

"向前跑,别回头。"向慕览喊,用鞭子在我们的马屁股上猛抽。

我们身处的地方叫剪刀峡,两侧成排的尖利山壁相互交叉而列,如同一排子剪刀架设在头顶。峡谷尽头的石门只容许两人并排而过,石门上刻着一个狮子头,据说它的脸颊上有两道泪水的痕迹,所以也叫泪狮门。越过石门后,地势骤然开阔,陡坡也变为缓坡,朝着宁北平原一泻而下。

如果雪崩冲到峡谷里,我们一个也逃不了,全得被活埋在此,也许要上百年后才会被人挖出;但只要冲出石门,能逃到缓坡上,或者找个牢靠的遮挡物躲避,那就安全多了。

我们低头催马,向前猛跑,颠掉了行李,跑掉了蹄铁,甩掉了斗篷。

跑在最前面的罗耷斗篷被风卷走,蝙蝠一样飞起,正好罩在我的脸上。我把斗篷从脸上抓下,一时眼花缭乱,只看见罗耷在快要冲入石门的时候猛烈地刹住坐骑,扭转身喊着什么,眼睛里露出恐惧的神色。

一根血淋淋的羽人矛猛地从他的胸膛里探了出来,把他架入空中。马恐惧地嘶鸣着,在山道上滑动,然后撞在泪狮门上,发出一声可怕的巨响。

紧随其后的我死命拉住马缰,几乎要把胳膊扭断,马儿拼命后仰着脖子,绷紧的肌肉在皮毛下扭动,但最后还是猛烈地撞到罗耷的坐骑上。

羽人矛带着哨音在空中舞动。我向后翻滚,摔下马去,马翻过来把我压在下面,剧痛从腰里和从大脑里生起,我翻了个身,躺在那动弹不得,看到后面伙伴们的马挤成一团,仿佛一只多足多头的怪兽。

"姓向的,我知道的近路可比你多啊。"一个熟悉的嗓门放声大笑，崔虮子从泪狮门后走了出来，他招了招手，从石门后又涌出四五名弓手，站在两名长矛手的后面，张弓搭箭，闪闪寒光对准了窄路上的人。

"怎么样，你服输了？"崔虮子微笑着问。他叉开双腿站在石头门前，虽然容光焕发，看上去却显得有些疲惫。这些日子来他追赶我们也不省心省力。

他确实赢了。此刻封住了我们前逃之路，而背后的崩雪正以万钧之势压下，我们无路可逃了。

"你，知道我们要去冠云堡？"向慕览问。

崔虮子把一颗黑乎乎的人头扔在我们脚下，头颅已经有点发黑了，但从三绺长须上勉强可以认出仓侚的模样。

"我们从狼嘴里抢下来的时候，就剩下这东西了。当然，还有他的金子。"崔虮子嘿嘿嘿地笑着，拍了拍腰间，得意之色溢于言表，"最开心的是，金子堆里还有封给羽成容的书信。嘿嘿。"

"这位大人，"他用脚尖踢了踢仓侚的人头，"还真是帮了我不少忙啊。"

"现在，赏金、郡主，都是我的。"他笑嘻嘻地强调说。

雪崩的锋面正急速朝剪刀峡猛扑过来，我们脚下整座大山都在微微颤抖，崔虮子却不着急，好整以暇地调侃着。

向慕览的黑马在滑溜溜的山道上率先站稳了脚。向慕览面色如铁，驱前两步，谁都看不出来他在想什么，崔虮子也暗自戒备。

向慕览却突然一伸手，抓住了郡主的衣领，女孩轻轻地叫了一声，向慕览已经将她推出悬崖。郡主半悬在空中，脚下一片虚空。狂风卷来，使她的裙子在空中剧烈拍打，还把雪粒灌满她的头发，道旁一小块雪松动了，落了下去，悄无声息。向慕览无情地将她向前推去，但她紧紧咬着牙一声不吭。

虽然呼啸而至的雪崩就在我们身后不远处，但山道上所有的目光在那一刻都望向向慕览，望向他手中那个无力挣扎的柔弱女子。

"崔虮子，你若不退开，我就把她推到悬崖下，你什么也得不到。"向慕览喝道，声音里一点颤抖都没有。

崔虮子犹豫了一下，摸了摸自己的钩子。"不，你做不到。"最后他说，死死地盯着向慕览的眼睛。

他们对视着。雪崩的雷声远远传来，万钧雪浪如龙如熊，如狮如虎，排山倒海地呼啸而来。

我们都能闻到湿漉漉的血的气息。罗荠的血，正顺着结了冰的山道流淌。他还没有咽气，睁着一双发了灰的眼睛，挣扎着看向那女孩——我们豁出性命要送到冠云堡的东西。

余下的佣兵也紧盯着向慕览，只要他的手一松，我们就再无牵挂，可以朝泪狮门扑上去，和崔虮子决一死战。我们全都红了眼睛，指望能杀一个是一个，但他们占据了不败之地，只要用长枪封住石门，乱箭射下，雪崩到来时往石门后一躲，什么事也不会有，而黑水团一脉，就此覆灭。

向慕览最终叹了口气。他把手放了下来，把郡主轻轻放回到山路上。小郡主身子颤抖，眼睛瞪得大大的，拳头捏得很紧，但依旧是什么话也不说。

向慕览宽慰似的拍了拍她的头，"我是做不到。"他叹着气说，"你赢了。把我的兄弟放了吧，要我怎么样都可以。"

崔虮子放声大笑，"向慕览，过去在山里，你就一直压在我头上。那时候我就想看到这一天，看到你跪在地上求我。"

"把女孩送上来吧，"他说，冷冰冰地横了我们一眼，"至于这些人嘛，把左手也都砍了，我就饶了他们。"

他哈哈大笑，血从鼻子里流了出来，一滴滴地滴到铁钩子上，但他丝毫也没有察觉，只是仰着脖子大笑。

甚至他身边的士兵都发现了问题，静悄悄地向后退去。

他再低下头的时候，脸色已经全变了，黄中透蓝，眼圈下全是黑色。

罗鸿轻声但是清晰地说："第二个。"

呼啸的雪峰快速逼近，我们甚至看得出那些雪雾中隐藏的形象，那是成亿上万的大象、成亿上万的雪狮，成亿上万的白熊、成亿上万的白龙，它们冲撞着大地，天地摇撼，长长的冰川呼啸着，呻吟着，长长的冰蓝裂缝张开又合上。

一名羽人长矛手突然转身，开始没命地逃跑。接着所有的士兵都开始掉头逃跑了，他们奔跑的时候，又有一个羽人咕咚一声一头栽倒在路上，一动不动了。

"第三个。"罗鸿数着说。

我勉强支撑着，从马鞍下抽出笨重的身子，站了起来，正好扶住摇摇欲坠的郡主。

巨响犹如霹雳，雪已经扑入了峡谷，冰块如雷而下，宛如庞然巨兽的咆哮，它们一瞬间的工夫就涌过了长长的通道，扑到了身后。

向慕览冷冷地说："跳。"

凶猛的雪兽猛撞在我们背上。冰和雪的舞蹈。仿佛展翅日到来，我们腾入空中，又翻滚而下。飞泻的冰雪从头冲下，遮天蔽日，盖住了一切。什么也看不见，什么也听不见，什么也闻不见。

成千上万的军队和铁骑暴雨般驰过头顶，狂暴的铁蹄踏过我的颅骨，发出清脆的声响。我紧抓住女孩的手，飞腾，坠落，翻滚，良久才落地，嘴里灌满了冰泥。石头狮子门好像一道屏障，它把我们遮蔽在落满泪痕的石块后，那儿充满了幽暗、泥土、水流和生命的味道。不知道为什么，我亲吻大地，哭泣出声。

· 二〇八

9

飞扬的旗帜从云端里探出,展露出一颗银色骷髅,头上围绕着一条咬着尾巴的蛇。那是凛北王的旗帜。它们迎风招展,如同一群苍鹰翱翔展翅。

冠云堡就在对面。

朦胧的白雾散开了,厚实的冰墙后矗立起无数重重叠叠的冰尖顶,就像冰川下的冰塔林。每一座塔楼都雕满镂空的窗花。阳光从缝里钻出来,就好像点亮无数缀满钻石的风车。

它们并不都是白色的,有浅绿、淡蓝和更深邃的钴蓝色。那都是冰本身的颜色。

阳光玩味着它,摆弄着它,折射出七彩的光。这是座仿佛用水晶雕刻出来的城堡,像是公主案头的玩具,却怎么也不像用来防御强敌的堡垒。

"难怪冰川羽人如此骄傲。"罗鸿使劲地抬着头看那些旗帜,"他们看不上这瘦姑娘,我们要不到好价钱的。"

那时候我们正站在冠云山对面的一处屯兵哨所里,巨大得不可思议的冰瀑直挺挺地从我们脚下的山崖裂口俯冲而下,直冲数十里外的冰原。冠云山那高耸的冰峰插入云中,尖削如刀,只在肩部有一处隐约的缓坡。那座冰城堡就修筑在那里。

我们六个人都奇迹般地都从雪崩中幸存了下来,只是失去了所有的马。

我和那女孩花了三个时辰,陆续从雪坑里挖出了向慕览、颜途、罗鸿和柳吉,然后是罗荦的马。我们怎么也找不到罗荦的尸体了,所以我把他的马鞍解下,扛在肩膀上走了一路。

在屯兵所,我们什么也没说,只是把郡主身上那块佩玉解下,让哨长送到城堡去。那块王家佩玉的效力果然很大，冠云堡人给了我们从未有过的殊荣——凛北王要亲自来哨所迎接郡主。

我们已经看到了一队骑兵，正从冠云山的冰坡上俯冲下来。他们行走得比我们预计的要缓慢得多。距离还很远，也只有羽人的眼睛能看出来——队伍中有一辆庞大的马车，虽然拉车的八匹马奋力奔跑，但还是拖累了骑兵的速度。直到天快黑时，铁骑护卫队喧闹嘈杂的蹄声才真正宣告了凛北王的到来。

这是一队极精干漂亮的骑兵护卫，一色的银骷髅头盔，银白色的斗篷华丽异常，系扣则是咬住尾巴的银蛇。他们一声不吭，在哨所前围绕成半圆形。马车从中心被簇拥而出。

虽然在远处我们就看出了这是一辆与众不同的马车，然而在近处看，这辆马车的庞大依然让人震惊。它的横轴就有三辆普通马车那么宽，一共有三排轮子，每两排轮子的距离则有十尺，构造复杂的青铜车轴看上去又轻便又稳当。

拉车的八匹马神骏非凡，但跑了这么一程下来也都匹匹汗流浃背。它们一站住脚步，从马车的侧后就跳下一排脚步轻捷的奴仆，车子的侧篷原来可以整个打开。他们快速而协调地从车底抽出八根银杠杆，将它们一一插入敞开的车厢内。

直到凛北王进入我们的目光里，我们才知道了为什么他要坐这么一辆马车来见我们。

十六名奴仆从马车里直接抬出了一顶暖轿，凛北王羽成容就端坐其上。

这是一个巨人。

拥有如此庞大身躯的羽人我们还是第一次看见。从他身上完全找不出羽人该有的纤细和优雅，一层层的肥肉随着奴仆的脚步波浪般地翻涌，巨大的头颅仿佛一块磐石。

他倚靠在暖色的天鹅绒垫子上，嘴唇在冷笑中弯曲。

"你说他的儿子飞不起来?"颜途轻轻地踢了罗鸿一脚问道。体形如此巨大的羽人，他自己都根本就飞不起来，遑论儿子呢。

我们发现他的宝座后面还另坐有三名体态丰满的少女。

有两位一眼就能认出是羽族的女孩，她们同样有着瓷器般细致的皮肤，又长又直的银发，另一名女孩则像个蛮子，有着卷曲的头发和黝黑的肤色，深色大眼，小巧而坚挺的胸部。

虽然天气如此寒冷，三个女孩都只罩了轻薄外衣，透明的丝衣用珠子串成的细带拢住腰间。

轿子在狭窄的哨所门口停住了。

羽成容胖胖的手伸向护栏，似乎有些吃力，那名蛮子女孩跳起来过去伸手相扶。凛北王看了她一眼，眉头像山一样隆起，猛然间用粗手抓住她的头，磕向金属的轿栏。

一声喊叫。垫子上留下一摊血迹和几颗细细白白的牙齿。

"你认为我太胖了，爬不动了?"他慢悠悠地问。

美丽的女孩捂住脸倒在地上。我们都倒吸了一口气。他脸上明明白白地写着仇恨。我们不知道这种仇恨从哪儿来。也许只是因为她纤细敏捷，因为她动作太快。

他冷笑一声，自己抓住轿栏，踩着两名赶过来扑在地上的奴仆的背，慢吞吞地下到了地面。一站在了地上，他痛苦地叹了一口气，他的脚踝一定极其痛苦。

但是很奇怪，在这个笑话一样存在的羽人面前，没有任何人敢轻视他，仿佛那庞大的肉体也让他给四周带来压力。

他的瞳孔是一种奇怪的淡灰色，几乎是白的，和白冰的颜色几乎一样，看着他的眼睛说话时，自然而然地就会让你感觉到寒冷。

"在哪里?"他问。

向慕览生硬地走上前去，以羽人的礼仪半倾上身，"风神营前游击向慕览，护送太子之女玉函郡主而来，望凛北王能念故人之情，使之在此容身。"

"当然，"羽成容漫不经心地点了点头，"你来对地方了，冠云堡足够庇护玉函郡主和她的人。"

我们都松了一口气。我仿佛看到了自己的小小渔船和小小的但令人满足的生活；向慕览可以重建起他的佣兵营；颜途看到了退休的可能；罗鸿看到了他孩子的未来；而柳吉的表情看上去则有些迷惑。

向慕览半侧转身，把郡主从身后让了出来。

羽成容用淡色的眼睛盯着她看，那模样就像市场上挑剔的主顾。在他那冰冷的目光沐浴下，郡主的肩膀微微发颤。

"青都的老羽王正在找她。"向慕览提醒他说。

"他再也见不到她了，"羽成容不屑地说，"没有听说吗，银武弓王死了。"

"什么？"我们全都大吃一惊。

"那么现在是谁？"向慕览不动声色地问，"现在谁是羽王？"

羽成容翻起淡白色的瞳孔，看了向慕览一眼，"很奇怪吗？居然是三王子翼动天继位为王。"

他转头继续凝视那个小姑娘，"实际上，太子死后，这个小妮子才是第一继承顺位。第二位是二王子翼在天，接下来才是三王子。现在各镇都在观望，新王上台后政基必然不稳。这小女子在我手里，倒是奇货一件。哈哈，哈哈。"

"听说玉函郡主与你儿子有婚约？"向慕览那木板的脸上没有表情，谁也不知道他在想什么。

"那个跛子？"羽成容再度看了看她，慢吞吞地道，"我的瘸儿子，配不上你。"他伸出手去，温柔地摸她的脸。小女孩仿佛脚步不稳地退开了一步。

"你，额头怎么这么烫？"羽成容突然厉声问，"你们是走哪条路过来的？"他向后退去，甩着自己的手，仿佛被烙铁烫了似的。

郡主咕咚一声倒在了地上，面色潮红，两眼紧闭。

她病了。

我听到了罗鸿或是厄运的声音，在耳边喃喃地说："第四个。"

10

我们中间没有人怕死。我熟悉和了解我的兄弟们，他们中任何一个人都经受过许多年战争的磨炼，在需要的时候，他们随时可以去死。但是今天的这个代价，一个女子的性命，成为我们所有人的价码，这值得吗？

羽成容大步后退，厉声喝道："把这里包围起来，不许任何人进出。在门口堆上柴火。"

他跳上轿子，最后回过头来，用冰冷的目光看了我们一眼，"在证实你们未染瘟疫之前，任何人也不许离开。如果最后……证实是出了问题，你们将会被全部烧死！"

轿子被流水般送上马车，八匹汗津津的马旋转马头，一半的银骷髅骑兵转身紧随，把飘扬的华丽银白色斗篷甩入我们眼角。而另一半骑兵则留了下来，用刀剑和盾牌将我们挤入小小的哨所中间。

向慕览招了招手，让人帮忙把郡主扶入同样是由大冰块堆砌起的哨所内。

我们眼看着她的面色从潮红转为蜡黄，然后变成青灰，眼圈则变成深棕色，这是肆虐南药的瘟疫无疑。她发着高烧，紧咬嘴唇，虽然神志清醒，却说不出一句话来。她的生命正在一点一点地离开年轻曼妙的躯体。谁能拯救她,谁能来拯救我们?

我们退到房间外面。太阳还没有落山,它穿透半透明的廊盖,落在走廊墙面上,蓝莹莹的冰在往下滴着水,仿佛在流泪。

哨所里一个冠云的兵丁也没有,他们早都吓得逃了出去。我们闩上大门后,这所哨所就暂时归我们所有了,但门口的一百名银骷髅骑兵正在下营帐,他们的帐篷环绕门口,形成了道半圆,如同老虎张开的口;哨所的另一侧倒是开了窗,但窗户下是直落冰河的悬崖。

我们无路可逃。

"死马当成活马医了。"向慕览说,从怀里掏出蛮子的那瓶子药,放在窗台上。我们一起注视那个荧光闪闪的瓶子。这药效用可疑,把它的主人给治死了,而郡主万金之体,谁敢去碰她?这事情要让凛北王知道了,只怕我们会死得更难看。

大家还都在犹豫。这时候,沉默寡言的阿吉却把笛子插在了后腰,大踏步走上前去,从桌子上抓了药瓶,便踏入了郡主房中。

我们都吓了一跳,想要拦他,却又不敢。向慕览叹了口长气,闭上双眼。

那一夜我们谁也没睡,守候在门外。

外面的天光是五颜六色的,一幅七彩的漂亮光幕在天空中飘浮舞动。四面都是冰重新冻结的噼啪声,仿佛冰雪之神在磨着利牙展示威严。脚下的冰瀑偶尔冻得裂开,发出长长的呻吟声,好像猛兽的哀鸣。灯光在冰块后面抖动,把阿吉低头垂首的影子投射得乱抖。不知哪里来的香气四溢,流淌得满院子都是。

颜途又轻轻地唱起了那首歌:

……抓住里个那是谁,

就是那要命的二姑娘，
白天听见野鹊叫，
黑夜听见山水流。
拉住她的巧手手，
亲了她的小口口，
拉手手亲口口，
一搭里朝前走……

这首歌我们已经听过了无数遍，唱过了无数遍，但这一夜守候在门外的人，听着门内传来的细微声响，不知道为什么个个面红耳赤，心潮起伏。

我们在外守了整整一夜。直到天色微明，阿吉才低头推开门走了出来。他一出来，便蹲在门槛上闷头吹起了笛子。

我一听那笛子的曲调，冰冷彻骨，仿佛极西之地那些冰雪巨人压抑的哭泣，心中一凉，就想，完了，郡主一定死了。

这时房里却传出一声呻吟，微弱但却平稳。

向慕览叹了口气，坐在了地上，"没危险了。"他说。

柳吉依然没有回答，只是拼命地吹着笛子。他吹啊吹，吹啊吹，吹得那根笛子仿佛红得要淌出血来。四面八方的风都应和着他，呼呼呼地响着，朝哨所中心挤压过来，仿佛要把我压垮。

"别吹了。"我睁着血红的眼睛喊。

他还是吹。

我怒吼一声，拔剑上前，将他的笛子一砍两段。破碎的笛子撒落一地，乐曲戛然而止。

其他人愕然望向我们两人。

这么多日子来，压抑的愤怒和情绪全都旋风一样席卷而起，霍然爆发。

"已经好了,一切都好了。她已经好了,"我喊道,"你用不着哭丧着脸。"

柳吉霍然起立。他是个敦实的大块头,但肌肉匀称,动作流畅敏捷,动起手来会是个可怕的对手,但我可不害怕。

不知道为什么,伙伴们不上来制止我们,反而隐退到周围的黑暗里。

黑暗的冰砌走廊上,仿佛就剩下了我们两个。

"我知道你在想什么,"我冷冷地说,"你休想。"

柳吉静悄悄地说:"不,她没有好。她马上就要被送入冠云堡,体味到人生中最可怕的事情。你怎么能说她好了呢?"

"这关你什么事?"我反驳说,"你不是在救人,是在杀人。接下来你要怎么办?准备用一生的时间逃跑?一辈子提防那些把鼻子乱探的人?杀掉那些找上门的赏金猎人?好吧,你愿意接受这些,可我不愿意。我不愿意,你听明白了么?你这个疯子。你听到了么,我不想再杀人了,我不想再动刀子了,我不想一夜一夜地醒来,面对那些被杀人的眼睛!"

"我想当个渔民,"我筋疲力尽地悄声说,"睡在自己的小船上,被起伏的潮汐带入梦里。一辈子。你明白吗?"

"她也一样有这些梦想。"阿吉说。他可是个绝对的犟脾气,从来没有人能说服他什么。

"那样,我只好,杀了你。"我闷声闷气地说,提起长剑,将它对准阿吉的眉心。

柳吉一声不吭地抽出了腰间长剑,迎上前来。

这是一场星空下的死斗。长剑划破长空,互相撞击,迸射出一团团火星。身形交错而过,分开,再靠近,如同流水漫过卵石般光滑,如同排练已久的协调舞姿,我们前进,滑步,再后退。我仿佛在和自己的影子搏斗。没错,我们是多年的生死兄弟,对对方的攻击招数和伎俩都了如指掌。我攻不进他的圈子,他也无法占据上风。

柳吉的力量很大,每一次两把长剑撞击,碰撞的力道几乎让剑柄从我手心跳走。我右手渐渐发麻,于是双手交握剑柄,向前一轮急攻,畅快淋漓,但仿佛我发挥得越好,柳吉也随着变得更强。他以闪电般的速度对抗凶蛮力量,轻而易举地抵挡下我的所有攻击,随后也改成双手交握长剑,反击过来的剑影占据了四面八方,宛如飞雪纷落,无处不在。

"好好想一想吧。"他一边进攻一边喊道,"能拯救她的人不是我,是你。"

"滚开。"我喊道,挡开他的剑,猛地翻身,拧腰转胯,借着旋转的劲将长剑甩了出去。剑刃在冰墙上划出一道长长的弧线,冰屑飞溅,仿佛一捧钻石散入空中。他蓦地向后一闪,长剑划过他的咽喉,只差一张薄纸的距离。

"你不是在进攻我,你是在和自己搏斗。"他说,突然跃在空中,斗篷分向两侧,仿佛展翅日的飞翔。他一剑自上而下地猛击,剑刃切开空气,嘶嘶作响。

我奋力举剑上撩,却眼睁睁看着那一道剑光如同幻影一般,轻轻巧巧地穿过我的剑、头顶、颜面、舌头,下颌……直抵胸口。它冰冷如万年寒夜,最后如一只蜻蜓,静静地顿在我心口之上。

"用你的心想。"柳吉说。他突然消失了,好像从未存在。空荡荡的走廊上唯余一片月光照耀,仿佛流水晃动。

我愣愣地站在原地,手中剑因为用力过大,飞上半空插在走廊顶上,簌簌抖动。走廊、楹柱和台阶上我们相斗的那些剑痕宛然,但我身上却没有一点受伤的痕迹。

我蹬着栏杆，拔下走廊顶上的剑，跳下楼梯，在院子里翻腾来去，寻遍了每处阴影。"你在哪里？阿吉？"我呼喊着，却四处都找不到这个人。

在连接厨房的通道里站着一个人，黑色的斗篷把他笼罩在阴影里，好像一尊石像立在那儿。

"你阻止不了我，我要当渔民。"我说。

那个黑影转过身来，钢板一样的面容，在月色下苍白如冰。他不是柳吉，是向慕览。

"我，和你讲个故事吧。"他缓缓地说，语气沉重如专犁的脚步，让我不由得垂下手中的剑。

"崔虮子说我杀不了人了，这大概是真的吧。六年前我就杀不了人了，可是要在佣兵团里混下去，怎么能暴露出这一点呢？我只能用冷面冷心来拼命遮挡这一切。那时候我在风铁骑手下当游击，心里头却在惦记一个人：莽浮林中那个出卖我的女人。她本来就是茶钥的妓女，被二王子花了大钱收买去当我们的香饵，也不知道怎么回事，那一次我逃得性命后，反而爱上了她。在换了正当职业后，我一直去她所在的勾栏找她，一个月总要去三五次。六年前蛮族人围了茶钥城——这件事你知道的吧？"

我点了点头，"听说过。围了四个多月，最后诚意伯风行止赶到，才解了围。"

向慕览嘿嘿一笑，牵动了脸上肌肉，"谁知道最终会解围呢？人人都以为茶钥守不住了，马上就要被破城了。我也是那么想的。"

"蛮子破城还能有什么好事么？男的尽数杀光，女的掠为奴隶，茶钥准会变成一片白地。我心中挂念这个女人，带了自己的部下，拼死偷入重围，当夜又带上她向外冲突，想要将她从蛮子的围城里偷出来。"

他久久不再继续，我只好问："结果呢？"

"结果，"他失去血色的嘴唇好像未熟的青色果实，"结果回莽浮林的路上，她中了流矢死了。我常常在想，如果我将她留在茶钥城里，也许就不会出事。那么我如此努力地行动，究竟是为了什么呢？我的努力还有没有意义呢？还是在星辰的眼里，只是蝼蚁的可笑挣扎？"

他在阴影里显露出来的眼睛是袒露心迹的，毫无遮挡的。

"如果再来一次，我还是不知道该怎么选择。不管我是将她留下，还是带她出来，也许，都不是错误的选择。"

"但我们总要选择吧？"

"遵循内心的声音吧，阿吉。"他说，伸出钩子拍了拍我的肩膀，转身就走。

我这才发现，其他的兄弟们都始终站在哨所的胸墙上看着我们。他们是一排沉默的黑影，把我和向慕览的话全都听在耳朵里。

"对了，罗耷的马鞍，我放在厨房了。"这是向慕览拔出剑，跳上胸墙时最后说的话。

我在心里头抚弄着向慕览最后的话，罗耷的马鞍，快步走入厨房。没错，罗耷的马鞍上，救那井中蛮子的一大圈绳子还挂在上面。

就是这样，我再没见过自己的弟兄们。接下去为了活命，我依旧要不停地杀人，想尽办法逃脱追杀，没过上一天安稳日子。但我对命运毫无怨言而且心存感激。我有了一位漂亮的妻子，我有了一个漂亮的女儿，或者说，几乎有了一个漂亮的女儿。

说到这里，他的话语沉默了下去，好像柴火上那些喷出来的火星，黯淡在浓黑的雾色里。

火堆边的人等了很久，终于忍不住问："后来呢，你找到阿吉了没有？他是怎么消失掉的？"

"没有，"年轻武士说，"其实，我就是阿吉。"

他在我们愕然的眼神里继续平静地叙说："从来就没有什么阿吉，他只是个我想象出来的人物。说着我想说而不敢说的话，做着我想做而不敢做的事。我不知道他和我，哪一个更代表我自己。"

篝火边的人继续小心翼翼地问："那么，后来怎么样？你救了郡主，和她结了婚？她还好吗？"

"死了。"武士说，往火里扔了一块木头。

"没过上几年好日子，我妻子难产死了。此刻我一无所有，失去了朋友和爱人。我也问过自己，那么，在那一天，我这么做了，到底值得吗？"

"但我还是选择了，"他张开目光灼灼的双眼盯着大家，"我不后悔。"

"啊，大家都讲述了自己的故事，这一夜就要过去了。可是尚且还差一个。"瞎子说，他伸出长笛敲了敲放在身边的盒子，盒子剧烈地摇晃起来，在瞎子的手离开它之后依然如此。良久，其中升腾起一股透明的蓝色烟雾，仿佛一个淡淡的人形飘荡在空中。

火旁的人都向后退缩了一下，那团淡淡的烟雾，就好像是传说中被食鬼术士囚禁的亡魂。它们往往会讲述一些格外离奇的故事和荒诞的预言，但最后又全都会被证明为真话。

"听听我的故事吧，"盒中人用一种暗淡而且沙哑的嗓音说道，"我是名杀手，我杀了很多人，死亡对我而言并不陌生。我为许多人工作，例如我曾替铁骨缑王追杀过叛臣，替一位国王当过奸细，有时候又是另一位王者的亲信，被派遣到另一个国家去，成为奸细的奸细。在这样来回反复的潜伏中，我几乎迷失掉了自己的身份。但所有我为之服务的国王并不清楚，我还有一个真正为之服务的隐秘组织。"

烟雾组成的人形说起了另一个故事。

第六个故事 鸦巢决战

1

　　鸦巢客栈店如其名：乌木板壁乱糟糟地伸向天空，架着摇摇欲坠的阁楼，它不但模样破败，更有上千只黑鸦在其上筑巢如云，每到清晨或是傍晚鸦群黑压压地飞起，就如同蹲伏的乌木怪兽头部黑色乱发飞舞。

　　此处路途险恶，人迹罕至，无论前程还是后路，都只能见一线栈道，好似一条飞龙挂附在令人目眩的河谷绝壁之上。在这面光溜溜黑漆漆的石头悬崖上，有一处狂风吹出来的浅浅凹槽，鸦巢客栈就像一棵扭曲的小树，硬生生地挤在这道石缝里。

　　悬崖的顶部被黛黑色的丛莽掩盖着，有太阳的时候，那些粗大的树身会在隘谷对面投下巨大侧影，足有数百尺宽。至于它们有多高，那就不是平常的旅人所能知道的，他们的目光太过短浅，难以穿过数百尺高的茂密枝叶看到其上的情形。它们隐藏的秘密也从未被打破过——所有人类的活动痕迹，不过限于栈道上的窄窄一线而已。

　　季风时节，这段路途的景象更是惊心动魄。那风夹带着大雨来得凶恶，鸦巢客栈有一半悬空吊挂在突崖上，被大风吹得团团乱转，仿佛随时都会滚落下万丈深渊。

　　店老板白澜蹲坐在抹得油光锃亮的柜台后，愁苦的目光依次转向水如瓢泼的天井，咯吱作响的门窗，筛糠一样的柱子，抖动不休的大梁，心里头还惦记着屋外摇摇欲坠的牲口厩以及怎么都关不严实的地窖门。"这生意是越来越难做了。"他在心里嘀咕道。

　　鸦巢客栈是用当地的特产铁杉木建成的，这种木头不怕水浸，不受虫咬。为了抵御常年都有的狂风，这座两层小楼结构复杂，看似有无数的立柱飞柱在半空里与半插飞梁相互交会，中心更有一根大柱子，粗有一抱，从楼顶通下来，穿过大堂，深深地插进岩石里去。

　　店堂里此刻拥挤着十多人，桌子边几乎都坐满了，生意比平日里好得太多，但白澜的眉头却皱得更深。

　　那一天最早来店里歇脚的是员五大三粗的军官，年纪颇大，身体健壮，皮甲外套着件浅蓝色的外衫，左肩上绣着银色云纹。这人看上去一脸晦气相，一来就要吃要喝，白澜行动稍慢，这军官一脚就踢碎了张凳子，将手指杵到白澜额头上骂个不休。

　　白澜赔着小心，将他哄得妥帖了，才去招呼他身边伴当。

　　原来那军官带了一名女眷，大约只有十四五岁，斜戴了顶青笠，罩了件油布雨披，走进来时，仿佛有细碎的丁零声跟随，白澜斜眼看去，原来她袖子边上挂着几枚小小铃铛，随着脚步清脆作响，后面又有两名脚夫挑着军官行李担子进来。

　　白澜知道只有省城里的歌伎才会在衣饰上佩带铃铛。他见少女年岁尚小，送热茶上去时不免多看了两眼，只见她留着刘海，长发向后梳成一束，容貌谈不上极美，却眉目清秀，看着雅致恬淡，和那个粗鲁的军官殊为不配。这般阴沉沉的天气，反倒让她皮肤更显白嫩。她端过杯子，只是浅浅地喝上一口，就望着屋外的大雨沉吟。

随后跟进的几路人却来得蹊跷。那五人面貌凶恶，衣服底下藏着刀剑，虽然是陆续进店，却相互挤眉弄眼。五人眼光贼溜溜的，一会儿瞟那少女，一会儿瞟蹲在角落喝酒暖身的两名脚夫。

白澜看了心里直冒凉气，心想大概是这粗人在前面什么地方露了财，就如同香饵诱来成群鹰隼，自己却浑然不觉。

白澜正转着眼珠想做些计较，突然轰隆一声响，两扇店门几乎被一股大力撞飞。只见一匹硕大的黑马如旋风般闯入店内，马上一名骑士全身都裹在一件宽大的黑披风下。

黑骑士的肩膀上露着四把剑柄，它们从左到右并排插在背后。黑骑士斗笠下乱发茂盛，被大风吹得乱抖，剑柄上冒出的杀气也如茂盛的草木蓬勃而上。黑骑士高大异常，仿佛有着巨人夸父的血统。他的黑色斗笠遮住了额头，余下的半张脸又被一条黑色帕子蒙着，只从帽檐下露出一双似乎能剐出人心的利眼。

店堂里喝茶的人都被敞开的大门外卷入的瓢泼大雨射在脸上，一时动弹不得。

"客官，"白澜迎上去双手乱摆，"马不能进店啊。"

黑骑士没有理他，反而纵马在窄小的店堂里转开了身，黑鬃马沉重的蹄子踏得地板空空作响，被雨打湿的畜生臊味四散而起，先前进店的客人四处闪避，黑马在窄小的店堂噔噔地打着转，如海碗一般大的蹄子踏翻了一张方桌，只听得沉重的一声响，桌子碎裂一地。

白澜心疼那张桌子。

那马上骑十一翻手，用马鞭挑开了那少女的斗笠。白澜见那小姑娘脸色煞白，雨披下露出的袍角上可见绣着淡淡水印般藤草纹，在这样的狂风里，还能闻到一股淡淡的香气。

骑士那副粗野的面孔如一座山倾倒下来，对着少女的脸看了一看，手上又一动，将地上的斗笠又甩回那姑娘怀里，然后直起身喝道："上房一间。"

一粒光灿灿的东西划了道弧线朝柜台上落去，黑骑士连人带马蹿上楼梯——朽烂的楼梯踏板如要断裂般吱嘎作响——如同一团魅影消失在二楼走廊里。

那军官气得目瞪口呆，觉得掉了面子，虽然想要发作，却被那黑骑士的气势压得动弹不得。这时候白澜眼疾手快，一把接住那粒东西，却是一枚沉甸甸的金铢。他转忧愁为喜笑，将金子在围裙上使劲擦了擦，揣入怀里。

军官借机发作，指着白澜骂道："你们这般肮脏奴才，就知道见钱眼开，什么人都往店里引，早晚引贼入室，教你们一个个死在他手上。"

白澜吐了吐舌头，不敢回嘴，想要上前重新关上大门，却发觉屋顶上每时每刻聒噪不休的乌鸦们没了声息。

他迟疑地探出头，只见一只庞大的秃鹫展开巨翅，正在天空中盘旋。那只怪鸟一双巨翅张开足有二十四尺宽，上部是褐色的，下部是白的，很是分明。

秃鹫一展翅飞走，栈道上却来了另一名客人。

那客人披着一身雨走入店中，脚后仿佛拖带着一道奇怪的暗色印迹。白澜看得分明，随着他的脚步，一些绿色的草叶飞快地冒出地面，发芽，生长，卷曲着上升，随后又缩回地里。

如同鸟蛋的光头上雨水横流，鹰钩鼻子好似狼喙一样长长突出，深陷的眼窝周围一圈颜色发黑，暗绿色的瞳孔如鬼火滚动，客人伸出一只如鸟爪般的手,敲了敲柜台说:"一间上房。"

在他说话的时候,一枝细长的绿藤,顺着他的胳膊爬上了桌面,吐出一小点黄花,不等完全凋谢,又顺着原路退了回去。白澜看到他手背上隐然有个金色的文身,仿佛是一个旋转的日轮,不由得心里悚然一惊。

此时白澜闻到一股强烈的臊臭味,低头一看,这才发现光头客人的身后,还无声无息地跟着匹状如牛犊的长毛畜生。那畜生的毛发上带着点奇怪的绿色,一昂头露出一口雪白的尖牙,原来是头巨狼。

"客官,小店不许带野物进……"

一枝藤草从秃头袖子下穿出,如电飞起,勒住白澜的脖子,将他缠绕在柱子上。

"救命。"白澜从喉咙咯咯地挤出了一声。

秃头人不为所动地上下打量白澜,微微张嘴,同狼一样尖利的白牙上带着种急不可耐的味道。他龇着牙道:"送一壶酒、一桶热水、四十斤生牛肉到房里去。要快。"

喉咙上的压力突然消失,白澜滑落在地,他摸着脖子坐起来,发现秃头人已经消失了,只听到厚衣袍在楼梯上拖动,以及犬科动物蹑手蹑脚走路的声响。

这声响余音未消,空气里铮铮响了两声,一名瘦骨支离见风就倒的琴师走了进来,他闭着眼睛,右手上抱着一张焦尾古琴,左手上一支长竹竿笃笃地点着地面,看情形是名瞎子,看打扮显见是个游方卖唱的吟游人,除了那琴看上去较为名贵之外,倒不见什么特别,但白澜还是满不信任地向琴师身后望去,地板上光溜溜的,确实没有其他古怪畜生。

终于来了个还算正常的人,他望着那瞎子如此想,不由嘘了一口气。

那琴师走得气喘吁吁，摸着了桌椅坐了下来，慢声细语地道："店家可在？借热茶一杯，吃点东西好赶路。"从背后包裹里掏出一轮大如斗笠的锅盔面饼，吃了起来。

白澜急忙端上热茶，一个不小心，却将半盏茶水泼到这瞎子袖子上。他大惊失色，连忙用围裙去擦。那瞎子一避，嘿嘿笑道："算了不妨事，店里生意还好吧，店主人忙去吧。"

他的手举起来的时候，白澜眼尖，又看到他手腕上有一根细细的银链子，一个仿佛六弯新月簇成的莲花挂坠在其上晃动，不断向外荡漾出金色的光纹。

白澜啊了一声。

"咦？"瞎子侧着耳朵一顿下巴，仿佛在倾听什么。

"坐下歇息片刻吧。"瞎琴师突然说。他的声音洪亮，几乎将白澜唬一跟斗，待明白过来这不是和自己说话，不由得吃了一惊，急抹头向店外看去，果然门外还一声不吭地立着一人，正在雨里淋着。

只看到那人面貌丑陋，驼着背，头和脖子仿佛枯树上的鳌节，不自然地向前探着，手脚关节又粗又大，一看就是个干苦活的农民，只是面色却如石灰一样惨白。

那驼农民动作僵硬地走前两步，进了店门，直起身来，轰隆一声响，一个重物滑落在地。白澜张大了口，发现驼背上居然背着副棺材。

"老天，棺材不能……"白澜迎头撞上驼农民那死人一样的目光和脸孔，不由得把"进店"两字吞入肚子里。

瞎琴师也饶有兴趣地侧过头对着这位新客人，好像在嗅探他的气息，最后微微一笑，那干瘪的笑容比死人还难看。他问那农民："是运灵回家乡的吗？这样的大雨，一路辛苦呀。"

"月亮升起来了吗?"回答他的是个瓮声瓮气毫无生气的声音,就像是从那农民鼓起的腹部发出。农民慢悠悠地从怀里掏出一个骷髅头盖制成的碗,就着天井接了点雨水,那雨水在碗里瞬间化为红色,仿佛一碗浓浓的血水。驼农民端着就喝了下去。

我不管了。白澜绝望地在心里嘀咕着说,我什么也没看见。他现在一心只想钻入楼梯下睡觉的地方,给自己灌上两杯白酒,然后用被子蒙上头呼呼睡去。

而在店堂里,强盗们的屁股在凳子上的扭动也越来越多,他们在道上混的时间不少,看出来这些行为举止怪异的客人有问题。他们相互对视,不出声地埋怨自己人,最后决定扯呼。

强盗头子是个动作迅速的人,既然做出了决定,丝毫也不耽搁工夫,一眨眼的工夫就和四名党羽跑了个干净,临走还偷走了酒桌上的几副碗筷。

白澜没看到这伙贼人的偷窃,他的注意力被柜台后的窗户上一阵翅膀的扑腾声吸引过去了。一只大黑乌鸦在窗台上跳跃,嘴里还叼着一卷黄纸。

白澜悄悄绕回柜台后,将乌鸦抓在手里,取下那张黄纸。那乌鸦体形有平常乌鸦两倍大,带来了这卷黄纸,满面骄傲地呱呱叫了两声,一蹦一跳地在柜台上找米粒吃,却被白澜不耐烦地赶到一边。

白澜蹲在柜台后,对着那页纸沉吟半响,叹了两口气,钻到柜台底下,在一大堆积满灰尘的什物中翻找,果然找到了一沓发黄的纸,将它们放在一起藏好,然后灰头土脸地钻了出来。

琴师正好吃完饼子,擦了擦嘴,说:"一间上房。"

"上房,上房,"白澜没好气地一遍遍抹着面前光溜溜的柜台,"上房已经满了。"

"上房一间。"那背着棺材的农民也直愣愣地转过身来,嗡嗡地从肚子里发出声来。

一听到这阴森森仿佛骨头相互摩擦的嗓音,白澜的粗话就堵在了嗓子眼里,挤出一副苦脸,道:"真的只有两间中房了,两位客官不妨再往前走一段,不用完全天黑,就可赶到前面神骏城,许多客人都宁愿多赶一程路,到大地方住宿呀。光洁松软的大床。还有热水洗澡。还有歌姬跳舞。"

"哦?"那瞎眼琴师明显地犹豫了一下。只是外面如此大雨声,要不要继续行进让人拿不定。

正在此时,门上又响。白澜嘟囔着不好听的话前去开门,门扇一拉开,却见那五名逃跑的强盗又排着队灰溜溜地站在眼前。

白澜委屈地一摊双手:"几位大爷,真的没房间了,你们不是走了吗?何苦又回来呢?"

强盗头子悻悻地甩着头发和连鬓胡子上的雨水,动作好像一条狗。"你以为我们不想走吗?"他有一头又黑又长的卷曲乱发,冷笑时嘴角露出锋锐而参差的金牙。他有一双淡紫色的眼睛,这让他的脸显得有点轻佻。

"前面的路断了,走不通了。"他说,把沾满污泥的刀往桌子上一扔,大咧咧地坐回原先的位置上。

无奈何,白澜只得打一把破伞前去查看。

那时候雨水从天上宛如瀑布直挂下来,悬崖上不少大小石头顺泥沙滚落下来,堆在道上。万鸦山的栈道宽有约四步,是在崖壁上横向凿孔,再插入间距两步的粗木梁,有些地方还要下加斜撑,梁上再铺厚木板,又于路之旁侧加构铁链,虽然狭窄,却也相当牢靠。此刻白澜走了半里远,发现栈道果然断了有十来步长的一段,尚存的另一端远在山体拐弯处,中间只间隔剩着几根粗木梁的断茬,鱼刺一样翘在空中。只有房子那么大的石头滚落，才可能砸成这样。白澜看了也只能摇头吐舌，无计可施。

突然脚步声响，却是那位军官打完尖，和着紫色衫子的少女及两名脚夫披着雨布，从后面赶来，待见到眼前光景，不由得叫了声苦。两名脚夫歇下担子，站在雨里发愣。他们放下担子时，发出了沉重的两声响。

"娘的，这么个鬼样子……还有其他路可以绕出去的吗？"那军官探头往悬崖下看了半天。

白澜见那女孩一条藕段般白净净的胳膊从斗笠下露出，被水打得湿淋淋的，不由得分了心，愣了一愣才回答道："没有，只有这一条道。"

斗笠这时候侧倾了一下，一串水珠落了下来，笠下那少女的眼睛也像水波一样温柔，如会说话般。白澜平生阅人无数，也不知为什么，情不自禁地为这小姑娘心动。

这丫头虽然年纪尚幼，不懂风情，但这不经意从骨子里透露出来的狐媚，只怕连她自己都不知道呢。白澜暗地里想，前头那些山贼，也不知道是看上了这少女的色还是更看上了这蠢人的财呢。

军官兀自还在发怒："你是当地土著，这雨水见得多了，怎么能丝毫办法也没有呢？要有心怠慢，信不信我一纸公文送到县衙，将你拖到公堂去打上一顿！"

白澜灰溜溜地道："我……确实没办法，得等到雨停了，从神骏城过来的人发现路不通，转回去报告县城里的衙吏，才有可能找人来修。"

"或者，"他又说，"派人回头，到大城青石去找人帮忙，可这得走上一整天路程，无论如何，这天气……今天是没办法啦。"

他的目光总被那少女吸引过去，忍不住悄悄对她道："这斗笠如

·二三〇·

此小，怎够抵挡风雨？我这把伞你先撑着吧。"那姑娘袖子上的铃铛一阵抖动，脸一红，还没说话。

"别多嘴！"那名军官已经竖起眉毛大怒，"少来讨好老爷的姑娘，别以为我看不出你打的什么鬼主意！老爷我可不是道上行的雏儿。"

他扭头将那少女呵斥到后面去，自己还不死心，围绕着断茬上下查看。

白澜又道："实不相瞒，我看刚才跟着几位进店的路数不正，似乎是万鸦山的强人，盯上你们啦。"

"啊，"军官叫了一声，这才醒过神来，威武之气登时化作流水，连连道，"那怎么是好？我们只能连夜逃回青石去了。"

白澜叹气道："他们难道不会跟你们后面去吗？行到半路上荒无人烟处动手，岂非更是叫天不灵叫地不应？"

军官没了主意，将眉心紧锁，只是猛揪胡子。

那紫色衫子的少女怯怯地小声道："那么……店里还有多的房间吗？"

2

白澜将一副摇摇晃晃的长梯升起来，架在通往阁楼的穿人孔上，转过身递了根蜡烛给那少女。

"没有上房，只能委屈军爷你们了。有张小铺，还算干净，"他关照道，"上去后，就把木梯子抽起来，关好门窗。不是我叫你们，就千万别放梯子下来。"

那少女朝他点了点头，嘴角边似乎有一抹若有若无的微笑。她一手提了裙子，另一手端着蜡烛，在微光里爬了上去。白澜无意中看到她裙下露出一段脚踝，细小伶仃，犹如丁香花的花茎。

军官只是大张着嘴,望着少女爬上去,消失在阁楼楼板的小口子里,一副不知所措的样子。

白澜又招呼着脚夫将行李都拖了上去,见那几箱行李果然沉重异常,不由担心地看了看外面,只害怕被店堂里坐着烤火的几人发现。临了又将一大包酱肉送到军官手上。

那军官拖住白澜的手不肯放。

白澜劝道:"这店里人多,就算有强人,一时也不敢怎样。"

白澜说:"军爷,两位脚夫就在这楼梯下的柴草堆里凑合一宿吧。"

白澜说:"您要有什么事,喊一声这两人也能听得见。"

白澜又说:"明儿一早,就赶紧带小姐走回头路去青石,等雨停了再想着去神骏城吧。大人行李多,又有家眷,路上可要小心照料啊。"

军官倒也实在,看店家白澜如此尽心尽力为他忙碌,便推心置腹起来:"咳,什么家眷,不过是前面路上买的歌女,加上那几个箱子,都是送给县老爷的礼物,还不是为了请调方便。店家,再给我送些灯油和热水上来吧。还有,寻两根粗门闩来,我把那个盖板给压住。"

白澜摇着头,转出幽暗阁楼下的这间储藏间,眼前尽是淅淅沥沥的雨。

刚才回来的路上,他伸过自己那把破伞,替那女孩挡了一挡雨水。那少女敛衽多谢,军官既然有求于人,哼了一哼,也就没有发作。

水晶一样的水滴不断从破伞上漏下,那少女倒也嘴快,就在这流连的水滴里给他说了一路自己的故事。

她从来没见过自己的父亲。远在天启城的皇帝与蛮兵交战，使她那个日常行走甚至没超出村头大槐树的父亲，却死在数万里外的铁线河畔，一缕孤魂难收；此后她与母亲相依为命，母亲以搜寻战场上死人的衣物为生，这行当毕竟养不活一家人，只好将她送到镇上青楼，未几又被这军官看上，买了来要送给神骏城的县官，谋求个发达之路。

白澜叹息道："宁做太平犬，不做乱世人。当今之世，战祸绵连，强人横行，这姑娘年纪这么小就出来颠沛流离，当真是不幸啊。"

他这样一边叹息着一边走出来，刚行到通往大堂的楼梯口上，倏地一把钢刀伸出来，逼到脖子前，将他向后一直推到阴暗处，直到脊背顶在墙壁上。一个黑影逼近他，低声喝道："你把那两头行货弄哪去了？"

刀尖轻触皮肤的刺痛在脖子上激起一层鸡皮疙瘩，白澜看到那黑影嘴里的金牙露出些许慑人的寒光。

"店家！跑哪去了？快端酒上来！"一个如金属般硬邦邦的声音在外面店堂闷雷一样滚动起来。

强盗头子回头望了一眼，冷笑一声，收起刀子，竖起一根指头警告："我会盯着你的。"

那时候瞎琴师和背着棺材的驼背农民已各自占据了二楼的两间中房。黑马骑士下了楼，大马金刀地坐在桌前，那黑骑士下了马依旧高大异常，身躯如同半扇大门，足有一个半人高，坐下去两条长腿就几乎将桌下塞满。他望着窗外连绵的春雨，一迭声地喊道拿酒来。那几名贼头鼠目的强盗则远远地缩在另一边，嘀嘀咕咕，不敢上前。

那一刻，乌鸦在外面的棚顶上呱呱乱叫个不停。雨水如道道白线，从无穷中来，落到无穷中去，如万道幻流现于眼前。白澜望着窗外，只觉心猿意马，一时间发起呆来，几乎不知身在何处，突然莫名觉得另一股阴冷冷的寒气从背后逼来，他回转头看见二层走廊上，一双狼的绿眼在阴影中忽隐忽现，一时间竟然突然放大到无比深邃，几乎要将他吞没。

一条黑影悄无声息地冒出，在白澜肩头一拍。白澜这才彻底惊醒，却看见是光头驱狼人站在面前，冷冷地道："不是让你送吃的上去吗？"眼睛却盯着窗前的黑骑士背后露出的四支剑柄不放。

白澜叫苦道："雨下了半个月，送货人都不肯过来，现在只有白米青菜，哪来的四十斤牛肉？"

驱狼人闻言大恼，转念一想，朝天上一望，不动声色地摊开双手，只见两只黑眼瞳渐渐翻了上去，只余眼白。骤然之间，他的相貌仿佛变了样，眉目宽广，嘴角深陷，带着不怒自威的神气。他低低地呼吸，从脸颊边上蹿出一道道绿色斑纹，覆盖满两鬓。

瞬间满地都卷起藤草，从半腐朽的地板上爬过，然后从天井里攀附而上。一些粗藤如同巨蛇一样从他们脚面上爬过，白澜和店堂里坐着的强盗们都吓了一跳，被这些草木生长的速度所震惊。

只见那些青藤背负着一圈圈对生的复叶，叶柄下眨眼一样闪着小黄花，每对叶子下面的浅纵沟里，都长着一对锋利的角质钩子，上面披着灰白色的柔毛。白澜认得那是山上多见的钩藤，最爱牵扯人衣马畜。

此时草色映衬在庭院里，整个店堂里全都是绿油油的，就连对面坐着的人脸都绿了。那些藤草的细芽就像无数三角形的蛇头，在宽大的叶面之海上摆动。

驱狼人一手立在丹田处，拇指中指相扣，另一手竖起二指朝向天空，怒叱了一声。走廊上站着的巨狼跟着翘起脖子，仰天长啸。白澜见到他手背上的文身震动，仿佛有金色的波纹在空气里摇动。

那些尚在摇摆不休的细长的藤草芽,突然僵直起身子,头部锐化形成箭头形,复生的羽状叶则成箭翎,倏地摆脱茎部,向上空射去,瞬间宛如万箭齐发,密密麻麻地遮蔽了天空。

空中群鸦呀呀之声不断,随即如同墨雨般掉落,片刻间就在天井当中堆成一小堆,每只乌鸦的身上都穿刺着一支草箭。

驱狼人这才缓缓放手,白澜离得近,听到他轻轻地从唇中吐出四个字:"破空殊胜。"

那四个字听起来毫无意义,但白澜见多识广,不由想起九州上一个行事隐秘的团体来。

他们的行踪就如隐藏在星辰光亮下的晦暗星辰般难以捉摸,同时又掌握无上的秘术。任何接触过他们的人,都无法漠视这群人对权力的渴求。

这就是暗辰教。

暗辰的势力就犹如章鱼的触角,可以不断膨胀,蜷曲,静悄悄地伸向九州大陆的四面八方。众多的霸主君王如同身不由己的傀儡,被这些触角所吸附、导引,被他们操来控去,形如棋子而不自知。

这些暗辰教徒,他们一次次地接近那个最终的、最伟大的目标——统一九州,但就在他们的宿主刚刚建立起足够强大的势力,最后的胜利唾手可得之时,这些神秘的术士又会将它亲手毁灭。

这帮子人行事如此诡异隐秘,但白澜却偏偏知道那么一点。他知道暗辰的切口和暗记千变万化,他所见过的就计有莲花、日轮、胜利幢、四云纹、万字纹、九日纹、右旋海螺等,只要是向右旋并旋转对称的图案都有可能是辰月的象征,而不论哪一种暗号,都会围绕十二秘字真言的一部或全部。

那十二字是:

无明、破、败、名、六入、空、有、受、殊、胜、生、死。

据说这些最接近星辰意识的修炼者，依据个人修炼层次不同，拥有不同的密咒法力。这驱狼人能吐露出其中四字，已经是修为颇深。

此刻这名暗辰教徒的目光，仍然是紧盯窗口边安然而坐的那人。

任凭店堂中闹出了天大动静，那黑骑士浑若无事地自酌自饮。

这时天色将黑，客栈的许多窗口又已被绿色爬藤覆满，室内暗墨，人影都只是隐约可见。那人肩头上露出的剑柄却在这黑暗中依次显示如下：红柄微发红火。白柄寒光闪动。黑柄黑沉沉的不见光芒。青柄上显露一粒青铜骷髅的微光。

那驱狼人桀桀地笑着："既然没有肉吃了，那就烤乌鸦吃吧。"

他说这话时，黑眼瞳慢慢回到眼眶里，脸上的斑纹也不见了。店堂里四处可见的藤草簌簌地倒卷回去，转眼消弭不见。刚才还弥漫在空中的杀气荡然无存。

店堂角落里坐着那几名强盗纷纷活动活动眼珠，转转脖子，算是醒过神来。

强盗头子虽然刚才被镇得如泥塑土偶般不敢动弹，此刻却大咧咧地要去拍驱狼人的肩膀："我混世虎在万鸦山混了十几年，也没见过你这么好的猎户，哈哈哈。"

光头的驱狼人眼神一斜，冰冷刺骨，让混世虎举着胳膊却不敢往下拍。

驱狼人却突然一笑，转头看着那几名缩在角落的强盗，喊道："喂，你们几个，收拾收拾，将这些鸟捡起来，一块烤着吃吧。既然老天无眼，让咱们陷在这荒郊野店，就该同舟共济同甘共苦，嘿嘿，嘿嘿，是不是？"

强盗头子混世虎连忙小鸡啄米般点头，却不敢轻动，他手下那些党羽也站在原地发愣。驱狼人不耐烦了，暴雷一般喝了声："还不快去！"

那几名强盗如同被烧红的铁钳子烫了屁股，朝着一地的死乌鸦就蹿上去，懒得去找柴火，于是就地劈碎桌椅，在大堂中央烧起一堆火来。

强盗确实也是饿了，就如同对付从山民家偷来的小鸡崽一样，熟门熟路地将乌鸦拔了毛，将几只乌鸦穿一起在火上烤了起来。

白澜心疼那些桌椅，也只能忍气吞声，自己去张罗淘米烧火，准备晚饭。

虽然店堂里闹出了绝大动静，其他几间客房却是房门紧闭，黑咕隆咚的，连火都不点。那军官和少女一行，更是听白澜嘱咐，躲在小房间里上好门闩，绝不出来。

那一个夜晚就伴随着烧焦的羽毛气息悠然而至。白澜拿了根粗门闩和衣倒在床上，心里七上八下，难以入眠。他的床安设在楼梯下面的窄小空间里，稍稍敞着门，就能看到天井和大门。他瞪着双眼，眼帘上映出鬼影憧憧，也不知有多少妖魔鬼怪在门外大风中的绝壁顶端呼啸跳跃。

白澜虽然警觉，却看不到楼梯背后的情形。他不知道正有一团黑影蠕蠕而动，蹑手蹑脚地向柜台摸去。

原来那强盗头子混山虎闲不住，半夜里爬起来在柜台里东翻西找，想找几个零钱，却摸到了几张发黄的纸。

强盗头子吐了口唾沫，将一张黄纸凑到眼前，借着梁上吊着一盏昏暗的长明灯，在纸上正好看到黑骑士狰狞的脸扑面而出。原来是张画影图形，脸谱下用浓墨写着：

剑完

强盗头子正在琢磨这图纸的用意，突然听到柜台靠窗户边传来轻微的扑翅声。他打了个寒战，看见一只大黑乌鸦，转着滴溜溜的黑眼珠望着他，嘴里叼着一卷黄色东西。

临近天明时候，白澜半睡半醒中，看到边门一响，一个人影闪出。他抱着门闩，犹豫着要不要上前查看，猛然间听到外面发出一声惨叫，那声音充满恐惧，尖利刺耳，如一片薄纸直飞上半空。

3

那一声惨叫划破夜空。屋顶上万只乌鸦同时振羽而起，如同暴风乍起。大通铺里睡着的强人最先被吵醒，纷纷点起灯笼火把，抢出门来看，但白澜却跑在最前面。灯笼火把照耀下，只见客栈边上，一人软绵绵地半挂在栈道边的铁链上。

那人死得古怪，尸体从头到脚，都只剩下破碎的骨骼皮肉混杂在一起，被整个绞碎，又像是被重物碾压过，只有两根拖到地上的脚尚算完整。雨水顺着栈道边沿直挂下去，十步范围内成一道道红色的瀑布。

白澜高提着灯笼从左照到右，从衣物上辨认出是那官家少女雇请的脚夫之一，不由暗自心惊，这几人躲得好好的，脚夫怎么又会半夜起来死在这儿呢？

他相信自己睡得不死，晚上绝没看到或听到另有他人出门。难道另有凶手，埋伏在客栈之外？

他高提起灯笼，转着圈子看了一周，只见天空中鸦群鼓噪不已，四面风来风去，林莽呼啸，仿佛有许多影子躲在暗处窃笑。

白澜的惊惧神态引导了其他人，各人探头探脑，心虚地四处张望，不由自主地挤到一起。

"让一让。让一让。"有人在后面喊，围在一起的人肩膀被推开。听声音是那瞎琴师来了。

有人借着夜色，在暗地里讽刺道："瞎子也能扎堆看热闹吗？"

琴师也不理他，一步一颠地行到尸体前两步站下，歪着头好像在倾听，突然伸手在空中抄了一把，放在鼻端闻来闻去，仿佛在嗅探血腥中的秘密。

围在边上的人都瞪着双眼看他。

"唔，"他心满意足地吸着气道，"这浑人乃是半夜出来解手，中了陷阱，从死状上来看，大概是中了亘白术者中高手布下的局吧。"

亘白的颜色正如其名一样，为纯正的白色。每年两次，这位神祇从西方的地平线升起，从东方落下，其间轨迹并不通过天顶正中。它的轨迹与天顶的距离经常变化，也是星象学中的一个重要参量。

亘白所代表的是沉静、镇定和坚毅的精神。在诸神中，它以严格的约束而闻名。因为世界创始之时，精神之主神墟代表有序的力量，物质之主神荒则代表无序的力量，因此也有人认为亘白所秉承的是最为强大的精神意志。

众人在灯光下细看，见那死人的裤腰带果然是解开的，若非瞎子提醒，当真注意不到。他们暗暗佩服那瞎子厉害，看那脚夫的尸体烂如稀泥，心中都开始琢磨是亘白系的哪一例秘术可以做到这一点。

白澜摸了摸头："这死人怎么办，要拖回去交给主人家吗？"

混在人群里的一名黑脸膛汉子怒道："蠢才！这种不吉利的鬼东西怎么能让它回客栈去，难道我们还要和这东西睡在一起？"

白澜认得这黑汉子紧随那强盗头子一块来投店，也是强人之一。白澜摊开双手："那如何是好？这荒郊野外，又没别的停尸处。"

那黑汉子狞笑起来，道："这还不好办。"蹿上前去，照那尸体就是一脚，想要将它踢入脚下深渊。

无声无息的，仿佛有细细的火花在四周里闪现，如同闪电在乌云的边缘出没。他们头顶上的空气仿佛突然被压缩成整块固体，如同万吨泥沙倾泻而下，声如巨雷，朝所有的人直压下来！

幸好他们不想离尸体太近，都站在边缘地带，被这股压下来的大气向后一推，不由自主地向后飞了出去。

那名蹿到前面去的强人如同被座大山当头压下，喊都没喊出来，登时被压成一团肉泥。那股大力压下，连带栈道都压垮了一大段，两具尸体随着大块的木板和断裂的横梁直落入黑暗深处，连一声也未发出来。

栈道上的人爬起身来，不由得目瞪口呆，一起喊出声来："陷阱！"

这果然是亘白系的秘术，只要有活动的人或东西靠近，就会激发其上成吨的空气下落，将下面的物事压成粉末。架设陷阱的人手法干净利索，不着痕迹，怎么着也是个一流杀手。

强盗头子混世虎见坏了一名弟兄，又惊又怒，跳上前去一把揪住琴师的胸口，凶相毕露地道："是你搞的鬼……"

他话还未说完，抓住琴师的手如被雷击般往外一抖，一个跟斗栽倒在烂泥地上。琴师冷笑一声，掉头回走。他们也只能跟上。

客栈门口透出光来。他们看到驱狼人站在屋顶，窗口前则是黑骑士抱着胳膊的剪影。他们二人并不出门看究竟，只是站在那里，默默地看着前面那帮人垂头丧气地回来。

众人回到店里，没有人想回去睡觉。那混世虎还不罢休，提了刀一刀剁在桌子上，发狠道："我知道了，定是那驼子做的。"

白澜望着崭新的柞木桌子上的长刀痕，又惊慌又怀疑地问："你怎么又知道了？"

混世虎瞪着血红的小眼睛,竖着脖子上的毛发,如同一只被激怒的黑狗:"如果不是他下的手,怎么不出来?我看他根本就不在客栈里,而是埋伏在那栈道左近,见我们过去,就下了黑手。"

他斜了眼拍着胸喊道:"我混世虎也在万鸦山纵横了十多年,怕过谁来?"扯了刀子直奔前楼而去,三名党羽也紧跟在后,闹哄哄地冲到那驼子的房间前。

混世虎人多胆壮,愣脾气上来,一脚踢开房门,如旋风般闯了进去。

白澜跟着进去,只见混山虎的金牙在嘴里得意地闪着光,叫道:"看,我说的什么来着,这人果然不在屋里。"

众人果然都看到床上是空的,只有那棺材躺在一边,四处看时,混山虎冷笑道:"不用找,一定是杀了人跑啦。"

一名党羽看着那棺材,突然道:"这棺材沉重,没准儿里面藏着金银财宝。就拿它来给二当家的抵命。"

一语提醒了混山虎,拍了拍这名手下的肩膀以示赞许,拿着刀就上前撬棺材盖。

白澜觉得他的举动大有不妥,却又不敢阻拦,只叫道:"不要莽撞。"

只听得轰隆一声,盖子被推到一边,翻倒在地。一股暗红色的蓊郁之气从中升起。大家还来不及去看棺中的尸体,就看见棺材盖的里面,刻画着一幅鲜丽的图案,颜色猩红,描画极尽精细之能事。在芬华卷曼的装饰性长青藤草四周,还刻着一圈鹿和羚羊、野牛、漂亮的豹子和大象。在图画的中心,是一名跌坐的人像,围绕在血红色的荆棘丛中,那些荆棘的每一根刺上都挂着一顶骷髅。

白澜从来没见过如此繁杂富丽的曼陀罗图,但让众人悚然而惊的,不是那些精细的图案花鸟走兽,而是六个大字:"无明、破、名、六人、空、死。"这六个字围绕着曼陀罗图,如刀剑般鲜亮。

这驼棺人竟然也是名暗辰教徒,而他们打开了这口棺材,会有大祸降临吗?

白澜吓得后退两步,肩膀碰到了个什么,一回头不由大叫一声,一屁股坐在地上。

混山虎被他这么一叫,吓得手里兵刃几乎掉在地上,掉转过头愣愣地看着门后。却发现那扛棺材的农民,四肢僵硬地站在门背后,脸色青白,目光呆滞。众强盗纷纷掉头,看到那驼背农民形状,哄的一声向后退去,不敢靠近。

过了良久,不见农民动静,只有那混山虎大着胆子越众而出,摸了一把农民,触手冰凉,那驼农民如石头般坚硬,根本就是个死人。

"唉,这是个死人。"强盗头子如此断言。

猛然间却听到那死者腹部格格响了两声,慢慢地抬起头来,悠悠地道:"各位毁我房门,入我房间,有何贵干?"

众人唬得一佛出世,二佛升天,登时脚步声乱响,一窝蜂地拥出门来。只听到门后驼背那沉重的脚步声,一步步挪出门来,他那青白的脸冒着寒气,也一段段现在惨淡的灯火下。

众人像是躲避瘟神,面对着驼农民一步步随着退到楼梯下。

白澜大着胆子赔罪道:"这位客官勿怪,店里出了人命案子,大家也是见你房门紧闭,怕出事而察探一番。"

那农民张开怪口,呵呵大笑,声振雀梁:"你们还担心我?哈哈哈,我岂用得着你们担心!"

难道真是另有杀手躲藏在客栈外,趁人落单就下手?众人如今都在店里,面面相觑,不免交头接耳,嘀咕不已。

白澜借机溜到阁楼下的储藏间,见那军官已经下了楼梯,正和那名少女及剩下那名脚夫站在一起,脸上都是又慌张又着急的神色,见了白澜乱纷纷地劈头就问:"出了什么事?"

白澜也急道:"我还问你呢?"

剩下那名脚夫哆嗦着说:"阿二半夜内急,出去上茅厕,结果就听到外面闹将起来……阿二怎么了,是不是被那几名强盗杀了……"

军官跳着脚怒道:"他们杀了我的脚夫,我的箱子该怎么办?"

少女未说话前脸先一红,然后才低声相询道:"强盗走了没?我们该怎么办?还躲着吗?"

"大家还是都跟我出来,到外面大堂里商讨个计较。"白澜回答说。他愁眉不展地低头苦笑,在围裙上搓了搓手,"我看,此刻要担心的倒不是强盗了。"

夜雨如丝,冷入各人骨髓里。大堂之内,大家各自占据了一个角落,相互猜忌的目光如同鸦羽掠过。

琴师半仰着头,将那副灵敏的鼻子探到凉丝丝的空中,慢悠悠地说:"前路已断,后路亦绝。这里四处是杀气的味道,我看该相上一相,看看此地中了什么邪运才是。"

众人听了不由愕然,乱纷纷地道:

"瞎子也能当星相师吗?"

"这鬼天气,别说星星了,连太阳在天空的何处我们都看不见,你怎么看星相?"

那琴师却冷笑一声:"正因为是瞎子,才不受天气所困,随时可知天象如何。"

他伸手在桌子前当空一抓,空中嘭的一声响,现出一道淡淡的影子,仿佛凝结的月华,又仿佛一面镜子。

大家好奇心起,一起朝镜子上望去,只见那光屏上一些隐约的光点来去,却看不清是什么。

瞎琴师捏着下巴,也不看那面镜子,仿佛低着头在想心事,过了许久方才慢悠悠地说:"大凶……凶星照耀此地……一、二、三、四、五,嘿嘿,居然是五颗,当真是大出意料啊,大出意料。"

"这话怎么解?"那强盗头子心急火燎地道。

琴师嗯了一声,眉头纠结在一起,慢慢地道:"从星相上来说,五位顶尖的星辰术者汇聚此地,他们分属两派,互相厮杀……"

听到的人心中都是突突一跳,不管看得懂看不懂,都围上去努力地看。只见那虚影镜子里光点茫茫来去,模糊不清。它们经过镜面的地方就留下细细的纹路,这些纹路越来越多,仿佛纠结在一起,随即又如散沙一样慢慢散去。大家正看得认真,那琴师突然随手一抓,那些图象星辰瞬间破灭,一切都成幻影。

琴师冷笑道:"这鸦巢客栈身处绝地,绝壁之上就是幻象森林,一座诅咒之林。没事谁会来往此地?店家,你说说,这儿往常一年内怕也未必能接待上十位客人吧。"

白澜吓了一跳,不敢接嘴。

琴师又问:"今日大家同时出现在这地方,当真是一句机缘巧合就可解释吗?"

他环视一圈,虽然是瞎眼,却如利刀一样剐着众人的心。每个人都低下头去问自己,是为了什么出现在此地。琴师说这话时,手腕上的那根细细的银链子晃动不已,莲花挂坠向外荡漾出金色的光纹,那光纹中竟隐隐有几个字符的模样。

白澜心头雪亮,不由喊出声来:"你也是暗辰教徒!"

"都说人为财死,鸟为食亡,我们忙忙碌碌,跑到哪一天就突然死了,那也没什么,只是到这儿来,死之前你们都清楚自己为了什么而死吗?"瞎琴师的脸上现出一点点恶毒的神色,并不否认,

"——那就让我猜上一猜，大家来此，都是得了淮南江子安的消息而来的吧？"

"你他妈的胡说什么呢？"混世虎满脸通红，举起刀子怒道，"什么江子安江爹安的，我不明白你在说什么。老子在这条路上打家劫舍，替天行道，来来去去多少年了，难不成还会被你们这些玩弄幻术的家伙胡说八道一通，就困死在这小小客栈里不成？"

"你不用着急，这位大人。"瞎琴师悠然自得地一笑，他将瞎眼转向周围站着的一圈人，那些人中有的两股战战，有的脸色苍白，有的不知所措，有的双手抱肩，一副事不关己的态度。

琴师闭着的双眼依次转过黑骑士、驱狼人、背棺者、店老板、紫衣少女和老仆人、脚夫、三名强人，最后停留在这强盗头子的脸上，他似笑非笑地轻轻挥了挥袖子："老虎扑击野猪的时候，利爪也会在地上掘起泥沙，你们中的某些人不过是掉入坑中的小甲虫罢了。不用再急着往前赶路了。我们的终点就在于此。鸦巢客栈，正是打开幻象森林的钥匙。"

"别装神弄鬼啦。"那黑骑士哈哈哈地笑了起来，问，"你可从镜子里看到了自己的结局？你自己又是死还是活呢？"

琴师脸上浮出一丝笑容，那笑容在火把的光下看上去狰狞恐怖，像是一个人知道大难即将临头的狂笑："问题正在于此，我不能看穿自己的命运。所有人都无法推解自己的结局，这是所有星相师的宿命所在。不过，我却知道了一些其他的东西。"他仿佛在谈论一件事不关己的事，慢悠悠地道，"在这鬼地方，最后，只有站对了阵营的一方人能活着出去，而其他人……都得死。"

4

窗外绵绵的雨水如同柔软的丝绒，在每人心头拂拭来去，撩拨起种种本不该有的愁虑。

刚才还围成一圈的人不禁都后退了一步,以离他人更远。他们的眼睛如冷电一样在冰冷的店堂里互相扫射。

原来不止一名凶手,而是有五个杀手隐藏在大家中间。店里原来共有十四人,如今已死了两个,尚且还有十二人。这里头有几人是杀手而几人是无辜的甲虫呢?

那一直沉默不语的黑骑士长声喝道:"嘿嘿。既然已经来了,也不用再隐瞒了。大家就都出来吧。"他将头上斗篷往外一抛,露出背上四支长剑柄。

斗篷的边缘还在空中甩动,黑骑士已经一手抓住白色剑柄,锵啷啷一声抽将出来。四周的人眯缝起眼睛,仿佛有一股大风从中间向四面八方吹去,自己手里的火把灯笼的光都往外一闪。骤然间白光飞舞,如群燕回翔,随即汇集一处,一头撞入客栈的柜台里。那张油光水滑的柜面嘭的一声四分五裂,从碎片中飞起一叠黄纸来,扑哧一声,纷纷扬扬飞上半空。

"来得好。"驱狼人暴雷般喊了一声。众人只觉得面门一凉,几道暗绿色的草箭从面前掠过,夺夺夺几声,正好将那几张黄纸分别钉在堂里几根柱子上。

众人在火把下看得清楚,每张黄纸上都有用墨笔画的一个面目,用笔精练,画得甚是生动。其中四张正是黑骑士、驱狼人、瞎琴师和驼棺人。下面分别写着各人名号:

剑完

陆狼

藏音

伏师

另有一张黄纸上,也写着二字:

鬼颜

但画像上的人却面貌模糊，仿佛脸上被用淡墨渲染过。

五张黄纸，在柱子上摇摇摆摆地抖动，随时都会被风撕碎，但它们却在各人心头刮起一阵抖动的真正大风。

剑完收剑入鞘，众人都觉得白光一样充斥满店堂内的风消失了。

瞎琴师藏音五指一扫桌上琴弦，焦尾古琴发出如水般光纹，四下荡漾。

棺材盖子一声震动，驼农民伏师抬起如死人般的脸来。

驱狼人陆狼伸手抚摩脚下巨狼夌起的颈毛，眼中如鬼火闪动。

四人锐利的目光同时朝白澜扫来。

"嘿嘿。"他们说，"你一个小小客栈，怎么会藏有这些画像？你是从哪弄来的，莫非你就是鬼颜？"

白澜在这四人寒冰般的目光中叹了口气，他看见周围那些强人、脚夫、少女看向自己的目光都带上几分畏惧，仿佛他才是那个隐藏暗处杀人的凶手一般。白澜无奈地一手伸入怀中，掏出一枚小小的紫色印章来，高高举在空中，道："我乃江子安在此地的暗探，神器现身的消息，正是我传出去的。"

江子安乃宛州商会首领，在宛州二十四镇里势力如日中天，更兼财力雄厚，耳目众多，不论是君临天下的霸王还是暗辰或天驱这样拥有强大实力的组织，在宛州也都得买他几分账。这五张图像正是江子安飞鸦传书，告之本地坐探有多少危险角色得到了神器的消息，正在赶到。

琴师藏音冷笑一声，威胁地竖起根瘦如树枝的指头："你家主人居然将消息卖到天驱手里，这算什么？"

白澜委屈地道："家主行事，又岂是我们这些奴仆所能干预左右的？再者，怎么就能说这店里有天驱呢？"

藏音、陆狼和伏师等人冷笑不语，黑骑士剑完却已经从怀里掏出一枚铁青色的扳指，也是高高举起，慢慢地一字一句地道："铁甲依然在！"

众人目中精光凿凿，都看着那枚扳指不语。白澜却面如死灰，知道这正是天驱武士常用的切口。

剑完举着扳指，脸上露出几分不屑的神色："江子安毕竟是商人，你出的价钱不低，我天驱难道就出不起价吗？"

那三名暗辰术者各自发恼，客栈里几股杀气登时激荡而起。

剑完面对环伺在侧的强敌浑然不惧，却昂然叫阵道："陆狼、藏音、伏师，你们三个既已露了形迹，是我死敌辰月，那就一起上吧。即便还有一个鬼颜躲藏在暗处，我天驱武士又有何惧？"

白澜暗地里长叹一声。天驱和辰月乃是天生的死对头，在九州大陆上翻翻滚滚，也不知纠斗了几千年，总是此消彼长，互有胜负，从来不能说哪一个盖过了另一个。如今这两大势力现身鸦巢客栈，这座百年老店，看来是难善其身了。

"且慢，我们之间的事好办，只是这里还有其余七个人，总有几个人是对头，几个人不是。"藏音环视了一周，带着点犹豫地说。

"管那么多，都杀了，"陆狼张开怪口，无声地笑道，"一名天驱，也该有几人为他殉葬吧。"

伏师环视了一周，双眼横过众人，被他黯淡的目光扫中的人无不变了颜色。他们明明觉得他浑浊的双目看不见自己，却又觉得他的目光好像透过自己的身体直达内心般明察秋毫。内里一人受不住这压力，突然大叫一声，跳起来往外就跑，却是死去那名脚夫的同伴。

那四名已经暴露身份的星辰术者杵在当地，也不动作。眼看着那脚夫膝盖一弯，已经越出门槛。

呼的一声，众人突然都觉得有呼啸的蛇在自己脚面上爬过。竟然是数十根带刺的长刺藤贴地飞行，倏地一长。血花飞溅处，那脚夫一声惨叫，身体如龙虾般弯曲，被刺藤穿胸而过。那数十杆长刺藤刺入他体内，将他高高举起，手脚撑开，雨水扑腾在他背上，再变成血红色的瀑布垂挂下来。就如同一张血伞撑在店前。

白澜这才发现，客店里已经全变了样。巨大的暗绿色藤草不知道什么时候生长满室内，它们卷曲的藤须好像巨大的蟒蛇，盘绕在柱梁间，钩藤丛中还间杂有许多奇花异草，使君子是一点一点的红色小花，牵牛子卷起带紫色骨朵的触须，草豆蔻散发阵阵浓郁香气，各色花瓣吐露着清香。它们在奇妙的星辰力量催使下相继绽放，只一会儿就结出厚实的果子，使白澜的客栈芬芳满室。

而陆狼的脸又一次发生了奇妙的变化。

他露出眼白，绿色蕨草就如头发覆盖满两鬓。此外，他眉目宽广，两颊圆整，仿佛向外发散着不怒自威的光芒。大家在越来越亮的晨曦下看得分明，这正是传说中的大威德相。

构成大地的荒以其物质性构成世间万物的躯体，而墟的精神——也即星辰碎片则散布生物体内，赋予它们生生不息循环反复的生命力。由于星辰的力量属性各不相同，它们及其碎片的表现形式也各不相同，在动物体上，就通常表现为形、声、色、味、触和喜、怒、哀、惧、爱、恶、欲等七情五感。只有修炼深厚的武士，以秘术与天穹上的星辰力量相互呼应，到达忘我状态下，才会显示出纯粹情感的相貌来。

这就是十二星辰图：

                =太阳=

          =明月=   =暗月=

          =岁正=   =寰化=

          =印池=   =填盍=

          =亘白=   =郁非=

           =密罗=   =裂章=

                =谷玄=

十二星辰，又以其下的关系相互对应：

太阳<==>谷玄［生长<==>死亡］
明月<==>暗月［爱恋<==>仇恨］
密罗<==>裂章［总体<==>个体］
印池<==>填盍［精神<==>物质］
岁正<==>寰化［规律<==>无序］
亘白<==>郁非［平静<==>冲突］

许多江湖术士都能习练所有系列的星辰法术，但他们永远也无法窥探墟神力量的殿堂。

这些星辰术相生相克，事实上，每一个人只真正适合修炼一种星辰术。真正的高手知道要把意识转入内心，先了解自己身上蕴藏着什么样的星辰碎片，再来选择修习的方向。

陆狼的法术，及其显露的相貌，都说明他是一名太阳术者。

在精神界中首先为地上生物所知的星辰是太阳。太阳自东向西围绕苍茫大地运行，所到之处即带来无尽的光芒与纯正炽烈的精神。

太阳代表光明、生长、秩序的创造。

太阳的直径为周天的三百六十分之一，是最大的星辰之一。

驱狼人的相貌可见显著改变，显示他的星辰导引已经有相当火候了。即便在这阴雨连绵的天气里，也可与运行在天穹上的天体感应，导引出太阳的力量。这种力量自然不是普通术士释放自己身上蕴藏的星辰碎片所能比及的。

却说驱狼人导引太阳的力量，不由得相由心生，显露出大威德相。太阳主导万物生长，因此陆狼本尊相庄严威武，只是施展出来的却是血淋淋的杀人之术，看得周围的人心中怦怦剧跳。

"喂，你这满头长菜一身草料味的家伙，"混世虎脸色刷白，却将一柄大砍刀横在胸口喝道，"装神弄鬼的大爷就怕了你们不成？"他横了剩下的三名强盗一眼，大声喝道："弟兄们，并肩子上啊。"

白澜眼见陆狼行径凶残，杀起人来毫不眨眼，不由得一步步地后退，扯了扯那少女的衣袖，朝后缩到楼梯下。

5

隘谷中天明来得迟。鸦巢客栈虽可看到高处透明的晨曦，自身却处在一片推抹不开的浓黑中。

黑暗的悬崖底部，是属于永远也不会被阳光照亮的深渊。客栈所处的位置正是这么一条明暗交界线。照亮世界的阳光会慢慢下降，在正午时碰到栈道，然后又飞速地上升，将下面重新留给黑暗。

几名强盗的眼睛在黑暗里闪着光，他们清楚自己不拼命就活不成了。混山虎大声呼叫一些听不懂的话，想来是万鸦山的黑话，他的同伙已经左右包抄而上。这三个人的目标都瞄准了靠门边坐着的藏音，正是要欺负瞎子眼睛看不见。这些在万鸦山打家劫舍的强人，可不会讲什么对决的道义。这一击他们倾尽全力，势在必得。

一个胸膛宽阔如棋盘的胖子横持钉头梢子棍，另一个脑袋方正如磐石的黑大个子手握大刀，一起扑上。在梢子棍和大刀带起的漫天影子里，另有一人却悄无声息地矮下身子，在一片漆黑里，贴着地面朝下三路扑去。

藏音低头给自己斟了一杯茶，他在这漫天而来的死亡威胁里表达出来的是漫不经意的神气。强盗头子混山虎喊叫得气势凶狠，脚下却悄悄地朝后退去。

那手持长刀攻击藏音下盘的强盗，奸猾刁钻，人称黑皮蛇，虽然另两位强盗扑出去时声势浩大，但事实上他才是完成最后一击的杀手。

黑皮蛇狡诈，知道瞎子听力灵敏，并不求快，只是藏起自己的脚步声，悄悄贴近。他体形柔软，借助着大刀和如山的梢子棍影掩护，蓦地钻入桌子底，如蛇一样肚腹贴着地面快速滑了过去。溜到近前时，黑皮蛇嘴角现出狞笑，右手一长，刀子如蛇口吐出的气息，在空气里递将出去悄然无声，眼看就要刺中正端着茶喝的藏音小腹，却突然觉得背后危险降临。

这未详的危险飞速笼罩下来，使他背上如被刀子尖刺着般痛。黑皮蛇急转头，看到一枝青绿色的藤草像眼镜王蛇一样高高昂着头，倏地腾空而起，锋利的梢头朝他咽喉噬来，速度比真蛇还快。

黑皮蛇以比常人快得多的速度，反应敏捷地半扭转身子，想要用空着的那只手扭住这带刺的蛇头。他的绰号既然为蛇，对付蛇自然也有一套，刻不容发之间下手如闪电，竟然一把攥住那刺藤梢头，右手一挥，将它斩断。

但与此同时，更多的青藤从地板下升起，如同青色的火焰，如同群蛇毕集，黑皮蛇纵然有千手千臂也无法摆脱这天罗地网，他被数十条青藤抓住脚踝，飞快地向后拖去。

他看着自己被拖去的方向，那里密集的藤草和突然丛生而起的灌木簇拥成一个黑暗的洞穴，无数翕动的锋利叶片如同怪兽咽喉里的针齿。

黑皮蛇不由得尖叫起来。

那名胖子和挥舞梢子棍的黑大个子也没好到哪里。他们被从天花板上突然垂挂下来，攀附在身上的藤草缠绕住。那些青藤如稠密的雨衣，将他们全身都包裹起来，然后突然绞紧，将可怕的惨叫声全都闷在其中。

而藏音安然地将茶碗里的茶放到唇边，茫然瞪着前方。他丝毫也没怀疑过陆狼的能力。

混山虎一直在暗处窥伺，不等那些可怕的生长不休的植物将手下完全吞没，就朝楼梯上溜去。此刻还未出手的藏音、伏师，还有沉默寡言的剑完都挡在客栈前，逃向后面是唯一的生路。

他窜到楼梯中间，扭头看时，发现那几名凶神恶煞都站在原地未动，心中稍稍放松，却突然听到一阵可怕的嚎叫。只见一头巨狼迎面拦在面前，暗绿色的鬃毛如雄狮一样从脖子后一直延伸到胸前。它低声咆哮，口水不断从参差不齐的巨大獠牙间隙里滴下，庞大的身躯投下的影子将他的去路完全挡住。混山虎只顾逃命，却将楼梯上这头狼给忘了。

巨狼黑色的剪影横越过天空，在朽烂的楼梯上留下一朵梅花形的脚印，一拧腰又复奔上走廊，行动迅捷如闪电，几乎无法看清动作。混山虎在这一闪间，已被巨狼的獠牙带起，一声惨叫向上穿破屋顶，抛石子般高高地飞了上去，随后又一声巨响，撞断楼梯板，带着无数碎瓦断椽，轰隆一声落了下来，不再动弹，眼见是不活了。

白澜那时候正蹑手蹑脚地带着那军官和少女，想从楼梯下的后门逃去，不料混山虎飞落的尸体正砸落在身前，将众人的注意力全吸引过来，落在他们三人身上。

白澜只觉那些落到身上的眼睛如十二月里掉落在脖子里的冰块一样凉。

"想跑吗？"陆狼冷笑着道。

白澜看那貌似威猛的军官抖成筛糠，少女也是脸色刷白，紧紧抱住自己双肘，一副娇怯怯不禁风的模样，不禁动了恻隐之心，横身挡在面前道："何必赶尽杀绝呢？"

他虽然摆出一副笑呵呵的模样，脑门上却都是汗。他知道自己是江子安的人，手中握有背后那座森林的秘密，这几名寻宝人未必会这么快对他下手，但那陆狼下手狠辣，是办事不留活口的征兆，自己知道的这点秘密，只相当于天平上一粒小小的砝码。如果不尽快想出办法来，不但身后两人的命保不住，自己也会转眼归天。

陆狼果然有些犹豫，皱着眉头扫了瞎琴师一眼。琴师弹弹指甲，冷笑道："天意如此，谁也走脱不掉。"

陆狼点点头，团了团手，那些卷藤的叶子也随着翕张。

他歪着头来回看眼前三人，道："不是我喜欢杀人，就怪这个什么鬼颜混在你们当中，敌友不明，不挖出来，难保不是个祸害。"

他转过头来，朝那少女阴森森地问："你是鬼颜吗？"

"我不是。"那少女张着惊惶的大眼，拼命地摇了摇头。

"你是吗？"他又转向那军官问。那军官抖抖索索地摇了摇手，连话都说不出来。

"好啊，都不承认。"陆狼微笑着点头，突然大声吼道，"那就怪你们自己命不好吧。"大步上前，缠绕在他胳膊上的细藤摇摆不定，就要伸长绽放杀机。

陆狼先前动手时,黑骑士剑完只是冷眼旁观。待到陆狼又朝白澜三人迈过步子,剑完却突然开口道:"够了。"

他的话里有一股暗暗的隐藏不住的愤怒,这种愤怒与他的话意无关,只是不间断地从他的肩膀上,从他的眉毛,从他乱蓬蓬的头发间流淌出来。

这句话一完,店堂里的气氛就截然不同起来,仿佛有股微妙的风充盈在每个人胸臆中。

那时候鸦巢客栈正从一团浓黑中苏醒,屋顶上的乌鸦们在巢穴里轻轻地呓语,风仿佛在转小,越来越稀疏的雨点带着微茫茫的光从天井里一滴滴落下。

陆狼本来向着白澜三人,倏地顿住脚步。

"好呀,"他嘿嘿地冷笑道,"也是时候了,就让我先送你回老家吧。"

他微微举起一只手,身上的生长爬动的藤草都突然滴溜溜地转了个方向,转过去朝剑完而立。四周地面上房顶上房梁上群蛇般的藤草卷须沙沙地爬行着,簇拥而上。它们吐着芯子,从四面和从高处探下身子,将那黑骑士包围在中间。

白色的花苞在这堵隐秘的暗绿之墙间忽隐忽现,细细的芒刺闪现出一道道慑人的光芒,隐藏在柔软的叶子海之下。

剑完在这些藤草的阴影里低垂着脸,看不清模样,但所有的人都能感觉到他的面容发生了微妙的变化。

他背上的剑也在散发不同的气息。

那四把剑各有不同的气息,它们虽然躺在鞘内,但却深深地刺痛了这些辰教徒敏锐的感知。陆狼舔了舔自己的嘴唇,低下头深深地嗅着,想要探知明白这名对手所修炼的星辰体系。

他闻到了红剑流露着火热,白剑流露着冰寒,黑剑流露着空白,青剑流露着决绝。陆狼不免有一点迷惑，到底哪一种性质才是他的本相星辰呢？

剑完终于抬起了脸。

"是大愤怒相啊。"陆狼喃喃地自语道。

一道道微红的光如同火焰在剑完的背后升腾而起。那是郁非的颜色。这颗象征战争杀戮的星辰，象征血与火征伐的星辰，十二星系中最暴烈最果敢最强悍的星辰——这就是剑完的星辰啊。

火红色的郁非，大小约为岁正的一半。它的红色光芒将其附近的天空都染上一层同样的色彩。

郁非的运行周期很长，约为二十年。它的运行轨迹并不像太阳那样是一个环绕大地的圆弧，而是走一条曲折的路线。

郁非代表雄心与志向。星象学家们猜想这位神祇给世界带来各种冲突，但很难说是郁非直接参与其中，还是它加强了地上种族无可抑制的炽热野心，才是各种争端的肇因。

有人猜测在诸神创造世界之时，就是郁非使一切智慧生物都或多或少产生了高傲的心志；但也有人认为自我与独立本来就是精神体的特征，当诸神为了封印荒而将精神注入物质的碎片后，这个特性在肉体的束缚下反而更加凸显出来。

剑完的脸此刻正淋漓尽致地展露愤怒之形。他两眼怒张，眼角如两道深深陷入地面的沟壑，两眉倒竖，鼻子上三道怒纹隆起如道道雄伟山脉，一口亮亮的白牙紧咬卷收的下唇，腮帮子上的肌肉巍然耸立。

瞎琴师藏音朝这边转过面孔，那副白眼在阴暗中格外刺目。伏师也转过脸来，只是那张从不变化的死人脸上依旧看不出任何表情。

陆狼已然确定无疑，剑完修习的是郁非法术。在战场上以武建功的战士都喜欢郁非，它的可怕力量可以灌输到自己手上的武器中，同时它也是火焰之神。但剑完这位天驱武士寻觅到了更多的方式来运用星辰术，他居然寻觅到了如此众多的魂印武器来增强同时也是掩盖自己的力量。这就是他背上的四把剑的由来，所以他身上的气息难以捉摸。

剑完一翻手，抓住了红色的剑柄，宝剑赤华脱鞘而出，顿时一股炽热的气息喷涌翻腾到每一个人脸上，仿佛烈焰滚落大地。剑完右手轻轻巧巧地在身周舞了一个圆。那把剑唰的一声深深插入地面。方圆四尺之内的地板上，那些密布的地衣、苔藓和潮气都顿时化为白雾腾空而起。

跟随着那团白雾，剑完站起身来，他两眼通红，如火炬一样光亮，瞳孔好像火炭。紧盯着他的陆狼从中看到了郁非的形象。

在这样扫过来的目光面前，陆狼竟然生出胆怯之心，不由自主地想要后退，但毕竟心中明白，这一退就是败的开始。

他冷哼一声，露出嘴角白森森的獠牙，两脚一沉，喀嚓两声，踏破地板，直陷入地面，硬生生地顿住脚步。

那把剑依旧立在地上，缭绕的火焰放射出越来越多的热量。

客栈里的温度越来越高，仿佛盛夏突然来临。牵牛子和螺旋草成串的花儿怒放，接骨木和虎耳草绿得滴水，使君子和草豆蔻的果实则熟透得在空中炸开。

剑完拔出赤华，大步向前行进。他的铁靴踢碎了挡在脚前的几团蘑菇。

陆狼脸色阴沉，左手舞动，挥出三四道钩藤挡住去路，钩藤上无数利齿寒光闪闪。

剑完看也不看它们，转动剑柄，剑上吞吐的火舌将藤条化为齑粉。

陆狼的眼睛瞬也不瞬，右手再驱赶几条钩藤攻上。这些植物源源不绝，破开地板，将嫩芽探入空中，随后抽出一根根藤条，这些藤条的枝节上，都有一对对的对生钩刺，如同弯月一样，锋利无比。

陆狼就是一只稳坐蛛网中心，不断吐出毒丝的蜘蛛，要将对手缠绕入层出不穷的丝网里。剑完则是暗怀螯刺的长腹黄斑蜂，步步逼近。

陆狼知道遭遇强敌，不由抖擞精神，向外平摊开双臂。浓密的草木从墙脚和腐朽的地板上迅速地生长起来，层层交叠，如同怒潮一样起伏呼啸，眼看如蛛网般的藤蔓越来越多，越来越密。当它们剧烈抖动时，角质层上披着的细毛落下来，飞扬满天空。

钩刺藤在地面上快速爬行，围绕着剑完跟前滚成一道道圆圈，稍进即退，从四面八方进行密不透风的攻击。

这些圆圈越缩越小，泛起一圈一圈的涟漪，如海涛怒射，却怎么也靠近不了剑完的剑。眼见那些藤枝上的叶子纷纷焦枯落地，陆狼烦躁起来，发出一连串的低声诅咒。

藤草在他的催促下，进逼得越发凶猛。

就连陆狼也紧张起来，紧盯着自己呼唤而起的钩藤。

这时候，那些钩藤已经膨大如一条条巨棒粗的荆棘，钩刺都有盘子大，明晃晃的。这些变粗壮了的钩藤仿佛并不畏惧炽热的火焰，它们的叶子都已经掉光了，但藤条更显出道道金属光泽，凶狠地抽击绞挤，将剑完包容在内。它们是如此数目众多，浓密，以至于将圈中的剑完遮挡得什么都看不见。只是偶尔从藤枝缝隙中飘散出一星半点的火气，说明这位天驱武士依旧在其内防守得水泄不通。

但郁非系的愤怒不会让它们的武士只是防守。钩藤拼命绞紧的时候，一道白亮亮的光华突然汹涌地从圈子里喷涌而出。

客栈中站着的人随着这飞出的一剑，肌肉骨节全都抖动起来。

起先宛如身处盛夏的他们，此刻突然被一股清澈的寒气所包围，汗毛冻得如同冰柱一样根根立起。

剑完拔出了他的第二剑。划破天空的是那支白柄长剑月镰。

威风凛凛的天驱武士从纠葛的草木藤蔓包围中现出身来，握剑的左手手腕上铁护臂布满白霜。冰火两股气息在他双手间相互冲撞，不断发出轻微的劈啪声。

鸦巢客栈里出现的这几名辰教徒都是星辰法术的行家，先前剑完与陆狼的搏斗绝招迭出，生死只在一呼吸间，他们却都不动声色，但在见到这一剑时皆尽悚然动容。

这两剑的属性一冷一热，一正一反。这名天驱武士不知从哪里搜集到这两把属性完全相反的魂印兵器，使他摆脱了自身的星辰属性局限，竟能左右逢源。此刻月镰剑出，恰似新月当空，洒满一地的光华——既然是月光又怎么能被地上的草木阴影所困住呢？

它穿过凄厉地抖动着的钩藤，这些藤蔓刚才被烤得焦枯，此刻又被冻得僵硬成冰，再也无法扭动躲闪。剑完横出的一剑割断了十来根蛇一样伸张的藤条，让它们的残骸凝固在当地。

剩下的钩藤害怕地蜷缩起来，躲藏到碎桌子和板凳下，让出了一条焦黑的路。

剑完巨大的身形宛如一面石壁，头部几乎要顶到梁下。他那巨大的体形步步逼近，双足如同铁犁，踏碎一地的绿草和小花。

陆狼额头上的汗水不由滚滚而落，他的汗水是暗绿色的，仿佛那些藤草的汁液。

两大丛曼陀罗草上爆出一连串紫色的花瓣，随即豆荚色的虎尾草也盛开了色彩斑斓的花。

盘绕在客栈大堂两端的钩藤张开叶面，剧烈抖动，覆盖满了所有的空隙，将亮光吞噬一空。客栈众人简直身处绿藤的牢笼。

钩藤的叶子海之上浮动起许多亮晶晶的小黄花。那些花猛烈地开放，如同群星在绿色的天幕斗艳争芳，它们只是绽放了短暂的一刻，瞬间又纷纷凋谢，只在空气里留下浓烈的芬芳气味。

这香气让剑完的手上稍稍一缓，露出一道空隙。

陆狼呼啸一声，早就藏身在藤草屏风之后的那匹巨狼倏地从楼梯上闪出，巨大的身躯从钩藤中硬生生挤出一道缝隙蹿入。这头狼显然是匹钢筋铁骨铜头铁额的畜生，那些荆棘铁枝都被它的这一挤挤得粉碎，而巨狼就在这空隙里跳向剑完的咽喉。

剑完的脸上闪过一丝嘲弄的闪电般的笑容，他也撮唇一声呼哨。

客栈里的众人听到楼板上传来地震一样的巨大声响，一匹高大得异乎寻常的黑马现身在楼梯上，鬃毛飘扬如同黑色火焰燃烧。

黑马低垂脖子，愤怒地又踢又咬，硕大的蹄子撞击着木楼板，发出轰轰的声音，踩踏在每个人的心头，看上去狂暴如狮子，而不是匹骑兽。两只猛兽翻滚着缠斗在一起，就像两团旋风相互看不清身影。

这边厢剑完还在大步逼近。他像一个铜铸的武士走在黑色的森林里，脚步声在松软的藤草地毯上变小了，但那庞大的不可损毁的身躯却带来可怕的压力。他悄声低语，声如寒冰："还有什么招数，一块使出来吧。"

他靠得如此之近，让陆狼甚至闻到了他右手剑尖上缭绕的火的味道，左手剑尖上缭绕的冰的寒气，这双重的刺激刺疼了陆狼的鼻腔。陆狼的眼睑微微发着抖，原本就苍白的脸色更加吓人，他的败势如此明显，而剑完的背后还有两剑未出。

在这位挟带水火云气步步紧逼的黑武士面前,桀骜如狼的陆狼也不由得垂下了手,似乎被剑完慑人的气势给镇住。

随着他双手的落下,那些笼罩四周墙上桌椅上的花草藤蔓都垂下了枝叶,牵牛子卷须蔫了,使君子荚壳凋落,螺旋草花萼枯萎。半绿色透明的阳光从窗户射进,淡淡地照耀在每一个人身上。在黑暗中待得久了,这淡淡的光让大家都不由自主地轻轻透了口气。

"我输了。"陆狼不得不咬着像狼一样的獠牙承认说。他那黯淡的瞳孔在灰暗的客栈里如同两点鬼火闪亮,随着他最后的这句话,缠绕在手腕上的最后两条细藤像死去的蛇松脱开来,悄无声息地滑落在地。

"我知道。"剑完那张愤怒如火燃烧的面具上仿佛有一点骄傲的光亮,他双手旋起,交叉握住双剑的剑柄,就要给陆狼最后的一击。

就在这当口,他突然从旁边僵坐着的藏音脸上看到一道诡异的笑容。剑完如同掉入陷阱的野兽那样突然地明白了这个笑容的意义。

原来陆狼真正的杀招就是他手腕上那两根细细的缠绕着的藤草。

它们像死了一样滑落在地,被剑完的铁脚踩踏着,但一旦被剑完甩在身后,就悄悄地立起脖颈。

它们从地上弹起的时候,依旧柔弱细长,但一射出就突然膨大无数倍,变成笔直僵硬的利矛,矛身上还带有许多可怕的铁刺。就像真正的毒蛇,灵动异常,快如闪电。

剑完根本就没能完成他的躲避。他瞪大双眼,看着从胸口穿出的两道沾满血迹的钩藤,后退了一步,慢慢地歪倒在地,双肘还向后抬着,摸着肩膀上的剑柄。

主人既死,他的黑马一声长嘶,举起铁蹄猛烈砸在板壁上,在侧壁上砸出一个大洞,跳了出去。

风和雨从板壁上的破洞里灌入。湿漉漉的马蹄声从栈道上传来,渐渐远去。

陆狼嘘了一口气，抹了抹光头上的汗。"好难对付的武士。"他嘀咕着说，羽状的复叶从他的两颊消退去，使他又回复成人的模样。

待他回过头来要对付白澜等人，却发现楼梯下空荡荡的，那三个人不见了。

6

白澜一脚踢开楼梯后的暗门。

"快走，"他催促他们说，一手抓住那少女，另一手抓住那军官，将他们向外推去。军官的麻子脸吓得煞白，尚且挣扎着扭头问："我的那些行李怎么办？"

"这时候哪里还顾得上它们，快跑吧。"白澜道，他跟随在后，一脚跨出洞口，却突然觉得后脚被一道铁圈紧紧箍住。

白澜吓得几乎叫出声来，低头却发现一只手从崩塌的楼梯碎片下伸出，抓住了他的脚。满脸是血的混山虎正压在那些破木头瓦片下，原来他没有死。

"救命。"这强盗头子声音低微地喊道，一手推开头上压着的断椽子，另一手抓住他的脚踝不放。

白澜怕他的叫嚷会招来店堂里那几个人的注意，让谁都跑不成，只得拖起混山虎，朝店外拉去。

他们撕开那些藤蔓，逃出客栈。天已经大亮了，他们在店堂里竟然丝毫也不觉得。回头看时，客栈已经被无数草木所掩盖。白澜从来没体会过如此寂寞的早晨。栖息在客栈屋顶的乌鸦本该在清晨成群地飞起，翅膀轰鸣，如同山洪暴发，但此时那些残存乌鸦都已被疯狂生长的草闷死，一只也没留下。

混山虎傍着一块大石坐下，呼呼喘气，自己从衣襟上往下撕布条，包扎头上的伤口。

此时雨水初停，他们两侧都是客栈的黑瓦顶，脚下满是碎石泥泞，更往下则是永恒翻腾着黑色云气的深渊。他们被合在悬崖上一处狭窄的缝里。

白澜知道这只是极短暂的一个空隙，一到下午就会重新下雨。万鸦山的漫长雨季一旦到来就连绵不绝，没个尽头。

"喂，店家，你准备把我们带到何处？"混山虎一手揉着脚，一手摩着腰问。刚刚脱离险境，他的三角眼就开始不安分地乱溜，不离开那紫衣女孩左右。

那军官胡乱擦着汗，转头看到混山虎也爬了上来，气不打一处来，喝道："这人是强盗，你怎么能救他？"见到强盗落单，他雄赳赳地拔出腰刀，踏上前两步，要捉拿贼人，却一脚踩在碎石上，几乎要滑下山崖，手中腰刀也脱手飞下。

军官攀着一丛草根，半个身子悬在空中，连叫："救命。"

强盗头子呵呵大笑，踏前两步，站在军官面前，此刻他只要伸脚一踩，那军官定然就坠下悬崖，呜呼哀哉。他却不理会脸色青白不定的军官，一双色眼肆无忌惮地在那紫衣女孩身上转来转去，伸出一条长舌头舔了舔嘴唇，道："说实在话，咱们弟兄从青石一路跟过来，就是想吃下这两块肥肉。如今就说给你们听，也不打紧。"

他俯下脸去看那军官，两张脸只相距一尺。军官脸色憋得通红，又转为绛紫。白澜见他命悬一线，也无计可施。

混山虎猛地伸出手去，白澜吓了一跳，强盗头子却是将那浑人拖了上来。

那军官气哼哼地盯着混山虎打量，不过他屡遭挫折，气势殆尽，想要发作却又不敢。

白澜连忙上前打圆场，对混山虎道："要一起逃可以，但咱们得同舟共济,这位爷,你可不能再打别的主意。"

混山虎说:"螳螂捕蝉,黄雀在后。此刻我和你们一样,被人追杀,岂还有窥财之意?"

混山虎又乜斜过眼睛望望白澜,露出一丝狞笑,继续道:"那瞎子在山路上捣鬼,断了大伙儿出路,显然是要把我们斩尽杀绝。嘿嘿,这几个人为了什么事要灭大家的口,店家,你是不是也该给大伙说个明白呢?"

白澜闪躲了一下,道:"这些话我们在路上慢慢说,先逃命要紧。再不快走,等他们斗得见了分晓,我们全都得死在这里。"

军官惊魂稍定,扶了扶自己帽子,怒道:"能逃到哪里去?你不是说前后的路都断了吗?妈的,老子也是战阵上拼来的功名,要不是称手兵刃不在了,就从这里杀下去,将那帮子强人一个个都收拾了。你们听我指挥,勇猛作战,未必会输。"

混山虎嘿嘿一笑,又看了两眼那女孩,只是不说话。

那女孩感觉到了混山虎对她的注意,也只是低下头去,袖子上的铃铛一阵抖动。白澜见她尚且不知道害怕,一张脸清纯干净,不着心思,就如一片白色花瓣。

白澜又叹了口气,双手在油腻腻的围裙上抹了两抹,然后拨开混山虎身后一丛高高的蒿草,那里竟然现出一条歪扭的小路,一头搭在绝壁的缝隙里,另一头顺着冲沟上升,看不见消失在何处。

混山虎惊讶地张大了嘴,露出了那颗闪闪的金牙:"这条路是他妈的怎么回事?"

另两人也都靠了过来看这条路,问:"它到底通向何处?"

"这不是一条生路,可要想活命,"白澜深深地吸了一口气,说,"唯一的机会——只能逃向幻象森林了。"

幻象森林。这四个字跳跃在大家耳边时,让他们的身子轻轻地震了一下。

他们不由自主地弯起脖子抬着头向上看。

他们能看到峭壁边缘那一溜绿色的镶边，那道镶边是由巨大的看不到顶的树木组成的。他们穷极目力，也只能看到组成森林的树干部分。从这个角度看去，那些树干仿佛是些连续弧面组成的城墙，又陡又直。

在九州大陆上，至少有十二处这样的古老森林，从诞生伊始，就没有人干扰过它们的寂静，就连从峭壁顶上滑落的石头和水，都散发着古老和腐朽的气息。据说在它们的深处生活着上古的山神和神兽。这些神灵因为年代久远，都没有留下名字和面容。没有人知道这些神灵是善是恶，但进入森林里的人，却没有一个人活着回来。

混山虎神色古怪地看看小路，又看看白澜，一副怀疑的神态坚持问道："没有人能从神林子里活着出来——我们爬上去又能有什么好处？"

白澜极不情愿地叹了口气，皱着眉头解释道："如果他们不追上来，只要不触动雷音之树的封印，不深入森林内，躲藏一段时间总是没有问题的。"

"就顺着这条路爬上悬崖吗？"那军官急不可耐地问，一个箭步抢在最前面，抓住两把草，就使劲朝上爬去，但道路湿滑，他身子又胖大，一使劲又滑了下来，要不是白澜托了一把，几乎将几个人都挤落下去。

混山虎磨磨蹭蹭地跟在后面，边走边东张西望，似乎还心存疑虑。那女孩身子轻巧，用手撩着裙摆，爬得倒快，只是一路上向白澜顶上摇下许多细碎的铃声。

白澜跟在最后，他眼望三人的背影，心中依旧如战鼓擂动。他一边爬，一边想：这几人中，谁是那个隐藏的术者鬼颜呢？

小径陡直，漫长得仿佛没有尽头。他们只能用手抓紧石缝里的草根，踩着浅浅的坑，一步一步地往上挪。拔腿只走了两步，白澜的脚就陷入冰冷的泥浆。他们吃力地攀爬着，过了许久，仿佛也没爬多少路，但往下看去，客栈却如一粒小小的豌豆，落在了下方。

当他们真的看到小径的尽头时，雨点又开始飞落下来，落在这群人的额头和眼睛上，撞痛他们向上望着的瞳孔。在通往那道深绿色洞穴的小径顶端，小女孩停下来喘气。白澜在后面能看到她那白色的耳廓，黑色的发丝沾在她脸上。

小径尽头是一棵高得无法形容的枞树。它宽有十围，从峭壁的半崖上生出，盘根错节的根紧抓着巨岩，仿佛是在洪荒时代里，从上面那片神秘之林中漏下来的一粒种子，让它生长在这里。

他们站在此地，只能看到它那灰白色的树干，无穷无尽地笔直上升。树干上齐人高的地方，是一张诡秘的脸，因为年代久远，被磨蚀得模糊了，分不清是黑熊的面孔还是人脸。正是这个雕刻出来的面孔，使它不属于顶上那个不近人间烟火的秘林，而是成了世俗的产物。

路到这儿就断了，走在前面的军官站下来，看着那棵树有点发愣。一边是高高的峭壁，另一边是深不见底的悬崖，乱糟糟的岩石瀑布一样翻滚在路边。

树下有光溜溜的一小块三角形凹地，根本没有路可以上那座森林，也没有躲藏的地方。

"这就是路吗？这算什么？"军官不相信地四面看着，开始破口大骂，"这是条死路。妈的你把我们带到这儿来算是什么？"

那女孩越过他走到树下，好奇地伸手去摸它灰白色的树皮。树枝上密簇的针叶如同无数墨黑色的小爪子伸展在空中。雨水从墨黑色的树冠上洒下来，不大但是密集，打湿了她的裙子。

"我走不动啦。"混山虎在后面喘得跟头牛似的，血水从他的额头上不停地流下，他一骨碌坐在雨地里，斜倚着一块突兀出悬崖的巨石不走了。他的眼窝很深，每次抬头看着白澜说话时里面就灌满雨水。

从离开客栈开始，这个强盗头子就越来越好奇地打量白澜，这个看不出年龄的店老板。离他的店越远，他仿佛越有了主意，模样也从一名畏缩的生意人，慢慢变成脚步轻快、自信矫健的年轻人。混山虎越看越心惊。在这棵灰白色的树下，白澜笑了起来："那瞎子说鸦巢客栈是打开幻象森林的钥匙，他可不是随口乱说的。看那张脸……"

他突然提高了嗓音，对那少女道："按它的舌头，姑娘，按吧。"紫衣女孩正站在那张脸面前，她看到那张脸深邃的眼窝里注满了忧郁和黑色的水，而那张大嘴则是一个凹陷的坑，她犹豫着探手伸进它的嘴里，仿佛摸到一个光滑坚硬的东西，她回头看了看白澜，白澜鼓励地微笑，于是依言使劲将它按下。

树皮在她的手下滑动扭曲，仿佛活了一样，巨嘴仿佛要把她的手吞入肚中。她吓得尖叫一声，抽手向后跳出。

冰冷的白光从那张脸的双眼中喷出，这种光好像有形质的实体，它飞快地旋转开来，就如同一个吞没许多色彩和形状的旋涡，它越转越大，最后猛地旋开，树身上现出一个圆形的洞口，里面是一道螺旋形的楼梯，如同一道轻烟，在树芯里盘旋而上。

楼梯之前，有一道透明的结界，如同一幅水幕，不停地轻轻抖动，呈现出一扇大门的模样。

"这就是幻象森林的大门。"白澜静悄悄地说。他看着这一切的目光里充满赞赏和惊叹，仿佛自己也是头一次看这道奇景。

他补充说明道:"从外面打开这扇门,一年只有一次机会。如果我们打开了它,那么离下一次再被打开,就是一年后的事情了。"

"看情形,这楼梯仿佛经常有人用呢。"军官眨了眨眼,看到门前厚厚尘土和堆积了数百年的死苔藓,楼梯上却是纤尘不染。他说,"那个什么神器,会很值钱吗?钥匙就是那枚印章吧?你还不快将它打开?"

他如着了魔一般向前走了两步。混山虎却突然一个长身,挡在入口面前,他从怀里倏地掏出一把短刀,用轻佻的淡紫色的眼睛扫视众人。

"干什么?莫非你又要抢劫?"那军官向后跳起,抖索着用手指着那强盗头子。

混山虎嘿了一声,看都不看那军官一眼,只是紧盯着白澜:"是时候该说说清楚了,你瞒着我们什么?这上面到底发生了什么?把这些术者都吸引到了这儿来。"

混山虎像钉子一样尖锐地问。他撑开右手,挡在树洞面前,仿佛拿定主意,不从白澜这里掏出一个答案,就不允许任何人往前走。

白澜愣了愣神,他似乎对混山虎的举动早有预料,但提起那个回忆却让他更困惑。

他挥了挥手说:"那时候我就站在这个位置上,可以看到巨大的光华,比满月的光还要亮,它把悬崖顶上的整排林莽都照亮了,在隘谷对面投下巨大侧影。大地震动不休,好像一头豹子吃坏了东西,翻肠倒肚,动荡不休。我们在客栈里,可以听到沉重的脚步声,从一头通向另一头。大树被这脚步声摧垮,倒塌下来……"

"那是什么东西?"混山虎被他的描述所动容。

"是灵兽。"白澜说,"它们是诸神的使者,神器的看护者。它们到底是什么?我也不知道。也许它们,就是……传说中的龙?什么都有可能。总之它们在近神的行列里漫步。"

"它们为什么出现在这里？"

"是被神器吸引来的。据说这块古老的土地是荒墟大战的遗迹，盘古用来凿碎混沌的斧斤碎片在那场匪夷所思的大战中随巨神分裂的身躯散落在大地四方，数百万年来随着地下的岩流到处移动。"

原来在胤王朝的极盛时期，胤王曾召集了九州范围内所有种族的所有著名星象学家，举行了"星流逆算"大典。他们从当前星空逆推回去，推想过去的真实历史。星象学家们在穷推那场神之间大战时，能推算出来掉落的神器位于九州大地的十二个地方。它们陷入地壳深处，等待着大陆岩层的运动将它们重新推出地面。

这些兵器碎片，拥有原神墟的强大灵力。墟的继承者对此念念不忘，他们还谋划着要在即将重新到来的末日之战上，让这些神器重新派上用场，于是派来了这些搜寻者和看护者。它们守候等待在这块大陆上的岁月至少有十万年了，等待着大地重新将这些神器吐出——而现在，它终于显形了。

白澜讲述故事时如此地投入，就连女孩也回过头来听他讲述。

黑色的幻象森林就在她的背后，它庞大、黝黑，如同巨大匍匐的野兽，毛发茂盛，充满活力但又危险重重。

这个关于数百万年前那个开天辟地的大战故事，在这个阴冷的雨季和陡崖上说起来，夹杂着令人恐惧，同时又不禁神往的复杂色调。

"天驱和暗辰被吸引过来，难道不自量力地想要与神对抗，从它们的手底下夺取神器吗？"

白澜意味深长地看了混山虎一眼："它们的时间概念和我们是不同的。赶在它们之前找到神器，再赶在它们发觉之前送回，对它们而言，也许只是一瞬间，已经足够俗世间安享太平或者乱世数千年了。"

据说曾经有一支地底河络，无意中在灵兽之前找到了一块神器碎片，却因运用不当，引起了地底火山的大爆发，毁灭了整个部族，连带使方圆二千拓的土地下陷，形成了现在的越中大盆地。

从幸存者的口中传述出来的故事，使神器的威力和勇名出现在历史中。不论谁得到了这样的力量，都可以轻而易举地扫平一切障碍。

他们站在山崖上，回望脚下那粒小豌豆一样大小的客栈，那里对立着有着上千年宿仇的天驱和暗辰。他们各自拥有着仿佛是渺不可测的抱负。

"哪怕他们任何一方得不到神器，也绝不会让对方得到。"在白澜如此下结论的时候，混山虎注意到这个店老板有一双灰色但是明亮的眼睛，在不经意扫过来时，仿佛要刺穿自己的肺腑。

"你只是一个下流捐客和肥胖商人的探子，平日里以卖往来客商的情报给山贼为生，为什么对天驱和暗辰的事情如此清楚呢？"混山虎冷笑道。

"你不过是个山贼，此刻逃命要紧，又为什么对这座森林里究竟有什么东西如此在意呢？"白澜反唇相讥。

他们互相对视，谁也不肯示弱。

末了还是混山虎轻轻哼了一声，扭过头去。他眼望小径轻轻地"啊也"了一声："不好，下面有人追来了。"

众人闻言大惊。

"快躲进去。"白澜说，回身要众人逃入山洞，紫衣少女却不知道怎么滑了一跤，白澜急忙回手拉她，却几乎要被带下小路去。他们两人大半个身子悬空在外，沙石簌簌地落下悬崖。

军官回头看了一眼，眼见两人形势危急，也不上来帮忙，伸手一把推开混山虎,独自朝树洞直奔过去,伸手就要去推门。

混山虎本来站在洞边,被大个子军官一把推开,他也不着恼,负手而立,看着白澜和少女两人在危崖边摇摆,反而莫名地露齿一笑,那一笑中满是油滑古怪。

只听到"扑"的一声响,一步跨进树洞的军官那胖大魁梧的身躯突然如面饼般矮了下去,仿佛被一只无形的巨手按捺揉搓,登时挤压成一团烂泥。

白澜觉得手上一紧,不知道怎么着就爬上了悬崖。少女稳稳当当地站在路旁一颗大石上,望着军官的尸体,竟然还是没有显示出一点害怕的神色。

白澜低低地喊了一声:"亘白术!"他知道通常没有钥匙的话,这种结界法门不过是将人推回,但军官这死状和情形却与半夜里那黑胖强盗死在栈道上时一模一样。

通往幻象森林的唯一通道竟然也被亘白术者下了禁制秘术。

"还记得瞎子说过的话吗?我们这些人当中,没有谁能轻易活着出去,"混山虎轻轻地斜咧着牙道,"哪有这么容易就逃走的?"

被风撕成细雾的雨在他们之间飘忽来去。他们三人分别占据一个三角形的顶端,默默地看着另两个人。

"好个亘白术的千钧压顶,"白澜看了看尸体,点了点头,又摇了摇头,咬牙对混山虎道,"你是鬼颜?"

混山虎仰天大笑,他的笑声如同尖利的风,在他们耳边刮来刮去。

"不,我不是!"他否认说。

"如果你不是的话,"白澜转过眼睛,望着高高地站在石头上的女孩说,"那么,你就是。"

女孩露出一点微笑，那笑容如同梨花瓣上的一粒露珠。"就算我是吧。"她轻声细语地说，话语里仍带着少女的羞涩。她的身体在那件细软的紫红色袍子下显得柔软而单薄，但弥漫而出的杀气此刻却如莲花怒放。

"你也是天驱或暗辰之一？栈道和这里的陷阱也是你设下的？"

"不，不是我设的。"女孩否认说，脸颊上秀出一点淡淡的红色。她转过头去，目不转睛地看着混山虎，问："你又是谁？你冒充强盗，切断出入的通道，又在通往幻象森林的通道上布下陷阱，你究竟是谁？"

混山虎又轻轻地笑了起来。他从怀里掏出一张黄纸，将它展在风中，给他们看。这不是他们看过的任何一张画像，而是第六张画影图形——正是昨天晚上，这强盗头子从乌鸦的嘴边夺来的那张黄纸。

那上面同样画着一张人脸，只是比画着鬼颜的那张更不可辨认，只是淡淡的一个影子。

"我当然不是鬼颜——这张画上的人，才是我。"他说。

那张画像上，淡淡的人面下，同样有两个大字：

无形

7

时近正午，日光居然也在一短瞬间内穿透密厚的雨云，透射下来。这在雨季来说，是个难得的日子。

阳光从客栈破了的板壁中射入，照在剑完那僵卧的躯体上。花草藤蔓如壁虎蜿蜒爬过，从四面墙壁上滑落消散。

陆狼歪着头看剑完倒在地上的尸体，觉得眉心凉飕飕的，似乎仍有被剑指着的感觉。天驱武士果然不是浪得虚名之辈，虽死而余威犹存啊。

陆狼正在感叹，却发现僵卧在地上的那尸体边上没有影子。

陆狼直起身子，突觉一阵晕眩，仿佛看到每一样东西都有双层的边缘。他闪电般地摇了摇头，脖子上的鬃毛就如同狼脖子上的毛一样支棱起来。

不对，这是密罗幻术，有人在客店里施加了密罗幻术！

湖绿色的密罗是由四颗星组成的三角锥形星象。四颗星大致环绕锥形中心以复杂的方式旋转，其中心又按自己的轨道沿地平线附近波浪形运动，没有规律性的周期。

密罗代表的是结构和组织。它在大地上星象学家眼中所显现的不同形状具有不同的涵义。

密罗星施加的影响是针对视觉的，善用者能使方圆数百尺内的生物俱入术中，使人如身处梦中而不自知。而此时陆狼才从梦中惊醒，却依旧无法脱身。而这个隐藏的密罗术者施加的这道秘术的范围有多大？施加了多久？他却一无所知。这是那个暗藏的鬼颜设立的圈套吗？是不是他们昨夜里看到的就是幻象？是不是在他踏入客栈的那一刻起，他的所见所闻，就已经是虚无缥缈的幻觉了呢。

陆狼怀着恐惧向前跨了一步，猛踩那具尸体的胸口，果然踏了个空。他的脚穿过剑完的身体，如穿空气。他又急转头看了看自己的两个同伴，伏师和藏音仿佛什么事也没有发生，依然安坐在原地不动声色。

但每个人看到的情景是否一样呢？他看到的是否是真实的呢？

四周的藤蔓仍然在静悄悄地生长，穿过这些藤蔓看到的景物仿佛也跟着在摇曳，在动荡不休。客栈如同沉在深湖的水底里，既静谧安逸，又暗藏杀机。

陆狼疯狂地向四处旋身，牙咬得咯咯响，想要看破这道蒙混之后隐藏的真实。他听到自己的狼在二楼走廊上低声哀嚎。

如果剑完没有死，那么他此刻在哪？陆狼至少深知这个和他交手的剑客是真实存在的。他展现出了郁非的愤怒相，又以双剑合璧，和陆狼的杀人钩藤正面交手，这是装不来假的。

陆狼又转了两个圈，依旧什么也看不出来，但他却能清晰地感到一道锐利的杀气，如芒刺顶在背上，要劈开他的脊椎，切开他的尾闾，不论他怎么急转身，都甩脱不掉这种感觉。它粘贴在他的后脑上，随时都能刺下来。

陆狼怪叫了一声，他的花藤和那些有锋利钩爪的藤条，像触手一样倒卷起来，从脚跟蔓延向上，将自己包裹起来，如同绿色的蚕茧。

这蚕茧旋涡般急转而起，带着尖声呼啸，它碰到的不论是什么东西、桌椅、地面、空气还是隐藏在这些错觉之后的真实物体，都被这花草缠绕成的旋涡远远地带了出去。

陆狼要借助这急速的旋转来摆脱密罗幻术的控制。密罗制造的视觉景象被一幅幅地送到眼前时总有间隙，只是这间隙的闪过，犹如白驹过隙，快过了眼睛所能发现的速度。

幻影被剥离之后，陆狼一闪间，已经看到了模糊的客栈影像后面的真实景象，剑完这个身躯庞大的武士在草木的夹缝里显露出来。他果然就站在自己身后，贴得如此之紧，仿佛呼吸都能吐入自己的后脖颈。

陆狼一惊而起。剑完脸上的愤怒之形更加凌厉。他左颊圆耸如太阳，右颊卓立如明月，这是愤怒饮血尊的面孔，郁非一派中最是强横凶暴的秘技。

陆狼用力后仰着他的光头放声大叫，血从牙齿缝里迸出来。他举起所有的藤，让它们如绷断的琴弦四散飞出。这些藤蔓仿佛从他身上获取了各自的生命，飞速地滑向四面八方，伸向每一条缝隙，每一个角落，碰到任何东西都紧抓住不放，将它们挤住、圈住、抓住，然后一圈圈地缠绕上去，好像八爪鱼的触须。

嘭嘭的响声不绝于耳，那是它们缠绕住的东西被挤压破裂的声响。酒瓮、水缸、木头桌椅裂成了碎片，破片在空中飞来飞去。木柱子和梁被勒得格格作响。楼梯上的那匹巨狼咆哮着，声音逐渐低沉，最终窒息而死。刚才被陆狼杀死，横躺在地上的几具尸体被藤条抡起在空中挥舞，好像挂在树上的果实。

这是太阳系的无双秘技"万物生杀"，施展开来时，方圆百丈之内的动物都会被这遮天蔽日的藤草扼杀。陆狼原先怕误伤到自己人，始终不敢使用，如今也顾不了这许多了，尽力施展出来。他站在钩藤的旋涡间猛一抬头，正看到剑完一双火眼如火炭般红。

一股热气扑面而来，陆狼颜面如火，好像要烧着了似的。他大叫一声，闭上双眼，双手向上高举，只听得轰隆一声巨响，屋顶被穿破了，瓦片和雨水从破洞里猛烈地灌了下来。

剑完已经飞在半空，他全身带着火焰，穿破钩藤结成的庐顶，自上而下猛烈地扑击。倏地一剑从火圈中突出，却是冰凉刺骨，让陆狼身上的汗毛全都竖立如冰柱。

剑完的毛发全都高高竖立而起，他的牙齿闪着寒光，人以毛发为血梢，趾甲为筋梢，牙齿为骨梢，舌头为肉梢，此刻剑完的四梢全都充溢满怒气。一声大喝如暴雷在舌头绽放，这一声大喝还没完全消散。陆狼已经被一剑从肩膀斜切到小腹。

雨水仿佛丝绒一样从穿破的屋顶里落下。剑完收剑立在当中，他的怒气从背后蒸腾而出,黑色的厚重斗篷如同大鹏在他背上招展。这一剑之威,连天地山河也都为之变色。

陆狼的尸体依旧站在当地,被花草藤木缠绕着,犹如一段朽木。

剑完眨了眨眼。客栈中的密罗幻术同样对他有影响,虽然不会像对陆狼如此强烈。

此刻,他也终于才将真实的景象收入眼中。

藤蔓依然吊挂满整个客栈,使它仿佛一个幽深的山洞——虽然它们正在无力地慢慢垂倒。

伏师立在门后,仿佛丝毫也没有受到过惊扰。那些无孔不入的杀人藤蔓仿佛恐惧死亡一样躲开他。

琴师则盘腿而坐,飘浮在半空中,那具古琴横放膝头。那些贴着墙壁和地面、屋顶伸展的藤蔓自然也没有发现他。剑完知道这世界上除了羽人,没有人可以御空飞行。他再仔细看时,发现原来是两根细细的琴弦将这瞎子吊在半空里。

他再转头后看时,却发现楼梯下的白澜和其他几人不见了。

"有人跑了。"伏师低沉地说,"得把那店伙计抓回来,他是江子安的人,必然知道通往幻象森林的路在哪。别忘了,他们中间还藏有一名高手。"

"别担心,"藏音的嘴角浮现出一丝高深莫测的笑容,"自然有人在监视他们。"

他突然咦了一声,指点着客栈的一端角落问道:"伏师,你看看,那是什么?"

他们一起转过头去,看见在那里三五条钩藤还在扑腾它们最后的精力,一条钩藤高举着一具尸体,让它在空中翻滚,另几条藤蔓则试图抢夺。一旁的地窖门也被翻转开来,斜扔在一边。

那具尸体挂在空中摇晃,如同藤上的果实,显然是从地窖里被拖出来的。当它被翻了一个面倒挂起来时,他们都看到了那具尸体的面目:满面皱纹,一副愁苦相,颔下一把白须,显然年岁不小。

他们都没见过这个人。

剑完一抖手中双剑,让它们在湿漉漉的雨中嗡嗡作响。他则藏在自己的斗篷阴影下,阴冷地问藏音道:"瞎子,按你的星相所说,来这里的是十四个人。死了八个,跑了三个,这里还站着三个——那么,这又是谁的尸体呢?"

8

鬼颜立在当地,一双眼睛转了转,问无形:"你要阻止我进入幻象森林,去找那件东西吗?还是你自己想进去找它?你是要逼我杀你吗?"

"你可以试试。"站在对面的无形突然诡异地一笑,手中短刀斜挑而起。他手中的刀比一般手刀要短,唯刀背薄挺,刀身狭尖,略带弯曲,锋利无比,分明是刺客专用的样式。

白澜惊讶地发现,他那双紫色的瞳孔中,竟然现出一朵妖艳的金色蔷薇花,对称的花瓣如轮转动。

无形的话落入风里,随即散去。站在对面的白澜突然觉得眼前一花,悬崖之上突然就少了一个人。白澜还以为自己的眼睛出了问题。他们眼前的空地统共不过巴掌大,怎么凭空地就消失了一个人呢?

消失的人正是混山虎,也即无形。他当着其他二人的面,仿佛一下就融化在空气中,只在原先站立着的地方,余下泥泞中的一双脚印。

雨如刻刀,不停落在脚印上,那双泥泞的脚印很快就崩塌、变形,直到慢慢消失在雨中。

如此大块头的人，怎么能就此化为透明的空气呢？这是密罗幻术吗？白澜拼命地瞪大眼睛，他看到离无形原先站立之处三步远的路边，一丛蕨草轻轻地摇晃了一下，突然无声无息地断了头。白澜不由想到了无形提在手里的那把短刀。那是他看到无形留在空气里的最后一点痕迹。

一点点杀气如同风撒播下的种子，慢慢地生长起来。白澜身上冒出一阵阵鸡皮疙瘩。

无形没有踪影，因而也无处不在。

他们望向四周，天地一片寂寥，却无处不有这个杀手的身影，无处不有这刺客存身的可能，弥漫在空地四周，遮蔽了天地间。

他的下一刀，会从何处显身呢？

能隐身的星辰法术有两种：密罗术和亘白术。虽然原理不同，却是殊途同归，都使施术者消失在人眼前。之前客栈中发生的种种事情，已经可以断定，这些人中必定有密罗术者，也必定有亘白术者。无形会是其中的哪一位呢？

四面的风又湿又冷，将白澜逼到悬崖边上。他是持有那柄钥匙的人，只有他才能解开那道透明的门。无论是天驱还是暗辰，任何一边都会想活着得到他，但之后又会如何呢？

正惶急间，他突然听到耳边有人轻语，依稀就是无形的声音："不要上了那姑娘的当，知道她为什么叫鬼颜吗？你看看她，好好看看她吧。"

风中的声音仿佛有魔力，让他不得不回头看那女孩。

那女孩脸色惨白，眼睛中却没有半点惊惧的神色。披散的黑发下露出张苍白的脸，双目警觉，也在关注四周的动静。她双手捏住袖子里伸出的一副乌木刀柄，指关节因为用力而发白。

那股看不见的风依旧在细声细语地说服白澜,他闻到风里面传出的烟味。"你以为她真的是个女人吗?哈哈,这人一贯以色相勾引好男子,你喜欢上她,就中了她的陷阱,乖乖地带她上了这条小径。这军官被她摆布得送了性命,你不是亲眼所见?鬼颜若是得入幻象林,岂会留下你来?"

"别选错了路子。藏音说得明白,只有站对了阵营的一方人,才活得下来。"

白澜不由得朝远离鬼颜的方向,慢慢地后退了两步。他带着点颤抖的声音问,"你,是天驱还是暗辰?是你杀了他们吗?"

"怎么,你怀疑我吗?"

她脸色一变,抬起下巴。她的下巴又尖又小,眼睛里带着几分邪气,显得又冷傲又娇艳。

她双手一摆,从左右袖子里各自抽出一把细长的弯刀,乌木柄的双刀如同新月一样又细又长,同样是刺客习用的武器。

"你害怕我了?"她挑战似的说道。

白澜还没有回答,却一侧头,仿佛听到风里似乎有嗡嗡的毒蛇探出牙来的声音。

那女孩也仿佛听到了,眉头一皱,就要转身。空气里仿佛有雨燕的翅膀迅疾划过的波纹。她的雨披之上,突然几道红色的丝线绽放出来。

紫衣女孩低低地呻吟了一声,衣袖下的弯刀闪电一样划出,新月的光芒向后斜掠过极长的一道弧线,这迅疾之极的一刀却砍了个空。

"她在和空气作战。她砍的是空气。她怎么能打得过空气呢?"还是风里面那个嘲弄的口气在说。它贴得如此之紧,仿佛从来没有离开过白澜的耳边。

最后一个"呢"字说得稍大，鬼颜也听到了，她闪电般转过身来，刀像哨子一样划过白澜的耳边。

但那一刀尚未划完，鬼颜的后背上又嘶啦一声响，一头乌黑的长发散落开来。她一低头，一个踉跄，一泼血洒落在泥泞中。鬼颜这一下受伤颇重，不由得跪坐在地。

她咬着牙道："这不是密罗术。"

这确实不是密罗术。密罗的隐身术只对受术者的视觉产生影响，使人产生虚影幻觉，看不见自己的存在，但声音是无法改变位置的。

亘白术的隐身方式是改变空气密度，让它的折射度发生改变，使光线和声音都如流水般滑过自己所处的位置，它不但可以隐藏自己的身影，还能隐藏自己的声音。

虽然施术者本人也因只能看到微弱的一点光而近乎瞎子，而无形在这样的情形下，还能像鬼魅一样地进攻杀人，也是亘白术者中的高手了。

白澜看鬼颜痛得跪坐在地上，雨水将她的黑发打湿，贴在苍白的额头上，格外醒目。瘦弱的肩胛骨，在紫衣下微微起伏，一副惹人怜爱的模样。怎么也无法与"鬼颜"这个阴森森的名字相联系上。

他忍不住想向前迈出一步，却看到她射过来的眼神凌厉刺骨，让他后脊梁发冷。

鬼颜冷冷地瞪了他一眼，厉声道："不用你帮。"那一声喝又清又亮，震得四面空气嗡嗡作响。

随着那一声大喝，鬼颜一扬手，斗笠雨披飞下山崖。白澜突然眼前一晕。他看到鬼颜的颜色仿佛有些改变，她那秀丽的外貌也有变化，原本小巧的鼻子从面庞上突兀而起，变得又高又挺，本来是柔和的下颌处竟然多了几分刚硬。只是这么一错眼珠间，就连身高仿佛也变了，变得更加修长。

不但相貌身高变化，就连她身上的衣服也如笼罩一层浓雾，在风里飘拂来去。紫色外袍变幻成一袭绿色团花绣袍，再看鬼颜，只见她脸形瘦削，双眉如刀般锐利，周身上下结束利落，分明是一名精明干练的少年。

周身上下都在不停变化。忽而形如王者气象万千，忽而如宫女幽怨寂寥，忽而是大汉，忽而是幼童，而妇女、老者、游方、修士亦层出不穷，千人千面，有上千形象不断幻化。

这是传说中的密罗术吗？

白澜只觉得耀眼生花，他惊问道："你……你到底是男是女？"

鬼颜回过头来微微一笑。她的嘴角还残留着客栈桌子边低头喝茶的那个温婉少女的影子，但面部却变成完全不可分辨的另一人。她的脸庞如同滑油一样不可捉摸，只在这一笑间，又变了另一副模样。

白澜捉摸不清她的形貌，也捉摸不清她的身形。她的外形也如融化在四周的雨水中，模模糊糊地看不分明。

鬼颜在雨地里施展开这套变身术，虽然不如无形那样完全没有行迹，但身形如波纹一样荡漾，外衣花色变幻如海，无形双目本来近盲，如今更是难捉摸透鬼颜的确切所在。

一时间悬崖空地上变得极静，只听到雨水滴落在地和鬼颜静静的喘息声。无形本来在空气里藏匿好自己的身形和声音，只有进攻时那柄短刀切开空气的纹路，会暴露出他的真实所在。此刻鬼颜变换多端，就迫使他的短刀递出时要更快更重，也就更容易被发觉。

鬼颜双手握刀，半蹲在泥水中，此刻她依旧落在下风。

无形可以休息，他可以按住自己的短刀，像嗜血的豹子那样蹲伏在暗处耐心守候；而鬼颜必须全力聆听四面空气里传来的任何异动。她的血正在奔流，在一溜溜地滑入泥泞中。

而空气里的无形杀手狞笑着告诉她："别挣扎了。我杀过一百二十七人，从未失过手。你只是我手心里的一只小虫。"

"真的吗？"鬼颜冷笑道，"从昨天到今天，你连施了三个亘白陷阱，此刻又用隐身法，我看你能支撑多久。"

白澜内心中轰鸣不止，面前的两人谁都可能是自己真正的敌人，而他捏着手中的钥匙只有一次选择机会，他是帮鬼颜还是帮无形？他是帮天驱还是暗辰？瞎子藏音说："只有站对了阵营的人，才有可能活着离开。"

他舔了舔嘴唇，小心翼翼地再问道："鬼颜，你到底是天驱的还是暗辰的呢？"

"我，"鬼颜昂起受伤的身躯，正容道，"铁甲依旧在！"

9

藏音悬挂在空中，横过自己的长琴搭在膝盖上。双手一起，只是几个音符弹跳而出，剑完就觉得心脏一窒，呼吸和意识都似乎被可怕的重量压倒。

从藏音的弦下流出的音律夹着刺骨的凉意，既遥远又疏离，如同一直守候在此的宿命。

"死瞎子，不怕你捣鬼！"黑骑士怒声喝道，双手一错，冰火双剑随着他的怒气盘绕而起，就要冲上前去。

他冷笑着双腿盘坐，以哀伤抵抗愤怒，以散发出死亡气息的音律如洪水一样从高处倾泻而下，去对抗剑完那坚不可摧的双剑。

如果静心细听，会发现藏音弹奏的不是曲子，而是一些模糊的单一的泛音，但它们具备天然的和谐，能将人的心灵带入它的旋涡中心，跟着它转动。

剑完急挥双剑，让它们在空中撞击，发出难听的撞击声。

他跺着脚让自己愤怒起来，就如同一座热气腾腾的火山，难以自控地吼叫。他的嘴唇呼吸着愤恨，他的舌头如同火焰，他的气息如同漫流的洪水。多少次了，他的愤怒总是能帮助他无惧无畏，奋勇直前，将一切荡涤一空。

但无形的音律如越来越密集的蚕丝，一点一点地缠绕上来，将他四肢身体团团捆缚。

黑剑客不由心生恐惧，他从琴声中听到了灵魂的哭泣，听到了欢乐和呻吟——对应的愁、思、哀、怨、苦、乐，但他不知道这股无源无头的束缚来源于什么。如果说陆狼的钩藤是有形的蚕茧，那么藏音的琴声则是另一种的丝网，隐含着喜、怒、哀、惧、爱、恶、欲等情绪，只是这些丝线全都是无形无质的，无法劈砍，也无法摧毁。

他越来越害怕，这是岁正星辰的力量啊。

青色的岁正，其直径略小于太阳，因此勤于稼穑的农人早就观察到了它的存在。他们发现当它照耀在天空的时候万物生长，当它隐没于地平线下则万物萧条。农夫们按照它的运行来安排作物的栽种和收割。它围绕大地的运行周期被称为年。人们谈论自己的年龄时习惯用自己经过了多少个岁正的运行周期，因此年龄的计算单位被称为岁。

岁正从地平线上升起落下的方位是变化不定的，在某些年份它可能从东北方升起，另一些年份则从西南方。在大地上，岁正升起的那个方向，春天来得最早。星象学家们可以通过上一年岁正以及其他星辰的运行，推算出下一年这位神祇从何处升起。

岁正代表平衡，循环往复的变化。它是规律之星，也是音律之辰。

剑完不由得慢下了脚步,他这一停下,就连双手也动弹不得,只有脖颈还能稍稍转动。

当他无意中低下头时,却有可怕的发现。

破屋顶上漏下的雨水正积在地上,如同明镜,清清楚楚地显示出自己面上的愤怒之色在慢慢消退。

剑完大惊失色。鼓足劲要重新提起长剑,却只是让小拇指动了一动。

随着琴声里和着的歌唱,他原本倾注全身的怒气正从下腹一点一点地泄走。

藏音盘腿横膝,双颊鼓起,两道眉毛仿佛变得又细又长,鼻子向前突兀而出如同鸟喙,这是妙音鸟相。

激荡在客栈里的音节仿佛不是他亲手弹拨出来的。风才是它的演奏者,就连鸦巢客栈也成了庞大的乐器本身。空荡荡的店堂是它的共鸣箱,而空洞的窗户则是它的音孔,来去无踪的风从屋顶的破洞灌入,和着琴上发出的音律抖动。

藏音吊挂在半空中,虽然看似纹丝不动,其实却在乐音中滑翔,飞快地摇晃,急促地振动。他全身都在上下抖动,就如同风中树梢上起伏的鸟窝。

音节缠绕住愤怒的剑士,像是拥护着他,又像是威胁他,使他心中忽喜忽悲,杂乱不堪。

风拂过树梢的呼呼声、流水侵切石头的骨碌声、火在木头上跳跃的劈啪声、动物的愤怒吼叫声、鸟儿喜悦的歌声,还有人声——宇宙中的一切音声——都是振动所发出的声音。这些振动一旦集中起来,伴随声空不二和无声法身的回响,透过琴弦的鼓鸣,和着黑色的大地暗的呼吸韵律,与天空中所有星辰的和弦浑然交合。一切宇宙音声都变成了藏音的咒音。

这样的力量,是任何人都无法抗衡的。

剑完发觉一只手上越来越滚烫,另一只手上则冰凉刺骨,渐渐拿捏不住。他不由得大惊失色。他手上那两支魂印兵器,全凭借来自郁非星辰的一腔愤怒来掌控。

如今愤怒渐消,剑魂的力量一旦控制不住反噬过来,他就会被左手剑上的火焰烧成焦炭,被右手剑上的寒气冻成冰柱。

剑完大惊之下,想要脱手放剑,但此刻竟然连一根指头也不听使唤了。

藏音悬在空中,嘴角微翘,此刻他甚至不需要动手,仅是魂印兵器反噬的力量就足够将剑完杀死。

剑完几次努力,想要松手放剑,却难以付之于行。琴上吐出音律就如同蜘蛛吐出万千细丝,密集麻乱地缠绕上身,让他连抬一抬小拇指都极其艰难。

他转手拼命想要拔肩后的第三支剑,那支青色剑柄的金刚剑又薄又坚韧,不是钢铁所铸,乃是由铁线河金刚石锻造而成。

铁线河金刚是九州上最坚硬的物体,河络通常用它来制造不超过半尺长的雕刻小刀,用以完成对一些极坚硬物质比如玉的碾磨和雕刻,如此长的进攻武器,则极其罕见。据说只有火山河络中的一支才有秘法能将它制成宝剑,不但不被破坏,而且能破坏一切。

此剑自性本净本定,不为烦恼所染,而能破除一切烦恼。他只要能拔出那把金刚剑,就有希望能破除藏音的魔咒。只是这日常极轻易的动作如今却困难之极,他仿佛置身深水之下,在洪水中逆流去抬自己的胳膊,他的手指头只能一点一点地接近自己的肩后。

他的努力也让梁下摆动的藏音全身抖动。将藏音悬在梁上的两根琴弦摆动的幅度越来越大，将木梁拉得咯吱作响。这是一场看不见交锋的较量，这两人之间的空气，如今绷紧得仿佛一根琴弦，而且绷得越来越紧。琴弦绷断的一瞬间，必定就是分出胜负的一瞬。

楼梯下的后门吱呀一声响，有人走了进来。

那人背对破败的门口，好整以暇地抹了抹湿漉漉的头发。他抬起头来时，枯死的钩藤缝隙里漏进来的一束光正打在他脸上。众人看得分明，进来的人有一头卷曲的黑发，如狗一样长的脸，嘴角边依稀露出一颗金牙，正是强盗头子混山虎。

他满身是泥是水，身上还有血迹，模样虽然狼狈，但却神气从容，气度闲散，一扫先前草寇贼人的猥琐形象。

他抬头望着梁上挂着的藏音，似乎和那瞎子早就相识，哑着嗓子哈哈一笑道："藏音大人，好厉害的一招天音缠丝啊。"

他再转头望向剑完，剑完只觉得眼前一花，仿佛一朵重瓣的金蔷薇花，从他闪亮的金牙上，幻化而出。无形举起手，将一小串铃铛举在手里摇了摇，那串铃铛正是鬼颜原先系在袖子上的。

他说：

"看走眼了吧，剑完？"

"你的同伙鬼颜已经被我杀了。通往幻象森林的钥匙在我手里。"

"你们天驱，已经输了。"

他最后转头望了一眼门后木头人一样呆立着的伏师，咧着嘴呵呵一笑："伏师大人不屑于以多打少，才让你在这里捣乱了这么久，我无形可就是一卑鄙小人，从来不讲什么江湖规矩。接招吧，剑完！"他话音未落，已是身形变动，仿佛要融化在空气里，两眼露出凶光，就要朝剑完背后扑上。

10

藏音端坐半空，微一皱眉，也不知从哪发现了破绽，突然喊道："等等，你不是无形。"他的话音未落，无形的身影已经如飞鸟一样腾空而起，那串铃铛在半空中发出细碎的声响。

人在半空，无形已经从左右袖子里交叉抽出两把细长的刀。乌木的刀柄长如小臂，而刀刃如两弯浸入水中的新月。

藏音猛一回头，张开双目，湛蓝色的光如火舌从他眼中射出，数十根琴弦同时从他宽大的袖子里飞出，如弓弦般绷直，交织着没入无形的胸口、肩膀和手腕。无形低低地哼了一声，那小小的身影凝固在半空，就好像粘在网中的虫子。

无形交叉的双手捏着长刀的刀柄，隐藏在宽大的袖子里，袖子却被数根绷紧琴弦穿过，钉在天花顶上。那两支细长的刀刃已经刺入藏音腹部半分，却再也前进不了一厘。

但就这么分心一刻的时间，对剑完来说已经够了。

庞大身躯的黑武士反手抽出了背上的青柄金刚剑。长剑出鞘，没有凌厉的光华，却有鼓荡的大风充盈在梁楹间。

藏音的眉宇浮出一丝恐慌的神情，他张嘴大喊了一声："伏师！"

较量伊始，剑完心中就始终忌惮那个站在门后纹丝不动的驼农民。即便在与藏音决斗，生死系于一线中时，他也带着自己意识不到的忌惮，将三分精力放在身后防备那个叫"伏师"的术者。

藏音这一喊让剑完心中一紧，虽然手上劈出一剑毫不容情，却稍一扭头，急看驼农民。那个老农民却依然站在门后的老地方，如同一具生了根的干瘪木雕，罔顾四周的兔起鹘落时光飞逝。他仿佛将身边的时间紧紧踩在脚下，让它深入地穴，再如何急速流逝，也与他无关。

金刚剑一出，却早已飞奔在流逝的时间之前。它如同奔腾的大风，在客栈里卷起寒彻骨头的洪水，从一头扫到另一头。但这把剑本身又是锋利无比的戒律，它横空而出，切断流水和大风的轨迹和通道，破除一切贪嗔痴慢，破除一切思惑使缠。

数十根琴弦一起绷断，它们飞散在空中，无数微小的闪光也像微尘，伴随无数细小的乐声，四散落入潮湿的空气里。

而无形的细弯刀一闪而没，扎入藏音的腹部。

藏音大叫一声，身子挂在弦上向后悠去。无形向后一个空翻，轻飘飘地落在地上，手中双刀已经脱手，依然没在藏音的肚子里。

无形落地时脚步不稳，一个趔趄几乎歪倒，细细的血丝从他衣服和袖子上微小的破孔四下里流出，与此同时，仿佛有一层雾气萦绕在他的面容和身体前，他的面容不引人注目地发生着改变。突兀的鼻子缩小了，凸嘴唇变成花瓣一样的形状，狼一样的下颌缩短回去，他的面容变成了一副有着丰美嘴唇和甜美脸庞的女子面貌，与最初戴着斗笠来到店里的那位紫衣少女有几分相似，但又不全是那位姑娘。她看上去更成熟，更自信，更无谓于周遭的纷乱。更充满英气又更多了几分疲惫之色。

正是鬼颜。

这又是密罗幻术吗？

"吓，原来这人不是瞎子。"鬼颜说。

他们一起看着半空中的琴师藏音。那些绷断的细长琴丝如同星辰在天空上划出的道道弧线，好像难以躲避的厄运乱糟糟地缠绕在他身遭。两条乌木的刀柄交叉着突兀在他的腹部，仿佛野牛头顶不吉祥的犄角。

他依然挂在梁下，吊钟一样摇来摆去，只是不再出声，湛蓝的眼睛里的光慢慢地暗淡下去。他喷出了一口血，不看身前站着的两名敌人，却将模糊的目光转向门背后自己的同伴，疲惫地问："是你的骄傲让你不肯动手吗？"

门后立着的那名沉默的农民依然遮蔽着身后的棺材，他慢慢抬起头来，两片破嘴唇也不翕动，用肚腹轰隆隆地说道："不是。"

伏师说："我只是看破了星镜上那些你没有说的东西而已。"

藏音瘦削的脸上一片苍白，他仰起头来哈哈大笑，暗红色的血随着他的笑声从伤口中不断涌出。"你看破了什么？你又能懂得什么？"

他轻蔑地笑着说。但所有的人却都从他的话里听到了一丝惊慌的气息。

伏师冷冷地看着藏音，他的面容如同石磨一样无情又平静："真可惜，作为星算师，你是无法算出自己的命运的。你不知道最后一个人是谁，不过很显然啦，他不是你。"

藏音挣扎着想从混乱的琴弦中解脱出来，他双手朝下摸去，要将插在腹部的那两把细弯刀拔出。他屈着瘦长的手指，抓住刀刃，缓缓地向外抽，但鬼颜那细长的刀刃上却带着钩齿，每一抽动，就将伤口拉得更大，藏音的身体也随着抽搐一下。

藏音肚子上的伤口越拉越大，肠子从他衣服下腹的缝隙里流了出来，垂挂在半空中，仿佛成串红色的绳子。

藏音依旧不肯放弃努力，但他的手在刀把上打着滑，痛苦让他满头是汗，嘴角冒出一串串的紫中带红的泡沫。他愤恨地瞪着驼农民，张开沾满鲜血的手掌，指着伏师，挣扎着道："你等着，那最后一个人，一定是我……"

他的手指依然高举在空中，神态却突然僵硬如石头。

"已经死啦。"半跪在地上的鬼颜叹了口气，低声说。

剑完掂了掂手里的剑。他的眉头皱成一团深川，"最后一个人？"他低声地问，"最后一个人是什么意思？"

那边厢的驼农民如同落入水潭的野山羊那样抖了抖身子，从他的肚腹深处发出一阵令人胆寒的笑声。这名死神的使者从黑暗深处活了过来，死亡的气息随着他的抖动，从这个腰胯腿脚僵直的男人身上弥漫而出，灌注满整个客栈。

他乜斜着眼，压根不看站着的两人，只是冷冷地哼道："你们都是天驱？"顿了顿，又道："很好，非常好。"他的话语仿佛是从遥远地底下传出的声音，仿佛是梦魇在半夜里磨牙的声音，让人浑身不自在。

剑完活动活动双手，他的右手已经被烧得乌黑，他的左手也布满冰霜僵硬如铁，但他浑若不觉，指着伏师的鼻子道："伏师，你的伙伴都死光啦，顽抗没有用啦，不如自己了断了吧。"

他扬手一招，那把锋利无比的金刚剑轰鸣了一声，跳起来落在自己身前。加上他刚才放脱手插在地上的剑，此刻有三把出鞘的剑，品字形地插在棕黑色的地板上。

鬼颜也一招手，插在藏音身上的那两把弯月刀划了两道弧线飞了回来，身后洒下两蓬血雨。原来那两把刀乌木的剑柄上还有两道细细的链子，系在鬼颜的手腕上。她双手甩动，双刀就劈开藏音的腹部，飞燕盘旋般回到她手中。

她的两道眉毛剑一样斜挑向上，与剑完站在一起，道："剑完大人，这个人厉害，小心他的星辰术。"

后门上一响，这时候又有人从后门里踉跄而入，扶住门柱看他们。原来却是店家白澜。

鬼颜皱了皱眉毛："不是让你不要下来的吗？"

白澜恍若不闻，只是吸着气，东看看，西看看，嘀咕着说："这客栈，被你们折腾成了什么模样啊？"

他在废墟里四处张望，居然寻到一把完整的椅子。他将它拖到墙角放好，解下腰间的围裙，将椅面拂拭干净，这才坐了下来，苦着脸对怒气冲冲的鬼颜说："我放不开这店呀。"

"知道回来送死，那很好。"伏师低沉地呵呵一笑，又翻起无光的白眼，直愣愣地望着鬼颜。鬼颜看着他那双浑浊无光，好像白瓷球一样的双眼，忍不住倒退了一步。

伏师问："这么说，是你偷偷布下了密罗术，杀了陆狼又杀了无形？很好很好，那么，现在，你们就一起上，来杀我吧。"

11

他们和无形对峙在陡峭如刀的悬崖上时，雨水如万根银针穿梭而下，将周围织成一片白亮亮的银子世界。

小径寂静如孤岛。

鬼颜披着外袍半蹲坐在雨水里，就如一团色彩变幻万千的花，看不清形状模样。她此刻外表极动，而内心极静，周身就如一张绷紧的弓，用心聆听等待那把无处不在的刀。只要她能忍住不动，就能让无形无下手之处。

白澜站在十步之外，任凭雨水冲刷，也是不敢动上分毫。他虽然极力四处张望，但哪里能看到无形的踪迹。

雨水将鬼颜脚下的泥坑慢慢冲成淡红色，眼看她的脸色在雨中越来越白，白澜心中不忍，他抹了把脸，正想说话，突然觉得肋下一阵刺痛直入心脾，大惊之下，怪叫一声，往前滚去。

泥水在他耳边翻溅，那股刺痛紧跟着他的脊梁骨，如影随形地逼上前来，它冰凉如冬日，恶狠狠地切割开他温热的背肌，要深入他的肚腹，钩出他的肠子。

恐惧逼得白澜全身的毛孔都倏地张开。他知道这是无形的短剑找上他了。他怎么也意料不到，无形会舍鬼颜而先杀他。他只知道这两人各怀机心，都想从他这位本地坐探嘴里探听到进入幻象森林的秘密，虽然到了末了依旧是凶多吉少，但总还有周旋余地。

此刻白澜在命悬一线的悬崖小径上滚、蹦、翻、腾、跳、闪，但怎么都甩脱不掉那柄无形的剑，反而觉得那柄剑越贴越近，就在如此紧要关头，他听到鬼颜袖子上的铃铛声叮当当一阵响，风一样擦过他耳旁，紧跟他脊梁的刺痛突然一空，这倏然离去的压力让他在泥水里又打了个滚，这才跳起身来，湿漉漉地贴着山崖而站，只见眼前万千光影变幻来去，穷目难追。

那两人已经打成一团。他们一个是一团幻影，一个是一团旋风。他们的战斗就如同阳光对影子的追逐，无论哪一方都让人无法看清身形。

白澜摸了摸肋下，摸了一手的热血。他扭着身子看时，见入口深长，出口钝粗，皮肉像嘴唇那样黑嘟嘟地向外翻开着。看着这样的伤口，他心里开始泛起一丝惊慌：无形这一剑下手虽狠，却不是真的要他性命。

这无形杀手的心思，还在鬼颜身上啊。他是要借杀白澜，逼迫鬼颜动手。

而鬼颜琢磨着刀尖上若有若无的磕碰，抓住一点对手移动的位置和气息，屏住一口气扑向前去。一旦脱离这种模糊的接触，她就会彻底失去无形的影子，而此时无形已经成功地拉近了他们的距离，她失去了重新停下来倾听无形的呼吸的机会。

无形在闪躲腾挪她如流水一样包融四周的双刀，动作幅度大了时，也会从卷动的空气缝隙里现出真容。

于是站在一旁的白澜就偶尔也能看到无形那飞甩开的卷曲黑发，深陷的眼窝里淡紫的双眸，狞笑时向一侧歪开的嘴。随着空气卷动哗啦作响的声音——就好像海潮撞碎在礁石上的响亮呼号——这副形象又飞快地隐没入透明的屏障后面。

白澜紧贴着悬崖而立。小径的一边是瀑布一样坍塌下去的岩石。打斗的两个人就踩着细细的一线边沿突兀来去，动作身形都如梦里的漂亮幻影，如羽翼颤动的蝴蝶，让人忘了那是在极度危险的悬崖边上的舞蹈。在这场看不清的舞蹈中，鲜血一点一点地飞溅出来，洒在白澜的脸上。白澜仿佛傻了一样也不将它们擦去。

无形一边闪躲，一边不断口出粗话，只有混迹在社会最底层的粗鄙汉子才说得出如此的污言秽语。他还如此侮辱眼前的敌手："你为什么要救他，你这男女不分的妖人，也爱上了这小白脸吗？"

雨开始滂沱起来。鬼颜皱紧眉头，不去听那些飞鸟一样跃过耳边的话语，她咬着牙在飞雨中舞动弯月一样的双刀，就像是被下了诅咒的舞偶，一旦跳起舞来就会永无休止地跳下去，直到耗尽全部精力。

鬼颜自然也明白这一点。她袖子上的铃声当当作响。在刺客的行列里，她的刀法并非最强。鬼颜这个名字所带来的名声并非来源于杀人的技术，而在于神奇的变形术，这能使她神不知鬼不觉地掩入目标身边突起格杀。

如今她主动攻上前去，实在是铤而走险的招数。看不见敌人，又能如何取胜？她起初意图将无形逼下悬崖，但心中并无把握。

那无形也是杀手中的佼佼者，一上小径，就已看清了周遭地形，此刻虽然以空灵的身法东躲西避，闪躲鬼颜的快攻，却极小心地不靠向对着悬崖一侧。

小径的另一侧是滑溜溜的黑色峭壁，它的尽头延伸到那棵直上直下的大树边，朝外突伸出去的地面，构成块窄小的三角形空地，空地边缘零星星地长着虎尾草和野茉莉。

鬼颜的双刀破空闪烁，如同蝴蝶畅快的舞蹈，它不再试图将对手逼下悬崖，却织成一张细密的网，挡住了小径上所有去路，将无形整个人一点一点地推向那个死角空地。

鬼颜要迫使无形在那块空地里与自己面对面地对上，只要她的刀和无形的短剑接得实了，那么即可凭借刀术上的实力见胜负。杀手的禀性本来不该让她选择硬拼，但她明白自己的胳膊越来越软弱，自己的挥刀越来越迟钝，身上的伤口已经让自己无法等待下去了。

白澜依然贴在峭壁上动弹不得。他看着那团幻影离小径尽头越来越近，空气的搅动越来越厉害，猛地里一声响，两个中倒了一个。

原来那一瞬间，鬼颜一翻腕压住了无形那把看不见的短剑，右手刀急进时，却忘记了无形早前设立在树前的亘白术陷阱。她一步踏前，突然觉得脸上气息如刀刮过，头顶上巨响，空气里仿佛一柄看不见的巨斧向自己的头上猛劈而下。

鬼颜大惊，向左一倒，但时机已迟，啍的一声响，左边肩膀一阵剧痛，摔倒在地，几乎痛得失去知觉，同时刀尖上一空，轻飘飘地如羽毛般扬起，无形已然完全失去踪迹。

鬼颜知道自己已经输了，还是忍痛翻身跳起，她沐浴在如瓢泼一样的大雨中，雨柱打在身上，让她觉得疼痛难忍。她用右手支撑着肩膀，四顾眼中一片茫茫的雨丝。突然听见身后有快速移动逼近的滴答声，这轻微的脚步声如此之近，已经让她来不及躲闪了。她转过身去，透明的空气帘幕唰的一声向两边分开。她看到无形挂在嘴边那野兽般的微笑。无形就如犀牛踏开低矮的灌木枝叶一样，分开雨水和空气，朝她笔直地冲来。

鬼颜微微一动胳膊，就感觉到了肩膀上传来的剧痛。她已经没有还手之力了。身后就是令人头晕目眩的悬崖,一侧则是布置着亘白秘术的大树,她只能交叉着双手向侧一转,突然向后面的虚空倒了下去,只剩下来两只脚尖还牢牢地钉在地上。这是一个斜铁板桥,鬼颜最后死中求活的招数。

鬼颜仰面向后,风把她那件能变化色彩浸透雨水的罗衣向下扯去。她觉得只要再加上最微弱的一个力量,自己就要随风而落。而无形正埋头向前朝她猛冲而来。他双手收在怀里,肘尖朝前,如同野牛的锋利犄角。以同样是杀手的敏锐感觉,他深切地明白眼前这位身形变幻莫测的杀手的厉害。一旦占据成杀的位置他就绝不容情,不许她有逃脱的任何机会。

几乎要低呼出声,她已经从无形的脚步中推算出他的肩膀将要撞击的那一个点。而那一点上……什么也没有。也许就是因为在空气的屏障后面躲藏得太久,他分不清幻影和真实的边界。他太相信将自己封闭起来之前的记忆,而不去看眼前的危险状况。因而无论是突兀的悬崖,还是一个空气里的幻影,对他而言也就不再存在。

仿佛是悄无声息地,无形倏地冲出悬崖,飞入了空中。那一瞬间仿佛极其漫长,无形似乎成功地让自己停留在了半空中,然后才唰的一声掉了下去。无休无止地向下掉落。

他终于失手了。

这也许是这个隐形杀手的第一次失手,也将是他的最后一次失手。

白澜从紧贴着的峭壁上探过头往下看那个小小的掉落的身体,它扭曲成"大"字形黑色剪纸。在遮盖悬崖底部的云气变幻背景上,他仿佛看到了那个杀手口中的金牙在闪亮。白澜惊恐地捏紧了自己的拳头,他发觉无形在这最后时刻居然在野蛮地狂笑。

是的,这个杀手施展的隐身术是亘白术。之前在栈道杀死自己的强盗手下，在小径尽端杀死那名军官，都是他做的。从时间和出现的地点上来看，他有这样的机会。

白澜知道，这个正在往悬崖下掉落的亘白术者，也许在掉落到坚实的大地之前就死去，但他设立的陷阱会依然存在。

即便从那株大树通往幻象森林的秘密通道已被打开，但只要最微小的形迹进入那个区域，鸟兽、草叶、微风，都会被上千钧空气的重击压成一片薄纸。

就算无形已经死了，陷阱也不会消除，他们将永远也进不去那座近在咫尺的幻象森林。没有施法者的解放，它可以永久存在着，直到被一千年的风慢慢地消磨腐蚀掉。

通往幻象森林的道路被彻底封闭了。

在空中向悬崖下掉落的无形确实有值得狂笑的地方。在这处纠缠着各方势力的孤独死结上，在他死后，将成为一个谁都解不开的局。

白澜抹了把脸，撕下衣袖，跌跌撞撞地走过去替鬼颜包扎伤口。他看着鬼颜背上和肩上的伤口里呼呼冒出的血，包扎的手不由抖抖索索地不听使唤。

鬼颜的脸色惨白如雪而嘴唇红艳如血。她，或者是他，望着白澜嘴角微微翘起："怎么，你怕这些血吗？"

白澜的两手依然在抖，但他的包扎手法却很熟练稳妥。"你为什么要救我？"他问。

"在栈道上，你替我撑过一阵子的伞。"鬼颜垂下眼帘说。

"就这么简单？"白澜带着点失望，又带着点说不清的情绪追问。

"就这么简单。"鬼颜避开他的眼睛。

白澜望着滚落的岩石和云气翻腾的谷底，心有余悸地说："客栈里不知道打得如何了，幻象森林已经进不去了，我们继续躲在这好了。等他们下面打完了，探明情况再说。"

"不行，我要回去。"鬼颜收拾起地上双刀，将它们拂拭干净，"剑完是我的同伴，我不能扔下他不管。我们现在知道这瞎子没有说实话，他隐瞒了还有个无形的存在。谁知道他还隐藏了些什么东西呢？"

白澜叹着气，仿佛下了很大决心地说："你一定要回去，那我就陪你回去。"

"不用。你就躲在这里等我吧。" 她斩钉截铁地说。

他不敢直面看她，鬼颜已经不再是那个外貌柔弱让人心起怜惜的女子了。

"剑完的实力我是知道的，他在宛州北部的天驱武士中冠绝勇武。但那几名辰月教徒个个都是高手，尤其是那驼农民的气息深不可测，"鬼颜冷冷地将双刀藏回袖中，"我总觉得他有问题——你要是跟来，我可不知道还想不想再冒险救你。"

"我知道了。"白澜闷着声道。他望着悬崖下那一线盘旋的栈道和挣扎在扭曲缝隙里的客栈，眼睛里在叹着气。

12

鸦巢客栈如同一艘黑色的大船，在越来越猛烈的大雨中颠簸不已。万鸦山的大雨仿佛大海的暴怒波涛，将历经劫难的它来回顶撞。这是百余年来最可怕的大雨。

挂在屋梁下的藏音尸体，来回摇摆，倾斜得越来越厉害。

愤怒的剑完大踏步近身而上，他的脚踩在朽烂的木板上发出嗵嗵嗵的声响。他的长剑在空气中像蛇芯那样嗞嗞作响。一道通红的火光从火剑上迸出。

驼农民仿佛被这道火光唤醒，犹犹豫豫地举手抵抗，他动作迟钝，形态痴呆。这般模样怎么能躲得过剑完那奔腾如雷电的利剑呢？

剑完哪容他迟疑，双剑合璧，一左一右扑上。尤其是他左手上的剑，吸足了他的愤怒，炽热如火，如同太阳射出的光箭，将站在对面的敌手沐浴在熊熊火光里。

噗的一声轻响，那柄火光之剑已经穿透了伏师的身体，从他前胸贯穿到后背，从驼农民的身上飞出了成片的火花和焦臭的气息。客栈里站着的其他人甚至能透过驼农民身上的大口子，看到门后如注的大雨。

如此简单，就了结了辰月的最后一人吗？剑完有点惊讶地想，他内心突然变得轻松、柔软起来。在没有了敌人之后，他的愤怒还有效吗？

"来吧，来杀我吧。"伏师的声音隐藏在地层下似的回应着他的思路。这个本该死去的辰月术士依然在说话。

"怎么？"剑完大吃了一惊。这人不是应该死了吗？没有哪一个人的身体可以被如此一把剑穿过后还能站立不倒，还能有生命的呼吸。

伏师的白色浑浊的眼珠子翻了起来，在冷冷地看他。

剑完大叫一声，后退半步，另一只手上的冰之剑横过，将对面立着的驼农民头颅斩下。那颗丑陋的说不清形状的头颅滴溜溜地滚到门外，转眼被冰冷的雨水灌注满所有的洞眼。

"来吧，来杀我吧。"伏师继续说，他的语调和语音里没有一点点变化，依旧像是从哪个无底的坑洞中冒出。

剑完咬着牙看驼农民的尸体，他的腔子里甚至没有一点点血，浅紫和乳白色相间的光滑平面，他可以从中看到萎缩的脊椎。

他早已经死了。这个驼农民根本就是一具尸体。刚刚想到这一点，剑完闪电般地转过身来，"棺材，"他喊道，"棺材里装着的才是真正的伏师。"

他看到那具棺材的盖子正在向外打开。速度仿佛极慢,但他却根本无法阻挡。

剑完手中冰火双剑齐出,向棺材中掷去。那两把剑拖带着不同色彩的尾迹,火与冰的相互敌视使它们在空中就开始相互咬啮,并将周围的空气吸卷成一道白红两色的旋涡,它仿佛一截裹着火焰和冰霜的粗箭,要将棺材盖子钉死在棺材上。

厚重的棺材盖子像一片狂风中打旋的枯叶般飞了出去。

双剑齐齐地插在打开的棺材两沿,竟然失去了颜色,变成暗乌乌的,如同乌木的颜色。

只是那时候,他们已经无心去关注那两把剑的变化了,三个人,六只眼睛,只是中了魔似的盯着棺材里的东西不放。在乌黑的裹尸布下,有个东西正在扭动,仿佛要从中挣扎出来,那具形体是不完整的人形,是一只没有凝聚成功的魅。

通常只有精神力量不够强大完美的虚魅才会凝聚出这么丑陋的如同尚未完工的形体来,但他们眼前的东西,却从残缺的形体里不容置疑地向外散发出他们前所未见的可怕精神力量,那股力量把他们的头脑和心灵重重地撞击了一下。

"谷玄魅者。"鬼颜茫然不自觉地后仰着身子自语道。

这是一只由纯粹的谷玄力量转生而来的魅啊。

谷玄,这颗破坏和灭亡一切的星辰,死亡星辰。

作为太阳的对立面,谷玄的存在几乎不为人所知,只有星象学家们才能通过古老书卷的记载而对它略知一二。这位黑暗的神祇和太阳处于大地的两头,以近乎相同的周期和轨道围绕大地转动,但并非永远位于太阳的对顶点。

当太阳以光芒将半个周天照亮时，谷玄的黑暗将另半个周天渲染成黑夜。同样没有人知道谷玄的颜色和大小，因为任何人都看不见这位在黑夜中默默运行的神祇。星象学家们只能通过它对其他神祇光芒的掩盖来确定它的运行。

谷玄代表黑暗、终结、秩序的流失。

剑完的赤华月镰双剑插在棺材上，虽然距离甚近，却不再呼应鸣叫。这两支罕见的魂印兵器之上附着的精神力竟然就在这转瞬间被解开封印吸纳一空。

魂印武器中灌输的精神力量与组建成魅的精神力原本是一物，吸附了它们的力量之后，棺材中那残破丑陋的身躯仿佛从深处透出一种黑色的光来，它在裹缠全身的麻布里扭动着，有了某种要挣脱开这个难看的形体逃逸到虚空里的迹象，但它终究喘息着退回棺材深处。

一股黑色的浪席卷淹没了整个客栈，滚动翻涌了一会儿后，又悄无声息地退去，没有留下一丝痕迹。且慢，这股黑潮并非真的没有留下东西——它在他们的心里都留下了恐惧的烙印。

他们每个人都浑身战栗。那只潜藏在洞穴深处的怪兽，仿佛正用它那不存在的眼睛挨个打量自己。它的目光扫到谁的身上，谁就觉得从脚底升起一股寒气。

剑完这名暴烈的战士，刚感觉到一丝恐惧，就用愤怒将自己点燃，他的胸膛被愤怒高高鼓起，就如同一副青铜的盾牌。深呼吸一口气，袍子斗篷膨胀如鼓。心跳就是战鼓的擂动声。他的双足踏牢地面，就是不可摧毁的石头壁垒。

他捏紧手中的金刚剑，只走了半步，脚上就被什么东西给绊住了。

那是一根细丝，又细又亮，从一块翻倒的碎桌板下探出，将他的右脚绊住。是琴师藏音的琴弦。

剑完的金刚剑划下，那根琴弦干净利落地断成两截，发出一声轻轻的绷断声。

剑完却突然觉得空气里有什么东西不对了。不是气味也不是温度的变化，就只是感觉有什么东西在黑暗里断裂、毁坏了。他侧转过头，又看到一朵细细的黄花，在漆黑的背景中孤零零地开放。那是已经死去的陆狼胳膊上缠绕过的钩藤花。

还有更远处，吊在梁上的藏音不知道什么时候不见了，只余下地上和天花板上成片的暗红色血迹。

沉重的带着股臊臭的呼吸声在剑完肩膀后响起。

这可绝不是幻觉。

他猛回头，看到一双熟悉的碧绿色双眼，在越来越阴暗的店堂里，陆狼正冲他张开满是獠牙的大嘴作势咆哮，而形容枯槁的藏音则踉跄着从柱子后走去，他的肠子依旧拖在地上，随着他的行进在地上拖出一道红色印迹。

那些死去的敌人又重新复活了，此刻那些无情的双眸和铁一样的面容，都在述说一个事实：那就是它们比当初还活着的时候更强大更有力量，将会更加无情地对待自己的敌人。

"食鬼术。"他身后的鬼颜轻轻地呻吟了一声。

现在他们知道那个驼农民是怎么回事了，他不过是伏师的食鬼法中的一位牺牲者。伏师自己始终躲藏在棺材中，驱役死者替他做事。

对于见多识广的剑完和鬼颜来说，这种异术也仅是耳闻。它甚至超出了谷玄术者的能力范畴——即便是精通谷玄术的大师中，也没有多少人能明了食鬼术的运行机制。

从大的层面上，可以解释为驱役者从外界将精神力注入这些尸体内，驱使这些僵硬的躯体行动。这些尸体会如常人一样，拥有他们生前的力量和本领，对役主唯命是从，直到躯体腐烂，肌肉掉落，最后整个骨头架子完全垮塌。

虽然死亡与谷玄，这颗死亡之星有着密不可分的联系，但只知道索取，而不知，是一种与谷玄的属性完全相反的方式，必定有更隐秘和不为人知的秘诀。

伏师能知道和运用这样的秘法，术力当真是深不可测。

剑完只觉得心头冰凉，但那两名从死亡中归来的老对手可不给他思索的时间，陆狼一声低低的咆哮，飞身扑上，双手乌黑的指甲如狼爪般窄长尖锐。

剑完提剑抵挡，却发觉金刚剑的剑身上不知道什么时候缠绕满藏音的琴弦。他骇然振臂，想要将这些乱丝斩断，但藏音已经十指收束，向怀里一收。那千百根琴丝一起振动，发出密集悦耳的声音。剑完只觉一股巨大的力量从天而降，再也拿捏不住手中兵器，长剑脱手飞出。

金刚剑如一道闪电，带着呼啸的大风，向上笔直飞去，冲破了屋顶。一条黑影狼一样蹦起，穿越带着臭气和死亡的落雨，朝剑完扑来。剑完右手回转到肩后，左手捏成拳头朝狼头上砸去，只要让对手稍微缓上一缓，他就可以拔出肩膀后的最后一把剑了。

巨灵一样的铁拳砸在陆狼带着暗绿色光泽的脸上，将他的眼珠打进、鼻梁打陷、獠牙打碎，而陆狼却丝毫也没有闪避的意思，只是猛扑而上，一张残破的脸贴到剑完的胸脯上，獠牙抵在剑完的肚腹，双手环抱着剑完的胳膊，他的十指上那长长的锋利指甲，带着木质的颜色，和坚硬的木头没有区别，已经深深地插入剑完宽阔的后背里，血花飞溅。

剑完还待要甩开这流苏一样紧贴身上的躯壳，陆狼紧扣着他后背的胳膊上，却有几道细小的藤草像蛇一样盘曲着从他后背的伤口里钻入。

鬼颜挥舞双刀飞身而上的时候，已经太迟了。

那几道细如发丝的藤草，已经突然勃发成粗大无比的钩藤，撕裂皮肤，钻裂胸骨，撕咬摧毁这个巨人的胸腔，然后从剑完的胸口突兀了出来。钩藤的复生针叶和小花都吸纳足鲜血，变得红艳骇人。

剑完大叫了一声。他的勇气和力量，正跟随这些喷涌出的血流逝得干干净净。

"剑完！"鬼颜叫道，想要冲上去帮忙，但陆狼与剑完缠贴得如此之紧，让她未免投鼠忌器。

剑完痛苦地喘着气，双目血红，仿佛即将喷发的火山。

钩藤依旧在他的胸腔里钻来钻去，四下蔓延。他鼓足余勇，大喝一声，左手夹住陆狼的胳膊，右手翻起来挟住陆狼的光头，猛地一使劲。客栈里的每一个人都听得咯喇一声可怕的响动。

陆狼哼了一声，松手向后退开。他的颈骨已经断了，头颅松松垮垮地挂在脖子上，但他依然能屹立不倒。

鬼颜一伸手将摇摇欲倒的剑完扶住。

这一次，剑完真切地感觉到了痛楚，跟随着呼吸，一柱血流顺着他胸口的铠甲往下流淌。

这二十年来，他始终用愤怒遮盖他的恐惧。他始终是宛州北路天驱骑士团中最勇敢的武士，如今，这些被压制着的不安和害怕全冲出来了：年少时被野狗追逐的经历，被火烧死的父亲乌黑的脸，饥荒中饿死的母亲青白的脸。全都挟带着巨大的恐惧感，汹涌而来，将他淹没。

"不要,"他害怕地抓住鬼颜的袖子,呻吟着要求,"不要让我死。"

鬼颜紧紧地抓住他的巨掌,仿佛慈母哄骗自己的小孩般低下头去,轻声说:"别担心。一切都会好转的。"就在剑完眉头稍稍舒展的一刻,她袖子里的刀倏地向外一跳,割断了他的咽喉。

"不要让……"剑完从嘴里漏出了最后半句话,随即合上双目。

在这场鸦巢客栈的决斗中展现出无限勇气的黑武士,就这样孤独地行走到了通往死亡的旅途中。

金刚剑这时候,才像飞羽一样轻轻地落了下来,嚓的一声轻响,深深地插入木地板中。随着它的落下,客栈大堂的整个屋顶都垮塌下来。在其上积累了上百年的乌鸦羽毛、骸骨和粪便,还有最新被那些疯长的绿草闷死的乌鸦尸堆,以及汹涌的雨水如同满天花雨一样散落下来。

鬼颜突然轻轻地,不出声地笑了出来。

她的笑声是如此地不合时宜,如此地轻巧如飞,不受形势的牵挂,就如同乌鸦的夜羽。

顺着她的目光看去,看见在他们之间的地上,那些黑色的飞鸟尸体中,有一只特别大的乌鸦,就如同岩石露在河滩上。它的嘴角边,还有一份黄色的飞檄。此时那份飞檄被雨水冲开,在地上摊得平平整整,他们每个人都清晰地看见上面画着的人脸。

只见那张脸轮廓方正,五官开阔,只是一双眼睛带着几分贼气,不是别人,正是店老板白澜。在黄纸下方,写着的两个字是:

白婪

棺材里的伏师,那团不完整形状的东西又动了起来。它那破损的嘴唇仿佛黑洞一样轻轻地张合着。伏师在看向坐在角落里的白澜,或是白婪。

他低沉地笑着,那笑声就像痨病人的痰在喉咙里滚动。他问:"三年前我就来过这地方,我认识客栈老板,他是个有山羊胡子的驼背老头——如果你就是他,那么地窖里的那具尸体,又是谁呢?"

在伏师这阴森森的充满杀气的责问中,白婪在那张椅子上安坐如磐。他点了点头。"我确实不是江子安的坐探。"他又从怀里掏出那枚紫色的印章,看了一看,又将它揣到怀里。他笑眯眯地抬起头来,笑容里仿佛涂满蜜糖。

"鬼才是江子安的密探呢。"他说。

"一天前我就来到此处,从原来的老板处拷问出了所有情报。我刚杀了那人,不料你们跟着就到了。你们来得太快,我还没能进山。"

他朝鬼颜点了点头:"第一个来的,就是你。"

鬼颜的脸色白如锡纸。她问:"那么你是要帮我杀他,还是帮他杀我呢?"

"其实,我没有选择。"白婪不敢看她的眼睛,低下头去承认说。

他端坐在那张椅子上,张开口来,从口中哈出一团金色的气来。那股气体在空中萦绕不散,形成一朵金莲花的样子。花旁有金色的字萦绕。那三个字是:"破 空 生"。

13

形势已然明确。鬼颜暗暗地想。

剑完原先替她抵挡住了大部分敌人,好让她隐藏在暗处寻觅那条小路,但此刻无形已将通往幻象森林的通道堵死,鬼颜前无去路。栈道也早就断了,鬼颜后无退路。

唯一的强助剑完却已经死了,白婪直到最后一刻,才显出暗辰的身份来。

此刻鬼颜一人独力,要面对伏师、白婪,以及藏音与陆狼的行尸——这四名强大的敌人。鬼颜已入绝地,但心里却出奇地平静安宁。

她怀里抱着剑完逐渐僵硬的身体,捏着他的巨掌说:"天驱的血不会白流。剑完,我知道你是因为不能再战斗了而恐惧。别担心,我要让你亲手来替自己复仇。"

客栈正在一步步地步入阴影之中,外面的天空墨一样黑。白婪在此住过两夜,心中知道谷中白昼短暂,但也不该如此早就全黑下来。他默默地想,外面的天色,只怕还与这棺材中的谷玄术者施展星辰术有关啊。

"白婪。"

有人在叫他,白婪啊了一声,不是看到而是感觉到棺中的伏师冲他转过脸来,轰轰地说:"白婪,杀了她。"

他被这命令驱使着,朝站在大堂中心的鬼颜看过去,她也正好看过来。

借着天空中最后的一点微光,他看到的是一张并不认识的脸。他欺骗了店里的所有人,而鬼颜也欺骗了他。她用自己的纯洁、自己的无助、自己的伪装,骗取了他的同情和信任。万鸦山栈道真是条欺诈之道。一开始一切就都是假的。但那双眼睛怎么又依旧迷人呢?白婪不无纳闷地想着,她那双透明的眸子就如同两块温润的玉,即便在乌黑的室内也放着光。

"杀了她!"伏师说。他的话里有股难以抗拒的魔力。作为暗辰中一名高阶大教长,他的话有无上的权力,白婪怎可违抗?

白婪又看了看她的眼睛,心怀惋惜地冲鬼颜一笑:"如此就对不住了。"一蹲身子,从靴子里掏出一把解腕弯刀,耸身一跳,朝店堂中心站着的女孩扑去，身法竟然也如豹子般敏捷和难以捉摸。

鬼颜却不用自己的双刀，拔出地上的金刚剑，朝白婪迎上前来。天空完全黑下来了。只能听到唰唰的雨水砸击在地上的爆响。他们两人的身影都隐没在漆黑的店堂里，分不清谁是谁，只是偶尔兵刃相撞，闪出几点光亮，让人在电光石火中，看到鬼颜的身躯又发生了变化。

这女人那娇小的身躯仿佛在不断生长，变得和死去的巨人一样高大，她的面目狰狞，头发蓬乱地向外伸展，就连形容竟然也变得和剑完一模一样。她挥舞锋利无匹的金刚剑，仿佛完全占有了剑完的力量和凌厉气势。

白婪的短刀哪里抵敌得住，不住向后倒退，突然团起身子一缩，一道微弱的光华从他口中喷出，原来那是一支三寸长的口剑，如毒蜥蜴口中吐出的毒液，在夜暗中弹射而出。

鬼颜猝不及防，挥舞利剑，勉强将那些暗器挡开，却被那支口剑没入胸口，登时倒下，竟然就此死去。

棺材里居然传出了几下鼓掌声。"好，真好。"伏师嗡嗡地说着。

白婪空着双手，立在地上呼呼喘气，对伏师道："我……"

此时突然一声惊雷，电光划亮店堂，蓦地里只见还有一个鬼颜，隐身在巨柱之后，借着这道光，头前脚后，连人带剑如同一道白虹，向着伏师的棺材疾撞而去。

伏师却不惊不急，继续夸赞道："漂亮啊，真是漂亮。"

那一道白虹疾飞而至，却如同撞在一片细密的丝网上，向外弹出。原来藏音早以手中琴弦，在鬼颜和棺材间布下一张肉眼难见的罗网。

白婪大惊中，猛听到伏师桀桀而笑。

"正是因为他们只能感受到极有限极细小的外部世界，白婪，你的密罗幻术才骗不了他们啊。"伏师的话字字如同屠户的剥皮刀的每一探割，通彻心肺地揭开了白婪小心掩藏的伪装，将他心中谋思读得清清楚楚。

白婪还想做最后的挣扎和掩饰："——我的密罗术？这和我有何关？"

另一边，鬼颜受此重击，正从口中吐出一摊血，慢慢从地上艰难地爬起。只是如此极短的一瞬间，原先模拟剑完的庞大体态又回复到娇小的女儿身。

"她，是寰化术者。"伏师明白无误地断言道。

"这是基于寰化星辰系的变形术。它能让人的骨骼肌肉牵动变形，就如面团一样随意塑造。这使施术者模仿任何人的面貌都有可能。她施展出的容颜和身体的变形，都属于这颗游离之星的分管范畴，而不是密罗的视觉幻术，而一直潜伏着的密罗术者，依然是另有其人——其他的术者都已经死了。白婪，密罗术者，除了你还会有谁呢？"

寰化这颗橙黄色的星辰具有椭圆的形状，因为它实质上不像绝大多数星象学家认为的那样是一颗大星，而是两颗靠得极近，难以分辨的星辰。

寰化的运行似乎是没有轨迹的，它可能出现在天空的任何一个位置上。它蕴含的双星体系共有着一个灵魂体系，既相互迷恋，又相互争斗，这种多变的、毫无规律的离弃和连接，让任何试图预测其轨迹的计算都臻于极繁。它让所有的星算师头疼。

寰化代表游荡和偏离。

伏师慢悠悠地道："你才是那个骗过了陆狼的密罗术者。白婪，踏入客栈始,我们就都入了你的术中。就连你口中吐出的莲花,也是假的。"

他轻轻地笑着,说:"你骗过了陆狼和无形,还想要来骗我吗?"

白婪大惊,却无从辩驳起:"你,是怎么看出这一切的?"

伏师哈哈大笑,他的笑声如同秃鹫翅膀扇动燥热的空气,将腐败和死亡的碎片一起带起。"我故意让自己凝聚失败,没有五感七情,就是要摒弃这些扰乱心神的东西。远离一切相,不住色生心,才是真正强大的法则。那些欲望凝聚的魅,想要去享受这些花迷乱眼的繁华之色,才让自己的精神力大受损耗。它们自以为成功,却是多么地愚蠢啊。"

鬼颜拖着受伤的身子踉跄站起,她问伏师:"那么你为什么要变成人呢?为什么要加入到人类社会中来呢?你好好地在无色无欲的空旷野地里当你的孤魂野魅,不好吗?"

"因为,"棺材里的那东西迟疑了一下,说,"我讨厌这些漂亮的东西。我要把它们全都杀死。在我凝聚身体的湖边,生活着那些漂亮的魅,她们总在那里飘来飘去的,多讨厌啊。我后来一个个地将她们全都杀死,吸收了她们的力量。那是我第一次体会到存在的乐趣。后来我发现,还有更好的办法可以杀更多的人,而且不用我亲自动手,所以我才入了暗辰教啊。"

白婪也问:"你既然早知道客栈中被布下密罗术,为什么不告诉他们?"

伏师又轻声笑了起来,它的笑像是肺痨病人的咳嗽。他反问道:"我为什么要告诉他们?他们的死活,和我有什么相关?你们的死活,和我又有什么相关……"

白婪趁它说话,突然从宽大的袍袖里射出了漫天花雨般的暗器。一些微弱的光华就从他那宽大的袍袖里钻出,如同密密麻麻的蠓虫飞翔在微熹中。穷极目力，只能辨认出飞刀、飞叉、飞铙、飞蝗石、铁莲子、铁蒺藜、铁橄榄、铁鸳鸯、铁蟾蜍、罗汉钱、如意珠、梅花针，星星点点如一张网撒开，但这还只是开始。白婪袖袍甩动，更有燕子镖、金钱镖、回旋镖、十字镖、暗弩、梭镖、标枪、乾坤圈、袖箭、甩手箭、枣核箭、三棱刺从身上源源不断地飞出，仿佛他双手上安装了死亡的喷泉。这次他射出的可是真正的暗器了，没有一只是幻觉把戏，只可惜那些暗器全都凝固在空中，在它们之前的地上突然冒出了许多青藤，如同大张的罗网立在空中，同时盛开了上百朵小小的黄花，每一朵黄花都迎接住一支暗器。其中射得最近的口箭离伏师的棺材不过一分远，但它们那寒光闪闪的锋刃都被黄花托在花蕊中，穿透不过。那些黄花一闪即凋谢，这些暗器就如一阵铁雨，铿然落在地上。

鬼颜也不甘落后，她鼓起余勇，捡起地上的长剑金刚，要再冲上前去。但从她身后却突然冒出来一个人，高大的身影如同夜色一样庞大。

鬼颜手里的长剑闪灭不定，但那黑影对长剑的脾性仿佛极其熟悉，只一反手打在鬼颜的腕上，就将金刚长剑打脱了手，那柄锋利无涛的长剑唰的一声穿出窗外，远远地不知落到哪里去了。

伏师打了个响指，几团鬼火在店堂里游荡起来，照亮了这人的脸，它带来的惊惧效果更超过了空手夺剑的威吓。

那个人是剑完。

他身躯如山依旧，只是胸口上流出的血已经冰冷了，宽厚的胸膛里没有了呼吸，他已经是个死人了，却伸出一只大手捏住了鬼颜的咽喉，将她高高举起。鬼颜就如同一只受伤的小鸟，被卡在大树的末端挣扎。

白婪像猴子一样跳上了那个巨人的背，想要摇动剑完铁一样的胳膊,却如同蚍蜉摇撼大树,不能攀动分毫。白婪一俯身,从剑完的背上抽出了最后一支剑——黑色剑柄的那一支。

这一剑出鞘时没有任何声响。白婪将它抓在手里,只是最普通的一柄钢剑又黑又沉,入手沉重,却粗钝无锋。

白婪高高举起这柄厚剑,只觉得手心一痛,他大惊之下,张开手看时,只见剑柄上有一个突起的烙印,刚才这么一捏,已经深深地扎入自己的掌心。那是一个含义隐晦的符号——隐藏着天驱最久远的意义所在。

眼见鬼颜的脸色变得青紫,已经不能呼吸了,形势危急,白婪鼓足勇气,大喝一声,直上直下地猛劈。剑完的手落到了地上。鬼颜挣脱那只手,跪在地上咳嗽不已。

而断臂的剑完毫不停留,庞大的身躯拖着沉重的脚步,继续朝他们一点点地逼近,而藏音和陆狼也各自挡住了他们的退路。不仅仅是他们,就连早前死去的店老板、强盗、脚夫,全都加入它们的行列。

"别挣扎了。"伏师静静地说,"你们迟早也会加入他们的行列。"

"我们一起来。"白婪对鬼颜说。鬼颜点了点头。

两个不同星辰系列的术者合作的力量,通常会超过两个单独施法者的向量相加,但只有绝对信赖对方的术士才可能施行这样的法术,否则他们发动起来的法术,也许先会反噬到自己身上。

鬼颜知道遇上了这辈子最可怕的敌人。她闭目静心,与运行在天空里的寰化星辰之弦协调奏鸣,上千种各色形体登时从她那弱小如幼苗的身躯里无穷无尽地表现了出来。它们一个个从模糊到清晰,一些容貌在微笑,另一些在生气,还有一些在哭泣。它们很快又分解为模糊涡流,这涡流飞快地转动,搅起一圈水一样的漏斗,这漏斗里既有陆狼,也有藏音、剑完、无形,甚至还有无数的伏师及其藏身的棺材。

白婪的密罗术也发动了。一道闪亮的白光仿佛一堵白墙，从室内这头推到那头。登时小小的客栈之内，拥挤起无数身影来。无数的人无数的分身，或走或跳，或冥想，或游斗，或争闹，构建成无数重重叠叠的幻象，而鬼颜和白婪的真身隐藏在其中。

虽然棺材里的伏师封闭了自己的五感，他不看，不听，不闻，不触，一切幻术对它都不起效果，但他手下那些微知微感的行尸，对眼前乍现这无穷幻影，也茫然不知所措。

无穷多的影子在客栈里穿花一样移动，如露亦如电般闪灭。伏师再强大，怎么让手下役尸在这样的花潮里抓住对手呢？

它们僵直地呆立在地，不知该对谁下手。眼前那位低酌自饮的藏音突然化成白婪，一刀插入一具行尸的心脏，那具行尸吃了一刀浑若无事，回手扭住白婪，但抓住的白婪早化成一团虚无的灰尘。

另一条飞行在空中的巨狼突然变成鬼颜，从空中扑击而下，双刀回旋，将陆狼那颗还吊挂在后颈上的光头斩下。陆狼无头的尸体直挺挺地向前扑去，却一头撞在柱子上，震得大堂一阵摇晃。

白婪和鬼颜心意相通，分进合击，在拥挤的客栈大堂，划出一道曲折的线，尽头都指向竖立在门后的那具黑棺材。他们心里明白只有解决这具棺材里的残魅，才能真正杀死这些死人。

但不等他们靠近，白婪觉得心头一窒。他站下来闪到半扇桌子后观察时，仿佛看到有一股黑色的潮水从四面涌起，向他们扑去的目标涌去，围绕着它为中心，形成了一个巨大的黑漩涡。与此同时，他和鬼颜都感受到自己身上的星辰力量在衰减。鬼颜那件幻彩衣的色泽也暗淡了，就如同临冬的蝴蝶翅膀。

而行尸们也都不动了。它们呆滞地立在原地，肌肉迅速萎缩，俄而枯瘦如柴火，随即扑倒在地。那些群蛇桦的藤草拥挤着枯萎

三一二

了,它们的藤条上结出的希望之果尚未成熟,就纷纷粉碎成末。没有草木被碾碎时散发出的那种香气,而是直接化为灰烬。

白婪惊恐地想:这是星灭术,伏师正在施展这一谷玄系的最高法术。它能将一切星辰力全都吸附走,当所有的精神力量都被吸纳一空,生命自然也就凋萎了。

"我们不是它的对手,还是跑吧。"白婪在幻影中摸住鬼颜的手,拉着她想要向后退去。

伏师的大笑声在店堂里扩散开,就像是大水中的涟漪。

"快走。"白婪推了她一把。

但鬼颜甩脱了白婪的手,她咬着牙说:"我们还有地方可逃吗?我要杀了它,去找到神器。"

她反腿在客栈中央的大柱上一蹬,如同一只飞燕,在空中优雅地转折,唰地敛起翅膀,朝棺材俯冲下去。

但她越是扑近那具绛黑色的棺材,就觉得身上的力量流失得越快,身子就越软弱。不等她靠近那道黑漩涡的中心,腿上一软,已经摔倒在地,就如同溺水的人般,越是挣扎,却越是提不起手中的刀来。

不知道为什么,在这一刻,她想到的是那个系着围裙,脸膛宽阔有几分贼气的男人。

她扭过头去找白婪,就这么一回头,耗尽了所有的力量。在晕倒前的一瞬间,她瞥见后面的白婪也逡巡着不敢接近。

大片的黑暗猛砸了下来。

14

鬼颜醒过来时,发觉自己的小腿上火辣辣地疼。

四周一片漆黑,风却是极大,发出嗖嗖的声响在身上窜过。

她动了动,缩起腿摸了摸,发觉上面是一圈伤口,每道伤口都是对称的一对小孔。

"对不起,是我弄的。"一个男人的声音在身边说。

鬼颜一惊,随即听出来那是白婪的声音。

"我看情形不对,不敢上前,于是捡了一段钩藤,扔过去缠住你的小腿,把你给拖了回来。"

鬼颜轻轻一笑:"没想到陆狼这光头还能救我一命。"

"这里是什么地方?"她问,搓了搓手,想在指尖上弹起一小团火光,看看四周的情形,但指头上却空落落的毫无反应。

"别试了,没有任何星辰术可以应用了,所有的星辰力,它们全被那鬼东西给吞噬了。"

"啊,"鬼颜跳起来摸了摸自己的脸,"这么说你看到了我的真容。"

白婪苦笑:"你们女人,现在就惦记着这个?"

鬼颜心中一片茫然,多少年来,她就始终躲藏在虚假的面具下,连自己都忘了原先是什么样子了。如今暴露真容,比裸露全身还要叫她难堪。

"这里是客栈底下的地窖里,不过我们躲不了多久了。一切力量皆尽灭绝,这是谷玄术的最高阶法术'星灭神离'啊。我看那团残魅已经失去控制,这儿很快就要毁灭了。先是星辰力量,然后是生命。它的谷玄术再施展下去,不用半个时辰,这客栈方圆五百步内的所有的生命都会死去。"

地窖口正对着客栈大堂,他们根本就无法穿过出去。

"我们在这里能坚持到天亮吗?"

"没多久了。"

她感觉到那个男人在黑暗里无声地摇了摇头。

"半夜就要到来。谷玄将升到最高处,那只虚魅的力量将达到顶点。他将星辰力吸光后,各种生物的生命力也就消失了。"

"这么说,我们无处可逃了。"

"有。"白婪说,他的眼睛在黑暗中隐约地发着光。

"是什么?"鬼颜抓住了他的胳膊。

"这座客栈,确实是枚精巧的钥匙。你摸这儿。"

鬼颜摸到一根大柱子,它溜光圆滑,笔直如箭,正是那个立在客栈大堂中央,从楼上落下,深入地下的紫红色大柱。

"知道什么叫'一根马尾空中吊'吗?"

鬼颜摇了摇头。

"那就是说这种悬空建筑的,"白婪说。他也是一名杀手啊,杀手的本性,让他来了短短一天,就将这里的上下情况摸了个透。"这里看似有无数的立柱,半插飞梁,其实都是假的。它们相互交会,最后都落到了这根柱子上,整间客栈所有的重心都撑在这根柱子上。"

"哦?"

"一个点。"白婪肯定地说,"只要摧毁这个点,整座客栈,连同这一段栈道,就会塌落下去。"

"那又怎么样呢?我们与他同归于尽?"鬼颜不由得抓紧了他的胳膊。在丢失了容貌的武器后,她好像突然又变得软弱了起来。

"不,"白婪温柔地说,"你不会有事的。"

地窖的侧面是用块石垒砌起来的,黑色的风正从石缝里呼呼地钻入,发出阵阵悲伤的呼号声。白婪使劲扒拉了两下,侧墙崩塌了下去,在陡峭的石崖上跌撞了几下,无声息地落到下面的深渊里去了。

"你从石缝里挤出去。顺着客栈的地板下慢慢地向大堂那一侧爬过去,客栈和悬崖的交合处,有一个很小的缝隙。千万要小心,别滑下去了,那我就算再用钩藤,也救你不上来了。"白婪轻轻地笑着说。

"你爬出去后,从侧面可以绕到客栈后面,顺着刚才那条小路走吧。走到底……"

"走到底……"鬼颜突然兴奋地揪住了白婪的袖子,"这老笨蛋,他帮我们重新打开了一条生路。他的星灭术,将所有的星辰力量都吸走了,自然也将无形布下的陷阱给破解了……把你的钥匙给我。让我们进幻象森林去。"

白婪从怀里又掏出了那枚紫色的印章,看也不看,随手将它甩到一边。他哈哈地笑着说:"这东西,不是钥匙。"

"啊?"

"钥匙我早已经交给你了,就是那树上人像的嘴。你已经把它打开了。"

"那么那道门……"

"那道门一样的结界只是抵挡楼梯上的灰尘用的。"

"你这骗子,"她轻轻地叹着气说,"我们都是骗子,可就属你的骗术最高了,居然能一直骗到最后。"

白婪轻轻地推了鬼颜一把,"好了,你快走吧。我随后会去追你。"

鬼颜毫不费力地穿过地窖侧壁,伸手摸到了被风切割成一道道的黑色岩壁,岩壁像个斜放的漏斗,崎岖不平,斜着向一侧延伸。她犹豫着向前爬了两步,为了不被风吹下去,不得不紧贴着岩壁爬行。

"鬼颜。"白婪又叫了一声。

"唔。"鬼颜转过头去看他。

"我没看到你的脸。不是我不想看，是这里太暗了。"白婪承认说。

"这时候，你还要开玩笑？"鬼颜嗔道，心里却是一阵轻松。

"可惜没能更早遇见你。我不知道，天驱里也有这么漂亮的术士呢。"白婪继续说。他没听到回答，只听到细微的扒拉碎石的声音慢慢地远去。

他吐出了一口气，摸着眼前那根粗大的柱子。黑色的云气在四周鼓动，那是被风从深渊里带上来的。

他用尽全力，高举起那柄带下来的黑剑，朝柱子砍去，一下接这一下，一剑接一剑，发出丁丁的声音。

这把剑上没有附着丝毫的星辰力。它只是凶狠地咬进柱子的伤口，默默地将每一震动都传到白婪的手心里，把那个锋利的铭记更深地刺进白婪的肌肉里。

这把剑的每一次砍伐都要让施用者的肉体付出代价。

所有的星辰术都消失了，这里只留下了物质的力量。白婪鼓动肌肉，咬着牙一下下地砍下去，他已经多少年来没有使用过它们了，只是挥舞了十几下，就让他感到肩膀酸疼了。

木屑箭一样四散纷飞，看似粗壮不可一世的柱子也在这样的黑剑下颤抖，它抖得越来越厉害。白婪正专心感受它的战抖和退缩，砍伐得越来越顺手，却突然停了下来。

"你怎么又回来了？"

鬼颜回答说："那个出口，只是窄窄的一道缝，整座客栈都压在上面，下面就是坚硬的山脊。"

"那又怎么样？你身子细，应该爬得出去。"

鬼颜沉默了一会儿，说："我的身体很软，便于变形。虽然不能施展变身术了，但穿过那道缝隙还是没有问题的。可是你呢……你出得去吗？"

"大概可以吧。"白婪回答说。

"胡说！你在砍这根柱子的过程中，大柱的支撑力一点点减少，那道窄缝就会封闭上的。"

"是吗？"白婪无动于衷，他仿佛一点也不惊讶。

她的话激动了起来："这是唯一的结构支撑点，你砍断它，整个客栈会首先垮塌下来，压在你头顶上，然后一起滚入下面的深渊。你没机会逃走的。白婪，你又在骗人了。"

白婪嘿嘿笑了一笑，突然问："鬼颜，告诉我，你是男人还是女人？"

鬼颜愣了愣，带着几分恼怒地回答："那又有什么关系？"

"没错。我走不了了，"白婪在黑暗中无声地微笑起来，"那又有什么关系？"

鬼颜一时回答不上来，只是呼呼生气。

"我也会看星相啊，"白婪停下了手，擦了擦汗说，"所以一开始，我才能用密罗术掩盖了那瞎子的星镜里属于我的命星。他又已经知道了无形的身份，想帮他掩盖，所以说只有五人。"

"那又怎么样？"

"我一开始就明白了，那个藏音说的'最后一个人'的意思是什么。"

"最后一个人，是什么意思？"她颤抖着问。

"星相上说，所有人都会死去，只有最后一个人可以得到钥匙，进入那片幻象之林——只有一个人能活着离开。"白婪微笑着说。

"原来你早就知道。"鬼颜叹了口气说，"我们还是可以一起试一下。"

　　白婪又哈哈地笑了出来："老实说，从来没有人活着走出森林，更不用说还得在那些守护神和梦魇兽的巡逻中寻找神器。我这个人比较懒，这个比较困难的任务就交给你吧。铁甲……"

　　"铁甲……依旧在……"她回答说。

　　据说黑暗的悬崖底部，永远也不会被阳光照亮。

　　客栈所处的地方其实就是这道明暗交界线。初升的阳光会朝下慢慢下滑，轻吻这根线，然后又飞速地上升，将它留给深渊。

　　他听到而不是看到一个小小的黑影靠近过来，在他脸上轻轻一碰。他闻到一股鲜花一样的淡淡气息萦绕在鼻端，随后远去了。

　　只差最后一砍了。

　　白婪摸着柱子上深深的剑痕停下来呼呼喘气。

　　他听到黑马在远处栈道上发出的嘶叫。那是它被夺走生命前垂死的呼号。

　　他仿佛听到了高高的悬崖小径之上，那道小路被一双细细的脚踩踏着经过，那棵树洞前的门被打开，然后又被封闭，旋转，关上的声音。只有经过漫长的十二个月，这扇门才会被重新打开。他仿佛听到一片片的叮当声在耳边盘旋来去。

　　谷玄跃上了天顶，棺材里的残魅尽力呼啸咆哮起来，它感觉自己可以吞下整片天空。

　　白婪觉得身上的力量飞速地流失。

　　他回过头来，捏紧了剑柄，让手掌上的刺痛告诉自己还活着。他高高举起了那支重剑，朝柱子重重地砍了下去。

　　更高空之上，永远也照耀不到这地方的阳光正从东边喷薄而出。

"有人说，这只是一个虚假的拯救，因为进入幻象森林几乎等同于死亡，"故事的讲述者小心翼翼地看看四周，"但是，我认为那个女人最终活了下来。"

火边的人都惊叹着问它："你是白婪？"

"不，我就是鬼颜，我来这里寻找自己的爱人，并想探听他的情况。"

"可你躺在盒子里，是个死人。"

那一缕淡烟沉默了一会，接下来它说的话让他们震惊异常。

"不，我没有死，死了的是你们。"

最后一个故事 他们自己

他们闻言震惊,停下来望向最后那名瞎子。

瞎子哈哈地笑了起来,破斗篷好像蝙蝠的翅膀在他身后飞舞。"这里我是唯一没有故事可以告诉你们的人,我穿越大荒之野来到这里,是为了完成我的承诺,"他笑了一笑,对佣兵们说,"像你们一样,食鬼者也是有荣誉的。"

"那么,这里是冥府吗?你是死神的使者?"老佣兵沉思着问。

瞎子食鬼者哈哈大笑,"当然不是。我只是个食鬼者,死亡之谷的旁观者。这里是死亡之谷,也是四勿谷。按理来说,没有活人可以到达此地,所以也可以说,你们都已经死了。"

他们都倒吸一口气,但瞎子又继续说:"不过也别担心,你们还不是死人。这里只是灵魂歇脚的地方。每年有一次,我喜欢来这里听听故事。偶尔也会将出了大价钱的主顾带到这里来走走。"

他脸上的皱纹再次全都收缩起来,也许那是笑,他用洞若观火的瞎眼看着大家,"真是漫长的一夜啊,你们在这里相遇岂非天意?这仿佛是个巧合,但是天下岂有那么多巧合?仔细看看吧,每个人都可以在其他人的故事里找到自己。你们在改变自己命运的同时，也在改变他人的命运。"

他们坐在火边互相打量，但却存在疑问。

"没有错，"瞎子坚持说，"这儿不存在时间，所以有些人已经遇到了对方，有些人的故事还尚未发生。"

他们仍然懵懂不清。

瞎子说："很抱歉，各位大人，因为我什么都看不见，所以请告诉我，雾气现在淡一些了吗？"

他们看看四周，回答说："还是很重。"

"是时候该散了。"瞎子说，于是食鬼术士取出那支长笛，他们借着微弱的火光，发现那是用少女腿骨制成的，一头包着银，一头包着金，笛声穿云破雾，好像长矛一样锐利。

也许只是错觉，他们感觉到四周的雾仿佛在这笛子声里逐渐变灰，逐渐变淡，天空也不再是浓黑一片了。

"看，那是什么？"目光敏锐的羽人最先惊叫起来，他们仰起脖子，望向天空。只见雾气朦胧中，无数的星星好像密雨一样飞舞，它们划破天空，流向地面，在厚厚的云层中留下微弱的尾迹。随后他们醒悟过来，这不可能是流星雨，流星的速度不会这么慢，而且不会被风卷成一团团的旋涡。

瞎子睁着没有瞳仁的眼睛，白森森的好像两枚果仁，但他却好像什么都看得见。

"那是灵灯。"他说。

上万点火焰，在高空飘荡，从一个方向流向另一个方向，仿佛一条灯火组成的大河，虽然有回旋反复，却决不能回头。他们看清楚了，那确实是灯，每一点亮光都是一盏方形纸灯笼，蜡烛的火苗在白色的羊皮纸后抖动，微弱而渺小，随时都会熄灭。铺满大空的灯火大河跟随着抖动，仿佛有脉搏一样。不知道怎么回事，那些火焰的每一次抖动，都让他们心神摇动。他们自己的心脏仿佛就被亿万条蜘蛛丝牵扯着，连系到每一盏灯上，追随着它们颤动。

每点火焰，都仿佛在白羊皮纸上投射下一个小小的人影，它们在灯壁上辗转，呻吟，哀叹，悲号，咆哮，尖叫，哭泣，狂笑，甚至呼喊他们的名字。

他们害怕极了，同声发问："这是什么？什么是灵灯？"

瞎子指向悬崖的方向："你们可以向前一步，注意，只能走一步，多一步都不行。"

他们战战兢兢地向前跨了一步，就在这时，月光破雾而出，仿佛一声拍子响，将他们照得清清楚楚。

浓雾散去，他们终于看清了对方，也看清了自己。

不知道有多少个声音轻轻地说了一声："啊，原来是你。"

月光下，他们都没有影子，而心灵的纤微毫厘，却照射得清清澈澈。

而他们也第一次看清了自己所在的地方：大地倾斜，而海洋倒悬在头顶，将世界包围成了一个圆形孔洞，有一座城池那么大，就好像被挖掉的巨眼，黑色的海水朝着它疯狂地倾泻而下，空气嗞嗞作响，就连残存的灰雾也被迅速地吸入那个圆形的巨洞。

那些灵灯，就在天空——或者说倒卷上天的海洋背景上，飞速地落了下去。

他们站在悬崖边上，就仿佛站在一个漏斗的危险边缘，离那个正在向下飞旋的巨大漩涡只有一步之遥。只要再往前踏一步，他们就会被吸入无底深渊。

可是站在这儿，他们可以透过那个圆形巨眼，隐约看到其下的景象：

一片翻动的大海，黑如流檀。

那是隐藏在他们已知的大海下的另一座大海。这情景难以描述清晰。它既是黑暗的，又是光明的。在黑色的水面上，闪动无数的火花。无数盏闪烁的灯火就落入其中，随后汇集成一片星星之火明灭不息的海洋。

"灵魂之海。"瞎子说。

"一盏灯就是一个灵魂，这个世界仿佛一个沙漏，所有的灵魂最终都要消逝在下面那片大海中。我们就处在沙漏的中间点，只有将死的灵魂能来到此地，"他敲了敲铜盒子，"而我的主顾，她的肉身还在外面活得好好的，所以你们看到的只是一缕烟。"

"那我们呢？"他们问，有的平静，有的惊讶，有的愤怒，有的不甘。

"你们很微妙。"瞎子说，拍了拍从背后探到火边的灰马的马头。他们发现那匹盲马好像会笑。真的，它抛起嘴唇，咧到后面，看上去就像在笑。

"命运飘荡如纸。往前一步就是死，往回走就是生，"他咳嗽了一声，悄然低语，"六个关于死亡和爱的故事，多么感人，多么令人心伤。这到底是什么地方，这到底是什么时候，而你又是什么人呢，有什么关系呢？"

"你们已经做了许多选择了，可是现在回去，你醒来就会回到自己这一辈子最艰难的选择面前，给你们一次重新来过的机会。"

瞎子张开黑洞一样的嘴，哈哈哈地笑了起来："已经发生的，和将要发生的，又有什么区别呢？"

他望向羽人水手，说："你来到的是一个什么时刻呀？你想要回去放弃你的寻找吗？还是再往前去找你的爱人？"

水手浑身颤抖。

瞎子问老佣兵："啊，你想要永生？还是用你的生命去换另一个姑娘的短短一段幸福？"

向慕览低头寻思。"我不知道。"他喃喃地说。

瞎子问老河络："那么你呢，再给你一次机会，你还会铸造那柄熔铸自己全部意义的剑吗？"

冷灰亢南一笑而过。

瞎子问年轻的佣兵："你呢？"

"当然不。"柳吉跳起来喊道。他捏住自己的拳头，"我什么都不想改变。"

瞎子点了点头，转身望着全身隐藏在黑斗篷里的人说："你还想回去面对万象林吗？去寻求你的王位，去杀你的爱人吗？"

翼在天迷惑地摇了摇头："我已经记不清了，它们似乎是我的记忆，又似乎只存在梦中。难道我说的故事，都不是真的？都是些尚未发生的事情吗？"

"这么说，一切都有可能重来？我们还能重新选择？"他低声问自己。他们低声问自己。

"是的。再或者，把你的一生都回想一遍吧。好好想一想，知道未来后，你愿意重新选择吗？"

浓雾又开始聚集起来，他们的影子也在变浓。

"要快啊，等雾气起来了，你们就没有时间做选择了。"瞎子用无乌的眼珠望着空中，无牙的唇边挂下一丝口水。"我相信这是好的雾。"他喃喃地说。

铜盒子里的轻烟发出轻轻的挣扎声和喟叹声，像那些灵魂一样。

"我还要带着鬼颜到前面去找她的情人。那么再见吧，做出自己的选择，夜晚已经过去，催促你们醒来的鼓声已经响起，摆渡人的船已经顺流而下，回到你们自己的生活中去。"瞎子踏灭篝火，骑上自己的盲马，在灿烂的月光彻底照亮此地之前，继续朝前而去了。

独角兽书系

九州系列
唐缺
《九州·茧语》
《九州·天空城》
潘海天
《九州·铁浮图》
《九州·白雀神龟》
《九州·死者夜谈》
《九州·地火环城》
遥控
《九州·无星之夜》
水泡
《九州·龙之寂》系列
小青
《九州·大端梦华录》系列
塔巴塔巴
《九州·澜州战争》
苏离弦
《九州·浩荡雪》

新九州系列
水泡
《九州·舞叶组》
裴多
《九州·炽血王座》
麟寒
《九州·荆棘之海》系列
荆泽晓
《九州·狂舞》
秋风清
《九州·乱离之域》
因可觅
《九州·月见之章》系列
沉水
《九州·荣耀之旅》系列

◎选题策划 / 邹　禾　　◎装帧设计 / 谢颖设计工作室

独角兽书系公众号
weibo.com/tianjiankt

独角兽编辑部微信
Little　Unicorn

九州·夜死谈者

—珍藏版—

NIGHT TALK OF THE DEAD